일편독심
1

일편독심
一片毒心

1

천사같은 장편소설

씨큐브

차례

서장

소녀는 얼굴을 찌푸리며 눈을 떴다. 은은한 향이 지끈거리는 몽취夢醉를 씻어내고 있었다.

그녀는 새의 깃털을 채운 값비싼 이불을 걷고 주위를 둘러봤다. 온통 금빛 치장품으로 도배되어 있는 방 안. 얼핏 보이는 창틀과 문에선 동양풍의 느낌이 묻어났다.

문틈 사이로 여자들의 속삭임이 귓가에 스미었다.

"소소 아가씨가 극독을 집어 먹고 와병 중이라지?"

"게을러서 독공도 연마하지 않던 분이 갑자기 고수가 되어야 한다며 칠혼독七魂毒을 집어 먹었다나 뭐라나."

"예전부터 거만하게 사람을 부리더니…. 꼴좋게 되었어."

소녀는 여자들의 험담을 들으며 고운 눈썹을 찌푸렸다. 아직 잠이 덜 깬 것일까? 자신의 손을 내려다보고 가슴께를 주무르며 더더욱 인상을 찌푸렸다.

"뭐야, 씨발."

소녀의 입에선 다소 날카로운 목소리가 흘러나왔다. 그녀는 목소리에 또 한 번 볼살을 움찔거리며 고개를 돌렸다. 화려한 장식들이 붙어 있는 동경銅鏡엔, 사나워보이는 미소녀가 그녀를 바라보고 있었다. 그녀는 자신의 모습을 확인하곤 붉은 입술로 짧게 탄식했다.

"씨발, 뭐야."

사천당가의 미친년, 무협소설 쌍검무쌍의 악역, 골칫덩이, 문제아.

당소소가 깨어났다.

1장

당하소소

唐下素笑

오하아몽吳下阿蒙이라는 말이 있다.

오나라의 어리석은 여몽이라는 말장난에 가까운 사자성어. 무력은 높으나 오성은 그 무력을 쫓아가지 못하는 사람을 일컬을 때 쓰이는 말이다. 당가에선 그 말을 이렇게 쓴다.

당하소소唐下素笑.

가주가 애지중지하는 고명딸이라 권세는 하늘을 찌르나, 인성과 능력은 그 권위를 쫓아가지 못하기로 유명한 당소소. 가주인 당진천은 그 말을 듣자마자 불같이 화를 내며 시비들과 시종들을 매질했지만, 그녀의 오라비인 당청만은 내색은 안 해도 그 말에 동의했다.

당가의 여식인 주제에 하루가 멀다 하고 남자들을 쫓아다녔고, 사치를 좋아하고 성격은 괴팍하며 무공에 대한 재능은 전혀 없었다. 실로 당하소소는 그녀에게 걸맞는 말이었다. 그녀의 남은 쓰임새라곤, 멀쩡한 생김새로 무림의 고수들을 낚아 데릴사위로 들이는 것뿐.

당청은 그녀가 깨어났다는 소식에 데릴사위로 내정한 자들을 머릿속에 떠올리며 자리에서 일어났다.

'이대로 당가의 재물만 축내다 죽어버리는 줄 알았는데, 다행이군. 그럼 누가 멍청한 동생에게 속아 결혼할 수 있을까. 왕오 정도가 적절할 것 같은데.'

당청의 머릿속에 한 사내가 떠올랐다.

독두낭인禿頭浪人 왕오.

빛나는 대머리를 과시하며 근래 사천 지역에서 이름깨나 날리는 낭인이었다. 최근엔 아미파의 속가제자를 제압하고 희롱했다는 소문과 함께, 절정고수에 버금가는 무력을 소유하고 있다는 풍문이 전해지는 자. 나이는 지천명을 바라보는 사십구 세였다.

비록 사파의 인물이었지만 호색한인 그는 당가의 뒷배와 겉보기에는 미인인 당소소를 거부하지 않을 터였다.

당가는 고수들의 인성이나 행동에 거리낌을 느끼는 가문이 아니었다. 소문은 암기로, 통제는 독으로 하는 것은 이젠 당가에겐 습관과도 같은 일이었다.

"소가주께서 오셨습니다."

시종의 낭랑한 알림과 함께 당청이 당소소가 머물고 있는 별채로 들어섰다. 당청은 별채에 걸린 현판을 흘끗 보며 비웃음을 머금었다.

독봉당毒鳳堂

막무가내인 동생은 사람들이 자신을 봉황이라 불러주길 원했다. 그녀의 오라버니는 그 모습을 보며 한심하다 생각했지만 당가의 소가주는 합리적인 인물이었다. 고작 뱁새를 봉황이라 부르는 것만으로 당가에 절정 고수 한 명을 끌어들일 수 있다면 봉황이든 용이든 뭐가 대수일까?

그는 현판에 두었던 시선을 고개 숙인 시녀에게로 돌리며 입을 열었다.

"소소는 어떻지?"

"겉으로는 멀쩡하십니다."

"그렇겠지. 그 덜 떨어진 년을 살리려고 얼마나 많은 금전이 쓰였는데. 헌데 내가 묻는 게 그게 아니라는 걸 알고 있잖나."

날선 말을 내뱉는 당청의 꽤나 신경질적인 반응에 시비는 황급히 고개를 숙였다.

당가 내에서 일하려면 지켜야 할 수칙이 몇 가지 있었다. 그중 하나가 당청에게 당소소의 일을 보고할 때 필요했다. 그는 그녀의 소식을 두 번에 걸쳐 듣는 것을 싫어했다. 최대한 짧고 간결하게 하지 않으면 당소소에 대한 혐오가 시비에게로 번질 때가 많았다.

그녀는 몸을 떨며 서둘러 남은 소식을 전했다.

"거, 겉으로는 아무 이상이 없어 보이오나, 정신이 이상하고 기억에 혼탁이 있사옵니다. 본인의 가슴을 만지며 욕설을 내뱉는다거나, 갑자기 자신은 곧 죽는다고 탄식을 한다거나…. 그런 말들을 하며 칠혼독을 먹기 이전의 일들을 제대로 기억하지 못하고 있습니다."

당청은 짧게 고개를 끄덕이며 시비를 물러가라 일렀다. 시비는 머리를 조아리며 뒤로 물러났다. 그는 당소소의 침소 앞에서 한숨을 크게 한번 내쉬더니 방 안으로 들어섰다.

실속 따윈 없이 그저 화려하기만 한 장신구들을 비롯해 여기저기 묻어 있는 사치의 흔적들. 당청은 당소소의 방에 들어올 때마다 그녀에 대한 혐오가 더욱 배가되는 기분이었다.

당가의 가풍은 실용實用과 독심毒心이다. 암기와 독을 다루는 가문이기에 자연스레 실용을 중시한다. 거기에 선대부터 이어져오는 은恩과 원怨은 받은 만큼 돌려준다는 독심. 그런 마음가짐이 없다면 검과 명예를 이야기하는 자들과는 말조차 섞을 수 없었다. 이 방은 그런 당가의 가풍과는 정확하게 반대편에 위치한 곳 같았다.

"…일어났나."

당청은 초췌한 행색의 당소소를 바라봤다. 치켜뜬 눈가에서 묻어나는 거만함과 멍청해 보이는 눈빛. 산발이 된 머리칼과 예쁘장한 얼굴. 과연 당가의 독화毒花라고 불릴 법한 미모였다. 하지만 당청에게는 그저 가문을 갉아먹는 벌레 같은 존재였다.

당소소가 인상을 찌푸렸다. 당청은 그 모습을 언짢게 느끼며 고개를 저었다. 멍청한 그녀도 당청이 자신을 싫어하는 것쯤은 아는지, 그와 말을 섞지 않은 지 이제 두 해가 넘어가고 있었다. 당청은 얼굴을 굳히며 시비의 말을 되짚었다.

"칠혼독을 먹기 전의 기억이 희미하다는 건 어떻게 된 일이지?"

당청은 시비의 보고를 떠올렸다. 칠혼독은 당가에서도 취급이 독특한 독이었기에 그동안 알려지지 않았던 증상에 대해서 듣고자 한 물음이었다. 하지만 당소소는 당청의 물음에 또다시 인상만 썼다. 당청은 혀를 차며 몸을 돌렸다.

"답하기 싫다면 되었다. 평소와 같아 보이니 문제는 없어 보이는군. 괜한 발걸음을 했어."

"그게…"

푹 잠긴 당소소의 목소리가 들려왔다. 방 안을 나서는 당청이 발걸음을 멈췄다.

"그래, 말할 생각이 든 모양이군. 당가의 방식대로 네가 겪은 증상을 보고해 봐라."

"그러니까, 오빠…. 아니, 오라버니라고 불러야 하나… 요…?"

"…뭐?"

당소소는 고개를 숙이고 얼굴을 붉혔다. 그 광경을 본 당청은 지독한 후계자 수업에서 배운 평정심으로도 가라앉히기 힘든 당혹감을 느꼈다. 평생을 남보다 못하게 살아온 사이에서 들을 호칭은 아니었기 때문이다.

당청은 기억에 혼탁이 있다는 시비의 말을 기억하며 천천히 입을 열었다.

"…오라버니라고 불러라."

"저는 칠혼독을 먹고 쓰러진 것이군요."

"그래. 그래서 당가의 재화로 혼돈의混沌醫를 고용했다. 널 치료하기 위해 당가의 재산 일할이 소비된 셈이야."

당청은 냉랭한 어투로 당소소를 책망했다. 독두낭인을 고용하기 위한 투자라기엔, 혼돈의 고용비는 너무 과했다. 그렇기에 그녀의 몸으로 좀더 큰 것을 가져와야 했다. 그것이 당가의 가풍이니까.

'기억에 혼탁이 있다면, 좀 더 머릴 굴릴 줄 아는 잔혈객殘血客 진명 정도도 가능하겠어.'

"그렇다면 전 잔혈객 진명에게 시집을 가는 건가… 요? 아니면 독두낭인?"

"……!"

당청은 당소소의 말에 적잖이 놀라며 눈을 가늘게 떴다. 그녀에게 이런 사안을 생각할 오성은 없었다. 사치와 향락을 대명제로 정하고 행동하던 그녀는 그저 자신의 남편감은 잘생기고 강할 것이라고만 지껄이고 다녔을 뿐이다. 그런 그녀가 당청이 내정하고 있는 데릴사위를 정확히 짚고 들어온 것이다.

'칠혼독에 뇌를 일깨우는 효능이라도 있는 것인가?'

당청은 칠혼독의 효능을 재고할 수밖에 없었다. 당청은 잠시 당소소를 째려보다가 이내 고개를 저으며 부정했다. 사실이더라도 그녀의 성격과 아버지가 막내딸에게 극성인 점을 떠올린다면 일단은 부정을 해놓아야 했기에.

"아니, 아니다. 그자들은 당가의 격에 맞지 않는다."

"이상하네. 그럴 리가 없을 텐데…."

"어째서 그들이 네 반려로 내정되었다 생각하는 거지?"

당소소는 당청의 말에 골똘히 생각하는 듯하더니 물음에 답했다.

"오라버니는 날 좆같이 생각하니까, 엿 먹어보라고 좆같이 생긴 놈들이랑 맺어주려는 거잖아… 요…."

"…."

이어지는 침묵.

당청은 당소소의 욕설에 할 말을 잃었는지 얼굴이 굳은 채 침묵했고, 당소소 또한 마음 속 말을 그대로 내뱉은 게 부끄러운지 눈을 꼭 감고 고개를 숙였다. 그 추상같은 적막은 당청이 말없이 방을 빠져나가며 겨우 깨졌다.

"좆같이, 라. 핫!"

당청은 헛웃음을 터뜨리며 독봉당을 걸어 나갔다. 그 걸음은 헐레벌떡 들어오는 중년의 사내 때문에 멈춰졌다. 중년 사내는 숨을 몰아쉬며 당청을 바라봤다. 당청은 흐트러진 표정을 다시 굳히고 그에게 짧게 목례를 했다.

"오셨습니까, 가주 님."

"청, 소소는 일어났나?"

"일어났습니다. 헌데…."

"헌데? 어디 잘못된 구석이라도 있는 것이냐? 혼돈의, 이 찢어죽일 새끼!"

당진천이 고함을 지르며 발을 구르자 독봉당 담벼락이 잘게 떨렸다. 당청은 그런 자신의 아버지를 바라보다 내심 짜증이 났다. 그녀는 당가의 걸림돌일 뿐이었다. 한때 독천毒天이라 불리며 당가의 부흥을 이끌었던 자의 행동이라곤 믿을 수 없을 정도로 당진천은 거만한 고명딸에게 끔찍한 애정을 쏟았다.

당청은 치밀어 오르는 감정을 눌렀다. 이해할 순 없지만 납득은 할 수 있었다. 그 애정 덕에 당소소가 비로소 자신에게 쓸모 있는 도구가 됐다. 독천이 신줏단지 모시듯 아끼는 당가의 고명딸은 확실한 가치가 있으니까.

당청은 우선 당진천을 진정시켰다.

"흠, 그런 뜻이 아닙니다. 몸과 기혈에는 문제가 없습니다. 단지 칠혼독의 여파로 기억에 혼탁이 찾아온 것 같아서."

"…혼돈의 말이, 깨어난 직후 잠시 혼란이 있을 수는 있다고 했지."

"그럼, 소소의 병세도 확인했으니…. 아, 가주 님께 하나 여쭤볼 게 있었습니다."

"무어냐? 긴 이야기면 나중에 따로 말하거라."

당청은 딸을 보려고 몸이 달아 있는 아버지를 잠시 바라보다가 고개를 저으며 얼버무렸다.

"아닙니다. 아, 짧게 물어볼 것은 있습니다. 칠혼독의 효능에 대해 물어보려고 했습니다."

"칠혼독에 관해서라면 나보다 네가 더 잘 알고 있지 않느냐?"

"칠혼독이 뇌를 일깨우기도 합니까?"

뜬금없는 당청의 물음에 관자놀이를 잠시 긁던 당진천이 고개를 저었다.

"칠혼독은 기氣와 혈血에 작용하는 독이다. 신경과는 관련이 없어."

"역시, 그렇군요."

"헌데, 그런 건 왜 물어보느냐?"

"가보시면 아시게 될 겁니다."

당청은 그렇게 말하며 독봉당을 떠났다. 당진천은 의뭉스런 아들의 태도를 애써 무시하며 당소소의 방으로 들어갔다. 초라한 기색의 당소소가 침상에서 일어나며 당진천을 반겼다. 당진천은 복잡한 얼굴로 당소소에게 다가서며 물었다.

"몸은 괜찮느냐? 어디 마비된 곳이나 저린 곳은 없는 것이냐? 기혈을 무너뜨리는 독이라 몸에 부담이 꽤 갔을 텐데, 흉진 곳은 없는 것이냐?"

"그것이…."

"그래, 어서 말해보거라."

당진천의 채근에 당소소는 멋쩍게 웃으며 당진천을 향해 물었다.

"제가 가주 님이라고 불렀나요? 아니면 아, 아빠라고 불렀나요. 아니면 아버님이라고 불렀나… 요?"

순간 당진천의 사고가 멈췄다. 멈춘 사고에서 당청이 던져 놓은 발언만이 허공을 유영하고 있었다. 대답을 바라는 당소소의 수줍은 눈빛에 당진천이 고개를 흔들었다.

"아빠라고 해라. 넌 어릴 때부터 날 아빠라고 불렀어."

"…네, 아빠. 몸은 멀쩡해요."

"그래, 그래. 혹시 모르니 시비가 달여오는 약은 잘 챙겨 먹어야 한다. 조금이라도 불편한 점이 있으면 바로 나한테 이야기하고."

당진천은 딸의 고분고분한 말투에 감격하며 입꼬리를 씰룩였다. 그리고 칠혼독을 떠올리며 고개를 갸웃거렸다.

'내가 모르는 성분이라도 들어간 건가?'

당진천은 당소소의 부끄러운 웃음을 보며 아무래도 좋다는 생각을 했다. 당소소가 자신에게 살갑게 대했던 때라곤 당소소가 아직 젖먹이이던 시절뿐이었으니까.

'씨발, 이게 뭐야! 아저씨!'

'아니, 그냥 금화 다섯 닢만 달라고. 아버지라고 불러줄 테니까.'

'내가 좋아하는 사람을 만나겠다는데 무슨 참견이야? 꼰대가.'

당진천은 고개를 끄덕이며 웃었다. 당장이라도 자신에게 험한 말을 내뱉을 것만 같은 당소소는, 그러나 조신하게 동경 앞에 앉아 당진천을 바라보고 있었다. 그렇다. 칠혼독의 성분이 뭐든 아무래도 좋았다.

*　*　*

김수환.

그는 평범한 가정의 평범한 사내아이였다. 방과 후엔 친구들과 놀이터에서 흙장난을 하다, 마중 나온 아버지 차에 타서 꾸벅꾸벅 졸던 유년기를 보냈다.

그런 그가 더 이상 평범해지지 않게 된 것은 고등학교 때부터였다. 평범한 가정을 가능케해준 아버지의 직장은 더 이상 김수환의 아버지를 필요로 하지 않았다. 김수환의 어머니는 평범하지 않은 가정을 필요로 하지 않았다. 평범하지 않은 가정은 더 이상 김수환을 필요로 하지 않았다. 자연스레 가정은 갈라졌고, 이제 김수환은 평범하지 않았다.

그의 아버지에게 무너진 일상은 더 이상 필요 없는 것이었다. 그는 골방에 앉아 세상을 버렸다. 하지만 김수환은 아직 세상 속에서 살아가고 싶었다. 그래서 움직였다.

학교 친구들이 서로 인사를 할 때 그는 매대에 앉아 무관심한 손님에게 인사를 했다. 학교 친구들이 공을 차며 땀을 흘릴 때 그는 벽돌을 나르며 땀을 흘렸다. 그렇게 해서 살아본 세상은, 그저 시시껄렁했다.

김수환의 유일한 관심사는 사장에게 보고하기 위해 산 낡은 스마트폰으로 보는 소설 하나 뿐이었다. '쌍검무쌍雙'이라는 제목의 소설 속에서 주인공은 평범하지 않았다. 무척 강했고, 천재였다. 운은 항상 그의 편이었고, 그는 수많은 여성을 사귀고 수많은 악당들을 때려눕혔다.

어차피 평범하지 않다면 김수환도 그렇게 되기를 원했다.

요령 없이 일하다 허리를 다쳐 방구석에서 메말라갈 적에 했던 생각이었다. 이젠 더 이상 세상을 살아갈 힘이 없었다. 초점을 잃어가는 눈에는 몇 번이고 돌려본 쌍검무쌍의 한 장면이 걸려 있었다. 소면 한 그릇, 죽엽청 한 잔을 시키고 달을 바라보는 주인공.

'배고프다.'

그 생각을 끝으로 김수환은 눈을 감았다.

* * *

당소소가 눈을 떴다.

동경에 비친 그녀의 모습은 고혹적이었다. 흙먼지에 갈려나간 거친 피부는 간데없고 붉은 생기가 감도는 흰 살결로 변해 있었다. 제대로 자르지 않은 수염이 가득해야 할 입가엔 도톰한 입술이 있었다. 당소소는 자신의 입술에 손가락을 갖다 댔다. 그 모습을 바라보는 눈에 비애가 묻어났다.

"난 굶어 죽었구나. 하하. 하하…."

당소소는 제대로 살지도 못하고 져버린 자신의 전생이 우스워 웃었다. 그리고 우스워 울었다. 그녀의 울음은 시비 하나가 달려와 어쩔 줄 몰라

할 때까지 계속되었다.

"아가씨, 무슨 일이신지요⋯."

당소소는 붉은 눈으로 시비를 바라봤다. 그녀의 서늘한 눈빛에 시비가 몸을 움찔거렸다. 당소소는 꽤나 감정적인 고용주였다. 보통 이럴 때면 다음 날 한 명의 시비가 당가를 떠났다. 시비는 눈을 질끈 감으며 체념의 한숨을 내쉬었다.

"정말 죄송⋯."

"⋯식사를 할 수 있나요?"

"예?"

시비는 잠시 말을 잃었다. 그리고 심각한 표정으로 미간을 좁혔다. 여러 가지 기억이 혼잡하게 뒤엉켜 당소소가 다소 불안한 상태라는 건 가주의 엄포로 잘 알고 있었다. 하지만 이 정도면 전혀 다른 사람이지 않은가? 시비는 그제야 당소소의 모습을 제대로 보았다.

그녀는 땀에 젖은 내의를 부끄러워하지도 않고, 채 가시지 않은 울음기도 감추지 않고 있었다. 거기에 명가의 여식답지 않게 미묘하게 벌린 다리라니. 그렇게나 예민하던 당가의 아가씨는 병상에서 일어나더니 지나칠 정도로 털털해져 있었다. 거기에 더해 반말은 예사에 종종 턱짓과 손가락질로만 지시하던 거만한 태도는 묘한 존댓말로 바뀌어 있었다.

몇 달을 일했지만 본 적 없는 광경에 시비는 당소소의 질문을 잊고 있었다. 당소소는 심각한 표정으로 자신을 바라보는 시비를 다시 불러야 하나 고민했다. 결국 결심하고 그녀를 불렀다.

"저기⋯."

"아, 앗! 죄송합니다! 아가씨. 식사 말이지요? 어떤 것으로 내올까요? 평소에 자주 드시던 오향장육이라든지, 아니면 생선튀김요리를 준비해 올까요? 아니면 연와燕窩요리를⋯."

"소면 한 그릇이랑 죽엽청 한 잔 주세요."

"예?"

시비는 당소소의 말이 믿기지 않아 자기도 모르게 되물었다가 곧장 입을 틀어막고 당소소를 바라봤다. 그녀의 오라버니인 당청이 당소소에 관한 언급을 싫어하듯, 당소소 또한 요구한 바를 재차 묻는 것을 싫어했다.

'진짜 죽었다….'

"네. 소면."

시비의 걱정과는 다르게 당소소는 무심한 눈빛으로 그녀를 바라보더니 고개를 끄덕이며 시선을 돌렸다. 시비는 안도의 한숨을 내쉬며 서둘러 방에서 빠져나오려 했다. 그런 시비의 뒷덜미를, 당소소의 나른한 목소리가 잡아챘다.

"이름이 어떻게 되나요?"

"하, 하연…. 하연이라고 합니다, 아가씨."

"그래요."

당소소의 목소리가 거둬졌다. 하연은 식은땀을 흘리며 잰걸음으로 독봉당을 나섰다. 당소소는 그녀가 떠난걸 확인하자 머리를 쥐어뜯으며 욕설 섞인 한숨을 뱉었다.

"하, 씨발."

그녀는 쌍검무쌍의 내용을 떠올리며 눈을 질끈 감았다. 소설 속에서 당소소는 꽤나 비중 있는 악역이었다.

'칠혼독을 먹은 걸 보면 아직 쌍검무쌍 초반부야.'

주인공은 무당산에 올라 양의쌍절태극혜兩意雙絕太極慧이라는 절대무적의 무공을 얻고 기연을 겪으며 초절정고수가 된다. 그리고 무당산을 떠나 강호를 떠돌며 기구한 운명의 여인들을 구해준다. 거기까지가 쌍검무쌍 이야기의 초반부였다.

주인공이 무공을 수련할 때 거만하고 예민했던 당소소는 소가주인 당청에 의해 잔혈객 진명과 독두낭인 왕오에게 팔려간다. 거래의 내용은 둘 중 살아남은 한 사람만이 당가의 독화를 가질 수 있다는 것. 막역한 사이인 둘은 당청이 내민 손을 일단 거부한다.

하지만 당청은 그런 사소한 감정엔 신경 쓰지 않는다. 그래서 소문을 이용해 그들을 흉적으로 만든다. 이름도 드높은 사천성의 구파일방들인 아미파와 청성파는 당가의 간곡한 요청에 응해 지역 곳곳에 뻗은 자신들의 힘으로 잔혈객과 독두낭인의 목을 졸라간다. 질식하기 직전 둘 앞에 당청이 나타나 다시금 손을 내민다.

— 그럼 이제 당명이라 불러야겠군, 처남.

소설 속 당소소의 회상 장면에서 당청은 그리 말하며 웃는다. 잔혈객은 비통한 마음으로 그 손을 잡는다. 그리고 막역지우를 죽인 죄책감과 당청에 대한 분노가 곧 당소소에 대한 분노로 바뀐다. 그렇게 쌍검무쌍 초반부의 당소소는 당명의 폭거 아래 신음하며 악역으로 조형되었다.

주인공이 그녀를 구할 당시 당명은 당소소의 뺨에 장법을 후려갈기고 있었고, 당소소는 귀에서 피를 쏟고 있었다. 신혼 2년차의 일이었다. 주인공이 황급히 당명을 물리치고 당소소의 외투를 들추자, 그곳엔 지독한 상흔과 피멍이 자리하고 있었다.

당소소는 관자놀이를 꾹꾹 누르며 생각을 끊어냈다.

김수환의 삶에서 고통은 익숙했다. 하지만 이제는 정말로 평범한 삶을 살고 싶었다. 소면 한 그릇을 먹고 행복해하고, 친구를 만나 시시콜콜한 일상을 떠드는 삶. 그녀는 고개를 흔들며 혼잣말을 읊조렸다.

'기왕 사는 거, 주인공의 삶을 살고 싶었는데.'

"씨발."

당소소의 입에서 자연스레 욕설이 튀어나왔다. 그녀에겐 역시 남자의 삶이 익숙했고 원하는 바도 그랬다. 평범하지 않다면 가장 행복한 특별함이 되고 싶었는데.

하지만 김수환의 삶처럼 역시 형편 좋은 것들은 쉽게 허락되지 않았다. 그녀는 이제 곧 사파의 고수에게 데릴사위를 들인다는 명목으로 팔려나가 어색하기 짝이 없는 여인의 몸으로 2년간 모진 풍파를 겪을 예정이었다. 아니, 어쩌면 평생을.

당소소는 눈을 떠 다시금 동경 속의 자신을 바라봤다.

당가의 문제아, 독화 당소소. 주인공의 위세에 빌붙어 남을 업신여기던 나찰독녀羅刹毒女 당소소. 주인공에게마저 버려져 마교에 몸을 위탁해 결국 주인공의 칼 아래 쓰러지는 독각음녀毒角淫女 당소소. 모두 다 자신이었다. 당소소는 동경에 손을 내밀었다.

'나는 김수환. 그리고 당소소.'

김수환은 실패했다. 당소소도 곧 실패할 것이다. 하지만 김수환과 당소소는 할 수 있을지도 모른다. 당소소는 웃었다. 김수환은 쌍검무쌍의 문장 하나하나까지 꿰고 있는 독자다. 당소소는 아직 당가의 문제아, 독화 당소소다. 독천은 아직 그녀를 애지중지 여기는 중이었고, 당청은 아직 독두낭인과 잔혈객과 접촉하지 않았다.

그녀는 양 검지를 입가에 가져다 대며 입술 끝을 들어올렸다. 그녀에겐 미소가 어울렸다. 어쩌면 그에게도 어울렸을 것이다.

"아가씨, 소면과 죽엽청 한 병을 가져왔습니다."

당소소의 등 뒤로 하연의 목소리가 들려왔다. 당소소는 그대로 뒤돌아 하연을 맞았다. 영문 모를 그녀의 행동에 하연은 잠시 당황했다.

"저, 이쁩니까?"

당소소는 하연을 돌아보며 입가에 대었던 검지를 떼고 처연하게 웃었다. 창백한 달빛을 받아 비치는 그녀의 초췌한 기색은 달을 이지러뜨린다는 착각마저 들 정도로 아름다웠다. 남성적인 어조와 행동은 그 아름다움에 비장함이라는 비녀를 꽂았다.

하연은 아무 말 없이 고개를 끄덕였다.

"고마워요."

당소소는 넋을 잃은 하연의 손에서 쟁반을 뺏어들어 탁자 앞에 놓았다. 그리고 어깨를 깊이 숙이며 소면 한 젓갈을 들었다. 몇 줄기의 소면이 도톰한 입술 안으로 사라졌고 그녀는 눈을 감았다. 하연은 허둥지둥 당소소 곁으로 다가와 잔을 채웠다. 당소소는 잔을 들어 죽엽청을 마셨다.

당소소가 눈을 감은 채 아무런 말이 없자, 하연은 쭈뼛거리며 당소소의 눈치를 살폈다.

"입에는 맞으신가요, 아가씨."

"배부르다."

"예?"

당소소가 나지막이 뱉은 말에 하연은 당황하며 되물었다. 그리고 자신의 발언에 더 당황하며 입가를 막았다. 지금이야 기억에 혼탁이 있다지만 당소소는 언제 폭거를 부릴지 모르는 난폭한 여자였다. 하연은 멍청한 행동을 했던 자신을 책망하며 눈을 감았다.

당소소가 배시시 웃으며 하연에게 말했다.

"농담이에요. 맛있어."

"평소 즐기시던 것과 달라서 염려되었는데, 아가씨 입맛에 맞다니 다행입니다…."

"하연…은 저에 대해 잘 아시나요?"

당소소는 하연이 안도할 새를 주지 않고 물음을 던졌다. 하연은 눈을 데룩데룩 굴리더니 체념한 표정으로 고개를 끄덕였다.

"…제가 아마 가장 오래 아가씨의 시비를 하고 있는 사람일 겁니다."

"평소의 저는 어땠죠?"

"그것이…."

하연이 주저하며 당소소를 바라보자 당소소는 턱을 괴고 다리를 벌린 편한 자세를 취하며 어서 말해보라는 무언의 압박을 주었다. 하연은 숨을 크게 들이쉬더니 그녀의 물음에 답했다.

"안하무인이셨습니다. 저희 같은 하인들에게 그런 존댓말도 쓰지 않으셨습니다. 아가씨를 애지중지 여기는 가주 님을 가볍게 보시고, 소가주 님과는 앙숙이셨습니다. 항상 저녁 늦게까지 가문의 위광을 이용해 반반한 남자들을 쫓아다니셨고, 하루가 멀다 하고 당가를 심란하게 하셨습니다. 그리고…."

"그리고?"

"…."

자신의 발언에 헛숨을 들이키며 하연은 당소소의 눈치를 살폈다. 하지만 당소소는 화난 기색 없이 더 말해보라는 듯 온화한 웃음을 짓고 있었다. 하연은 이왕 엎질러진 물일진데 한 방울도 남김없이 흘리자는 마음으로 말을 이어갔다.

"…그리고 그렇게 채신머리없이 다리를 쩍 벌리는 파렴치한 행동은 하지 않으셨습니다."

"앗, 아하하…."

당소소는 멋쩍게 웃으며 황급히 다리를 오므렸다. 그리고 그 웃음에 만족감을 담았다.

'그래, 당소소는 당소소였구나.'

당소소의 그런 행동에 하연은 울음 섞인 질문을 던졌다.

"저는 내일 당가를 떠나나요?"

"아니, 그 반대입니다. 저는 불안정하고 혼란스러워요."

당소소는 빈 잔을 하연 앞으로 내밀며 말했다.

"내 옆에서 내가 당소소로 있을 수 있게 도와주세요, 하연."

하연은 울음을 그치고 당소소를 바라봤다. 시선을 마주해보니 평소의 그 표독스러운 눈빛은 온데간데없고, 오열에 가까운 절실함이 담긴 눈빛이 그곳에 있었다. 하연은 그 말에 대답하지 않았다. 다만 그녀 앞으로 내밀어진 빈 잔을 채웠을 뿐.

당소소는 그 잔을 행복하다는 듯 바라보곤 붉은 입술에 가져다 댔다. 다시 비워진 잔을 내려놓는 당소소의 얼굴엔 취기가 오른 듯 붉은 빛이 역력했다.

하언은 당소소에세 넌지시 물었다.

"술상을 물릴까요, 아가씨?"

"아니….."

"그, 안색을 보아하니 조금 취하신 듯싶습니다만. 칠혼독을 복용하시기 전에도 음주가무같은 것은 하지 않으셨던 것으로 알고 있었는데….."

"안 취했어어…."

당소소는 토해내듯 변명을 내뱉었다. 감출 수 없는 취기가 어간 사이사이에 깊게 배어 있었다. 하연은 술병을 거두고 고개를 저었다.

"혹시라도 술을 먹고 소란을 일으킨다는 사실이 알려지면 가주 님도, 특히 소가주 님이 좋게 보시진 않을 듯합니다."

"당청?"

당소소는 꼬인 혀로 하연에게 반문했다. 하연은 당소소가 내려놓은 잔을 거두며 고개를 끄덕였다.

"그럼, 이만 쉬시지요."

"당청! 이 좆같은 새끼, 넌 진짜 뒤졌어. 씨발놈이, 좆도 아닌 게…! 누굴 팔아먹으려들어?"

"에?"

당소소는 충격으로 굳어 있는 하연을 게슴츠레한 눈으로 바라보며 꺄 륵 웃었다.

* * *

"우으윽…."

당소소가 앓는 소리를 내며 자리에서 일어났다. 그녀는 지끈거리는 머리를 부여잡으며 미간을 찌푸렸다. 내뱉는 숨에선 짙은 주향이 풍겼다. 당소소는 이불을 걷고 자리에서 일어나 흩어진 기억의 파편을 조금씩 모아갔다.

'당청! 좆같은 새끼, 넌 진짜 뒤졌어. 씨발놈이, 좆도 아닌 게…!'

'정말 그만 드셔야 할 것 같습니다, 아가씨….'

'야! 나 안 취했어…. 씨발, 술은 무슨. 그냥 달달한 음료수 같구만! 한 잔 더 줘!'

'아이, 참….'

'인생 참 좆같다…. 그치, 하연?'

'네…. 정말 좆같네요….'

당소소의 머릿속에 비로소 어젯밤의 모든 기억이 모였다. 지끈거리는 머리보다 부끄러움이 먼저였다. 당소소는 알 수 없는 소리를 내며 붉어진 얼굴을 두 손으로 가렸다.

"뭐, 뭐야. 고작 두 잔에 갔단 말이야? 김수환일 때는 현장소장이 소주 두 병을 먹여도 거뜬했는데…!"

"일어나셨습니까, 아가씨."

하연의 목소리가 당소소의 기상을 반겼다. 하지만 당소소는 썩 반갑지 않았다. 그녀는 그저 양손에 얼굴을 묻고 과거의 기억을 부정하고 있을 뿐.

하연은 저 귀여운 생물이 밥 먹듯 시비를 갈아 치우고, 당가의 권위를 이용해 남을 핍박하고 다니는 것을 즐기던 미친년이 맞나 진지하게 고민하는 중이었다.

당소소는 쉰 목소리로 하연에게 말했다.

"…네."

"우선, 이것을."

하연은 뜨거운 김이 나는 찻잔을 내밀었다. 당소소는 한동안 양손으로 얼굴을 가리고 부끄러움을 식히더니 헛기침을 하며 내민 찻잔을 쥐었다. 하연은 그 광경을 보며 조용히 웃더니 잔에 담긴 것에 대해 설명했다.

"가문에서 만든 탕약입니다. 주취를 쫓아내는 데 좋아요."

"고, 고마워요."

"수고했어, 라고 하셔야 합니다."

"수고했어…."

하연은 당소소의 침상을 정리하기 시작했다. 당소소는 고약한 냄새를 풍기는 탕약에 인상을 찌푸렸다. 쓴 향이 코를 찌르고 머릿속을 헤집는 주취를 부여잡았다. 당소소는 울상이 되어 하연을 바라보았다. 하연은 고개를 저으며 그녀가 보내는 무언의 요청을 거절했다.

"병상에서 일어나신 지 이제 겨우 하루가 지났어요, 아가씨. 혹시라도 몸에 이상이 있을 수 있으니 반드시 드셔야 합니다."

"그치만, 난 주량이 두 병이었는데…."

"푸흡, 두 병이요? 두 잔도 다 못 드셔서…. 으흠!"

하연이 자신도 모르게 웃음을 터뜨렸다. 그런 하연을 당소소가 째려보자 하연이 고개를 흔들며 정신을 차렸다. 저토록 귀여운 아가씨지만, 칠혼독을 먹기 전에는 그저 난폭한 미친년이었다는 사실을 다시 한 번 떠올리며 엄숙한 표정을 유지했다.

당소소는 불만 가득한 표정으로 그녀를 노려보다가 체념하고는 탕약을 들이켰다. 뭐라 표현할 수 없는 약재의 향이 당소소의 혀를 유린했다. 마치 혀가 뽑히는 듯한 착각에 당소소는 약재를 서둘러 삼키고 혀를 내밀었다.

"으에엑…. 자, 평소의 난 뭘 했지?"

"아가씨는 이 이후에 시비들이 데운 물로 세신을 하시고, 그러니까….'

"그러니까?"

"…아가씨를 가르치라 명받은 학사를 피해서 도망가셨습니다. 그리고 저잣거리에 나가 화검공자花劍公子라는 무인을 만나셨죠."

당소소는 눈을 가늘게 뜨며 잔을 내려놓았다. 하연은 그 행동에 흠칫 놀라 몸을 움찔했다. 당소소는 잠시 무언가를 생각하는 듯 손톱을 만지작거리더니 이내 고개를 끄덕였다.

"세신을 하고, 공부를 째고, 남자를 만나고 다녔다…."

"째, 째다니요."

"…도망가고."

"네. 그럼 세안부터 하실까요, 아가씨?"

"그런데."

당소소는 하연을 바라봤다. 하연은 잔뜩 긴장한 채 고개를 끄덕이며 당소소의 다음 질문을 기다렸다.

"화검공자라는 듣도 보도 못한 좆밥은 뭐 하는 새끼야?"

"조, 좆밥…."

하연은 당소소의 입에서 거침없이 튀어나오는 육두문자에 기겁을 했다. 당소소는 하연의 반응에 자신의 발언을 서둘러 정정했다.

"…그 무명소졸은 무슨 인물이었니?"

하연은 잠시 마음을 가다듬더니 화검공자에 대해 설명했다.

"화검공자는 최근 성도成都를 중심으로 사천성에서 이름을 날리고 있는 청성파의 속가제자예요. 특이한 점은, 무예로 이름을 날리는 것이 아니라 얼굴로 이름을 날린다는 점이죠."

당소소는 하연의 설명에 곧바로 쌍검무쌍의 초반부를 떠올렸다. 역시 화검공자라는 별호는 김수환의 기억 속에 존재하지 않았다. 그도 그럴 것이 사천성은 주인공이 독에 당해 해독제를 구하기 위해 잠시 동안만 들렀던 무대이니만큼 자세한 배경과 그곳의 인물들에 대해서는 써 있지 않았으니까.

그렇기에 당소소는 그를 알아야 했다. 빙의 전 당소소가 자주 만나온 인물을 회피한다면 의심을 살 것은 당연지사 이거니와, 가장 중요한 문제는 화검공자라는 인물이 쌍검무쌍에 나오지 않는 인물이라는 것. 앞으로의 당소소로서의 생존을 위해서라도 위험을 무릅쓰고 만나는 편이 옳다는 생각이었다.

"오늘은 화검공자를 만나러 가야겠어."

"그럼 학사에겐 아가씨가 아직 와병 중이라 보고할까요?"

당소소는 고개를 저었다. 당소소는 그저 스쳐가는 조연이었고, 토벌당하는 악역이었다. 그렇기에 쌍검무쌍에 채 묘사되지 않은 것들에 대해 더 알기 위해선 정보가 필요했다. 그것을 알려줄 사람이 학사라면, 금상첨화일터.

"아니. 학사에게도 오라고 전해. 다시 일상으로 돌아가려면 보다 많은 것을 알아야 하니까."

하연은 일상으로 돌아가겠다는 당소소의 말에 쓴웃음을 지었지만 내색하지 않고 당소소의 명을 받았다.

"학사에게 그렇게 전하겠습니다, 아가씨."

"너무 긴장하지 마."

"예?"

"옛날엔 좀 유난스러웠어도, 지금의 난 평범한 일상이 좋으니까."

하연은 어쩐지 애달파 보이는 대답에 안타까움을 느꼈다. 당소소가 처음부터 이런 고운 심성이었더라면 얼마나 좋았을까, 오라버니인 소가주의 심기를 거스르지 않았더라면 얼마나 좋았을까. 그런 상상을 하며.

"네, 아가씨. 그럼, 자리에서 일어나실까요."

"응?"

"학사를 만나려면, 세신을 하셔야죠."

하연의 말에 당소소의 얼굴은 당혹감을 넘어 위기감으로 얼룩져갔다. 하연은 영문을 모르겠어서 고개를 갸웃했다. 그러곤 짧게 웃음을 터뜨렸다.

역시, 저 아가씨는 귀엽다.

* * *

"너무 긴장하지 마셔요, 아가씨."

"아니, 그게…. 음…. 그러니까….“

당소소가 한걸음 뒤로 물러섰다. 앞에는 적당히 뜨거운 목욕물과 그녀의 세신을 돕기 위해 서 있는 세 명의 시비, 그리고 전신을 비출 만한 커다란 동경이 있었다.

당소소는 이 상황이 낯부끄럽고 혼란스러웠다. 제아무리 자신이 당소소로 살아가야 한다는 사실을 인지했다지만 김수환으로서 스물 하고도 다섯 해를 넘게 살아온 것도 엄연한 사실이었다. 스물다섯 해 동안 김수환은, 당연한 이야기지만, 어머니를 제외한 이성과는 전혀 관련이 없던 인물이었다.

"잠깐만, 마음의 준비를…."

"네?"

"처음이라고…!"

"그게 무슨…?"

요컨대 시청각 자료로만 봐왔던 여체를 직접 보는 것은 처음이었다. 심지어 그 여체가 자신이라니. 당소소는 심호흡을 하며 마음을 다스렸다.

'이건 내 몸이야, 이건 내 몸이라고. 이건 내 몸일까?'

"병상에서 방금 일어나셔서 하는 첫 번째 세신이라 긴장하신 모양이야. 채 보지 못한 곳에 흉이 져있진 않을까, 그런 걱정을 하신 거지. 그렇지요, 아가씨?"

"으, 응…. 아니, 음…. 맞아…."

하연은 낯설어하는 시비들에게 당소소의 상황을 말하고 동의를 구했다. 당소소는 어지러운 생각이 만든 그물을 가까스로 젖히고 고개를 끄덕였다. 하연은 망설이는 당소소의 얇은 옷을 거침없이 벗겼다. 비단으로 짜낸 젖가리개와 나비가 수놓인 속곳이 모습을 드러냈다. 시비들은 익숙한 손길로 그 조그마한 천마저 벗겨냈다.

당소소는 동경에 비친 자신의 모습을 보며 헛숨을 들이켰다. 적당한 크기의 가슴과 분홍색의 첨단, 그리고 말끔하고 아름다운 곡선을 지닌 털오라기 하나 없는 전신과 은밀한 부위를 보고 있자니 몽롱한 감각마저 들었다. 당소소는 아름다웠다. 그리고 요염했다.

'꼴리네.'

"…핫!"

당소소는 고개를 저으며 정신을 되찾았다. 그리고 서둘러 자신의 가슴과 음부를 가렸다. 무언가 보아선 안 될 것을 보는 야릇한 죄악감이 들었다. 김수환이었던 그녀가 버티기엔 너무나도 자극적이었다.

그녀는 겨우 되찾은 정신을 가다듬고 얼굴을 붉히며 입을 열었다.

"화, 확실히 흉터는 없네! 다, 다행이야."

"……?"

생전 처음 보는 당소소의 행동에 세 명의 시비들은 영문을 모르겠다는 표정으로 서로 시선을 교환했다.

'뭐지? 칠혼독을 처먹고 정신이 이상해졌다더니, 미친년이 이젠 진짜로 미친 거 같은데?'

'계집애, 너 한두 번 당해보니? 헛소리 하나 안 하나 보는 거잖니.'

'진짜 이젠 지랄도 창의적으로 하는구나.'

당소소는 시비 세 명과 하연의 눈치를 보며 시선을 아래로 내리깔았다. 세 명의 시비는 어처구니 없다는 표정을 감추지 못했다. 하연은 시비들에게 내색하지 말라는 신호를 보냈다.

하연은 혼란스러워 하는 당소소에게 말했다.

"자, 아가씨. 그만 부끄러워하시고 통 안으로 들어가셔요."

"그, 부끄러워하는 건 아니고…. 좀, 자극적이라서…."

당소소의 대답에 시비들은 결국 표정 관리에 실패하고 말았다. 그녀들의 얼굴은 정확히 '초절정 고수급의 지랄을 하는 중인 당소소를 지켜보는' 표정을 짓고 있었다. 하연은 벌레 씹은 얼굴들을 하고 있는 시비들에게서 물러나라는 손짓을 했다. 시비들은 당소소의 지랄을 저 혼자 받아내겠다는 하연의 결의를 느꼈다. 그리고 재빨리 감사의 눈빛을 보내곤 서둘러 세신실을 빠져나왔다.

당소소는 하연을 슬쩍 흘겨보며 말했다.

"하연, 너도 잠깐 물러나면 안 될까?"

"왜죠?"

"…어색해."

"학사 님이 오시기까지 시간이 얼마 안 남았습니다, 아가씨. 서두르셔
야 해요."

당소소는 하연의 말을 듣고 체념했다. 정확한 내막은 모르겠지만 김수
환이 알던 여성들은 기본적으로 세 시간 이상 목욕을 했다. 하연의 말이
사실이라면, 혼자서는 힘들겠다는 합리적인 결론에 도달했다. 게다가 자
신은 부분적으로 기억을 잃은 설정 속에 있었다. 과거의 당소소를 자연스
럽게 이어받기 위해선 하연의 인도에 따르는 것이 이성적으로 옳았다.

'…세신사에게 등을 맡겼다고 생각하자.'

당소소는 심란한 마음을 정리한 후 조심스레 복욕불에 손을 담갔다. 적
당한 온기가 손끝을 타고 올라와 잔뜩 긴장한 몸을 안정시켰다. 매일 목
욕물을 준비하는 시비들의 노고가 느껴지는 온도였다. 이내 그녀는 전신
을 물속에 넣고 눈을 감으며 찾아오는 안온감을 즐겼다.

하연은 긴장이 풀린 당소소의 얼굴을 보며 머리에 온수를 끼얹었고 은은
한 약재 향이 나는 약병을 꺼내 당소소의 머리에 꼼꼼하게 발랐다. 몇 다
경의 시간 동안 꼼꼼하게 약재를 바른 하연은 머리에 다시 온수를 끼얹어
약재를 씻어냈다.

다 되었겠거니 하고 자리에서 일어서는 당소소의 어깨를 하연의 손이
막아섰다.

"아직 두 개 더 남으셨어요."

"그냥 머리만 감으면 끝 아니야?"

"평소에는 머리의 탄력을 유지하신다며 일곱 개의 약재도 바르셨는걸
요."

"미친년 아니야?"

당소소는 절로 솟는 욕설을 내뱉으며 자신의 머리를 매만졌다. 하연은

단호한 표정으로 다음 약병을 쥐고 고개를 저었다.

"들어가세요, 아가씨. 나오는 건 몸을 씻을 때예요."

"설마 몸도…?"

"부드럽고 흰 살결을 유지하신다고 다섯 개 바르셨어요."

"씨발."

당소소는 팍 인상을 쓰며 다시 목욕물에 몸을 담갔다. 하연은 후후 웃으며 당소소의 머리칼 한 올 한 올에 약재를 발라갔다. 부끄러워하던 당소소의 표정이 오직 따분해하는 표정으로 바뀌기까지 약 한 시진이 걸렸다.

그녀가 세신을 모두 마친 것은 그로부터 또다시 한 시진이 지난 후였다.

* * *

당소소는 지친 기색으로 독봉당 객실에 앉아 있었다. 장장 두 시진에 걸친 세신과 환복은 남성이었던 그녀에게 있어 너무 가혹한 일이었다.

그녀는 힘 빠진 고갯짓으로 객실을 둘러보았다. 평소에 잘 사용하지 않았는지, 청소만으로는 채 감추지 못한 낡은 가구의 모습이 당소소의 눈에 밟혔다. 그녀는 안보단 바깥을, 가족보단 타인을 좋아했기에.

'슬슬 올 때가 되었는데.'

"선생께서 오셨습니다."

당소소는 손가락을 꼼지락거리며 따분함을 죽이다가 학사가 들어온다는 하연의 목소리에 몸가짐을 단정히 하고 자세를 바로잡았다. 김수환의 삶에서 선생이라는 사람들은 그의 인생에 관심을 가져주던 몇 안 되는 인물이었다. 그녀가 무의식적으로 예의를 차리게 되는 것은 어찌 보면 당연했다.

하지만 학사에겐 그 모습이 당연하지 않았다. 흰 수염이 성성한 학사는 그녀가 정중한 자세로 자신을 기다리고 있자 제 눈을 의심했다. 재차 눈가를 비비적거리며 당소소에게 시선을 더욱 가까이 가져갔다.

"안녕하십니까, 선생님."

"어, 음…. 그래요…. 당소소 아가씨…?"

"제자라고 편하게 부르셔도 됩니다."

"……?"

학사는 자신을 안내해 준 하연을 슬쩍 돌아보며 생각했다.

'내 차례인가?'

당소소는 성도 내의 학사들에게 꽤나 유명한 존재였다. 그것도 매우 안 좋은 쪽으로.

수염을 자랑하고 다니던 학사의 수염을 잘 가르치지 못한다고 태워먹기도 했고, 그 학사가 충격으로 개인 선생직을 고사한 뒤 후임으로 온 학사의 애지중지하던 장서를 잘 모르겠다며 손톱으로 북북 찢어발기기도 했다.

흰 수염의 학사는 장서를 품에 안고 눈물을 흘리던 전임자의 모습이 아직도 머릿속에 남아 있었다. 다행히도 그 난폭한 처자는 최근 한 남자에게 꽂혀 자신의 수업을 거부하고 밖으로 쏘다니는 중이었다. 하지만 이젠 아니었다. 흰 수염의 학사는 자신도 모르게 몸을 슬쩍 비틀며 당소소에게서 수염을 가렸다.

"앉으세요, 선생님."

"히익! 으음, 크흠!"

당소소는 생글거리며 일어섰다. 학사는 당소소의 움직임에 기겁하며 뒤로 물러섰다. 당소소는 그의 반응을 낯설어하며 고개를 갸웃거렸고, 사정을 아는 하연만이 학사 뒤편에서 숨죽여 웃었다. 갈 곳 모르고 이리저리 떠도는 시선에서 절박함마저 느껴졌다.

하연은 겨우 웃음을 참고 당소소 맞은편에 있는 의자를 슬쩍 당겼다.

"어서 앉으시지요."

"아니, 그…. 그러지….''

학사는 들고 온 장서를 탁자 위에 놓았다. 대학大學이라는 제목이 적힌 책은 당연히 저렴한 재질의 것이었다. 장서야 이런 식으로 대처할 수 있다지만 수염은 가짜를 들고 올 수 없었기에 학사는 턱을 당기고 손으로 수염을 가렸다. 당소소는 그런 학사의 행동에 마냥 웃고만 있었다.

"그게 제가 오늘 배울 책인가요?"

"그, 그렇긴 하네만….''

"그럼 잠시….''

당소소는 공손한 손길로 책을 집어 한 장 한 장 넘기며 가볍게 훑어봤다. 얼마의 시간이 지났을까, 당소소의 미간이 팍 찌푸려졌다. 학사는 올 것이 왔다는 생각에 눈을 질끈 감고 자신의 수염을 가렸다. 당소소는 학사의 이상한 태도를 잠시 구경하다 책을 덮고 생각했다.

'읽을 수는 있어. 이건 당소소의 기억일 거야. 하지만…. 당장 필요한 것은 이런 먼 곳에 있는 학문이 아니야.'

"선생님."

"장서는 괜찮으니 제발 수염은…!"

"선생님?"

"으, 으흠! 왜, 왜 그러십니까. 제자님."

당소소는 학사 앞으로 책을 밀며 말했다.

"선생님은 사천성에 대해 좀 아시나요?"

"무슨 의미인지….''

"말 그대로예요. 오늘은 사천성을 주름잡는 세력들에 대해서 여쭤보고 싶어요."

"그건, 본인이 더…!"

본인이 더 잘 알지 않냐는 말을 꺼내려던 학사는 황급히 자신의 말을 잘라내었다. 한 단어만 더 나왔다간 잘리는 것은 말이 아닌 자신의 수염이 되었을 거라는 생각에 등줄기가 오싹했다.

'정말 다채로운 방식으로 사람을 골탕 먹이는 처자야.'

학사는 그녀가 저 순진한 얼굴로 자신에게 선생으로서의 가치를 증명하라 협박하는 중이라고 생각했다. 고작 학사 따위가 무림에 관해 얼마나 알고 있는지, 가볍지만 잔혹하게. 당연한 이야기지만 당소소 본인은 그런 복잡한 생각 같은 건 전혀 하고 있지 않았다.

학사는 헛기침을 하며 장서를 다시 회수하고 입을 열었다.

"사천성은 굳이 말하자면 정파의 땅입니다. 그렇지요?"

"어떤 이유에서죠?"

"먼 과거로부터 정파의 열 기둥이라 불린 구파일방의 두 문파, 즉 아미산의 '아미파'와 청성산의 '청성파'가 굳건히 자리를 지키고 있습니다. 거기에 최근 성도를 중심으로 급격히 세력을 팽창시키고 있는 사천의 당문까지. 감히 다른 사상의 세력이 비집고 들어가는 것이 힘들지요."

"그렇군요."

"그렇기에 맹점이 존재합니다."

학사는 탁자 위로 큰 원을 그리고 원 가운데 세 개의 점을 찍었다.

"보이십니까?"

"설명해 주세요."

"셋은 지리적으로 사천성의 중심인 성도와 가깝습니다. 그렇기에 성도를 가운데에 두고 신경전을 벌이고 있지요. 이렇게 한 방향으로 쏠린 시야는 다른 방향으로는 공백을 낳게 됩니다."

당소소는 학사의 말을 곱씹었다. 곧 큰 원의 가장자리를 짚으며 학사를 바라봤다. 학사는 고개를 끄덕였다.

"맞습니다. 다른 이들은 그 공백의 그늘을 마시고, 성도를 제외한 나머지 땅을 갉아먹고 있지요."

"구파일방이라 불리는 두 문파가 그것을 허락하나요?"

"스스로가 강력하다 믿기에 허락하는 것이지요. 성도의 이권만 가져온다면, 그런 오합지졸들은 한번에 쓸어버릴 수 있다는 자신감에서 나오는 행동입니다."

당소소는 학사의 말을 듣고 나서야 비로소 당청의 행동을 이해했다. 왜 독천의 금지옥엽을, 미모로 이름이 높은 독화를 그런 같잖은 사파무인 나부랭이에게 팔아치웠는지. 당소소는 자신의 이해가 맞는지 마지막으로 확인해 볼 질문을 던졌다.

"공백의 그늘을 마시는 사람은?"

"사천쌍괴四川雙怪라 불리는 잔혈객인 진명과 독두낭인 왕오겠지요."

"역시…."

당소소는 자신의 예상이 맞았음을 깨닫고 얼굴을 굳혔다.

김수환은 처음 쌍검무쌍을 읽었을 때 왜 당소소라는 미인이 그런 사파 나부랭이에게 팔아넘겨졌는지 이해하지 못했다. 그런 미인이라면, 게다가 당가의 가주가 아끼는 여식이라면 애매한 사파의 무인이 아니라 고강한 정파의 고수를 만나야 옳지 않을까 의문이 있었다.

이렇게 되어서야 알게 되었다. 이 악명 높은 아가씨를 사랑할 수 있는 사람은 이 대륙 전역, 구주팔황九州八荒을 통틀어 그리 많지 않을 터였다. 게다가 그런 여자를 위해 자신의 성을 버리고 데릴사위로서 당가에 평생 충성을 바쳐야 하는 불이익을 감수할 고수들은 더더욱 없었다. 당소소에 관한 소문이야 통제를 하면 된다지만 그 강력한 통제도 당가의 세력인 사천성을 벗어나면 무용지물이나 마찬가지였다. 그렇기에 사천성 바깥의 고수는 부적합했다. 거기에 당문과 비슷한 급의 문파라면, 당가의 눈에 차는 고수 정도라면 통제는 없는 것이나 마찬가지겠지. 그래서 사천성 안의 정파고수도 부적합했던 것이다.

그리하여 당청은 시야를 돌렸다. 성도를 두고 다투는 두 거대 문파에서 사천성의 외곽을 서서히 갉아먹는 자들에게로. 정파와 사파 어디에도 속하지 않은 무인들을 흡수해 그 몸집을 키우고 있는 사천성의 두 사파무인들에게로.

'정파의 무인들은 당청이 자신의 동생을 그런 놈에게 팔아먹을 거라곤 생각도 못 했겠지…. 아무리 당가가 암기와 독을 사용한다곤 해도 정파세력이었으니.'

당소소는 새삼 당청에 대한 혐오감이 급상승하는 걸 느꼈다. 그의 방식은 비인륜적이었고, 추잡하며 냉혹했다. 약간의 금전적 이득을 위해 김수환을 핍박하던 그자들과 똑같았다. 아직 정산이 끝나지 않았다, 일을 제대로 안 했으니 월급을 깎아야겠다, 현장 업무가 다 끝나지 않았으니 나중에 주겠다…. 김수환은 그들에게 아무 말도 할 수 없었다. 아무것도 몰랐으니까. 그들의 악의로부터 지켜줄 가정따윈 없었으니까. 그런 말을 한 다음 그들은 꽤나 비싸 보이는 차를 타고 퇴근했다.

당청도 자신의 동생을 사천성 사파의 두목에게 팔아치운 뒤, 동생이 당명의 폭력 하에 신음하는 대가로 얻은 비대칭적인 힘으로 사천성의 실권을 쟁취했을 것이다.

당소소는 이 모든 것이 마음에 들지 않았다. 갑자기 속이 메스꺼웠다. 김수환의 무지로 겨우 버텨왔던 그자들의 악의가 당소소에겐 너무나도 무섭게 다가왔다. 그녀의 팔이 서서히 떨리기 시작하더니 창백해진 안색으로 숨을 몰아쉬었다. 그녀의 창백한 낯빛을 하연이 눈치챘다.

"하악…, 하아…!"

"…아가씨?"

"아니, 아니야. 아직 괜찮으니까. 아…!"

당소소는 이내 눈물을 보였다. 헐떡이는 숨을 주체할 수 없었다. 평생을, 아니 어쩌면 그 이상 이어져 내려온 악의에 대한 공포는 혈관을 타고 걷잡을 수 없이 흘러갔다. 하연은 서둘러 당소소 곁으로 다가가 상태를 살폈다. 그러곤 학사를 바라보며 축객령을 내렸다.

"아가씨가 병상에서 일어나신 지 채 하루가 지나지 않아 상태가 많이 안 좋으시네요. 오늘 수업은 여기까지 해야 할 것 같습니다."

"그, 그런가."

학사는 복잡한 얼굴로 자리에서 일어섰다. 자신의 귀중한 수염을 지켰다는 안도감과 함께 평소와는 다른 행동을 보이는 당소소에 대한 궁금증, 당소소가 흘리는 눈물에 대한 애처로움이 한데 뒤엉킨 표정이었다.

당소소는 젖은 눈으로 학사를 바라봤다. 학사와 시선이 마주치자 당소소는 울먹이며 말했다.

"…선생님."

"……."

당소소는 무서웠다. 김수환이 겪었던 짙은 고독이 당장이라도 찾아올 것만 같았다. 혈관을 타고 흐르던 공포가 전신을 집어삼켰다. 온몸이 싸늘하게 식어갔다. 시야에 들어오는 모든 것이 아득해져가고 있었다. 그녀는 파레진 입술을 떨며 조용히 절규했다.

"도와주세요…."

학사는 당소소의 말에 숨을 멈추고 멈춰 섰다.

"아가씨, 지치셨습니다. 그만 쉬러 가시지요."

하연은 그런 학사에게 짧게 목례를 건네며 당소소를 침소로 이끌었다. 하연과 당소소가 사라진 뒤에도 학사는 그녀들의 빈자리를 바라보고 있었다. 그녀는 무엇을 도와달라고 한 것일까, 그런 생각을 하며 꽤나 오랫동안.

❈ ❈ ❈

학사는 독봉당을 걸어 나와 조금 더 걸어 별채 구역을 완전히 빠져나왔다. 그리고 뒤를 돌아 자신이 지나온 곳을 바라봤다.

당가의 중심인 내각內閣과 꽤나 먼 거리인 외각外閣 구역. 외각에서도 또 한참 떨어져 있는 별채. 독봉당은 그 별채 구역 내에서도 꽤 변두리에 있었다. 당소소에 대해 소문만 들었을 때는 그저 유난스런 아가씨라 개인적인 의사를 존중해 이런 구조를 만들었겠거니 막연하게 생각했었다. 하지만 이젠 그것이 개인적인 의사만은 아니었다는 걸 느낄 수 있었다.

"수업은 잘 마치셨는지요."

낯익은 목소리에 학사는 소리가 나는 쪽으로 몸을 돌렸다. 자신에게 당소소의 교육을 맡아 달라 부탁했던 자가 눈앞에 서 있었다.

"…소가주께서 여동생의 학업에 그리 관심이 많은 줄은 몰랐구려."

"천방지축이긴 하나 그래도 혈육이잖습니까?"

"잘 마쳤다네. 궁금한 점은 그뿐이신가?"

"소소는 당가의 독에 중독되어 어제 병상에서 일어났습니다."

당청은 학사의 말에 슬쩍 운을 띄웠다. 학사는 파리했던 그녀의 안색과 떨림을 주체하지 못했던 손을 떠올렸다. 당청이 웃는 낯으로 말을 덧붙였다.

"수업 중에 이상한 말을 하더라도 그것은 기억의 혼탁 때문이지, 당가 내부에서 문제가 있었기 때문은 아니라는 겁니다."

"그렇군."

"학사 님이라면 잘 이해하실 거라 믿습니다. 저의 스승이기도 하셨으니."

학사는 당진천의 등쌀에 못 이겨 맡았던 어린 시절 당청을 떠올렸다. 당진천의 호들갑대로 그는 꽤나 머리가 비상했다. 하나를 알려주면 열은 아니어도 다섯 정도는 깨우쳤고, 채 깨우치지 못한 다섯은 잔꾀로 채우는 성격의 천재. 그 천재의 성격은 지나치게 이성적이었다. 사람에 대한 이해가 부족할 정도로.

"…덕을 잃지 마시게. 소가주."

"어릴 때 지긋지긋하게 듣던 말이군요, 학사 님."

"그저 늙은이가 노파심에 하는 이야기니, 너무 마음 쓰진 말고."

"항상 걱정해 주시는 덕에."

당청은 학사를 향해 포권을 했다. 학사가 짧은 목례로 답하며 당가를 나섰다.

* * *

하연은 안색이 파리해진 당소소를 침상에 눕히고 이불을 덮어주었다. 마치 전신에서 피가 다 빠져나간 듯 몸이 얼음장 같았다.

혹시 자신이 목욕을 오래 시킨 탓은 아닐까? 아니면 채 가시지 않은 칠혼독의 여파가 아직 남아 있는 것일까? 부정적인 의문들이 꼬리에 꼬리를 물고 머릿속을 가득 채웠다.

당소소가 떨림이 가득한 손길로 하연의 소매를 부여잡았다.

"난, 괜찮아."

"거짓말이 너무 서투르세요."

하연은 당소소의 이마에 맺힌 식은땀을 닦아냈다. 당소소는 고개를 저었다. 그녀의 몸은 겁에 질린 것뿐이었다. 어찌할 도리가 없는 악의 때문에 오는 단순한 공포. 당소소는 비척거리며 침상에서 일어났다. 하연은 그런 그녀를 강제로 눕히기 위해 다가갔다.

당소소가 손을 들어 하연을 제지했다.

"하연."

"…네, 아가씨."

"잠시, 자리를 좀 비켜줘."

"아가씨, 휴식을….""

"하연!"

당소소가 버럭 소리를 질렀다. 하연이 놀라 어깨를 움찔했다. 기억 속 그 목소리였다. 하연을 바라보는 눈빛도 기억 속 그것과 흡사했다. 하연은 자기도 모르게 뒤로 물러섰다.

"자리를, 비켜줘."

당소소의 명령에 하연은 아랫입술을 질끈 깨물었다. 곧 고개를 숙이고 도망치듯 침소를 빠져나갔다. 하연이 사라지자 당소소는 잔뜩 달아오른 숨을 내뱉었다. 그리고 곧장 탁상 위에 놓인 장식품을 모조리 손으로 밀쳐 떨어뜨렸다.

챙그랑!

장식품 깨지는 소리와 함께 당소소의 난동이 시작되었다. 금으로 만든 비녀를, 옥을 깎아 만든 노리개를, 장인이 빚어낸 청자를 모조리 방바닥에 던졌다. 그리고 다시 숨을 내뱉었다.

"하앗, 하아…!"

당소소의 정신이 혼미해져갔다. 필사적으로 이성을 유지하려는 김수환의 정신을, 당소소의 감정이 멱살을 쥐고 이리저리 흔드는 듯했다. 나는 이렇게 힘든데 너는 왜 참으려 하냐는 듯. 당소소의 가슴 속에서 터져 나오는 격정은 그리 외치는 듯했다.

당소소의 시선이 흐르고 흘러 자신을 비추고 있는 동경에 도달했다. 당소소는 손에 쥐고 있던 조각상을 동경을 향해 던졌다.

찌억!

동경에 여러 줄 금이 갔다. 당소소의 모습이 여러 갈래로 부서져 보였다. 당소소는 동경에 다가가 상체를 들이밀었다. 김수환의 이성을 부여잡고 있던 당소소의 감정이 살짝 느슨해졌다. 당소소는 숨을 들이 쉬고는 여러 개로 조각난 스스로를 바라봤다. 그러자 뜨거웠던 머릿속이 차갑게 가라앉는 것 같았다. 당소소의 입가에 자조의 빛이 스쳤다.

"뭐하는 짓이야, 이게."

당소소는 당소소를 책망했다. 그녀는 금이 간 동경의 한 조각에 손을 가져다 댔다. 손가락에서 피가 배어 나와 동경을 적셨다. 그리고 자신이 벌인 난동을 돌아봤다. 발화점은 김수환의 일생과 당청의 악의였지만, 그럼에도 불구하고 당소소를 움직인 건 자신의 의지만은 아니었다.

'넌, 대체 무슨 일을 겪었던 거냐?'

당소소는 칠혼독을 먹기 이전부터 가슴 속에 품고 있던, 쌍검무쌍에도 나와 있지 않은 시간에 가려진 원래 당소소의 결함이 궁금했다. 학사 앞에서 난데없이 찾아든 아득한 공포와 홀로 남은 방에서 느낀 목을 죄여오는 분노. 모두 자신의 것이 아니었지만 자신의 것이 되어버린, 과거의 당소소가 품고 있는 감정들이었다. 그녀의 몸에 남아 있는 그 감정적 결함이 사소한 것에도 격한 반응을 보이며 김수환의 정신을 제멋대로 움직이고 있었다.

'난, 어떻게 반응해야 하는 거지?'

당소소는 피에 젖은 동경 조각을 바라봤다. 그녀가 작중에 등장하는 시점은 지금으로부터 2년 후. 역시나 돌아오는 대답은 없었다.

"아가씨, 무언가 깨지는 소리가 들려서 와봤…!"

도저히 참지 못하고 다시 침소로 돌아온 하연을 맞은 것은 풍비박산이 난 방과 손가락에서 피를 흘리며 어깨를 들썩이는 당소소였다. 작은 어깨를 파르르 떨면서 하연의 시선을 피하는 당소소. 하연은 그 광경을 말없이 바라보다 소매에서 천 하나를 꺼내 당소소의 손가락을 지혈했다. 왠지 모르게 익숙한 그녀의 행동에 당소소는 맥이 풀린 음성으로 하연에게 말했다.

"나, 과거에도 종종 이랬었나?"

"자주 그러셨어요."

"이유는 알고 있어?"

"아뇨, 아가씨가 난동을 부리는 이유는 가주 님조차 알지 못하셨어요."

하연은 그렇게 대답하며 당소소의 손가락을 천으로 동여매고, 바닥에 떨어진 장신구들을 익숙한 모양새로 주웠다. 당소소는 침상에 털썩 주저앉아 그 광경을 바라봤다. 그리고 나지막이 말했다.

"하연. 힘들면, 도와주지 않아도 돼."

당소소의 말에 하연이 몸을 일으켜 그녀를 바라봤다. 당소소는 짧은 시간 안에 이 격정을 통제하는 것은 불가능하다는 걸 직감하고 있었다. 이것은 김수환에게서 비롯된 것이 아닌, 이전의 당소소에게서 비롯된 것이기 때문이었다.

그리고 당소소는 누구보다 혼자가 되는 것에 익숙했다. 당소소는 누군가 반드시 상처를 받아야 한다면 그것에 익숙한 사람이 받는 것이 나으리란 결론에 도달해 있었다. 당소소의 결정은 본인의 기준에선 일견 타당한 면이 있었다.

당소소는 잠시 망설이다 입을 열었다.

"어떻게든 혼자 해결해 볼 테니까. 남의 평범한 인생을 뺏어가면서까지

내 평범한 인생을 찾겠다면 그건 불공평하잖아."

"아가씨."

"그래. 그동안 고마웠어."

하연은 잔뜩 상처받은 얼굴로 눈을 감은 당소소를 바라봤다. 마치 덩치만 큰 순한 개가 벌 받기를 기다리는 것 같은 모습에 하연은 참지 못하고 웃음을 터뜨렸다.

"정도껏 귀여우세요."

"…어?"

하연은 허리를 굽혀 나머지 장신구들을 주웠다. 당소소는 멍한 얼굴로 하연의 모습을 쳐다볼 뿐이었다.

✳ ✳ ✳

하연이 청소를 마친 방 안은 언제 그랬냐는 듯 다시 말끔해졌다. 당소소는 하연의 등쌀에 못 이겨 이불을 덮고 가만히 천장을 바라보고 있었다.

"화검공자에게 오늘은 보지 못한다고 전하겠습니다, 아가씨."

"아니야. 오늘 봐야겠어."

당소소는 이불을 걷고 몸을 일으켰다. 약간 비틀거렸다. 하연은 걱정스런 말투로 당소소를 제지했다.

"아직 진정되시지 않은 것 같은데요."

"이제 괜찮아."

"아가씨, 지금 팔이 떨리고 계세요."

"아, 아닌데?"

당소소는 하연의 말에 고개를 저으며 자신의 팔을 부여잡았다. 하연은 어처구니 없는 행동 때문에 웃으면서도 걱정스런 눈길을 던졌다. 그럼에도 당소소에겐 양보할 수 없는 것이 있었다. 최대한 빨리 사천성의 사건에서 자유로워지는 것.

전생의 기억에서도 쌍검무쌍의 초반부인 사천성 편은 미지의 공간이었다. 주인공은 그저 당소소를 구하고 당가에서 해독제와 함께 간단한 보상을 받고 떠날 뿐이었다.

만독불침지체萬毒不侵之體라는, 별것 아닌 보상을.

'씨발, 진짜 좆같네.'

당소소는 속으로 주인공의 운을 부러워했다. 하다못해 다른 장소의 등장인물이었다면 이것보다 막막하지는 않았을 것이다. 주인공이 얻을 수십 가지의 기연 중 단 하나만 가져와도 지금의 상황은 해결이 가능했을 테니까.

하지만 사천성의 기연은 접근이 불가능했다. 죽은 줄 알았던 당가의 초절정고수인 독무후毒武后가 주인공이 당가에 찾아올 시점에 등장하고, 당소소를 구해준 대가로 해독제와 함께 만독불침지체를 선물하는 것이었으니까. 그리고 주인공을 맞이한 당가의 가주는 당청이었다.

'하지만 독천 당진천은 소설 속에 없었어.'

소설 속에서 신화 속 인물처럼 묘사되는 천하십강天下十强. 그들을 구시대의 망령 취급하며 현시대의 최고 고수들이라 내세워진 구주십이천九州十二天 중의 한 명인 독천 당진천. 쌍검무쌍에 그는 등장하지 않았다. 하지만 지금 이곳에서는 존재하고 있었다.

'당청의 계획을 엎어버리려면 아버지의 힘이 필요해.'

당소소는 아빠라고 부르자 헤벌레한 표정으로 자신을 바라보던 당진천을 떠올렸다. 그리고 쌍검무쌍 속 당소소를 떠올렸다.

'자신이 누리던 모든 것을 잃고 추락한 뒤 유일하게 자신을 생각해 주던 아버지조차 없었던 그녀는 어땠을까. 그런 그녀를 구해준 주인공이 그

녀에게 있어선 얼마나 큰 존재였을까. 그리고 그런 존재에게 버림을 받은 그녀는 또 어떤 기분이었을까.'

"후우."

당소소는 숨을 고르며 부정적으로 뻗어가는 생각을 접었다. 아직 당소소의 아버지는 존재했고, 주인공 또한 당소소를 버리기는커녕 아직 조우조차 하지 않은 상태였다. 일단 당청의 계획을 무산시키고 사천성이라는 무지의 감옥을 빠져나가는 일이 당소소에겐 최우선이었다. 당소소는 빠져나가기만 한다면 쌍검무쌍의 이야기들을 이용할 수 있을 거라 확신했다.

하연은 당소소에게 외투를 갈아입히며 넌지시 말했다.

"꼭 가셔야겠다면, 마차를 준비해 놓도록 할게요. 아마 지금쯤이면 화검공자는 애월루에 있을 거예요."

"애월루愛月樓라면?"

"…그, 기녀들이 있는….."

하연은 자신의 입으로 말하기 부끄러운지 얼굴을 붉혔다. 당소소는 갈아입은 외투의 옷깃을 여미며 고개를 끄덕였다.

"그럼, 갔다 올게."

"…네, 아가씨."

하연은 잠시 머뭇거렸지만 고개를 끄덕이며 당소소를 보내줬다.

바뀐 아가씨는 너무나도 위태로워보였다.

✢ ✢ ✢

성도의 밤. 침묵과 어둠이 내린 거리를 마차 한 대가 조용히 지나가고 있었다. 홍등이 걸린 샛길로 방향을 틀자 사라졌던 소음과 활기가 마차를 반겼다. 집집마다 걸린 홍등은 길거리를 거니는 자들의 욕망을 비췄고,

간드러지는 비음과 비파 소리가 그들의 손을 잡아 기루로 이끌었다.

유흥가에 들어선 마차는 가장 큰 활기를 토해내는 기루 앞에 멈춰 섰다. 마부가 마차 문을 열자 수수한 복색의 당소소가 모습을 드러냈다. 길을 거닐던 자들은 그녀의 정체를 확인하더니 딴청을 피우며 애월루에서 멀어졌다. 당소소는 그들을 흘낏 바라보며 고개를 올려 기루의 현판을 확인했다.

애월루

당소소가 애월루로 들어섰다.

"어서오…. 어, 어서오십쇼, 당소소 아가씨!"

느슨한 태도의 점소이가 목에 핏줄을 세워가며 인사를 했고 왁자하던 기루 1층이 순간 고요해졌다. 당소소는 상황을 이해하지 못한 채 그저 고개를 끄덕이며 점소이의 인사를 받았다. 점소이가 바짝 긴장한 몸짓으로 그녀에게 다가왔다.

"화검공자 님은 4층에 있습니다. 늘 먹던 것으로 드릴까요?"

"…내가 늘 뭘 먹었는데요?"

"애월루 특제 오향장육과 저 먼 남해에서 잡아온 생선튀김, 애월루에서만 맛볼 수 있는 연와 요리, 운남성에서만 구할 수 있는 과일들…."

"소면과 죽엽청을 주세요."

점소이는 당소소의 태도에 잠시 눈을 가늘게 떴다.

'당소소가 아닌가? 당가에 쌍둥이 딸이 있던가? 아닌데…. 원래 보자마자 복장이 마음에 안 든다고 지랄을 했을 텐데…?'

"저기요?"

"아, 앗! 네. 바로 4층으로 안내하겠습니다."

점소이는 기겁을 하며 발을 놀렸다. 그녀는 애월루의 몇 안 되는 단골이자 큰 손. 예민한 그녀의 심기를 건드렸다간 애월루주에게 무슨 꾸지람을 들을지 몰랐다. 점소이의 옷소매에 먼지가 묻었다며 당장 루주를 불러오라던 그 지랄은 이미 업계에선 유명한 일화였다.

그는 넋을 놓고 있던 자신을 책망하며 서둘러 당소소를 4층으로 안내했다.

"이곳입니다."

점소이의 안내로 들어선 4층. 값비싼 예술품들이 벽에 걸려 있고 창가엔 붉은 빛으로 밝힌 밤과 달 한 조각이 걸려 있었다. 천장에 형형색색의 꽃등이 불을 밝힌 가운데 한 사내가 여러 기녀를 끼고 놀고 있었다.

"요년, 가슴 봐라. 만지니까 커지잖아."

"아핫! 그런가?"

왼편에 위치한 기녀의 분홍빛 과실을 주무르며 입가에 가져다 대는 사내. 얇은 신음을 내던 기녀는 당소소의 얼굴을 보고 헛바람을 들이키며 사색이 되었다.

"독화, 님…."

"여어, 왔네. 오늘은 좀 늦었는걸."

당소소가 말없이 그에게 다가갔다. 옆에 있던 기녀들이 주섬주섬 옷을 챙겨 입고 서둘러 자리를 피했다. 그는 아쉬운 얼굴로 기녀들을 불렀다.

"어디 가? 내가 옆에 있으면 괜찮다니까."

"화검공자 님이 항상 있을 것도 아니잖아욧!"

"아니, 뭐 그것도 그렇긴 한데…."

"아, 저 미친년한테 찍혔어…. 나 어떡해…."

어떤 기녀들은 눈물을 보이기까지 했다. 화검공자는 황당하다는 듯 어깨를 으쓱이며 당소소를 향해 말했다.

"얼마나 애들을 못살게 굴었으면 저러는 거야, 소소."

"……."

당소소는 화검공자의 달콤한 말에 인상을 찌푸렸다. 짙은 눈썹, 미형의 얼굴. 화검공자라는 별호가 전혀 아깝지 않은 자였다. 그리고 시선을 사로잡는 푸른색 눈동자. 그 눈동자는 쌍검무쌍 안에서도 단 한 명에게만 존재하는 특징이었다.

'마도공자魔道公子 사마문이 대체 왜 여기에?'

"어서 옆으로 와, 소소. 할 이야기들이 오늘도 많아."

쌍검무쌍 후반부에 등장해 주인공을 매번 역경에 빠뜨리고 온갖 혈사를 일으키던 마교의 소교주, 마도공자. 화검공자의 정체는 바로 마도공자 사마문이었다. 사마문은 잔뜩 굳어 있는 당소소의 얼굴을 보며 은근한 미소를 지었다.

"질투하는 거야?"

'뭐라는 거야, 미친 새끼가.'

당소소의 볼살이 움찔거렸다.

2장

만마과해
瞞魔過海

만천과해瞞天過海.

하늘을 속여서 바다를 건넌다. 적의 눈을 속이고 심리의 맹점을 찔러 승리하는 것.

지금부터 나는 악마의 눈을 속여야 한다.

* * *

"질투하는 거야?"

당소소는 하고 싶은 수많은 말을 입꼬리와 함께 꾹 눌러 담고 사마문에게 다가갔다. 당청이야 자신을 팔아먹는다는 명확한 보험이 있으니 욕설을 입에 담아도 별 탈이 없었지만 마도공자의 경우는 달랐다.

그는 수틀리면 죽이고, 가지고 싶은 것은 빼앗고, 원하는 여자가 있다면 주저 없이 겁간하는 쌍검무쌍 후반부의 악역. 무공은 그의 더러운 인성에 걸맞게 기연을 거듭한 주인공과 겨룰 정도로 고강했다. 그는 정말로 정말로 걸어 다니는 재앙이었다.

"앉아, 소소 네 덕분에 깨진 홍, 네가 책임져줘야지."

당소소는 아무 말 없이 사마문 곁에 앉았다. 사마문은 굳어 있는 당소소를 보며 엷은 미소를 띠더니 짓궂은 말투로 대답이 없는 당소소를 채근했다.

"너무 그렇게 화내지 마. 처음 볼 때도 그랬잖아? 난 자유로운 바람과 같은 사람이라고 말이야. 그렇게 집착하는 건, 그런 귀여운 외모랑은 안 어울려. 비록 이 몸이 독화 당소소의 마음에 쏙 든다고 해도 말이야."

'내가 이 미친놈을 어떻게 대했을까.'

당소소는 마냥 웃고 있는 그를 바라봤다. 그는 화검공자로서 당소소에게 편하게 대하라는 태도를 취했을까? 아니면 마도공자로서 당소소가 우러러보는 대상이 되길 원했을까. 그가 마도공자만 아니었어도 기억을 잃었다는 사실을 밝히고 자신의 태도를 정한 뒤 평소의 자신에 대해 물어볼 수라도 있었을 텐데.

태도에 대해 고민하던 당소소는 미간을 찌푸렸다. 사마문이 그녀 옆에 찰싹 붙어 술을 따르고 있었기 때문이다.

"오늘따라 쌀쌀맞네. 평소엔 그렇게 좋아서 엉겨 붙더니 말이야."

"그, 그런가?"

당소소는 사마문을 슬쩍 밀어내며 옆으로 조금 옮겨 앉았다. 사마문은 낯선 태도의 당소소를 유심히 지켜보다가 고개를 끄덕이며 자신의 술잔을 당소소 앞으로 내밀었다. 당소소는 흠칫 놀라며 사마문을 경계했지만 이내 빈 술잔을 확인하고선 가슴을 쓸어내렸다.

"한 잔 따라줘. 오늘도 사문에서 계집질이나 한다고 혼났지 뭐야. 풍류를 즐기는 것뿐인데 말이야. 영웅호색, 당연한 이치 아니겠어?"

"으, 응…. 뭐…."

당소소는 미적지근한 태도로 고분고분하게 사마문의 잔을 채웠다. 사마문은 잔을 유심히 살피더니 픽 웃으며 잔을 꺾었다. 입 안을 가득 메우는 미주의 향기에 미소가 절로 짙어졌다.

"헌데 말이야. 소소."

"왜…? 아니, 왜요?"

"어울리지 않게 존댓말은. 꽤나 많이 삐진 모양이야."

"아니요, 아니…. 삐진 거 아니야."

슬쩍 떠본 바로는, 사마문은 마도공자보다 화검공자로서 당소소에게 다가간 듯했다. 그가 그것을 원한다면 호색한에 음주가무를 즐겨하는 청성의 탕아로 대해주는 것이 옳았다. 그래도.

'진짜 못해먹겠네, 씨발.'

남자의 자아를 가지고 자신에게 껄떡이는 남자에게 비위를 맞추기란 여간 어려운 일이 아니었다. 당소소는 치밀어 오르는 본능을 지그시 누르고 잔뜩 굳은 얼굴에 웃음을 그리며 물었다.

"그런데 뭘 물어보려고 했던 거야?"

"두 달 정도 애월루에 모습을 보이지 않더라고. 소소도 나만큼은 아니지만, 그래도 애월루 단골이었잖아? 무슨 일이라도 있었어?"

"아아, 그거…. 잠깐 몸이 좀 아팠어."

사마문은 몸을 숙여 당소소 눈앞으로 얼굴을 가져다 댔다. 당소소는 본능적으로 몸을 뒤로 움츠렸지만 뒤통수를 잡은 사마문의 손이 그것을 용납하지 않았다. 그의 푸른 눈동자가, 짙은 눈썹에 날카롭고 영준한 미형의 얼굴이 당소소의 얼굴에 맺혔다.

"…괜찮은 거 맞지, 소소?"

"으, 응…."

"그럼 다행이야. 사천성 모두가 아끼는 당소소 아가씨의 용태가 중하지 않다니, 나도 안심이고."

사마문이 눈웃음을 던지며 멀어졌다. 그제서야 왜 당소소가 그에게 반했는지 깨달았다. 일단 그는 잘생겼다. 그리고 자신이 잘생겼음을 알고 있었다. 또한 그 외모를 어떤 식으로 활용해야 하는지도.

그 점이 남자였던 당소소에겐 심히 불쾌했다.

'내가 쓰러져 있던 기간은 두 달. 애월루의 단골이고, 화검공자에겐 단단히 반해 있었다….'

짤막한 대화로 알아낸 정보치곤 꽤나 괜찮았다. 거기에 화검공자가 사실은 마도공자라는 사실까지. 다 괜찮았나. 옆에 앉아서 손을 만지작거리는 사마문만 제외하면.

'이 새끼, 왜 이렇게 노골적이지?'

당소소는 사마문의 태도에 의심을 품었다. 아직 그와 이어지진 않았을 것이다. 만약 그런 것을 시도했다면 당소소를 팔아 사천을 지배하려는 당청과 당소소를 끔찍이 아끼는 당진천이 가만 두지 않았을 것이다.

이곳은 마교의 힘이 미치지 못하는 곳. 제아무리 마도공자라도 사천의 호족인 사천당가의 분노를 맨몸으로 받기엔 너무 위험하니까.

'하연은 내가 화검공자를 쫓아다녔다고 말했어.'

당소소는 그 말에 동의했다. 그녀라면 그랬을 것이다. 쌍검무쌍 속 당소소에게도 맹목적인 성격이 자주 묻어나왔다. 주인공을 너무 사랑해 주변인을 중독시키는 행동이나, 당가에서 가져온 마비독으로 그를 마비시켜 자신의 방으로 데려오려고 하는 것이나.

'새삼 느끼는 거지만 진짜 미친년이었네.'

당소소는 쌍검무쌍 속 자신의 행적에 고개를 저었다. 겁을 먹고 4층을 황급히 떠나던 기녀들에게서도 그 편린이 묻어나왔다. 거기까지 생각이 미치자 당소소는 자신의 변화에 내심 놀랐다. 김수환 시절의 그였다면 기녀들의 태도에는 관심도 가지지 않았을 것이다. 기본적으로 남에게 관여하지 않는 성격이니까.

당소소의 복잡한 생각은 사마문의 접촉으로 싹 달아났다. 당소소는 사마문에게서 슬쩍 손을 빼며 멋쩍은 웃음을 지었다. 사마문은 퇴짜 맞은 자신의 손을 조용히 바라보다 당소소를 노려봤다. 당소소는 히끅거리는 소리를 내며 그 시선을 마주했다. 제아무리 그를 대하기 껄끄럽다 해도 그는 마도공자였다. 이렇게 노골적으로 싫어하는 티를 내면 그녀의 목숨이 위태로울 터였다.

"아하하, 아직 몸이 좋지 않아서…."

"…그런가. 소소, 그래도 병상을 털고 일어난 기념으로 술 한 잔은 마셔야 하지 않겠어?"

사마문은 당소소에게 보란 듯이 술병을 들어 올렸다. 당소소는 미주의 달큰한 향에 침을 삼키면서도, 엊저녁의 자기 모습을 떠올리며 충동을 묶어놓는 데 성공했다. 당소소는 고개를 저어 거부 의사를 밝혔다. 그러자 사마문의 날카로운 시선이 그녀의 안온한 심정을 찢고 들어왔다.

"오늘 같은 날 마셔야지, 언제 마시겠어? 당문이 엄하다곤 해도 오늘 같은 날은 마셔줘야 해."

"아직 스무 살도 안됐고, 혹시라도 마시고 탈이 날 수도 있으니까…."

"싫어?"

그의 눈초리에서 과거가 읽혔다. 당소소의 눈썹이 움찔거리며 위기를 감지했다. 꽤나 자주 겪어본 상황이었다. 건설 현장의 회식 자리. 현장소장의 술잔을 거부하던 김수환이 어떻게 되었는지, 당소소는 누구보다 잘 알고 있었다. 하물며 상대는 마도공자이니 더한 꼴이 될 것임은 어린아이라도 예측할 수 있었다.

"…한 잔 따라줘."

"당문 아가씨의 첫 술은 역시 사천성의 노주노교瀘州老窖겠지. 이봐!"

"네, 부르셨나요?"

사마문의 부름에 점소이 한 명이 쟁반을 손에 들고 올라왔다. 당소소의 눈에 익숙한 그녀의 손엔 소면과 죽엽청이 들려 있었다.

"마침 주문하신 소면과 죽엽청을…."

"잠깐. 너, 여기가 어느 안전이라고 그런 조잡한 음식을 가져오느냐?"

사마문은 축 깔린 음성으로 점소이를 핍박했다. 점소이는 황당한 얼굴로 당소소를 바라봤다. 그러곤 억울함이 뚝뚝 묻어나는 말투로 그의 말을 반박했다.

"전, 당소소 아가씨의 주문대로 가져온 것뿐인데…."

"너, 애월루에서 근무한 지 얼마나 됐지?"

"이제 반 년 정도입니다."

"그 정도 근무했으면서 당문 아가씨 취향도 몰라? 남해의 생선튀김이 잖아. 정신 차려야지. 단골도 그냥 단골이 아니라 애월루의 전체 매상 절반을 올려주는 단골이잖아. 안 그래? 평생 보잘것없는 점소이로 구를 거야?"

사마문은 웃는 낮으로 점소이에게 다가갔다. 미형의 얼굴에선 어딘지 모를 공포가 묻어나왔다. 점소이는 그저 고개를 끄덕이며 몸을 벌벌 떨었다. 사마문이 슬쩍 당소소를 돌아봤다. 그가 봐왔던 당가의 아가씨는 이런 식으로 남을 곤란하게 만드는 일을 즐겨했다. 하지만 썩 마음에 들어 하는 눈치가 아니었다.

'부족한가보군.'

사마문은 점소이의 품에 은전 하나를 꽂아주며 거만하게 말했다.

"처신 잘하라고."

"죄, 죄송합니다! 서둘러서 다시 준비하겠습니다…."

"그래, 가봐. 사천성에서 살고 싶으면 똑바로 하고 다니고."

"아니. 내가 시킨 거 맞으니까 여기 내려놔."

차가운 당소소의 목소리가 점소이의 발걸음을 얼어붙게 했다. 사마문을 만날 때부터 복잡한 감정이 요동치던 얼굴은 이제 아예 무표정으로 굳었다. 사마문은 정색하는 당소소를 보며 키득거리며 점소이의 뺨을 툭툭 쳤다.

"소소답지 않게 왜 그래? 이런 쓰레기가 가져온 쓰레기같은 음식엔 손도 안 댔었잖아? 이 새끼 이거, 가만 보니까 복장도 좀 비뚤어졌는데? 야, 진짜 너 제정신이 아니…."

"내려놓으라고."

"예? 예! 아가씨."

"…."

사마문은 갑자기 흥미가 동했다. 화검공자가 아닌 마도공자로서의 관심이었다.

그는 웃음을 멈추지 않고 점소이에게 말했다.

"너, 움직이면 죽는다."

"…예?"

"농담하는 거 같아?"

사마문은 점소이의 목에 얇은 칼집을 내며 그 의문을 도로 집어넣어 주었다. 검은 튀어나오지 않았는데 어찌 자신의 목에 칼자국이 났는지는 점소이에게 중요하지 않았다. 그가 마음만 먹으면 검이 있든 없든 자신의 목숨을 거두는 것쯤이야 주머니 속 물건 꺼내듯 쉬운 일일 테니.

점소이는 어찌할 바를 모른 채 떨리는 동공으로 당소소를 바라보고 있었다. 어디선가 본 적 있는 시선이었다. 당소소는 자리에서 일어섰다. 사마문이 풍기는 냉랭한 기운 때문인지 다리가 잘게 떨렸다.

　그녀는 누군가가 자신을 구해주길 바랐다. 거울 속에서 자신을 바라보고 있는 김수환은 그렇게 생각했을 것이다. 제발 도와줘. 공허한 표정으로 정면을 응시하던, 증명사진 속 그는 그렇게 절규하고 있었다. 당소소는 떨고 있는 점소이와 눈이 마주쳤다. 아마, 그녀도 속으로 울부짖고 있을 거라 생각했다.

　살려줘.

　"알았어."

　"소소, 너도 와서 한마디 해. 이 쓰레기가 거슬리지 않아?"

　"……."

　당소소는 건들거리는 사마문을 무시하고 점소이에게 다가섰다. 점소이의 눈은 금방이라도 울음이 터질 듯 촉촉했다. 자신에게 왜 그런 걸 시켰는지 원망이라도 하는 듯했다.

　당소소는 한숨을 쉬었다. 맨 정신으로는 절대 하지 못할 일을 해야 했기에, 당소소는 잠깐의 망설임을 끝내고, 쟁반 위의 죽엽청을 뺏어들어 병째로 들이켰다.

　쨍그랑!

　그리고 병을 바닥에 던지며 게슴츠레한 눈으로 점소이를 노려봤다. 점소이는 이제 눈물을 뚝뚝 흘리며 눈을 감고 체념한 듯 죽음을 기다리고 있었다.

　"끄윽. 취하네."

　"소소? 그걸 한번에…?"

　"그만 좀 껄떡이고 입 좀 닥쳐, 양아치 새끼야."

　"……?"

　"좆같은 새끼가 못하는 짓이 없어. 개같이 잘생겼으면, 착하게나 살 것이지.”

사마문은 갑작스레 내뱉어진 욕설에 넋을 놓았고 당소소는 비틀거리며 점소이를 가리키며 말했다.

“야.”

“네, 넷!”

“당장 꺼져.”

“히이익!”

사마문은 태도가 바뀐 당소소에게 흥미가 동해 황급히 자리를 피하는 점소이를 잡지 않았다. 단지 이 술 취한 처자가 어떤 짓을 하는지가 그의 관심사였을 뿐. 당소소는 멍한 얼굴로 사마문을 바라봤다. 사마문은 자신의 턱을 쓰다듬으며 그 시선에 대해 물었다.

“왜 그러지? 내 얼굴에 뭐가 묻었나?”

“착하게 살아라, 씨발아. 안 그럼 그 시퍼런 눈깔, 너보다 더 잘난 누가 파버릴 거니까.”

“……”

“어, 천장이 도네.”

쿵!

당소소는 그 말을 남긴 뒤 풀썩 쓰러졌다. 사마문이 쓰러진 당소소의 어깨에 손을 올리자 수많은 그림자가 사마문을 덮었다. 사마문은 당소소에게서 손을 거뒀다.

“당가의 무인들이신지?”

“단혼사斷魂士라고 불리고 있네. 청성의 탕아여.”

자신을 단혼사라 소개하는 백발의 노인. 사마문은 단혼사라는 말에 거둔 손으로 주먹을 쥐었다.

“이거, 실례했습니다. 당가의 이인자가 말괄량이 아가씨를 돌보고 있을 줄이야.”

“앞으로도 실례할 일이 없다면 좋겠군. 가주께서 끔찍하게 아끼는 고명딸을 자네 같은 놈팽이에게 놀아나게 할 수는 없지 않겠나?”

“…깊이 새기겠습니다, 어르신.”

사마문은 단혼사의 말에 차갑게 미소 지었다. 치솟는 살심. 하지만 이곳은 사천당가의 영역이다. 그들은 지독했다. 그리고 철저했다. 건드릴 순 있지만 굳이 건드리고 싶진 않았다. 마교는 아직 침묵을 지키고 있고, 자신도 아직 화검공자라는 가죽이 마음에 들었다.

“그럼, 다음에 뵙지요.”

사마문은 뒷짐을 진 채 슬쩍 목례를 하며 아래로 내려갔다. 단혼사는 사마문의 뒷모습을 바라보다가 한숨을 쉬며 쓰러진 당소소를 내려다봤다.

“그래도 술은 안 마셨었는데….”

단혼사는 부쩍 자신에게 딸 자랑을 하는 가주를 떠올리며 그녀를 들쳐 업었다.

‘아니, 아빠라고 불렀다니까? 자네, 딸 없지?’

‘아들은 있습니다만….’

‘쯧쯧! 그 나이가 되도록 딸아이가 없다니. 그러니까 그렇게 폭삭 늙었지!’

‘얼마 전까지만 해도 아저씨라고 불리셨다고…?’

‘어허!’

그는 당가의 문제아가 병상에서 일어나더니 좀 더 교활해졌구나, 라는 생각을 하며 고개를 저었다.

✼ ✼ ✼

마도공자 사마문은 자리에 앉아 턱을 괴었다. 바닥에는 당소소가 던져 둔 술병의 조각들이 여기저기 널려 있었다. 그에게 있어서 당소소는 화검 공자를 연기하기 위한 도구이자 막간의 여흥이었다.

"눈깔을 파버린다라…."

사마문은 한쪽 눈을 감으며 그 위를 손가락으로 툭툭 건드렸다. 그녀의 발언은 필시 자신이 마도공자임을 모르기에 나온 결과라는 생각에 웃음 이 나왔다.

오랜만에 느껴보는 감각에 사마문은 두 눈을 모두 감고 잠시 몸을 부르 르 떨었다. 그는 아무것도 모르는 자를 유린하는 데서 쾌감을 느꼈다. 믿 을 수 없는 것을 본 상대의 거대해진 동공과 경악어린 표정은 그에게 여 인의 몸이 주는 쾌락보다 더한 전율을 가져다주었다. 상상만으로도 사마 문은 천국을 맛보는 기분이었다.

"하아…."

달아 있는 숨을 뱉는 그의 옆으로 조그마한 목소리가 찾아들었다.

"그 무례한 년, 죽일까요?"

"…요재妖災."

"예, 소교주 님."

"내가 화검공자를 연기하고 있을 때는 어떻게 하라고 했지?"

사마문이 나지막이 말하자 요재라 불린 무복의 여인이 고개를 숙이며 바닥에 엎드렸다. 그녀는 격한 공포가 요동치는 음성으로 말했다.

"모습을 보이지 말라, 하셨습니다."

"그런데 모습을 보였구나."

"네, 소교주 님."

"그럼 이제 사라져야겠지."

사마문은 턱을 괴고 있던 손을 풀어 앞으로 내밀었다. 요재가 아무런 반응이 없자 그는 머리를 기울여 오체투지를 하고 있는 그녀를 훑어보았다. 그리고 분노가 담긴 말투로 말했다.

"이상하군. 아직 내 손에 네 심장이 없는걸?"

"죄송합니다, 소교주 님. 제 목숨은, 소교주 님을 천마의 자리에 올려놓을 때 쓰여야 하기에."

"크흣흣! 그것도 네 아비인 부교주가 알려준 것이냐?"

"…이건, 저의 순수한 경의입니다, 소교주 님. 그 무례한 년이 감히 천마를 업신여기기에 소첩의 좁은 속으론 용납할 수가 없었습니다."

사마문은 요재의 말에 고개를 끄덕였다. 그녀는 유능했다. 사마문이 소교주 자리를 온존시키는 데에는 꽤나 요긴하게 쓰일 터였다. 그녀를 죽이는 것은 사마문이 자기 배에 칼을 찔러 넣는 것과 같을 것이다. 사마문은 이해했다. 하지만 채 연소되지 않은 감정의 찌꺼기는 그의 심중에 남아 불쾌한 감정을 만들어냈다.

사마문은 그녀를 훑어본 뒤 고개를 까딱이며 말했다.

"기어서 이리와라."

"예, 소교주 님."

요재는 별다른 의문을 제시하지 않았다. 그는 다음 대의 천마였고, 그가 원하는 것은 무엇이든지 이뤄주라는 아버지의 명이 있었으니까. 그리고 천마가 된다면 그런 명령 따위가 없어도 무엇이든지 할 수 있을 테니까.

요재가 가까이 오자 사마문은 몸을 일으켜 엎드려 있는 그녀의 허리 위에 앉았다. 그리고 잿빛이 도는 그녀의 머리칼을 쓰다듬었다.

"요재."

"예, 소교주 님."

"이곳은 마교가 아니다. 그렇기에 난 너를 한 번은 용서해 줄 수 있다."

"명심하겠습니다."

"두 번은 없어."

사마문은 요재를 쓰다듬던 손을 거두고 그녀의 머리를 툭툭 때렸다. 요재는 식은땀을 흘리며 고개를 숙이고 허리를 들어올렸다. 사마문은 그녀의 태도를 확인한 뒤 그녀의 무례를 지웠다. 그녀는 똑똑했다. 그렇기에 굳이 많은 말이 필요 없었다.

대신 그의 머릿속은 차갑게 굳은 당소소의 얼굴로 차올랐다. 두 달 만에 모습을 보인 그녀는 꽤나 다채로운 색이었다. 그저 화려하고 표독스럽기만 하던 그녀의 얼굴은 수줍음과 분노와 경멸과 동정, 수많은 실들이 엮인 하나의 예술품처럼 변해 있었다.

'화검공자, 나에게 좀 더 붙어 있도록 해. 이 버러지 년들, 어서 떨어지지 못해?'

'아하하, 아직 몸이 좋지 않아서….'

화려한 옷을 입고 색욕으로 번들거리는 눈을 빛내던 당소소와 펑퍼짐하고 수수한 옷을 입은 채 수줍게 웃는 당소소가 교차했다.

'꺄르르, 맞아. 넌 좀 혼이 나봐야 해. 화검공자, 더 몰아쳐. 더 추한 꼴을 보이게 해요.'

'아니, 여기 내려놔. 내려놓으라고.'

거만하게 웃던 당소소와 차갑게 굳은 당소소의 얼굴이 교차했다. 마치 같은 얼굴을 한 다른 사람 같았다.

'입 좀 닥쳐, 씨발아.'

"가지고 싶군."

"예?"

"요재, 최근 두 달 동안 당소소에게 무슨 일이 있었는지 알아 와."

사마문은 요재의 머리칼을 움켜쥐었다. 요재는 순종의 의미로 고개를 끄덕였다. 사마문은 당소소의 얼굴을 떠올렸다. 그녀의 인격을 짓뭉개 굳은 얼굴을 경악감으로 물들이고 싶었다.

사마문은 숨을 들이키며 마음속의 가학심을 진정시켰다. 그러나 차마 가릴 수 없는 잔학한 웃음이 그의 입가에 묻어 있었다.

* * *

"으음···. 씨발, 머리야···."

당소소는 정신을 차리고 몸을 일으켰다. 푹신하고 긴 의자 위, 비취색 겉옷이 몸 위에 덮여 있었다. 기억이 잘못되지 않았다면 이 옷의 주인은 당소소가 잘 알고 있는 그 사람일 것이다. 당소소는 시선을 돌려 은은한 빛이 새어오는 곳으로 고개를 돌렸다.

책상 위를 밝히는 등불 옆으로 당진천이 몇 장의 서류를 뒤적이고 있었다. 그가 인기척을 느꼈는지 고개를 들어 당소소를 바라봤다.

"일어났느냐, 소소."

"···네, 가주 님."

"······."

"······?"

당소소는 서운하다는 시선으로 바라보는 당진천의 눈길을 느끼며 무엇이 잘못되었는지 생각했다. 일어날 때 욕을 한 게 문제였을까? 아니면 술을 마신 것? 화검공자와 만난 것? 더 이상의 이유가 떠오르지 않을 때쯤 당진천이 헛기침을 하며 당소소에게 눈치를 주었다.

"그, 호칭이 잘못되었잖느냐."

"아, 아빠….."

"그래, 우리 딸."

'으, 으읏! 이 미친년이, 진짜 아빠라고 불렀었다고?'

당소소는 그를 아빠라고 부르며 자신의 팔을 벅벅 긁었다. 김수환은 항상 무뚝뚝함을 견지하고 있던 사람이었기에 다른 사람에게 애교를 부리는 데에는 내성이 부족했다. 당소소는 얼굴을 붉히며 고개를 푹 숙였다.

당진천은 그런 당소소의 행동이 너무 사랑스러워 애정 어린 시선으로 바라보더니 짐짓 근엄한 체하며 당소소에게 물었다.

"헌데, 어쩌다가 술은 먹게 되었느냐? 스무 살 이전엔 술은 안 된다고 했잖느냐?"

"그게, 심경이 좀 복잡하여서…."

"심경이 복잡하면, 이 아비를 찾아올 것이지 어찌 소녀의 몸으로 술을 마시느냐."

"…죄송합니다."

당진천은 손에 쥔 서류를 내려놓고 자리에서 일어섰다. 그리고 당소소의 곁에 다가와 말했다.

"화검공자, 그 놈팽이 때문이더냐?"

"……"

당소소는 당진천의 물음에 섣불리 답하지 못했다. 그녀의 말 한마디면 화검공자는 사라질 것이다. 청성과의 잡음도 독천 당진천의 힘이라면 어느 정도 무마할 수 있을 것이다.

'…하지만 그렇게 하면 마도공자가 무대 위로 올라올 거야.'

마도공자 사마문은 아직 쌍검무쌍이라는 이야기 안에 등장하지 않은 주역이었다. 그를 섣불리 건드렸다간 어떤 미래가 찾아올지 모른다. 당소소는 지끈거리는 머리를 부여잡았다.

당진천은 숙취와 고뇌로 얼룩진 귀여운 딸의 얼굴을 바라보며 고개를 저었다.

'혼란스러울 것이다. 혼탁한 기억, 주변의 차가운 시선, 거기에 앙숙인 당청의 견제까지. 그래서 그렇게나 주의시키던 술에도 손을 댄 것이겠지.'

당진천은 그녀가 다시 막무가내인 성격이 되더라도 기억은 되찾지 않길 원했다. 순수한 그녀에게 사천당가는 그리 깨끗하지만은 않은 곳이었으니까.

"소소야."

"네. 아, 아빠."

"많이 혼란스러우냐?"

"음, 아니라고 한다면… 거짓말이겠지요."

당소소는 당진천의 물음에 순순히 고개를 끄덕였다. 당면한 문제를 어디서부터 풀어가야 할 지 꽤나 막막한 상황이었다.

자신을 팔아넘기려는 당청, 사라지는 당진천, 최종적으론 천마의 위치에 오르는 마도공자와의 만남. 주인공이 해결할 무림의 사건들을 제하고서라도 신경 써야 할 일이 한두 가지가 아니다. 게다가 해결한다고 해서 끝나는 문제들도 아니다. 해결하면 쌍검무쌍의 이야기가 개변된다. 골치를 썩지 않을 수가 없다.

당진천은 딸의 곁에 앉았다. 당진천의 귓속에서 환청이 들려왔다.

'아저씨 냄새나, 저리 가!'

"…내가 웬만해선 눈물을 흘리지 않는 사람인데…."

"네?"

"으흠, 별것 아니다. 딸아, 무엇이 고민인지 이 아비한테 말해줄 수 있겠느냐?"

당소소는 이마를 찌푸리며 얽힌 사건의 실마리 중 어떤 것을 선택해야 할지 고심했다. 화검공자? 당청? 자신을 학대할 사천쌍괴? 그것도 아니면 2년 후의 주인공과의 조우?

당소소는 고개를 저으며 모든 고뇌를 내려놓았다. 당진천에게, 당소소의 아버지에게 물어보아야 할 것은, 그게 아니었다. 가장 근본적인 문제가 있었다.

당소소의 감정이 김수환의 등을 떠밀었다. 당소소는 당진천의 시선을 피하며 가슴 속에서 물음을 쥐어짜냈다.

"저를, 저를 어떻게 생각하시나요."

당소소는 말이 끝나자마자 눈을 감고 숨을 참았다.

이 두려움의 발화점은 김수환의 일생에서 비롯되었다. 두려움에도 불구하고 행동하는 것도 자신의 의지. 그 의지가 예민한 당소소의 감정에 실려 토해진 것이었다. 가정이 무너진 후 그가 나머지 반생을 보낸 곳은 사람 하나 겨우 누울 수 있는 자그마한 고시원 바닥이었다. 고등학교를 그만 둔 그는 평범한 가정을 원했다. 현관문을 여는 순간 잠시나마 느낄 수 있는, 그 한 줌의 안온함을 원했다.

지금의 당소소는 당진천이 보아 왔던 당소소와 달랐고 앞으로도 다를 터였다. 과연 당소소의 아버지가 엉망진창으로 뒤엉킨 자신을 있는 그대로 받아들일 수 있는지, 당소소는 그것을 묻고 싶었다.

당진천은 애처롭게 웅크린 당소소를 바라봤다. 그리고 땅에 떨어진 자신의 비취색 겉옷을 주워 그녀의 어깨에 덮어주었다.

"우리 딸, 더 묻고 싶은 것은 없느냐?"

"…읔, 네에."

당소소는 당진천의 말에 울음을 삼켰다. 그리고 사무치는 비애를 삼켰다. 이렇게나 간단한 것을 어찌 김수환은 누리지 못했을까. 이렇게나 간단한 것을 어찌 당소소는 쉽게 놓았을까.

당소소는 길게 숨을 내뱉었다. 저 말 한마디면 되었다. 저 말 한마디에 김수환은 웃을 수 있었다. 그녀는 안심할 수 있었다. 당소소는 미소를 그리며 고개를 들었다. 당진천은 그런 딸이 대견하면서도 너무나도 안쓰러웠다.

당진천은 그녀의 어깨를 두드리며 자리에서 일어났다.

"혼란스럽더라도, 너무 신경 쓰지 말거라. 독하게 마음먹고, 마음을 어지럽히는 잡생각은 잊고 그저 눈앞에 닥친 일을 하나하나 해결하면 되는 것이야. 그것이 당가의 독심 아니겠느냐?"

"…독심 말인가요."

"그래. 언젠가, 네가 넘어지더라도… 이 아비는 네 편이란다."

당진천은 그렇게 말하며 뒤돌아 붉어진 얼굴을 숨겼다. 그리고 멋쩍은 듯 헛기침을 하며 다시 책상 앞에 앉아 서류를 만지작거렸다. 당소소는 그런 당진천을 바라보며 가슴께에 손을 올렸다.

'아, 이것이 한 줌의 안온함이구나.'

당소소는 어깨에 걸쳐진 당진천의 옷을 그러쥐었다. 한갓 비단천이었지만 다양한 감정이 일어났다. 톡 쏘는 약재의 냄새, 서류를 처리하느라 앞섶에 튄 약간의 먹, 그리고 뒤편에만 보이는 덧댄 자국들. 잠시 그 옷에 뺨을 비비던 당소소는 옷을 고이 접어 의자 위에 올려놓았다.

'이건, 내꺼야.'

모든 것을 잃어보았던 그는 이제 더는 아무것도 잃기 싫었다. 당진천의 외투, 하연의 잔소리, 자신을 괴물 보듯 바라보는 하인들의 달갑잖은 시선까지도 모두 그녀의 것이었다. 주인공의 이야기에 가려졌던 온전한 그녀의 것. 쌍검무쌍의 이야기는 그것까진 이야기하고 있지 않았다. 당소소는 갑자기 자리를 박차고 일어났다.

쌍검무쌍의 이야기를 섣불리 바꿀 순 없다. 그녀도 그건 원치 않는다.

그렇다면 이야기에 도달하기 전 문장과 문장 사이에 가려진 과정만 바꾼다면.

그 생각에 이르자 드디어 고뇌에 방점이 찍혔다. 당소소는 쾌활하게 웃으며 입을 열었다.

"아빠."

"그래, 우리 딸. 말해보아라."

"저, 결혼할래요."

으직! 쿵!

당진천의 책상이 반으로 쪼개지며 바닥으로 주저앉았다. 고개를 숙인 당진천은 눈썹을 치켜뜨고 입가를 부들부들 떨었다. 난데없이 바람이 불어닥치더니 바닥에 떨어진 등불이 삽시간에 불꽃을 잃고 사그라졌다. 당진천은 힘겹게 입꼬리와 고개를 들어올리며 당소소를 바라봤다.

"결혼, 말이냐?"

"네. 결혼이요."

"그, 그래. 아직 어린 나이긴 하나 관심을 가질 나이는 되었지…. 어느 좆… 아니, 어느 고명한 가문의 자제를 생각하고 있느냐? 그 화검공자인가 뭔가 하는 기생오라비를 말하는 게냐?"

"저도 보는 눈은 있어요, 아빠."

"그래, 우리 소소가 그런 잡놈…. 아니, 무명소졸을 원할 리가 없지. 이 아비가 잠깐 실수했다. 그래서 격식 있는 따님께선 어느 고명한 가문의 자제를 생각하고 있을까?"

당소소는 마냥 좋다는 듯 배시시 웃고 있었다. 당진천은 속이 탔다. 그는 재빨리 사천성 내의 유력가를 떠올리고, 그들의 자제를 떠올렸다.

'그 청성의 씨발놈이 아니라면, 대체 어떤 미친 새끼가 내 딸을 건드린 거지? 묵가장墨家場? 아니. 그 돌덩이들은 딸의 취향이 아니야. 청랑검문

靑浪劍門? 옳아, 그쪽의 자제가 좀 논다는 소문은 들었어. 화검공자인가 뭔가 하는 놈이 아니라면, 그놈이겠군.'

"청랑검문의 자제는 좀…. 비실비실하니 남자구실을 못하지 않겠니?"

"사천쌍괴라고 불리는 사람이었는데. 그, 이름이… 잔혈객 진명이라고 했었나?"

"……."

"사천… 쌍?"

"네, 사천쌍괴, 잔혈객, 진명."

당진천은 당소소의 입에서 나온 어처구니없는 단어의 나열에 잠시 정신이 혼미해졌다.

사천쌍괴, 잔혈객, 진명.

절대 입에 담아선 안 되는 단어들이 고운 딸의 입에서 연이어 튀어나왔다. 당진천은 머리를 흔들어 정신을 차렸다. 분명 잘못 들은 거라 스스로를 위안하며 고개를 끄덕였다. 그리고 좀 전의 단어들을 다시 떠올렸다.

사천쌍괴, 잔혈객, 진명.

좆같은 사파 새끼들의 우두머리.

당진천은 자신이 들은 것을 되새겨보고 재차 고개를 끄덕였다. 끙, 맞군.

"허, 씨발."

쿵!

"…아빠?"

당진천은 정신을 잃고 쓰러졌다.

＊ ＊ ＊

"…그래서 청이가 널 그들에게 팔아넘긴다고?"

"네. 오라버니는 그들을 데릴사위로 맞아 당씨 성을 붙일 생각이에요. 그렇게 된다면, 세 지역으로 나뉘어 있던 성도의 힘이 한쪽으로 기울겠죠."

당소소는 마른 수건으로 당진천의 땀을 닦았다. 당진천은 이대로 눈을 감고 한동안 누워있을까, 라는 행복한 생각을 하며 그녀의 말을 부정할 생각을 묻어버렸다. 그러자 곁에 서 있던 단혼사가 당진천 대신 그녀의 말을 부정하고 나섰다.

"소가주는 자신의 일을 훌륭하게 수행 중이고, 이미 서열은 확고하다. 소가주가 그 모든 것을 포기하고 널 그런 버러지들에게 강제로 팔아넘길 만큼 무지한 사람은 아니야. 게다가 만에 하나 그런 짓을 한다면 아미파와 청성파가 가만히 있지 않을 것이다. 우린 정파임을 잊지 마라, 소소."

"… 저 말이 맞다, 소소야. 청이가 비록 너와는 앙숙이라지만, 이 독천의 딸을 그런 우스운 이유로 팔아치울 리가 없어. 무엇보다 내가 허락하지 않을 것이니."

당진천이 쉰 목소리로 단혼사의 말에 힘을 실어주었다. 마음 같아선 하루 종일 조신해진 딸아이의 병수발을 받고 싶었다. 그러나 사안이 사안인 만큼 당진천은 그 마음을 지우고 상체를 일으켰다. 그리고 딸아이의 행동에 대해 나름의 이유를 찾았다.

"그렇게 짐작한 이유는, 화검공자라는 놈이 헛바람을 넣어서냐? 청성 놈들, 수법이 악랄해졌…."

"아닙니다. 그건, 반드시 일어날 일이에요. 하지만…."

당소소는 당진천의 짐작을 밀어내고 자신의 말에 확신을 담았다. 하지만 당진천이 사라지고 그녀가 진명의 아내가 되기까지의 기간엔 정보의 공백이 있었다. 그것을 설명하지 않는다면 당진천을 설득할 방법은, 이 세계가 쌍검무쌍의 세계임을 밝히는 것뿐이었다. 물론 믿지 않으리란 사실은 당소소 자신이 더욱 잘 알고 있었다.

그렇다면 다른 방법을 찾아야 했다. 당소소는 무릎을 손가락으로 두드리며 자신의 행동에 대한 당위성을 찾기 위해 최대한 기억을 더듬었다.

'팽팽한 세 세력. 그 세력들이 오합지졸이라고 생각하는 사파의 힘을 빌려 당청은 사천성을 제패했다…. 하지만 그런 짓을 하면 아미파와 청성파가 가만히 있지 않았을 텐데.'

모난 돌은 정을 맞기 마련이다. 불우에 신음하던 김수환이 이미 겪었던 일이기에 확신할 수 있었다. 김수환을 착취하던 이들에게 김수환의 불우는 천금 같은 기회였으리라. 돈으로 숨통을 죄고 협박하면 되니까.

정파의 체면을 버리고 사파를 세력에 편입시킨다. 그들에겐 벌써 아닌 세력이지만 얻는 것만으로도 힘싸움의 판도는 달라진다. 하지만 그렇게 되면 아미파와 청성파는 당가가 사파와 결탁했다는 명분을 손에 쥐고 당가의 목을 조르기 위해 앞 다투어 달려들었을 것이다. 이치에 전혀 맞지 않았다.

당소소의 합리적인 추측은 당청이 사실은 초절정고수였거나, 사파가 실은 다른 두 세력과 견줄 만한 세력이라는 쪽으로 기울었다. 독천 당진천을 죽일 수 있는 방법은 그녀가 아는 선에서는 사천성 안에 단 하나뿐이었다.

'당청이 아버지를 죽일 순 없어. 독무후가 아버지를 죽이는 것이 아니라면, 다른 외부의 세력을 끌어들이거나 내가 알진 못했지만 그자가 아버지와 대적할 만한 초절정고수여야만 해.'

지금의 세 세력의 균형은 독천 당진천 없이는 성립될 수 없다. 독무후의 등장은 주인공이 사천으로 향하는 2년 후. 그녀의 도움은 없을 터였다. 쌍검무쌍 속 당청은 구주십이천이라 불리는 고수 없이 당가를 사천성의 맹주로 만들었다. 그렇다면 그녀는 무언가 놓치고 있다.

'…답답해.'

먼 미래는 알지만 당면한 미래는 알지 못한다는 사실이 너무 괴로웠다. 안전한 한 걸음 뒤에 몰아칠 두 걸음 앞의 폭풍조차 제대로 설명하지 못하는 자신의 지능이 답답했다.

그녀와는 다르게 쌍검무쌍 속 주인공과 그를 따르는 미소녀들은 무재도 지능도 뛰어났다. 그들 중 아무나 이 자리에 앉혀놓는다면 이야기는 쉬이 풀릴 것이다. 그들의 자리에 당소소는 없었으니, 어찌 보면 당연한 것임에도, 그녀는 자신의 부족함에 분함을 느꼈다.

"흑….."

"소, 소소야?"

"아, 아니. 이건 제가 울고 싶어서 우는 게 아니라…. 멋대로 우는 건데에….."

당소소는 고개를 저으며 갑자기 터져 나오는 울음을 억지로 구겨 넣었다. 또다시 당소소의 감정이 김수환의 이성을 떠밀었다. 당소소는 분한 감정을 재빠르게 잡아채 곧바로 분출시켰다. 그녀는 황급히 변명을 하며 눈물을 닦았지만 이미 흐른 눈물은 주워 담을 수 없었다.

그리고 당진천의 이성은 그 눈물 몇 방울에 깔끔하게 날아갔다. 잠시 당소소를 바라보던 그는 단혼사를 째려보며 다가오라는 눈짓을 보냈다. 단혼사가 다가오자 귀에다 대고 속삭였다.

"…하라고 해."

"가주 님, 미치셨습니까?"

"좆같은 새끼면 네가 같이 가서 죽이고 와."

당진천은 간단한 해결책으로 단혼사를 설득했다. 하지만 그는 사천당문의 충신이자 현명한 조언자였다. 그의 주군이 무식한 길로 가게 두지 않았다.

"소소는 사천당가의 금지옥엽이고, 그는 사파입니다. 절대 안 됩니다. 그리고 안 좋같은 새끼면 또 어쩌실 겁니까?"

당진천은 뭐 그런 걸 묻냐는 듯 태연하게 답했다.

"그 새끼 사파잖아? 죽이고 죄목 몇 개 찍어서 관아에 부치면 되지."

"…저희는 정파인데요? 가주 님이 여태 무엇을 위해서 일해왔는지 가문 모두가 알고, 존경하고 있습니다. 독과 암기를 다루는 사천당가가 정파로 인정받기 위해 그 긴 시간을 노력해오신 것 아니었습니까?"

"모르겠는데? 난 딸을 낳기 위해서 열심히 살아온 것 같아."

당진천은 단혼사의 호소를 간단히 무시하고 당소소에게 다가가 히끅거리는 그녀의 어깨를 토닥였다. 단혼사는 무너지려는 이성을 간신히 부여잡으며 입가를 움찔거렸다.

'진짜 미치겠네.'

죽을 고비를 넘기고 다시 일어나더니 확실히 더 강해졌다는 생각 따위를 하면서 단혼사는 그녀를 바라보았다. 그저 애물단지 딸에서 눈물 몇 방울로 구주십이천을 구워삶을 만큼 영악해진 당가의 문제아는 확실히 위험했다.

'누가 같은 핏줄 아니랄까 봐, 정말로 지독한 부녀야.'

"이제, 괜찮아요…."

"그래, 우리 딸. 많이 억울했지? 청 이놈을 당장 불러서 다리몽둥이를 분질러줄까?"

"…그건 괜찮은 것 같기도 하고."

"…허어."

부녀의 문답에 단혼사는 헛웃음을 터뜨리며 고개를 저었다. 그저 난폭하기만 하던 당가의 아가씨는 영악한 독화 당소소로 다시 태어난 듯했다. 당가의 미래가 어떻게 흘러갈지, 그 편린이 눈앞에서 펼쳐지자 단혼사는 정신이 아찔해졌다.

* * *

당소소는 가주실의 미닫이문을 닫았다. 의도한 바는 아니었지만 일이 요상하게 잘 풀렸다. 당소소는 여전히 떨리는 가슴을 진정시키고 독봉당으로 돌아갈 준비를 했다. 그런 그녀의 발길을 붙잡는 미닫이문 소리. 문앞에 단혼사가 서 있었다.

"소소."

"네, 단혼사 님. 하실 말씀이라도?"

"대체, 무슨 생각인 거냐. 이 형국에 당가의 분열은 좋지 않다. 네 우울한 기분에 기대 가주를 충동질할 만큼 좋은 상황이 아니란 말이다."

"……."

당소소는 단혼사의 말에 입술을 깨물었다. 이성적으로 생각하면 그의 말이 백번 맞다. 정파의 세 세력은 백중세. 그 상황에서 당소소의 발언은 내부의 분열을 유도할 만했고, 거기에 눈물로 자신의 아버지를 설득하려는 것처럼 보였을 터였다. 그녀는 누가 봐도 당가에 해가 되는 존재였다.

당소소는 단혼사와 시선을 마주했다. 감정이 없는 그의 두 동공에 당소소는 몸을 흠칫했다. 단혼사가 입을 열었다.

"지금이라도 돌아가서 번복하거라."

"…안, 안돼요."

"그럼 좀 더 구체적인 이유를 대거라. 청이 널 팔아넘기려고 해서 선수를 친다는 말은 이치에 맞지 않아. 그들이 너의 약점을 잡고 협박을 하는 것이냐?"

"저도 지금의 상황을 이해하고 있어요."

당소소는 마른 침을 삼켰다. 자신을 꿰뚫어 보려는 단혼사의 무시무시한 시선이 느껴졌다. 하지만 두 걸음 앞의 폭풍을 무사히 통과하려면 단혼사를 설득해야만 했다. 그는 같이 가야 할 조력자이지 적이 아니니까.

"세 세력은 기적적으로 균형을 이루고 있고, 내분이 일어난다면 곧바로 그 둘에게 많은 것을 빼앗기겠죠. 사천쌍괴라고 불린다지만, 그들은 각 문파의 주력들이 몸을 일으키기만 한다면 흩어질 자들이겠죠."

"이해한다면서, 대체 왜?"

"그게 사실이니까요. 저도 제가 말도 안 되는 소릴 하고 있다는 거 압니다. 확고한 후계에, 굳이 거슬러서 좋을 게 없는 구주십이천의 한 자릴 차지하는 아…, 빠까지 있으니까요. 하지만 오라버니가 절 팔아치울 생각인 건 분명해요."

단혼사는 그녀가 정확하게 사안을 인지하고 있다는 데 놀랐다. 칠혼독을 먹기 전에는 가문의 일에 전혀 신경을 쓰지 않던 인물이었으니. 그렇다 해도 그의 입장에서 가문을 어지럽히는 일을 용납할 순 없다. 그렇기에 그녀의 생각을 더욱 파헤치고 싶었다.

"그럼, 청이 널 욕보이려는 게 사실이라고 가정하자. 넌 그럼 당장 그 둘에게 가서 뭘 어쩔 셈이지? 정말로 그 둘과 결혼을 할 생각인가?"

"…아뇨, 전… 그저 당가의 애물단지 아가씨로 평범하게 살고 싶어요."

"그렇다면 평소처럼 가주께서 허락하는 선에서 자유롭게 살아가면 되지 않겠느냐? 설사, 청이 널 정말로 그들에게 혼인을 보낸다고 해도 걱정 말거라. 네 아버지도 있고, 나 또한 널 지켜주마. 이 말로는 부족한가?"

"말씀, 정말 감사해요. 단혼사 님. 하지만 일어날 일은 일어납니다. 정말로 도와주실 생각이 있으시다면, 제 계획을 말씀드릴게요."

당소소는 조심스럽게 주위를 살폈다. 단혼사가 긍정의 의미로 고개를 끄덕이자 당소소가 소리 죽여 말했다.

"그들을 당가의 무인으로 끌어들일 생각이에요."

"무슨 소리⋯."

"아미파와 청성파는 각각 불문佛門과 도문道門. 애초에 그들을 소탕하면 소탕했지 끌어들일 순 없어요. 하지만 우리는 속가 중에서도 암기와 독을 가슴에 품은 이질적인 가문이에요. 그들이 매력을 느낄 이유는 충분해요."

"⋯그래서 당청보다 먼저 네 결혼을 내밀어 그들을 끌고 오겠다? 그들이 응하긴 할 테고? 그 놈들이 사파라는 사실을 잊어선 안 된다. 네가 두려움에 떨 만한 범죄들을 장난처럼 벌이고 다니는 자들이야. 설득에 성공하더라도 두 정파를 격분시키는 행위임을 알아야 해."

당소소는 고개를 저었다. 그리고 김수환의 지식을 끌어왔다. 사천쌍괴는 아직 돌아올 수 있는 지점에 있을 것이다. 아미, 청성, 당문의 백중세가 맞추어진 것도 꽤나 오래. 사파들은 그 셋의 눈치를 보며 음지로 숨어들었다. 잔혈객이 그런 보수적인 사파들을 통합하는 데는 꽤나 오랜 시간이 걸렸다. 그가 당명이라는 이름으로 살아간 이후에도 채 끝내지 못했으니까.

게다가 소설에서 당청은 꽤나 합리적인 인물이었다. 통제하지 못할 살인귀였다면 제 아무리 사파의 세력을 흡수할 목적이었더라도 당소소를 그에게 보내진 않았을 것이다. 충분히 통제할 정도의 인물이기에 지목했을 것이다.

그렇다면 가능성이 있다.

"할 수 있어요. 아직은. 그리고 우려하시는 일은 없을 겁니다."

"뭘 믿고 그러는지 모르겠다만⋯."

당소소는 슬쩍 눈을 내리깔며 불만스런 표정을 짓고 있는 단혼사에게 물었다.

"단혼사 님은, 좀 치시나요?"

"뭐?"

"…그, 무공이 어느 정도로 고강하신지요."

당소소는 재빨리 말을 얼버무렸다. 단혼사가 잠시 노려봤지만 이내 시선을 거두고 당소소의 물음에 답했다.

"적어도 이 사천성 안에 내 적수는 네 아버지뿐이다."

"사천쌍괴를 상대로는 어떠신지?"

"……."

단혼사가 손가락 두 개를 들어올렸다. 당소소가 고개를 갸웃했다.

"한번에 두 명을 상대할 수 있다는 뜻인가요?"

"두 수 안에 죽일 수 있다. 잔혈객 한 수, 독두낭인 한 수."

단혼사는 짜증 섞인 대답을 하며 혀를 찼다. 당소소는 맹한 표정으로 그를 바라보다 환하게 웃었다. 그 웃음에 단혼사는 헛기침을 하며 고개를 돌렸다. 과연 가주를 제멋대로 휘두르는 당가의 아가씨였다. 웃음은 꽤나 파괴적이었다.

당소소가 단혼사의 소매를 살짝 잡으며 말했다.

"그렇다면, 절 도와주실 수 있나요?"

"…가주께서 내리신 명령이니."

"덕분에 살았습니다. 감사해요."

단혼사는 어쩐지 당진천의 마음을 이해할 수 있을 것 같았다. 단혼사도 당소소의 웃는 시선을 피해 고개를 끄덕였다. 단혼사의 소매를 놓은 당소소는 콧노래를 부르며 걸음을 옮겼다.

"뒤졌어, 씹새끼들."

당소소는 까륵거리며 총총걸음으로 사라졌다. 단혼사가 눈썹을 움찔거렸다.

"…씹새끼들?"

그는 피로감에 들린 환청이겠거니 하며 다시 가주실 문을 열었다. 주군이 끔찍하게 아끼는 딸아이의 혼사에 관한 논의는, 밤을 새우더라도 부족할 테니까.

* * *

콧노래를 부르며 독봉당으로 향하던 당소소는 후미진 담벼락에서 새어나오는 목소리에 귀를 종긋 세웠다. 어쩐지 익숙한 목소리였다.

'…하연의 목소리 같은데?'

그녀는 발소리를 죽이고 목소리가 새어나오는 쪽으로 더 가까이 다가갔다. 담벼락을 등지고 있는 하연과 그런 그녀를 둘러싼 세 명의 시비가 당소소 눈에 들어왔다. 당소소는 반사적으로 몸을 숨긴 채 그녀들을 염탐했다.

"야, 너 요즘 많이 컸더라?"

"무슨 이상한 소리를 하는 건가요?"

"그 미친년 좀 돌본다고 가주 님과 소가주 님이 널 챙겨주신다며? 이러다가 정분이라도 나시겠어."

"…도대체 뭐가 불만인 건데요."

하연은 자신을 몰아세우는 시비들의 기세에 못 이겨 몸을 움츠렸다. 시비들은 더 신이 나서 그녀를 몰아붙였다.

"혼자 착한 척하면서 모든 혜택은 다 받으려고, 목욕할 때 모두를 쫓아냈다며?"

"아니, 그건 아가씨가 낯설어해서…."

"그리고 이거. 품에 숨겨 놓은 거."

시비 중 하나가 하연의 품 안에서 금빛 노리개를 빼어들었다. 훔쳐보던 당소소의 미간이 찌푸려졌다.

'지금 나갈까? 하지만 나가서 어떻게 하연을 감싸줘야 하지…?'

당소소는 여인들의 대화를 이해하지 못하고 있었다. 미친년을 전담해주면 서로 좋은 것 아닌가라는 생각뿐이었다. 그러니 어떻게 대응해야 하연을 핍박하는 시비들이 납득을 하고 돌아갈지 예측할 수가 없었다.

당소소가 그녀들의 행동에 혼란을 느끼고 있을 때, 하연의 노리개를 유심히 바라보던 시비가 기가 차다는 듯 큰 목소리로 말했다.

"하! 이것 봐라. 진짜 받았잖아?"

"왜, 억울해서 달려들기라도 하게? 경력도, 능력도 없어서 독봉당에 처박힌 넌 주제에."

"대체 저한테 왜 그러시는 건데요. 전 그저, 하던 일만 해왔을 뿐인데."

"착한 척 좀 그만해. 네가 그 미친년한테 잘 보여서 한자리 얻어보려는 거, 너무 티 나거든? 적당히 설치고 다녀야 뭐라고 안 할 것 아냐."

한 시비가 하연의 어깨를 밀었다. 하연은 속절없이 밀려나가 담벼락에 고개를 부딪쳤다. 하연이 머리를 감싸자 세 명의 시비가 키득거리며 그 꼴을 비웃었다.

"그래, 집도 가족도 없으니 출세하려고 발버둥 칠 수 있지. 너희들도 너무하다."

"뭐래니, 얘는. 그런 추잡한 짓은 아무리 가진 게 없어도 안 해."

"자, 이거 돌려줄게."

툭.

하연 앞에 금색 노리개가 떨어졌다. 하연이 주우려고 몸을 굽혔을 때 다른 손이 불쑥 그 노리개를 낚아챘다. 놀란 하연이 고개를 들자 고개를 푹 숙인 세 명의 시비들 사이에 노리개를 쥔 당소소가 보였다.

"아, 아가씨…. 여긴 어떻게?"

세 명의 시비들 중 노리개를 빼앗았던 시비가 어색한 웃음을 지으며 당소소에게 말을 걸었다. 당소소는 그녀의 물음에는 답도 하지 않고 노리개를 바라보다 앞으로 내밀었다.

"이거 가지고 싶어서 그런 거야?"

"아뇨, 아가씨. 그, 그런 게 아니라…. 아, 요즘 아가씨에 대한 험담들이 너무 많이 돌아서요. 저희가 추궁하고 있었던 거예요."

"마, 맞아요! 너무 구체적인 험담이라, 혹시 독봉당 시비들의 짓이 아닌가 해서…."

"그래서 시키지도 않은 짓들을 하고 다녔다…."

당소소는 세 명의 시비를 돌아봤다. 그리고 하연을 바라봤다. 그녀는 눈물로 가득찬 눈망울로 열심히 고개를 젓고 있었다.

'아가씨, 제발….'

하연은 당소소가 화를 내지 않길 간절히 바랐다. 독봉당은 당소소의 지랄 맞은 성격 때문에 인원 교체가 잦은 곳이었다. 그렇기에 하인들도 신입들이나 어리숙한 자들이 주로 보내졌고, 자연스럽게 시비들 사이에 독봉당의 하인들을 깔보는 풍조가 만연했다.

당소소가 여기서 폭발한다면 당장이야 통쾌하겠지만 그 이후가 문제였다. 그녀들은 당청의 관할 아래 있는 시비들이며 소위 하인들의 실세였다. 당청의 묵과 아래 사소한 문제로 괴롭힘이 시작될 터였다. 땔감을 주지 않는다든지, 청소 도구를 어디론가 빼돌린다든지 그런 사소한 괴롭힘이.

하연 자신은 괜찮았다. 하지만 자기가 모시는 아가씨가 불쾌한 삶을 산다면 그건 그녀에게 용납할 수 없는 일이었다. 당소소는 그런 하연의 심정을 아는지 모르는지 하연에게 다가갔다.

"하연."

"네, 아가씨…. 제발….."

"조금만 참아."

"읏?"

당소소는 작게 속삭인 뒤 하연의 머리채를 휘어잡았다. 하연을 골려먹던 시비들은 고개를 숙이며 쌤통이라는 듯 몰래 웃었다. 당소소는 눈을 치켜뜨며 턱을 젖히고 하연을 내려다보았다. 그리고 머리칼을 앞뒤로 흔들며 표독스런 목소리로 말했다.

"너, 정말로 날 깔본 거야?"

"아, 아닙니다, 아가씨. 제가 어찌 감히 아가씨를….."

"으, 음…! 다, 닥쳐!"

하연이 잔뜩 억울해하는 표정을 짓자 당소소는 헛기침을 하며 어색한 손짓으로 하연의 머리채를 이리저리 흔들었다. 하연은 그녀의 행동에 웃음이 터져나올 뻔한 걸 꾹 참고, 눈물을 또르륵 흘리며 그녀의 손길에 맞춰 머리를 이리저리 움직여주었다. 거기에 더해 하연은 크게 울먹이며 말했다.

"잘못, 잘못했어요! 아가씨…. 한번만 용서해 주세요….."

"흥, 그렇게는 안 될 거야. 독봉당으로 따라와. 처음부터 다시 교육시켜줘야겠어."

"흑흑!"

하연은 눈물을 흘리며 시비들의 모습을 훑어봤다. 그녀들은 평소보다 한참이나 약한 꼬장에 무언가 이상함을 감지한 표정이었다. 하연은 재빨리 당소소의 귓가에 속삭였다.

"너무 약해요, 아가씨."

"이, 이 빌어먹을 년이!"

"좀 더 표독스럽게….."

"정말 죽으려고 작정했어? 아…, 빠한테 말해서 당장이라도 다른 곳으로…. 음…!"

당소소는 신나게 연기를 하다 멈칫했다. 아무리 연기라도 차마 다른 곳으로 보내겠다는 말은 할 수 없어 거친 숨만 씩씩댔다. 그걸 보고 하연은 금방이라도 웃음이 터질 것 같아 혀를 깨물어 눈물을 만들어냈다.

"흑흑! 죄송합니다, 아가씨. 죄송합니다. 먼저 실례하겠습니다…!"

"도, 독봉당에서 보면 죽었어!"

하연은 눈물을 뿌리며 그 장소를 빠져나왔고 당소소는 마음에도 없는 윽박을 지르며 그런 하연을 위협했다.

"……."

그리고 남겨진 네 사람. 당소소의 상태를 확인하고자 고개를 들었던 시비들은 이내 당소소의 무표정한 얼굴에 흠칫 놀라며 고개를 떨궜다. 그렇게 자주 보이는 얼굴은 아니었지만 저 얼굴을 했을 때의 당소소는 십중팔구 당가를 한번씩 뒤집어 놓았다. 그렇게 되면 당청의 비호고 뭐고 소용이 없었다. 그저 폭풍이 지나가길 기다릴 수밖에 없었다.

폭풍이 느릿하게 그녀들을 불렀다.

"야."

"네, 아가씨."

"왜 내 것에 손을 대는 거야. 독봉당의 시비를 혼내는 건 내가 할 일이잖아."

"죄송합니다. 소소 아가씨의 험담을 듣곤 저희가 너무 흥분했나 봅니다. 그럼 저희도 이만…."

시비들은 속으로 쾌재를 불렀다. 분노의 대상이 자기들이 아니란 생각에 가슴을 쓸어내렸다. 오로지 독봉당의 하연이 그녀의 목표임이 틀림없었다. 뒤로 물러서려는 그녀들을 당소소가 다시 불렀다.

"말 안 끝났는데."

"네, 네!"

"만약 너희들이 내 시비를 허락도 없이 또 괴롭히다가 걸리면, 아버지께 독봉당에 시비들을 좀 바꿔달라고 건의를 해줄 수 있는데…."

당소소는 말끝을 흐리며 그녀들을 향해 웃어주었다. 시비들은 웃음에서 냉기를 느끼며 미친 듯이 고개를 끄덕였다.

"주, 주의하겠습니다."

"독봉당에 오고 싶으면 언제든지 말해. 언제든 환영이야."

당소소는 만족스럽게 고개를 끄덕인 뒤 하연이 도망친 방향으로 유유히 사라졌다. 시비들은 가슴을 쓸어내리며 당소소의 험담을 이어갔다.

"와, 진짜 무서워죽겠네."

"어떻게 두 달을 병상에 누워 있었는데 저렇게 팔팔하게 지랄을 할 수 있지?"

"하연, 쟤는 전생에 무슨 잘못을 했기에 당소소의 전담시비가 된 거야?"

하연을 괴롭히던 시비들이 오히려 그녀에 대한 측은지심을 느끼며 고개를 절레절레 흔들었다.

* * *

"푸흡! 아가씨, 연기가 그게 뭐예요…. 그렇게 엉성하게 머리채를 잡는 사람이 어디 있어요."

"하연, 그만 웃어."

"독봉당에서 보면 죽는다면서요? 정말 죽일 건가요?"

"아니…. 겁 줄 말이 생각이 안 나는데 어떡해."

궁색한 변명을 늘어놓는 당소소를 보며 하연은 입가를 가리고 쿡쿡 웃었다. 한참을 웃다가 당소소가 입을 삐죽 내밀자 헛기침을 하며 표정을 가다듬었다.

"잘하셨어요, 아가씨. 분명 거기서 절 두둔해주셨다면, 저는 더 힘든 일을 겪었을 거예요. 그녀들은 소가주 님의 시비들이었으니까요."

"자주 그러는 거야?"

"네, 뭐…. 옛날의 아가씨가 한 성깔을 하셨던 바람에 독봉당은 하인들도 신참만 오는 곳이었거든요. 가끔 저렇게 불러다가 군기를 잡기도 해요. 헌데, 아가씨는 왜 옛 모습처럼 연기를 하신 건가요?"

그녀가 봐온 병상에서 깨어난 뒤의 당소소는 자신의 감정을 감추는 법에 서툴렀다. 슬프면 슬퍼했고, 화가 나면 화를 내는 솔직한 아가씨. 그래서 시비들에게도 바로 으름장을 놓을 거라 생각했다.

당소소는 하연의 물음에 덤덤한 표정으로 대답했다.

"네가 눈치를 주기도 했고…. 당소소는 원래 그런 인간이었으니까, 그렇게 보여야겠다고 생각 했을 뿐이야. 그렇게 해야 너 대신 날 욕할 것 아니야?"

"아가씨…."

"그 편이 나아. 아주 틀린 사실은 아니었을 테니까. 실제로도 잘 풀렸잖아?"

하연은 당소소의 대답에 가슴이 아릿해졌다. 그녀는 자기가 악당이었다는 사실을 정확하게 인지하고 있었고, 바뀐 성격 탓인지 자신을 상처 입히는 것에 너무 무감각했다. 이대로 기억을 찾지 못하면 하나둘 새겨질 상처가 그녀를 위태롭게 할지도 모른다는 생각이 하연의 머릿속을 스쳤다. 하연은 당소소의 손을 잡았다.

"소소 아가씨."

"응?"

"예전에 제게 어떻게 했든, 전 괜찮아요. 그러니 좀 더 아가씨만을 생각하셨음 좋겠어요."

당소소는 천천히 고개를 끄덕였다. 하연도 고개를 끄덕이며 손을 놓았다. 잠시 머리를 정돈하던 하연은 문득 당소소가 어떻게 거기 오게 되었는지 궁금해졌다.

"헌데, 어떻게 거기로 오시게 된 거예요?"

"가주실에서 결혼 이야기를 좀 하고 독봉당으로 돌아가는 길이었지."

"…네? 뭘, 이야기하셨다고요?"

"결혼."

아무렇지 않게 결혼 이야기를 꺼내는 당소소를 기가 차다는 듯 바라보는 하연. 하연은 자신이 모시는 아가씨의 감각이 어떻게 돼먹은 것인지 뜯어보고 싶은 심정이었다. 그녀는 겨우 술렁이는 마음을 누르고 입을 열었다.

"그래서 상대는, 화검공자인가요?"

"하연, 나도 보는 눈이 있어. 불쾌한 소리는 하지 말아줘."

"그럼 누구신데요?"

"…음."

당소소는 그제야 망설이며 말을 삼켰다. 잔혈객 진명이라는 이름을 들으면 하연도 당진천과 비슷한 반응을 보일 것 같았기 때문이다. 하연은 우물쭈물하는 당소소를 보며 머리를 부여잡고 한숨을 쉬었다.

"또 보나마나 터무니없는 상대시겠죠. 그래서 가주실에 불려가신 것 같은데."

"아, 아닌데? 완전 다른 일이야."

"얼굴에 다 써 있거든요."

당소소가 한 손으로 황급히 자신의 얼굴을 가리자 하연은 쿡쿡 웃으며 고개를 저었다. 이 귀여운 아가씨를 데려갈 사람이 참 부럽다는 생각과 함께 한 가지 의문이 떠올랐다.

"그 신랑 되실 분은 언제 만나러 가시는데요?"

"아마, 내일?"

"……."

하연은 말없이 당소소의 손을 잡고 그녀를 일으켜 세웠다. 영문을 모르겠다는 표정을 짓는 당소소. 하연은 당소소의 펑퍼짐한 옷을 부여잡고 말했다.

"정말, 이런 걸 입고 신랑감을 만나실 건가요?"

"뭐, 그렇게까지 잘 보이고 싶은 사람은 아니라서….."

"아가씨."

하연의 노기어린 음성에 당소소가 침을 삼켰다. 하연의 시선은 화장기라곤 전혀 없는 당소소의 얼굴에 가닿았다. 수수하고, 펑퍼짐하고, 허름한 옷에 장신구 하나 걸치지 않은 몸뚱아리까지. 어쩐지 아가씨가 아니라 도련님 같은 구석이 있었다.

평소라면 뒤바뀐 취향의 영역으로 넘어갈 수 있었지만 지금은 용납할 수 없었다. 아니, 당소소를 모시는 시비로서 용납해서는 안 되는 일이었다.

"옷, 다른 거 입으실 거죠?"

"으, 응…."

하연의 묘한 압력에 당소소는 그저 고개를 끄덕일 수밖에 없었다.

* * *

잔뜩 지친 기색의 당소소가 침상 위로 쌓여가는 옷가지를 넋 놓고 바라봤다. 그리고 체념한 듯 옷방에서 옷을 무더기로 가져오는 하연에게로 시선을 옮겼다.

"이건 어떠세요? 금박을 입힌 빨간색 저고리예요. 여기 비취 장식품을…."

"괜찮은 것 같아. 그걸로 할까?"

"음, 너무 화려한 것 같네요. 이건 어떠세요? 연한 보라색천에 분홍실로 수놓은 저고리예요. 백금을 녹여 만든 노리개를 찬다면 꽤나 우아하게 보이실 것 같은데…."

"…괜찮은 것 같아. 그, 그만하면 된 거 같은데…."

"서세 너무 돋보이는 것 같으면, 노란색 치마에 신홍빛 저고리와 연한 보라색실을 엮어서 만든 금색 노리개를…."

"에휴."

당소소는 한숨을 쉬며 턱을 괴고 앉아 부산을 떠는 하연을 외면했다. 김수환의 삶에서 골라본 옷이라곤 교복과 수수한 셔츠, 청바지뿐이었다. 옷은 그냥 걸치기만 하면 된다가 그의 평소 지론이었다. 입어봤자 누구 하나 보여줄 사람도 없었으니까.

하연은 뚱한 표정의 당소소를 바라보며 들고 있는 진홍빛 저고리를 겹쳐봤다. 그러곤 마음에 들지 않는다는 듯 고개를 갸우뚱거렸다. 당소소는 자리에서 일어나 쌓여 있는 옷더미를 대충 뒤적거리다가 회색 저고리를 들어 올리며 말했다.

"그냥 회색 저고리에 회색 치마를 입자. 장식품은…, 굳이 없어도 되지 않나?"

"정말, 옷 갈아입으실 때마다 시비들을 한 시진씩 들들 볶으시던 아가씨는 어디 가고… 저잣거리 왈패가 되셨어요?"

"자 봐. 회색은 잘 더럽혀지지도 않고, 색도 무난하잖아? 거기에 당가의 가풍인 실용성까지….”

“일단, 그건 놔두시고. 이것부터 입어보세요.”

하연은 당소소에게 상아색 저고리를 내밀었다. 당소소는 길게 한숨을 쉰 뒤 상아색 저고리를 받아들었다.

“이것만 입어볼 거야.”

“일단 입어보세요. 음, 아닌가…. 그래도 연분홍색이…?”

“에휴.”

당소소는 걸치고 있던 회색 저고리를 벗고 상아색 저고리를 걸쳤다. 몸매를 드러내는 옷을 입는다는 거부감 따윈, 하연이 들들 볶기 시작하고 한 시진이 지난 뒤부턴 말끔히 사라졌다. 그 후로 다시 한 시진. 이젠 제발 옷더미에서 벗어났으면 하는 바람뿐이었다.

하연은 당소소의 지친 기색을 눈치 채고 묘한 미소를 지었다.

“역시, 평소에 입으시던 색이 가장 잘 어울리시는 것 같네요.”

“…그런 게 있으면 진작 말했어야 할 거 아니야.”

“혹시 더 나은 색조가 있나 했죠…. 아가씨 분위기도 묘하게 달라지신 것 같아서 한번 느낌을 바꿔보고 싶었어요.”

“어서 가져와.”

당소소는 질색하며 하연을 재촉했다. 하연은 그런 당소소가 마냥 귀여운지 킥킥 웃으며 침상에서 옷가지 몇 개를 집었다. 그리고 녹색 치마, 그녀의 눈동자색과 똑같은 자줏빛 적삼을 당소소에게 보여주었다. 당소소는 하연이 혹여 다른 옷을 내밀까 싶어 허겁지겁 옷을 갈아입었다. 당소소가 엉성한 손길로 주섬주섬 옷 입는 모습을 보던 하연은 당소소에게 다가갔다.

“제가 입혀드릴게요.”

“으, 응.”

하연은 축 늘어진 녹색 치마를 위로 한단 접어 올렸다. 이어서 당소소가 맨 엉성한 매듭을 풀고, 상아색 저고리를 몸에 맞게 꽉 여몄다. 펑퍼짐해 보이던 옷이 몸에 착 달라붙자 당소소의 맵시 있는 몸매가 제대로 곡선을 드러냈다. 하연은 정갈한 매듭으로 마무리하고 그 위에 자주색 적삼을 입혔다. 그리고 만족한다는 듯 고개를 끄덕이며 뒤로 물러섰다.

"한번 보시겠어요?"

당소소는 고개를 끄덕이며 동경 앞에 섰다. 지친 기색의 미녀가 흑단 같은 머리칼을 늘어뜨리고 자신을 응시하고 있었다. 옷의 색채는 각자 맞물려 당소소에게 고귀함을 더해줬다. 당소소는 자신의 미모가 믿기지 않는지 팔을 들어 구석구석을 살폈다.

"항상 쓰시던 비녀예요."

하연은 그녀에게 다시 다가가 머리칼을 한 움큼 쥐고 위로 올렸다. 그리고 옆머리와 뒷머리의 반 정도를 동여매 비녀를 꽂아 고정시켰다. 당소소는 고개를 옆으로 돌려 비취를 깎아 만든 비녀를 확인했다.

"예쁘죠?"

"…그렇네."

과연 독화라고 불릴 만한 미모였다. 그녀는 두 손가락으로 입가의 양끝을 끌어올렸다. 고귀한 분위기에서 묻어나오는 앳된 미소가 분위기를 한층 더 살려주었다. 당소소는 뒤돌아서 하연을 바라봤다.

"나, 예쁜가?"

"네, 아가씨. 병상에 눕기 전보다 훨씬 예쁘세요."

당소소는 대답을 듣자 곧바로 적삼부터 벗었다. 하연은 과거의 당소소와 지금의 당소소를 비교할 수밖에 없었다. 항상 치켜뜨던 눈가는 느긋한 눈초리로, 표독스럽던 표정은 무덤덤하게 굳어 약간 냉랭해 보이는 표정으로, 그렇게 또 다른 당소소가 눈앞에 서 있었다.

"어쨌든, 다 끝났지? 빨리 이거 다 집어넣자."

"무슨 소리예요, 아가씨?"

"……?"

"내일 낭군 되실 분을 뵈려면, 분도 바르고 연지도 좀 찍어봐야 하지 않겠어요?"

"에휴."

당소소는 하연의 말에 입꼬리를 축 내렸다. 목욕 건도 그렇고, 옷 고르는 것도 그렇고 일단 시작되면 몇 시진은 기본이었다. 거기에 생각이 미치자 당소소는 하연의 눈치를 슬쩍 보며 옆걸음질로 침실을 빠져나가려 했다.

"아가씨?"

"으, 으흠?"

"어디 가시는 거예요. 그래도 가볍게 화장을 해보셔야죠?"

"…가볍게?"

당소소는 하연의 제안에 불신이 가득 담긴 반문으로 답했다. 그럼에도 하연은 빙긋 웃으며 동경 옆에 놓인 분과 연지가 담긴 상자를 들었다. 당소소는 재빨리 옆으로 도망쳤다.

"앗, 아가씨!"

"내일 해, 내일!"

"옷 색조와 화장을 맞춰야 한단 말이에요!"

"몰라!"

당소소는 치마를 입은 채로 서둘러 침소를 나섰다. 그녀 뒤를 하연이 황급히 따라가며 말했다.

"아가씨, 외투! 외투만 입어 봐요!"

* * *

마차 앞에 서 있는 단혼사는 백발을 쓸어 넘기며 고개를 들었다. 중천
에 뜬 해가 어느덧 미동을 보이기 시작했다. 하지만 오늘의 주인공이 나
타나질 않고 있었다. 단혼사의 미간이 좁혀졌다.

'분명 어제, 정오에 만나자고 했건만.'

그녀가 그럭저럭 말썽을 부린다는 것은 이미 알고 있었지만, 자기 손으
로 맺어야 한다던 혼사를 성사시키는 상견례 날까지 사람을 골려 먹으니
단혼사의 심기가 불편해졌다. 단혼사가 팔짱을 끼며 불편한 심기를 드러
낼 때쯤 저 멀리서 당소소가 걸어나왔다. 단혼사는 그녀를 놀아보며 꾸짖
었다.

"너무 늦지 않았느냐."

"죄송해요, 단혼사 님. 하연이 죽어도 화장은 하고 가라고 붙잡고 늘어
져서…. 좀 괜찮아 보이나요?"

당소소를 꾸짖을 생각으로 가득했던 단혼사는 그녀를 마주하자 모든
생각이 말끔히 증발해버렸다. 한껏 꾸민 당소소는 꽃망울을 터뜨린 난과
같았다. 옷으로 감싼 잘록한 몸에선 성숙한 청초함이, 연지와 분을 얇게
바른 얼굴에선 은은하게 퍼지는 고귀한 향이 느껴졌다.

"…크흠. 뭐, 평소보단 낫구나."

"음, 좀 이상한 건가…."

단혼사는 헛기침을 하며 미적지근한 태도로 말했다. 당소소는 옷 어디
에 문제가 생긴 건 아닌가 이곳저곳 뜯어봤다. 불편하고 낯선 감각의 옷
이라 더욱 신경이 예민했다. 단혼사는 부산스런 당소소를 보며 마지못해
솔직한 한마디를 보탰다.

"내가 봐왔던 네 모습 중 가장 예쁘다. 이제 가자꾸나."

"엣, 네…."

단혼사는 마차에 올라타며 당소소에게 손을 내밀었다. 당소소는 잠시 주저하다 이내 단혼사의 손을 잡고 마차에 올라탔다. 당소소가 맞은편에 앉자 단혼사가 뒤편 벽을 한차례 두드리며 말했다.

"출발해라."

푸륵―

말이 투레질하는 소리와 함께 마차가 움직이기 시작했다. 차창 밖으로 풍경이 스치고 지나갔다. 당소소는 무덤덤한 얼굴로 풍경을 바라보고 있었다. 단혼사는 당소소를 불렀다.

"소소."

"네?"

"어제 청혼 의사를 밝히는 전갈을 보내놓았다. 어떤 식으로 그들을 구슬릴 것인지 자세히 말해보아라."

당소소는 머리칼을 만지작거리다 단혼사의 물음에 대답했다.

"그들이 원하는 것을 줄 생각이에요."

"그들이 원하는 것을 알고 있다?"

당소소가 고개를 끄덕였다. 다행스럽게도 사천편 초반, 당소소를 학대하던 당명을 격살하는 장면에 짤막하게 서술되어 있었다. 그렇기에 행동에 나설 수 있었다. 대답을 바라는 눈치였지만 당소소는 고개를 저었다.

"도착하면 알게 되실 거예요. 정말, 별것 아닌 것이니까."

"…너, 병상에서 일어난 뒤로 많이 변한 건 알고 있나? 단순히 성격 문제가 아니라, 행동 방식이나 태도의 궤도가 달라졌다는걸."

"주변인을 통해 듣곤 있습니다."

"인지하고 있다면 되었다."

단혼사는 고개를 돌렸다. 그는 쓸데없는 말을 많이 하는 수고를 좋아하지 않았다. 기억을 잃은 그녀에게 무엇을 말하든 제대로 된 답변을 듣지 못하리란 결론에 도달한 그는 말을 줄이고 창가로 시선을 옮겼다.

창밖의 풍경이 짙은 녹음을 드리운 숲으로 바뀌었다. 햇빛마저 드문드문 들어오는 빽빽한 산림 속이라 마차 안이 잠시 암전된 듯 깜깜해졌다.

'…사파 놈들답게, 음산한 곳을 선택했군.'

단혼사가 고개를 돌려 당소소에게 말했다.

"곧 도착할 것이니…?"

"허억, 허억…."

당소소가 가쁜 숨을 내쉬며 바닥에 주저앉아 있었다. 단혼사의 미간이 일그러졌다. 혼돈의가 한 말대로면 칠혼독의 독기는 모두 제거되었을 터였다. 혼돈의는 거짓말을 하지 않으니까. 그렇다면 지금 당소소가 보이는 이상은 다른 원인에서 오는 것이 분명했다.

"무슨 일이지?"

"너무, 어두워…. 차가워…."

"소소? 내 말이 들리나?"

"죄송, 죄송해요…. 허억, 허억…!"

당소소는 가슴을 쥐어뜯으며 점점 몸을 숙였다. 그리고 슬픔이 끓어오르는 음성으로 울음을 토해냈다.

"오라버니, 제발…. 절 팔지 마세요. 흐윽…!"

"마차를 멈…!"

단혼사의 소매를 당소소가 부여잡았다. 당소소는 의식의 끈을 부여잡으며 괴로움으로 붉게 물든 눈동자를 들어 단혼사를 노려봤다.

"자주, 이랬으니…. 괜찮아요…. 흐윽, 이대로 가요. 버틸 수, 있어요."

"…자주?"

"흐윽! 뭐든지 할 테니…, 오라버니, 제발, 날 그에게 데려가지 말아줘….”

“미치겠군.”

단혼사는 등을 보듬어 그녀가 숨을 편히 쉴 수 있도록 도와주는 것밖에 할 수 있는 일이 없었다.

당소소가 겨우 쥐고 있던 의식의 끈은 격하게 밀려오는 공포라는 이름의 파도에 떠밀려 그대로 끊겨졌다. 공포는 다시금 신경을 타고 흘러 혈관 곳곳으로 번져갔다. 어두운 마차 안이 그녀에겐 마치 좁은 뒤주 안처럼 느껴졌다.

당소소는 눈물을 쏟아내며 단혼사의 소매를 거세게 쥐었다.

“살려주세요, 제발, 살려주세요…. 그 약은 제발…!”

“소소, 진정하거라. 소가주는 당가에 있고, 넌 지금 멀리 떠나 나의 곁에 있다. 넌 팔려가지 않는다. 나도 널 지키마. 네 아버지 또한 널 지킬 것이니, 고통스러워하지 말거라.”

“으으윽!”

단혼사는 쩔쩔매며 다급한 심정으로 그녀를 토닥였다. 당소소는 괴성을 내며 몸을 완전히 굽혔다. 들썩임이 잦아들더니 점차 숨소리가 정상으로 돌아왔다. 당소소는 긴 한숨을 내쉬며 고개를 들었다. 여전히 단혼사의 소매를 꼭 쥔 채였다.

“이제 괜찮아요. 이제 괜찮은데…, 잠시만…. 잠시만 이렇게 있을게요.”

“……..”

“죄송해요, 제가 이런 사람이라.”

당소소는 떨림이 묻어나는 목소리를 토하며 창가 너머를 바라봤다. 드디어 그늘진 숲이 끝나고 빛이 창문을 타고 흘러들어왔다. 당소소는 온몸의 힘이 빠져나간 것을 느꼈다. 마침내 단혼사의 소매를 놓고 앞으로 쓰러졌다. 단혼사가 당소소를 부축했다.

"괜찮아요. 다시 앉혀주세요."

"괜찮지 않다. 가서 휴식을 취해야겠다."

"괜찮지 않으면 어떡하죠…? 저는 이렇게 시들어가고, 조용히 메말라가야 하나요?"

"그건…."

단혼사가 해줄 수 있는 말은 그다지 많지 않았다. 변변찮은 위로와 건강을 생각해 다시 당가로 돌아가자는 허망한 말을 건넬 수밖에. 그렇기에 말없이 그녀를 다시 의자에 앉혀주었다.

당소소는 눈을 가늘게 뜨며 벽에 머리를 기댔다. 그리고 창문 너머로 한 무리의 무인들이 마차를 노려보고 있는 풍경을 바라보았다.

'사천성은, 악마들이 숨어 있는 나라.'

마도공자라는 악마는 잔혹했다. 당청이라는 악마는 교활했으며, 시비의 모양을 한 악마의 무리들은 가슴속에 저마다의 증오를 품고 있었다. 그리고 당소소라는 사람 안에는 통제할 수 없는 감정이라는 악마가 거친 숨결을 내뱉고 있었다.

김수환은, 아니 당소소는 악마들의 눈을 속여야 했다. 그래서 공포가 물결치는 망망대해를 건너 쌍검무쌍의 다음 문장에 도달해야 했다.

"…갈 시간이군."

마차가 멈췄다. 단혼사가 먼저 일어나 당소소에게 우려의 시선을 던졌다. 당소소는 힘없이 손을 내밀었다. 단혼사가 손을 잡고 그녀를 일으켜 세웠다. 단혼사는 먼저 마차를 나서며 그녀를 호위했다.

그를 보내고 당소소는 잠시 숨을 골랐다. 그리고 절도 있는 발걸음으로 마차를 나섰다.

3장

암해고도

暗海孤島

절해고도絕海孤島.

바다 건너 외딴섬이라는 사자성어. 눈앞에서, 등 뒤에서, 양쪽에서 칠흑의 물결이 밀려온다.

이곳은 검은 바다 한 가운데, 나는 외딴섬.

* * *

잔혈객 진명은 앞에 놓인 서신을 보며 입가를 찡그렸다. 서신에 박힌 당가의 표식이 모든 걸 엎어버리고 싶은 진명의 충동을 성공적으로 억제시켰다. 속을 삭이는 진명 곁으로 대머리의 중년 사내가 다가왔다.

"왜 그렇게 죽상이쇼? 뭐 나쁜 말이라도 적혀 있습디까?"

"…이거 당가의 표식 맞지?"

"형은 그것도 모르오? 당가의 성씨가 한자로 박혀 있으면, 일단 피하고 보라는 무림의 격언이 있잖소?"

"씨발아, 내가 진짜 그걸 몰라서 물어봤겠냐?"

진명은 대머리 사내의 두피를 찰싹 후려치며 한숨을 쉬었다. 그러자 대머리 사내가 머리를 감싸 쥐고 콧방귀를 뀌었다.

"대체 무슨 내용이기에 형님이 이렇게 끙끙거리시는 거요?"

"네가 직접 보던가."

"어디 보자….'

대머리 사내가 눈을 가늘게 뜨며 서신에 시선을 박았다. 허공을 유영하는 손가락. 그리고 천천히 읊는 구절.

"…당가의 여식인 당소소가 귀하에게 반해 성혼을 원합니다. 이에 대한 답변을 듣기 위해 내일 본인이 직접 그곳을 방문합니다?"

"대체 왜? 날? 성도 근처엔 발도 들인 적이 없는데…?"

"형님, 설마?"

"설마 뭐?"

대머리 사내는 진명을 바라보며 불쾌한 웃음을 건넸다. 진명은 대머리 사내 앞에 놓인 서신을 뺏어들며 저의를 물었다. 대머리 사내는 팔짱을 끼며 고개를 끄덕였다.

"설마 무림오화武林五花 중 하나로 불린다는 독화 당소소를 건드렸소? 과연 사천성 사파의 영웅이시오, 형님."

"이 미친 새끼가. 어느 정신 나간 새끼가 독천의 딸에게 손을 대겠냐? 진짜 쳐맞을 소리만 골라서 하네. 오히려 네가 아미파의 속가제자를 희롱했잖아?"

"아니, 형님까지 그러시깁니까? 그냥 제 얼굴을 보자마자 너무 못생겼다고 충격을 받아 우는 것을 제가 어떻게 막습니까? 한동안 그것 때문에 산속에서 살았던 걸 생각하면 자다가도 치가 떨리는데…."

"씨발아, 잘 피해 다녔어야 할 거 아니야? 누가 그런 얼굴로 태어나 래?"

진명의 손이 대머리 사내의 머리로 올라가 찰싹 소리를 냈다. 대머리 사내는 입을 삐죽 내밀며 퉁명스런 어조로 물었다.

"…그 이야기는 그만합시다, 형님. 헌데, 정말로 독화와는 만난 적이 없소?"

"없으니까 이렇게 머리를 부여잡고 끙끙대지…. 씨발, 이걸 구실 삼아 서 날 죽이러 오는 거 아니야?"

"형님, 아버지가 그랬잖소. 사천성은 성도를 제외하면 무림들에겐 가 치 없는 땅이라고. 설마 가치도 없는 땅을 뺏으려고 쳐들어오는 거겠소?"

"그러니까. 의도를 모르겠으니 미치겠다는 거지. 이 쓸모도 없는 땅 때 문에 한창 눈치 싸움 중인 성도에서 발을 빼 직접 우리를 만나러 온다? 사파의 우두머리인 나에게 청혼까지 하며?"

잔혈객 진명은 머리를 부여잡았다. 진명은 나름 오랫동안 칼밥을 먹어 온 인물이었다. 무림을 종횡하며 처세술을 몸에 익힌 지 오래이며, 복지 부동인 사파들을 설득하며 단련된 처세술이 제구실을 하지 못한 적은 많 지 않았다. 만에 하나 제구실을 못 하는 경우에도 대부분 칼을 뽑으면 해 결됐다. 하지만 사천당가라는 거대한 사천성의 호족에게 칼을 뽑는다? 당 가가 자랑하는 암기와 독에 죽는 것보다 못한 신세가 될 것이 자명했다.

진명이 끙끙 앓자 대머리 사내가 머리를 긁적이며 입을 열었다.

"저희끼리 이렇게 고민해봤자 해결책이 있소?"

"없지."

"그럼, 장로들을 불러 모아야 하지 않겠소? 이빨 빠진 노인네들이라곤 하지만, 무림의 일이라면 빠삭할 것 아닙니까?"

"그래. 그게 맞는데…."

진명도 머리론 그래야 한다는 것을 알고 있었다. 하지만 숨죽여 잘 살고 있었는데 왜 하필 당가란 말인가? 진명은 이상하다는 생각을 떨칠 수가 없었다. 차라리 함정이라면 자신들을 벌레만도 못한 쓰레기들로 보는 아미파와 청성파가 파야 맞는 일이었다. 종교에 뿌리를 두고 정의를 부르짖는 그들은 그림자에 암약하는 사파를 못마땅히 여길 테니까.

진명은 서신을 접어 품안에 넣으며 말했다.

"왕오, 장로들을 소집해라."

＊ ＊ ＊

"…그러니까 독천의 딸이 자네에게 홀딱 반해서 연서를 보내왔다?"

"그렇죠."

"그리고 당가의 금지옥엽이 여기까지 오는 데 얼마나 남았다고?"

"이제 여섯 시진 남았군요."

"…내가 자네 많이 좋아했던 거 알지?"

"그럼요. 고생만 시키시던 다른 분들에 비해 쌍괴파雙怪派라는 현판과 건물을 쥐어주신 고마운 분이시지 않습니까?"

그러자 쥐수염의 백발노인이 손에 쥐고 있던 서신을 탁자 위에 내동댕이치며 고함을 질렀다.

"그런데, 이렇게 엿을 먹여?"

"아니, 저도 눈뜨고 당한 일인데 누가 엿을 먹였다는 겁니까? 그리고 그 서신 그렇게 막 다루다간, 말년에 고생 좀 하실 겁니다."

"뭬야?"

"그, 풍문으로 듣기에 당가의 표식이 달린 문양을 막 다룬 자가 있었는데, 후에 그자가 먹는 모든 음식에 구토약을 뿌렸다고 했던 기억이…."

진명은 은근슬쩍 운을 띄우며 쥐수염의 노인을 바라봤다.

'흑서파黑鼠派 이궁. 강자에게 빌붙어 기회를 노리는 전형적인 아첨꾼.'

이궁은 헛기침을 하며 내동댕이쳤던 서신을 곱게 접어 조심스럽게 탁자 위에 다시 올려놓았다. 진명은 시선을 돌려 원형 탁자에 앉은 나머지 두 명의 노인을 훑었다. 이번에는 학사풍의 노인이 혀를 차며 고개를 저었다.

"쯧쯔, 얼마나 평소 행실을 곱게 하지 못했으면….."

"저희는 사파입니다, 선생님."

"……."

"평소 행실이 곱든 나쁘든 당가한테 한번 찍히면 이미 선생님의 탁자 위엔 찻잔이 아니라 고문기구가 올려져 있을 거라는 겁니다."

'혈사파血士派 모량. 관직에 등용되지 못해 독기를 품고 세상을 증오하는 무능한 인간.'

찻잔을 쥔 모량의 손이 움찔거리자 진명이 고개를 돌렸다. 그들이 쓸모가 없으리란 건 알았지만 이 정도일 줄은 몰랐다는 생각과 함께. 진명은 나머지 한 명에게 시선을 돌렸다. 비교적 검은 머리가 많이 난 그는 서신을 보더니 진명에게 물었다.

"그래서, 잔치 하냐? 배고픈데."

"후우…."

"아니 흑규 이 멍청한 자야, 다 죽게 생겼는데 잔치 소리가 나오나? 잔치국수 대신 지네를 처먹게 생겼는데…."

"아니, 결혼식이면 고기 정돈 있어야 할 것 아닌가?"

진명은 흑규의 말에 정신이 아찔해져 한숨을 쉬었다. 이궁은 그런 흑규를 타박했다.

이것이 사천성 제일 사파라 불리는 쌍괴문의 현주소였다. 무능과 기회주의에 점철된 살아 있는 시체들. 독천이 나설 필요도 없이 휘하의 부대 한 무리로 해결 가능한 놈들이었다. 진명은 말다툼을 하기 시작한 세 명의 장로들을 머릿속에서 지우고 탁자에 있는 서신 위로 손을 올렸다.

'진짜 나한테 반한 건가?'

진명은 문득 그런 생각이 들었다. 최근 좋은 집안 자제들이 멋있는 악당을 좋아한다는, 그런 풍문이 돌았던 것도 같았다. 진명은 턱을 슬쩍 쓰다듬어봤다. 자기 외모가 그리 떨어지는 것만은 아니라는 생각에 도취될 무렵 왕오가 슬쩍 귀엣말을 해왔다.

"형님, 이러다가 아무 준비 없이 당가를 맞이하겠소."

"지 이빨 빠진 노인네들 데리고 어떻게 준비를 하나? 지금 나머지 이빨도 싹 다 뽑아주고 싶은데."

"이대로 죽을 순 없잖소, 형님. 우리가 어떤 심정으로 사파에 들어온 건데…."

왕오의 말에 진명은 고개를 끄덕였다. 뒷배도 없고, 썩 착하게도 살지 않았던 그들에게 정파라는 문턱은 너무 높았다. 어느 은거 고인이 점지해준 제자도 아니고, 돈이 많은 것도 아니며, 뛰어난 무재가 있던 것도 아니다. 결국 갈 곳은 화려한 빛이 아닌 그림자뿐이었다.

하지만 사천성의 그림자는 너무 작았다. 중천에 뜬 세 개의 태양이 사천성 구석구석을 꼼꼼하게 내리쬐고 있었기 때문이다. 진명은 조그마한 그림자를 택했다. 살아야 했으니까. 그렇다면 지금 내려야 하는 판단은 단 하나였다.

쾅!

진명이 탁자를 내리치자, 세 노인은 말싸움을 멈추고 헛기침을 하며 진명을 바라봤다. 진명은 긴 숨을 뱉으며 흑규를 바라봤다.

"합시다, 잔치."

"뭐? 진짜? 새끼, 맨날 나 무식하다고 구박만 하더니 이제야 내 깊은 뜻을 이해해주는구나!"

"진명, 그게 무슨 개소리냐?"

"이궁 선배. 정파, 사파라는 구분을 빼고 생각해 봅시다. 당장 독천이 우리를 죽이겠다고 마음을 먹었다면, 우리가 지금 살아 있겠습니까?"

진명의 말에 이궁은 입가만 씰룩일 뿐 대답은 하지 못했다. 그들은 그런 존재였다. 아미파의 무예와 청성파의 검기는 눈으로 볼 수 있다. 하지만 사천당가는 아니다. 그들의 암기와 독은 비열한 자들을 솎아내기 위해 더 비열해졌으니까.

진명은 모량이 쥔 찻잔을 슬쩍 훑으며 말했다.

"…지금 그 찻잔에 독을 넣어 우릴 죽일 수도 있다는 소립니다."

"엇험, 왜 자꾸 내 찻잔만 가지고 그러시나, 진명. 섭섭하게…."

"그러니까, 이런 게 날아온 시점에서 저희가 할 일은 그저 그들의 비위를 맞추는 것밖에 없다 이겁니다."

진명은 서신을 툭툭 치며 말했다. 이궁은 그 말에 잠시 침묵하다 눈을 가늘게 뜨고 입을 열었다.

"그녀를 인질로 삼으면, 정파의 세 세력 간에 균열을 줄 수도 있을 텐데. 아미파와 청성파에게도 썩 나쁜 일은 아니라 일단은 방관할게야."

"인질로 삼을 힘은 있소?"

"네가 있잖느냐? 네가 우두머리라서 하는 소리가 아니라, 넌 엔간한 문파에 들어갔어도 일대제자의 자리에 올랐을 것이다. 그녀의 호위로 피라미를 붙인다면, 네 힘으로 그녀를 잡아 거래에 나설 수 있다는 뜻이다."

"오히려 세 세력이 손을 잡고 사파의 씨를 말려버리기 위해 움직일 것 같은데."

이궁은 진명의 말에 고개를 저었다. 그에게 기회가 보였다. 중천의 세

태양이 만들어내는 그늘은 좁았지만 그만큼 짙었다.

"우리가 세 세력과 거래에 나설 수만 있으면, 사천성 구석구석에서 숨죽이고 있던 사파들이 주시할게야. 우리는 거래를 성사시키고 주시하고 있는 사파들을 끌어들인다. 요지는 선을 지키는 것이지. 그들이 그어놓은 선만 넘지 않으면, 그들도 성도에서 인력을 빼긴 싫을 거니까."

"…오늘 뭐 잘못 먹었소?"

"무슨 소리냐?"

"평소엔 꼬장이나 부리던 양반이, 갑자기 책략가 행세를 하시니 낯설어서."

"이놈이!"

이궁은 화를 내며 고개를 돌렸다. 그런 이궁에게서 시선을 거둔 진명은 눈을 감고 이궁의 책략을 고려했다.

'이 늙은이들과 함께하다간, 언젠가 망한다. …진짜 한번 질러봐?'

"왕오, 넌 어떻게 생각하냐?"

"뭘 말이오."

"이 빡대가리 새끼, 넌 대체 뭘 들은 거냐?"

"들을 필요가 없잖소. 난 언제나 형님과 함께 가니까."

왕오는 귀를 후비며 진명의 물음을 일축했다. 잠시 멈칫한 진명은 이내 고개를 끄덕인다. 그는 오랫동안 그래왔고 앞으로도 그럴 테니까. 진명이 자리에서 일어났다.

"병력은?"

"흑서파의 새끼 쥐들은 언제든 준비되어 있지. 잔치 준비라고 했나?"

"혈사파의 무인들도 이 쌍괴파의 지근거리에 있네. 이미 다들 무장 상태야."

"그래서 잔치하냐고."

'씨팔, 진짜 이 노망난 늙은이가….'

진명은 흑규의 말에 잠시 미간을 좁히며 화를 참았다.

"우선 잔치를 열어 당문의 비위를 맞춥시다. 호위 병력을 보고 판단하죠. 여섯 이상이면 그들이 원하는 대로 따르고, 혼자 오거나 호위 무사만 데려온다면…."

"온다면?"

"골방에 앉아 기회만 엿보던 노인네들의 엉덩이를 걷어차줘야지."

진명은 잔혹한 웃음을 입에 걸었다. 계획은 신중하게, 일은 잔혹하게. 그것이 잔혈객 진명의 신조였다.

＊ ＊ ＊

당소소는 단혼사의 인도를 받으며 한 무리의 무인들에게 다가갔다. 앞에 서 있는 자가 매서운 눈초리로 째려봤다. 당소소는 몸을 움찔했지만 시선을 받아내며 그의 얼굴을 훑었다. 신경질적으로 보이는 눈매와 튀어나온 광대, 매부리코. 소설 속에 나온 잔혈객의 모습 그대로였다. 당소소는 얼굴을 확인하고 마음을 가다듬은 뒤 그에게 포권을 취했다.

"안녕하세요, 잔혈객 진명 대협, 당소소라고 해요."

"아, 예…. 진명이라고 합니다. 당소소 소저."

당소소는 진명을 바라봤다. 이자가 자신을 학대하는, 자신의 낭군이 되었을 자였다. 괜스레 밉상으로 보이는 얼굴이었다. 하지만 그녀는 웃음으로 그 감정을 숨겼다. 아직 감정을 드러내기는 일렀다. 다음 문장에 도달하기 위해선 그의 존재가 필요하니까.

당소소는 미움을 살가움으로 가장했다. 그것은 김수환이 가장 잘하는 것이었다. 그래야 사람들에게 조금이라도 미움을 덜 받았으니까.

"서신은 잘 받으셨는지요?"

"예, 받긴 했습니다만…. 저랑 결혼을…?"

"네. 늠름하고 차가운 진명 님의 모습을 보고 한눈에…, 반했답니다."

"늠름, 차가운…?"

당소소는 자신의 입에 주먹을 날리고 싶은 심정이었다. 제아무리 목적을 위해서라지만 남자의 정신으로 남자에게 반했다고 말하는 건 정신적으로 무리였다. 당소소는 슬쩍 시선을 돌려 거부감을 털어냈다. 그리고 그를 사로잡기 위해 최선을 다했다.

"그래요, 참 늠름하네요…."

"우리 형님의 어디가 늠름하다는 것이오? 나처럼 생겼구만."

"음. 늠름한…, 귓방망이? 장법으로 때려주고 싶은…. 앗!"

왕오의 물음에 당소소는 자기도 모르게 속내를 보였다가 재빨리 말을 주워 담았다. 그리고 얼버무리기 위해 슬쩍 웃었다.

'…위험한걸. 쌍검무쌍에서 당한 걸 돌려주고 싶다고 생각하고 있었어.'

그녀는 요즘 자신이 보이는 행동에 재고가 필요하다고 느꼈다. 당소소의 감정이 영향을 끼친 때문인지 속내를 숨김없이 털어놓는 일이 많아졌다. 그것까진 괜찮았다. 제아무리 '당소소'가 영향을 줘도 진짜 본심을 털어놓진 않았으니까. 문제는, 김수환의 언어 습관이었다.

'에이, 씨벌. 시마이치자!'

'야 새끼야, 못 들었어? 공구리 그만 비비고 막삽 놓으라고. 오야 말 안 들려?'

'내버려 둬. 니미럴, 어쩌다가 저런 시다도 못 하는 새끼가 불려온 거야? 하루면 나가떨어질 줄 알았다만.'

'어머니 도망가셨습니다.'

'……'

당소소는 전생의 한 장면을 떠올렸다. 그녀의 언어는, 학교의 국어교과서보다 공사판의 어르신들에게 그 뿌리를 두고 있었다. 그가 김수환일 때는 특유의 숫기 없는 성격과 주변에 관심 없는 태도 덕분에 이 점이 드러나진 않았다.

당소소는 달랐다. 그녀의 몸속에 남은 감정선은 느낀 바를 바로바로 토해내야 했고, 그래도 해소되지 않아 활달한 몸짓까지 덧붙여야 했다.

'난, 확실히 김수환으로서 당소소의 몸에 있어. 하지만 그럼 본래 있던 당소소의 인격은…?'

확실히 이건 이상했다. 당소소가 겪어왔던 기억의 편린들은 느껴지고 그녀의 성격은 자신의 인격에 영향을 끼치고 있는데, 그녀의 인격만은 당최 어디로 갔는지 느껴지지 않았다. 당소소의 인격만을 깔끔하게 도려내 그 자리에 김수환을 덧대어 놓은 듯한 느낌이었다.

'발작에서 튀어나오는 헛소리가 그녀의 인격인걸지도. 그럼, 그녀가 인격을 되찾는다면 김수환은 어떻게 되는 걸까.'

단혼사는 뜬금없이 고뇌에 잠긴 당소소의 소매를 슬쩍 당겨 상념에서 건져냈다. 당소소는 얼버무리는 미소에 농도를 더하며 변명했다.

"아, 이거 실례를 저질렀네요. 요즘 흰소리를 하는 나쁜 버릇이 들어서."

"…아닙니다. 무례는 제 동생인 독두낭인 왕오가 먼저 저지른 것인데요. 그럼, 손님을 세워두기도 좀 그러니 안으로 드시지요. 무림오화인 독화가 이곳에 온다기에, 많은 사람들이 기대 중입니다."

"호의에 감사를."

'그러고 보니 그런 설정도 있었구나.'

당소소는 고개를 끄덕이며 진명의 호의를 받아들였다. 그리고 그가 언급한 무림오화에 대해 생각했다.

무림에서 가장 아름답다는 다섯 명의 미인, 무림오화. 작중에서는 당소소를 제외하고 무림사화라고 더 자주 나왔기에, 인지하지 못하고 있던 별명이기도 했다. 주인공 옆에서 모두를 못살게 굴던 여인은 독화가 아니라 나찰독녀라 불렸으니까.

그리고 당연하게도 정천사화의 모든 여인들은 주인공을 좋아했다.

'정말 부러운 새끼….'

당소소는 다시금 주인공 강운을 부러워했다. 그때 쌍괴파의 무인들이 움직였다. 당소소가 그들 뒤를 따르자 단혼사는 그녀 뒤편에 자리를 잡고 그녀를 보호했다. 당소소는 단혼사에게 귀엣말을 했다.

"무언가 사파답지 않고 고분고분한걸요?"

"흥, 내가 없었다면 넌 만나자마자 변괴를 당해도 이상하지 않았다."

단혼사는 순진한 당소소를 타이르며 자신을 조우하기 전 쌍괴파들의 눈빛을 떠올렸다. 번진 화장에 대한 당혹감, 그 당황한 얼굴로도 숨길 수 없었던 탐욕. 필시 어쭙잖은 자들에게 호위를 맡겼었다간 그녀에게 무슨 변고가 있었을지 상상조차 할 수 없었다.

'이럴 땐 가주가 팔불출인 것을 다행이라고 생각해야 할지….'

단혼사가 당소소를 물끄러미 바라보자 당소소가 방긋 웃으며 말했다.

"괜찮아요. 아직 전 죽지 않으니까."

"…묘하게 확신을 하고 있군. 하지만 내가 말한 변괴는 그런 게 아니다."

"죽는 게 아니라면, 어떤…?"

"그, 크흠. 너도 여성이지 않느냐?"

"여성?"

설명하기 부끄러웠던지 단혼사가 헛기침을 했다. 맹한 눈초리로 단혼사의 말을 곱씹던 당소소는 이내 얼굴이 홍시보다 붉어지며 고개를 푹 숙였다. 여성이 당하는 변고란 대개 그렇고 그런 것들이었으니까. 김수환이 경험해 보지 못했던 그것.

"아니, 음…. 네. 저도 여성…. 네, 여성, 이니까요. 몸을 조심해야겠죠. 네."

"알면 되었다. 긴장을 늦추지 말도록."

단혼사는 그렇게 말하며 빠른 걸음으로 당소소를 지나쳤다. 얼핏 본 그의 뺨이 빨갛게 보이는 건 당소소 자신의 착각이라 생각하며 부지런히 그의 빠른 걸음을 쫓았다.

* * *

거대한 전각에 쌍괴파의 무인들과 단혼사가 들어섰다. 그리고 뒤를 이어 당소소가 들어왔다. 당소소는 쭈뼛거리며 단혼사 뒤에 바짝 붙었다. 긴 탁자를 놓고 앉아 있던 이궁이 그들을 맞이했다.

"어서 오시오! 흑서파의 두목인 이궁이외다. 소문으로 듣던 독화…. 독화…?"

"안녕하세요. 당가의 여식, 당소소라고 해요."

'뭐야, 저거.'

뭉개진 화장을 그대로 놔두고 짓는 당소소의 미소에 이궁의 머릿속은 복잡해졌다.

'일부러 엿 먹이려고 시험을 하는 깃인가? 사파에 예의가 있는지 없는지….'

이궁의 의견은 저 얼굴이 쌍괴문에 대한 시험이라는 쪽으로 기울었다. 그렇다면 이제 어떤 태도를 취해야 하냐의 문제가 남았다. 조심스럽게 우회해 역린을 피해야 할지, 아니면 완곡한 태도로 그 얼굴을 지적해야 할지에 대해 고민을 하던 중, 옆에 앉아 있던 흑규가 일어섰다.

"아가씨, 얼굴이 그게 뭐야? 귀신도 아니고."

"네? 제 얼굴이요?"

이궁의 얼굴이 구겨졌다. 맞은편에 있던 진명은 얼굴을 감싸 쥐었으며, 왕오 또한 고개를 저으며 참담한 심정에 동참했다.

"…뭐 라 고 하 셨 소?"

단혼사의 입꼬리가 내려가며 주변의 분위기가 차게 식었다. 그의 얼굴은 숫제 지옥의 염왕이라도 되는 듯했다. 단혼사는 어간 하나하나에 살기를 꾹꾹 눌러 담아 물었다.

"그, 약간의 슬픔이 소저의 얼굴에 근심을 그린 듯합니다. 여봐라, 세안을 준비해라!"

모량이 황급히 자리에서 일어나 흑규의 실책을 수습했다. 단혼사는 그를 잠시 째려보더니 콧방귀를 뀌며 팔짱을 꼈다. 이궁은 안도의 한숨을 쉬며 흑규를 책망했다.

"이 무식한 새끼야, 사천당가의 여인이 저 몰골이 되었다는 건, 정말 몰라서 저랬겠냐?"

"그럼, 뭐 우리 보고 오줌 좀 지려보라고 그런 얼굴을 하고 있던 건가?"

"우릴 시험하려고…. 아니다, 씨팔. 말을 말아야지…."

흑규가 코를 파며 이궁에게 대꾸하자 이궁은 혀를 차며 고개를 저었다. 흑규는 말로 이해시킬 수 있는 사람이 아니었다. 그렇다면 그점을 감안하고 최대한으로 판을 짜는 수밖에 없었다. 이궁은 사근하게 웃으며 단혼사에게 말했다.

"그럼, 우선 식사라도 드시면서 서로를 소개하는 시간을 가지는 것은…?"

"난 호위이니, 당사자에게 말하도록."

"아, 네. 실례했습니다. 소저?"

"그러도록 해요."

이궁은 당소소의 허가에 고개를 끄덕이며 손가락을 튕겼다. 그러자 가슴에 흑서黑鼠라는 자수를 새긴 사내들이 음식을 나르기 시작했다. 당소소는 가볍게 코를 움찔거리며 냄새를 맡았다. 기억 속에 있는 냄새였다.

"애월루의 음식들이군요?"

"아, 네. 유독 좋아하신다기에. 오향장육과 튀긴 생선 요리를…."

"소면은 없나요? 죽엽청…. 은 없어도 되겠고."

당소소가 죽엽청이라는 단어를 입에 담자 단혼사가 그녀를 노려보았다. 당소소는 멋쩍은 웃음을 지으며 다시 그 단어를 주워 담았다. 이궁은 볼살을 움찔거리며 당소소를 노려보았다. 계속되는 시험. 하지만 동요해선 안된다. 단혼사가 그녀 곁에 있는 한은.

"…당장 준비하라 이르겠습니다. 우선 이것을."

이궁은 수하가 내미는 물이 담긴 대야를 받아 그녀에게 넘겼다. 단혼사가 고개를 까딱이며 호의에 대한 감사를 표했다. 그리고 손에 물을 묻혀 당소소의 얼굴을 꼼꼼히 닦아내기 시작했다.

"아니, 잠깐. 제가 직저어업…."

"시끄럽다."

"쪽팔린데에엡…."

"쪽팔린 것을 알면 애초에 오질 말았어야지. 적지에 있는 이상, 행동은 나를 통해서 해라."

단혼사가 그녀의 얼굴을 닦아낸 뒤 이궁에게 손을 까딱였다. 이궁은 잠시 저의를 파악하다, 이내 수건을 내밀었다. 단혼사는 다시 고개를 까딱이고 수건으로 얼굴에 묻은 물기를 닦아냈다.

"제가 한다고 했잖아요."

"네가 하면 꼼꼼하게 닦지 않을 것 같아서."

토라진 얼굴로 입을 삐죽 내미는 당소소. 번진 화장에 가려졌던 미모가 드러나자, 쌍괴파 모두는 잠시 할 말을 잊었다. 그중에서 흑규만이 정신을 차리고 당소소에게 말을 걸었다.

"아가씨, 좀 예쁘장하게 생겼어. 누가 깔치로 삼을지 정말 부럽구만!"

"야 이, 씹…!"

진명은 튀어나오려던 욕설을 구겨 넣고 흑규에게 다가갔다. 자신이 무엇을 잘못했냐는 듯 무구한 눈빛을 보내는 흑규. 진명은 흑규의 뒤통수를 당장이라도 후려갈겨서 저 방정맞은 입을 멈추게 하고 싶었다.

"…장로 님이 많이 오락가락하십니다."

"그렇군요. 괜찮답니다. 많이…, 들어봤던 말투니까요."

"야, 누가 오락가락해?"

"…이게 쌍괴파의 본의는 아니라는 것을 알아주십시오."

"알아요, 제 신랑이 되실 분인데."

당소소가 미소를 보냈다. 미소를 보면 볼수록 진명은 불안감을 지울 수가 없었다. 이런 사려 깊은 여인이, 당가의 금지옥엽이 어째서 자신을? 이라는 생각이 머릿속을 계속 맴돌았다.

'진짜 요즘 나쁜 남자가 유행인가?'

'진짜 일 끝나면 다 뒤졌어.'

당소소는 움찔거리는 입꼬리를 더욱 끌어올렸다. 원작에서 당했던 만큼 그에게 돌려줄 생각이었다. 이제 명분은 차고 넘쳤다. 둘의 끝없는 생각을, 모락모락 김이 올라오는 음식들이 무사히 끊어주었다. 이궁은 천천히 차려지는 음식들을 보며 손님들에게 자리에 앉기를 권했다.

"앉으시지요. 매번 드시던 것이라 조금 빈곤해 보이실 수도 있으나…."

"아니에요. 갑자기 찾아온 저희가 잘못인걸요."

"그렇게 말씀해주시니 감동입니다."

이궁이 포권을 하며 당소소에게 예의를 차리는 동안 흑규가 음식을 마구 뒤적거렸다.

"우와, 씨벌! 이게 다 뭐야? 야, 모량! 저 생선 튀긴 것 좀 봐라. 새끼, 돈을 어디에 꿍쳐놨나 했더니 다 여기에 썼구나."

"흑규, 조용히 하게. 촌사람도 아니고."

모량은 흑규에게 핀잔을 주며 강제로 자리에 앉혔다. 흑규는 맛있는 음식을 앞에 두고 계속 몸을 움찔거렸다. 진명은 음식이 다 차려질 때까지 기다렸다가 다시 자리에서 일어나 당소소에게 포권을 하며 말했다.

"다시 한 번 저를 소개하겠습니다. 이름은 진명, 별호는 잔혈객으로 불리고 있습니다. 사천쌍괴라는 부끄러운 이름으로 묶여 있고, 그에서 따온 쌍괴파의 수장이기도 하지요."

진명은 부끄러움에 어금니를 꽉 깨물었다. 그의 인생에서 이렇게 격식을 갖춘 인사는 처음이었다. 뒤를 이어 당소소도 일어나 그에게 포권을 했다.

"이름은 당소소라고 해요. 독천 당진천의 딸…, 이라고 소개를 해야겠죠?"

"이궁이오. 흑서파의 우두머리외다."

"혈사파의 모량입니다."

"흑규. 조직은 없다. 이제 먹어도 되지?"

흑규를 마지막으로 서로에 대한 소개가 끝났다. 단혼사에게 모두의 시선이 쏠렸으나 단혼사는 그저 고개를 저을 뿐이었다. 진명은 한숨을 쉬며 흑규에게 음식을 먹으라는 허락을 내렸다.

"드시오, 장로 님."

"옳아. 이제야 내 뱃속에 기름칠을 좀 해보는구나!"

흑규가 음식에 달려들자 진명이 당소소의 눈치를 살폈다. 그녀는 다만 웃고 있을 뿐이었다. 심기가 불편한 건 아니라는 생각에 안도한 진명은 이제야 본론을 향해 나아갈 수 있었다.

"그런데 이 보잘것없는 사파 나부랭이에게 청혼을 하신 연유가…."

콱!

무언가가 목재에 박히는 소리가 났다. 진명은 반사적으로 흑규를 돌아봤다. 게걸스럽게 음식을 탐하던 흑규의 소매 안에서 단도 한 자루가 떨어져 탁자에 박힌 것이었다.

"어, 씨발. 이게 왜 여기 있냐."

흑규는 머리를 긁적이며 단도를 쥐었다. 진명은 숨을 멈추고 단혼사를 돌아보았다. 단혼사는 아무 말이 없었다. 다만 죽일 듯이 노려볼 뿐.

"……."

"아니, 그것이…. 정신이 오락가락하는 분이시니…!"

"아 참. 진명아, 호위가 한 명이면 그 새끼 담그고 납치하자며?"

"…그게 뭔 개풀 뜯어먹는 소리시오?"

흑규가 내뱉은 말에 화들짝 놀란 진명이 서둘러 둘러댔지만, 단혼사는 목을 뚜둑 꺾으며 천천히 자리에서 일어났다. 그는 사천당가의 이인자라고 불리는 괴물, 절대로 건드려서는 안 되는 화약과도 같은 자였다.

무공이 일정 경지에 도달한 그이기에 더욱 확신할 수 있었다. 그의 가죽 아래엔 괴물이 살았다. 그가 당소소를 일으키려 하자 진명이 손사레를 치며 말렸다.

"단혼사 대협, 정말로 아닙니다. 그것이…."

"에이, 씨발 좆같은 정파 새끼들. 얘들아, 나와라!"

"아이, 씨발! 이게 아닌데…!"

이궁이 욕지거리와 함께 흑서파와 혈사파의 무인들을 불러들였다. 진명이 머리를 쥐어뜯으며 절망했다. 그런 진명은 무시하고 제각기 무기를 든 무인들이 당소소의 얼굴을 확인하더니 몸을 타고 흐르는 색욕을 감추지 않았다.

"흐흐, 고년, 살결 하얀 거 봐."

"벗겨놓으면 어떻게 울지 궁금하군!"

"제발, 제발 닥쳐, 씹새들아!"

진명이 부르짖으며 울상이 된 얼굴로 당소소를 바라봤다. 당소소는 그저 무덤덤한 표정을 짓고 있었다. 다만 단혼사에게 한마디 던질 뿐이었다.

"단혼사 님. 저 새끼는 뺨을 찢어주세요."

"그러지."

"…아니, 왜 하필 난데?"

당소소의 부탁에 단혼사가 고개를 끄덕이며 한걸음 앞으로 나섰다. 진명은 억울함에 울부짖으며 단혼사에게 달려나가는 부하들을 망연자실 바라볼 뿐이었다.

* * *

백 명은 되어 보이는 무인들이 사방에서 달려들었다.

단혼사는 팔짱을 낀 손을 풀더니 한차례 털었다. 가볍게 데워지는 육신을 단전에서 잠자고 있던 내공이 휘돌았다. 시야는 확장되고 의식은 명료해졌다. 눈은 강당 전체를, 머리는 모든 적을 상정했다.

'소소를 지켜야 하기에 이탈은 불가하다. 한 걸음 안에 끝내야겠군.'

단혼사는 오른발을 반보 앞으로 내밀었다. 그리고 양손을 비스듬히 내밀어 기수식을 취했다. 확장된 감각은 내달리는 적의 우선순위를 정했다.

전방, 단혼사의 목을 베어오는 두터운 도끄. 한 걸음 안쪽이었다. 무릎을 조금 굽혀 도를 흘려낸 단혼사는 그대로 손을 맞잡고 어깨를 올려쳐 그의 가슴을 으깨버렸다.

차르륵!

우 상단과 좌 상단, 단혼사의 어깨를 향해 휘둘러진 사슬낫들. 한 걸음 이었다. 단혼사는 맞잡은 손을 풀고 반보 앞으로 내딛었다. 양손을 동시에 상단으로 끊어치며 사슬낫의 힘이 최대로 달하는 지점을 무너뜨렸다. 힘을 잃어 흐늘거리는 사슬을 휘감고 그 둘을 바닥에 내동댕이쳤다. 그 빈틈을 노린 하단의 검격이 단혼사의 심장을 찔러갔다.

'한 걸음 반. 꽤 하는 놈이군.'

단혼사는 검을 찔러오는 상대를 보며 적잖이 감탄했다. 그를 막기 위해선 다른 쪽 발을 들어 반 보 앞을 지향해야 한다. 하지만 그렇게 되면 후방에서 당소소를 향해 내달려오는 자들을 막지 못한다. 단혼사는 숨을 짧게 뱉은 뒤 오른손을 아래로 내려치고 왼손을 쭉 뻗었다.

"으, 으아악!"

검이 수도와 부딪히며 아래로 곤두박질쳤다. 단혼사는 자세가 흐트러진 상대의 견갑골을 움켜쥔 뒤 그대로 뒤편에서 발소리를 죽이고 다가오던 자들에게 내던져버렸다. 일단의 무리가 그에게 뒤엉켜 나뒹굴었다. 그를 던지느라 열린 가슴을 비수 세 자루가 노리고 들어왔다.

팟!

공기가 멎는 소리와 함께 전방으로 내밀어진 단혼사의 손가락 사이에서 비수 세 자루가 나란히 정지했다. 단혼사는 팔을 횡으로 뿌리며 비수를 그들에게 되돌려주었다.

"크아악!"

세 명분의 비명이 들려오며 전장은 잠시 소강상태가 되었다. 단혼사는 남아 있던 숨을 내뱉었다. 열댓 명의 무인들이 쓰러지기까지, 단 한 호흡이었다. 단혼사는 옆에서 공포에 떨고 있을 당소소를 잠시 살펴봤다.

"우와, 진짜 영화 보는 것 같네. 한 손으로 사람을 던지고…."

"…소소?"

"흐, 흠! 주, 죽이진 말아주세요. 어디까지나 저희와 협력해야 할 대상이니까."

"그리하마."

그의 걱정은 기우였다. 마차에서처럼 공포에 떨긴 커녕 오히려 눈을 반짝반짝 빛내며 어떻게 때렸나 동작 하나하나를 유심히 지켜보고 있었다. 단혼사는 당소소의 당돌한 행동에 웃음이 나왔다. 그리고 그녀가 가장 처음 주문했던 것을 이뤄주기 위해 손가락을 들어 망연자실해 있는 진명을 가리켰다.

"잔혈객 진명. 이리 오시게. 지금 온다면, 빨리 끝내주도록 하지."

"아니, 전 정말 무고합니다. 단혼사 대협. 전 정말 극진히 대접하려고 했습니다. 제가 어찌 독화 당소소와 사천제일권을 거스르겠습니까! 제발, 제 진심을 믿어주십쇼!"

그는 진명의 예상대로 괴물이었다. 내공을 제대로 사용하지도 않고 한 호흡만에 백 명 중 열 명을 전투 불능으로 만들어버렸다. 심지어 당소소를 지키기 위해 한 발자국 이상 움직이지도 않았다. 그 거대한 힘의 편린을 확인한 좌중이 침묵하고 있었다.

'이것이, 사천제일권 단혼사…!'

진명은 단혼사가 진심으로 움직이는 것을 상상했다. 그가 내공을 사용한다면? 그가 한 발짝 이상 움직인다면? 그가 상상한 수많은 미래에서 모두, 차마 눈뜨고는 볼 수 없을 정도로 으깨진 자신의 모습이 그려졌다.

'아니, 아직 살 수 있어. 뺨 한 대만 맞으면 되잖아? 독화가 날 좋아하는 것 같으니, 엎드려 빌면 봐줄지도…?'

지금은 오로지 변명을 해서라도 목숨을 부지하는 것이 최우선이었다. 그리고 진명의 그 계획을 장로들이 전력으로 방해했다.

"이, 이놈이오! 이놈이 책상을 내려치며 여섯이면 극진히 대접하고, 하나면 납치를 도모하자는 놈이었소!"

"음, 그랬었지. 내 찻잔을 무슨 당가의 고문기구라는 둥 뭐라는 둥…."

"나, 난 시키는 대로 했을 뿐이야!"

"이, 씹…, 새끼들이…!"

차례대로 이궁, 모량, 흑규가 고개를 설레설레 저으며 진명을 떼어냈다. 그들의 꼬리자르기를 보던 진명은 분노로 정신을 잃을 것만 같았다. 이대로라면 일은 저들이 벌이고 책임은 진명이 지게 된다. 그의 머리는 유래 없을 정도로 팽팽 돌았다.

"그, 제가 한 게 아니라 이궁과 흑규가…."

"오시게."

"저 보셨잖습니까? 전 말렸는데…."

"잔말 말고."

"아니 진짜, 억울해서 미치겠네…! 전 곱게 대접하고 무엇을 원하시는지 이야기만 들으려고 했…?"

진명은 말을 멈추고 단혼사 옆의 당소소를 바라봤다. 타개책은 바로 코 앞에 있었다. 그녀는 분명 자신을 협력해야 할 대상이라고 지칭하며 목숨을 부지시키라고 명했다. 그렇다면 가능성은 아직 있었다. 진명은 옆에서 단혼사의 무위를 보며 입을 벌리고 있는 왕오의 옆구리를 찔렀다.

"야."

"예, 형님."

"난 간다."

"따라오라굽쇼?"

진명은 고개를 끄덕이며 심호흡을 했다. 그리고 당소소를 가리키며 외쳤다.

"투항입니다. 당소소 소저, 그대의 청혼을 받아들이겠습니다! 이 추악한 사파를 떠나, 그대 품에 안기겠습니다! 그대와 함께라면, 진명이 아니라 당명이라고 불려도 좋습니다!"

느닷없는 고백에 당소소의 표정이 잠시 굳었다. 그리고 눈가를 파르르 떨며 불편한 심기를 감추지 않았다. 당명이라는 이름은 그녀에게 있어 썩 좋은 기억이 아니었으니까. 당소소는 무미건조한 말투로 고백을 받아들였다.

"아, 네."

"…네?"

"알았으니까, 이리오세요. 잠깐이면 끝나니까."

"저, 정말 아신 거 맞습니까?"

"속고만 사셨나요?"

"그, 런 것 같기도 하고…."

진명은 쌍괴파의 장로들에게 시선이 갔다. 그들은 진명의 시선을 느끼자 사파를 배신하면 응당한 대가를 치를 것이라 으름장을 놓았다. 진명은 그들의 태도에 질색을 했다.

'씨팔, 사파에 의리가 어디 있어? 지들도 안 지켰으면서.'

"지금 오면 한 대."

"네?"

"두 대."

"아니 잠깐만, 뭘…."

"세 대."

무심한 당소소의 말에 진명은 서둘러 그녀 곁으로 달려갔다. 그 뒤를 왕오가 졸졸 따랐다. 당소소는 자기 곁으로 다가온 진명을 바라보며 고개를 갸웃거렸다. 진명은 숨을 고르며 영문 모를 행동을 하는 그녀에게 말했다.

"왔, 왔소. 이제 뭘 하면 되는 거요?"

"단혼사 님."

"왜."

그녀는 진명의 말에는 대꾸하지 않고 순진무구한 표정으로 단혼사를 불렀다. 단혼사가 그녀를 돌아보자 당소소는 팔을 힘차게 휘두르며 물었다.

"이 각도가 좋을까요, 아니면 저 각도가 좋을까요?"

"네 팔 힘은 약하니까, 그렇게 힘껏 치는 대신 손목을 이용하는 게 좀 더 괜찮을 수도 있겠군. 예를 들면, 이런 식으로….."

어느덧 진지하게 그녀에게 답하는 단혼사를 보며 진명은 돌아버릴 지경이었다. 단혼사의 솥뚜껑 같은 손이 뺨을 스치고 가는 경험은, 절로 주저앉고 싶다는 생각이 들 정도로 무서웠다. 바짝 움츠려 있는 진명을 바라보던 당소소는 어쩔 수 없다는 듯 웃었다. 그리고 쌍검무쌍의 한 단락을 떠올렸다.

"진명."

"네, 네."

"사파를 버리겠다는 말. 거짓말인 거 알아요. 달리 원하는 것이 있잖아요?"

"……."

진명은 자신을 꿰뚫어보는 당소소에게 아무 말도 할 수 없었다. 그저 어떻게 그녀가 내 과거를? 어떻게 내 의중을 꿰뚫어 보는 거지? 그녀는 대체 무슨 존재지? 같은 수많은 의문들이 머릿속을 채워갈 뿐.

당소소는 고뇌에 잠긴 진명을 내버려두고 단혼사에게 눈짓했다. 그러자 단혼사가 앞으로 나서며 무인들을 훑어봤다. 모두 그의 눈을 피해 고개를 숙였다. 단혼사는 그런 그들을 향해 말했다.

"더 할 텐가? 이젠 내공을 좀 쓸까 하는데. 아니면… 당가에서 직접 만든 독을 실험해 볼 수도 있겠군."

"…항복이오."

이궁은 한숨을 쉬며 손에 쥔 무기를 내려놓았다. 다른 장로들 또한 마찬가지였다.

＊ ＊ ＊

"다 묶었습니다, 소저."

"아야얏, 이 배신자 새끼가. 살살하지 못해?"

"아직 덜 묶었나보네요."

"악!"

진명은 이궁의 두 손목을 묶으며 몸을 일으켰다. 이궁이 큰 소리로 투덜대자 진명은 그의 엉덩이를 걷어차며 당소소를 돌아봤다.

"수고했어요. 그럼, 잠시 이야기를 나눌까요."

당소소는 정원으로 이어지는 길로 눈짓을 하며 그에게 따라오라 말했다. 그의 등 뒤로 단혼사의 경고 담긴 눈빛이 꽂혔다. 오싹함을 느낀 진명은 고개를 끄덕이며 황급히 그녀를 따라나섰다. 나란히 정원으로 향하는 도중 당소소가 슬쩍 입을 열었다.

"사천쌍괴라고 불리게 된 계기, 아버지 때문이란 걸 알고 있어요."

"…어떻게 아셨습니까?"

"사천당가잖아요?"

"뭐…, 네."

진명은 당소소의 대답에 납득을 하며 고개를 끄덕였다. 당소소는 자신의 임기응변에 썩 만족스럽게 웃으며 고개를 끄덕였다.

'당소소, 좀 똑똑했을지도? …는 무슨.'

그녀는 금세 웃음기를 거두고 시무룩해졌다. 아쉽게도 작중에서의 당소소는 평범하다 못해 둔재라고까지 불리던 인물이었다. 이 정도의 생각쯤이야, 쌍검무쌍의 지식을 알고 있는 다른 사람들이라면 할 수 있다 못해 더 완벽한 일처리도 해냈을 것이다.

그래도 당소소는 고개를 흔들어 부정적인 생각을 털어냈다. 결국 그 지식을 아는 건 자신뿐이고, 평생 소원인 평범한 삶을 위해선 다른 누구도 아닌 자신이 사건을 해결해야 하기에. 당소소는 진명이 서술된 문장을 떠올렸다.

'나의 아버지는 사파의 삼류무사였다….'

"당신의 아버지는 사파의 삼류무사셨죠. 어머니는 병으로 일찍 여의셨고요. 그리고 아버지께서도 결국 사파의 항쟁에 휘말려 명을 달리하셨잖아요? 몇 마디 유언을 남기셨다고 들었어요."

"…무슨 이야기를 하고 싶은 거지?"

진명은 자신의 과거를 들추는 당소소를 공격적으로 쏘아붙였다. 그리 밝지 않은 과거가 들춰지는 게 그에겐 썩 달갑지 않았다. 당소소는 거친 태도를 보이는 그를 바라보며 말했다.

"피를 나눴든 나누지 않았든, 형제를 배신하지 마라. 복수는 하지 마라. 죽지 마라. 무공은 강한 것을 배워라. 그리고 할 수 있다면."

당소소는 말을 끊고 진명을 바라봤다. 쌍검무쌍의 내용을 아는 그녀에겐 여전히 밉상인 얼굴이었다. 하지만 막연하게 미워하고 싶지만은 않았다. 그녀를 학대하는 건 이젠 이루어지지 않을 미래니까. 당소소는 그렇게 생각하며 끊었던 말을 이어갔다.

"할 수 있다면, 사천성 사파의 가장 높은 곳까지 올라보거라. 그렇게 남기셨다고 들었어요."

"…어디서 들은 건진 모르겠다만, 맞다. 그렇기에 나는 사파를 떠날 수 없다."

진명은 당소소의 말을 순순히 인정하며 한숨을 쉬었다. 자신을 버리는 말쯤으로 생각하는 장로들을 떠올렸다. 정파들에게 감히 대들 생각조차 하지 못하고 숨어서 약자를 좀먹는 사파들을 떠올렸다. 그들은 살아 있되 이미 총기를 잃은 시체나 다름없었다. 하지만 아버지의 마지막 말을 무시할 순 없었다.

진명은 생각을 정리하고 당소소를 바라보며 물었다.

"난…, 쌍괴파라 불리는 삼류사파의 수장이다. 무공조차 애매한 비루한 인간이고, 무슨 거대한 뒷배가 있는 것도 아냐. 성격도 꽤나 나쁘다. 솔직히 말하지. 단혼사가 없었다면, 넌 저들에게 잡혀서 잔뜩 고생했을 것이다. 그런데 어째서 나에게 결혼을 하자는 거지?"

당소소의 시선이 진명과 맞닿았다. 당소소가 이유를 말해주었다.

"당가의 소가주인 당청은 절 당신에게 팔아치울 생각이에요. 그리고 당신을 이용해 사천성 사파를 움켜쥘 생각이었죠."

"…나를 써서? 사파와 손을 잡으면 아미파와 청성파가 가만히 있지 않을 텐데?"

"아마 그들을 억제시킬 힘이 있을 거예요. 그는 아버지의 목숨조차 뺏을 수 있을 테니까. 그렇기에 난 당청보다 먼저 이곳에 왔어요. 거래를 하기 위해."

당소소는 손을 내밀어 악수를 청했다.

"만약 나와 거래를 하지 않는다면, 아마 당청은 당신을 철저하게 망가뜨리겠죠. 유언비어를 퍼뜨려 희대의 살인마라는 오명을 씌울 테고, 의형제인 왕오를 당신 손으로 죽이게 할 거예요. 아버지의 유언을 이루지 못하게 된 당신은 이윽고 나와 결혼해 나를, 당신 자신을 학대하겠죠."

"협박인가?"

"당청은 그런 사람이에요. 가지고 싶은 것이 있다면 무슨 수를 써서라도 가지는 사람."

당소소는 고개를 저었다. 이건 협박 같은 것이 아니다. 그녀가 행동하지 않는다면 그렇게 될 확정된 미래다.

그렇기에 당소소는 진명에게 접근했다. 단 하나 알고 있는 당청의 계략을 무너뜨리기 위해. 그리고 그녀가 처음 등장하는 문장에는 잔혈객 진명이 필요하니까.

"그러니까 이건, 꽤 합리적인 거래예요. 나는 당청으로부터 당신을 보호하고, 당신은 나를 그의 눈에서 숨겨주는 거죠. _그_가 원하던 결혼 하나를 만들어서."

"합리적인 거래…. 너, 머리 나쁘다는 소리 자주 듣지?"

"네?"

"어딜 봐서 이게 합리적인 거래냐?"

진명은 자신의 말에 반응해 멀뚱하게 자신을 바라보는 당소소를 보며 헛웃음을 터뜨렸다. 독화라기엔 너무 귀여웠으니까. 진명은 그녀의 과실을 하나하나 되짚어주었다.

"내가 너였다면, 단혼사에게 명령해서 당장 날 두들겨 패고 사로잡아, 내가 원하는 대로 움직이게 했을 거야. 심지어 아버지의 유언을 알고 있던 걸 보면 나에 대한 정보가 없던 것도 아니야. 그 편이 훨씬 수월하잖아? 넌 왜 수고를 들여가면서까지 날 설득하고 있는 거지?"

"그건…."

"넌 이미 이곳에 처음 왔을 때부터 우리를 턱짓 하나만으로도 죽일 수 있는 힘이 있었다. 헌데 거래라니, 가당찮아. 나라면 명령했을 거야. 내 말을 따르지 않는 쓰레기들에게 친히 당가의 쓴맛을 보여줄 수 있다고."

"그치마안…."

"하지만 넌 그러지 않았다. 청혼을 한다는 미명 아래 나타나, 널 위협하는 사파들을 죽이지도 않았다. 그러면서 거래라고 내미는 내용은, 나 같은 버러지와 결혼해 당장의 불씨를 피하겠다는 것. 이건 거래가 아니야. 독박을 쓰는 거지."

당소소는 진명의 말에 하나도 반박할 수 없었다. 쌍검무쌍의 이야기 때문에 네가 필요해! 라는 말을 할 순 없는 노릇이었다. 그의 말마따나 그를 강제로 움직이게 해 주인공에게 죽게 한다 해도 이야기는 성립될 터였다. 하지만 그렇게 하지 않는 이유는 무엇이란 말인가.

'이야기는, 행복한 게 좋아.'

김수환의 이야기는 비극으로 끝났다. 너무나 아팠고, 너무나 외로웠다. 그 잔인한 감각을 누군가에게 또 겪게 하고 싶진 않았다. 오히려 이런 슬픔은 잊고 웃어줬으면 했다. 그 웃음을 보며 간접적으로나마 행복해할 수 있도록.

그것은 김수환이 쌍검무쌍이라는 소설을 탐독하던 이유와도 맞닿아 있었다. 어두운 구석은 있어도 주인공의 행복을 써내려간 소설이었으니까. 그 이야기로 슬픔이 치유되는 것 같았으니까.

당소소는 멋쩍은 웃음을 지으며 악수를 청하던 팔을 굽혀 팔꿈치로 진명의 팔을 살짝 쳤다.

"그냥, 남 일 같지 않아서."

진명, 그는 또다른 김수환이었다. 불우한 가정에서 태어나 세상의 풍파에 깎여나간 인물. 또한 그는 당소소였다. 쌍검무쌍의 이야기에서 타인이 조형한 악역.

진명은 그녀의 팔꿈치가 치고 지나간 자리를 지그시 바라보았다. 그리고 어쩐지 애달파 보이는 미소를 짓는 당소소의 얼굴을 바라보았다. 그녀는 너무나 서툴러 자신을 상처 입히는 방법밖에 모르는 애처로운 아가씨였다. 그러면서 타인은 상처입지 않길 바라는 의젓한 아가씨였다. 그렇기에 웃기는 아가씨였다.

진명은 헛웃음을 터뜨리며 입을 열었다.

"…거래 성사야, 아가씨."

저 애달픈 미소를 본 순간부터 이미 자신은 당소소에게 사로잡혔다는 생각을 하면서, 진명은 웃었다.

✽ ✽ ✽

이궁은 저 멀리 빠져나가는 당소소와 진명을 바라봤다. 이것은 자신이 바라는 미래가 아니었다.

이궁이 사천성의 그림자에서 살아오길 십 년. 이궁은 자신의 주제를 알았다. 쌍괴파라는 삼류사파에 빌붙어 세상에 아첨을 하지 않으면 자신은 아무것도 아니라는 것을. 늙고 강퍅한 이궁은 내세울 만한 것이 많지 않았다. 그의 몇 안 되는 장기는 속임수와 배신이었고, 그는 그것을 행하는데 전혀 부끄러움을 느끼지 않았다.

이궁은 전도유망해 보이는 사파무인들을 찾아가 이리저리 다리를 놓았다. 그리고 이득이 있다면 속이고 배신하고를 서슴지 않았다. 사천성 사파 중에서도 가장 전도유망하다는 쌍괴파에 들어가서도 마찬가지였다. 진명을 버리더라도 살아갈 자신이 있었기에 그는 당소소를 납치한다는 과감한 결단을 내릴 수 있었다.

무엇보다 새롭게 접촉한 자들이 그것을 원했다. 이궁은 자신에게 명령을 내리던 그를 떠올렸다.

'쌍괴파의 이궁이라고 했나?'

'예.'

'그곳으로 아마 당가의 독화가 갈 것이다.'

'예? 독화가 대체 왜 쌍괴파에…?'

'그녀를 납치해. 감당은 우리가 해주지.'

복면으로 얼굴을 가린 자가 그렇게 말했다. 이궁은 그의 말을 듣고 얼굴을 찡그렸다. 사천당가의 후환이 두려웠기에. 하지만 복면사내의 말이 진짜라면 이야기가 달랐다.

'마교에서 그녀를 원한다. 성공하면 너를 사천성에서 가장 높은 자리로 데려가주마.'

이궁은 그 말을 듣고 복면사내를 바라보았다. 그의 푸른 눈동자엔 욕망이 가득했다. 그래서 그들이 원하는 대로 우유부단했던 태도를 바꾸고 진명을 충동질했다. 병력을 준비하고 그들을 덮쳤다. 하지만 단혼사가 등장해 모든 것이 물거품이 되었다. 이궁은 하늘이 원망스러웠다. 이렇게 묶여서 바닥을 기어 다녀야 하는 것은, 자신이 아닌 당소소가 되어야 했으니까.

"제길, 이렇게 되어서야…!"

이궁은 단단하게 포박된 양팔을 움직이려 애쓰며 욕설을 토해냈다. 흑규는 그런 이궁을 보며 빙글거렸다.

"야, 이거 더럽게 안 풀리지?"

"그래, 어떤 새끼가 이런 걸 알려준 거야?"

"진명 그 새끼, 내 말은 더럽게 안 듣더니 내가 알려준 기술 같은 건 쑥쑥 흡수한단 말이야?"

"……."

이궁은 정색하며 흑규의 얼굴을 바라봤다. 흑규는 멋쩍었는지 이궁의 시선을 피하며 입맛을 다셨다. 그도 자신의 잘못은 알고 있었기 때문이다. 이궁은 몸을 움찔거리며 흑규에게 말했다.

"흑규, 이거 어떻게 풀지?"

"자르지 않는 이상 못 풀지. 내 야심작이거든."

"진짜 인생에 도움이 안 되는 새끼야…."

의기양양하게 대답하는 흑규. 이궁은 고개를 저으며 밧줄을 풀어보려는 시도를 포기했다. 그리고 연신 중얼대는 모량을 돌아봤다.

"어떻게 죽지…. 독의 실험체가 돼서? 독물의 먹이가 돼서? 아니면 가죽이 벗겨져 암기의 과녁이 되는 건가?"

"진정하게, 모량."

"다른 정파라면 나노 이렇게까진 걱정하지 않소. 하지만 사천당가 아니오?"

이궁은 모량의 말을 부정하지 않았다. 그들은 정파에서도 꽤나 이질적인 가문이었다. 종교를 중심으로, 무武를 구도하는 구파일방과는 달리 성씨를 중심으로 뭉친 세가. 세가들에게 무는 목적이 아닌 수단이었다. 협의를 구현하기 위한 수단이며, 오랫동안 이 땅에서 누려왔던 가문의 세력을 유지하기 위한 수단.

그런 세가들 중에서도 사천당가는 독특한 것을 주력으로 삼았다. 암기와 독이라는, 정파들에겐 낯선 것들을. 그렇기에 배척받았고, 그렇기에 당가 출신의 인물들은 그 모멸의 시선을 견딜 만큼 지독한 인물들밖에 없었다.

이궁이 사천당가에 대한 이런저런 생각을 펼쳐갈 무렵, 단혼사는 낯선 기척을 느끼고 땅에 누운 쌍괴파의 조무래기들을 보고 있던 시선을 앞에 복면을 쓴 자에게로 옮겼다.

"당신이 사천제일권 단혼사군."

"난 네가 누군지 모르는데."

"음, 우선 여기 누워 있는 이궁의 졸개라고 해둘까."

복면의 사내는 그렇게 말하며 이궁의 엉덩이를 걷어찼다. 이궁은 몸을 움찔거리며 그를 올려다봤다. 처음에 조우했던 푸른 눈의 사내는 아니었다. 하지만 마교의 주구로 예상되는 그가 보낸 인물이었다. 약할 리가 없었다.

흑규는 그 복면의 사내를 멀뚱멀뚱 바라보더니, 이궁을 쿡 찌르며 물어왔다.

"너 저런 졸개도 있었냐?"

"어서 풀어주시오."

"영감님, 기다려. 단혼사를 때려눕혀야 당신을 풀어줄 것 아니야."

이궁이 흑규의 말을 무시하고 복면의 사내에게 요청했다. 복면의 사내는 다시금 이궁의 엉덩이를 걷어차며 조급한 이궁의 마음을 달랬다.

단혼사가 걸음을 옮겼다. 다시금 내공이 살아나면서 혈맥이 부풀어 오르며 확장된 감각을 선사했다. 그리고 익숙한 감각으로 그와의 거리를 측정했다.

"……!"

"어때? 나 좀 하지?"

복면의 사내는 자신이 탐색되고 있다는 걸 알고 있다는 듯 단혼사를 바라보며 말했다. 단혼사는 미간을 좁혔다. 심상찮은 기색이 느껴졌다. 내공을 펼쳐 그와의 거리를 가늠했을 때, 그 심상찮은 기색의 정체를 알 수 있었다.

그는, 예측할 수 없는 폭풍 같았다.

"이야, 한번 겨뤄보고 싶었어. 사천성에 보폭으로 상대를 가늠하는 권사가 있다고 해서, 얼마나 기대했었는지."

"…뭐하는 놈인지 모르겠다만, 꽤 독특한 무공을 가지고 있군."

으레 무술을 단련하는 자라면, 자신의 무술에 맞는 일정한 규격의 보폭을 가지게 된다. 보폭의 법칙화. 무인들은 그것을 보법이라 부른다. 단혼사는 그 보법을 파악해, 보법을 역이용하는 최적의 경로를 만들어 적에게 접근하는 것을 즐겨했다.

하지만 그의 보폭은 마치 무공을 익히지 않은 자처럼 불규칙했다. 천방지축 돌아다니는 어린아이의 그것처럼 크고, 작고, 넓고, 좁고 맘대로인 보폭. 그에게 접근할 경로가 보이지 않았다.

"안심해, 나도 이런 장난 같은 전장에서 당신과 진심으로 싸울 생각은 없으니까."

"그렇다면 목적은?"

"이 덜 떨어진 영감을 풀어주고, 당신을 상대로 잠시 시간을 끄는 것."

복면의 사내는 자신의 목적을 숨길 생각이 없어보였다. 태도 하나하나에서 자심감이 묻어났다. 단혼사는 그 사내의 정체와 의도에 대해 생각했다.

'저런 이질적인 보법을 사용하는 곳이라곤, 정파 내에선 보법으로 일가를 이룬 구파일방의 곤륜파밖에 없다. 하지만 이자가 곤륜의 무인은 아니다. 정체는 파악하지 못한다. 그렇다면 의도는….'

자신을 붙잡아둔다는 그의 말에 단혼사의 심장이 순간 얼어붙었다. 잊고 있던 사실 하나를 떠올렸기 때문이다.

'당소소가 아직 돌아오지 않았다.'

단혼사의 눈길에 살의가 피어올랐다. 그 눈빛을 보자 복면사내가 만족한 듯 웃음을 터뜨렸다.

"푸핫, 아무래도 이제야 자신의 실책을 눈치챈 것 같은걸. 어때, 한번 어울려주겠어?"

"…소소에게 무슨 변고라도 생긴다면, 내 친히 너의 혼까지 찢어주지."

단혼사의 손에, 내공이 어렸다.

＊ ＊ ＊

진명은 당소소를 자기 뒤로 숨겼다. 잿빛 머리칼의, 몸에 달라붙는 옷을 입고 있는 여인이 그 앞에 서 있었다.

"누구시오."

"알 것 없다. 난 네 뒤에 있는 무례한 년만 데려가면 될 뿐이다."

"무례한 년은 당신 같은데."

진명의 손이 뚜둑 소리를 내며 앞으로 전진했다. 불안한 느낌이 그의 등골을 타고 엄습했다. 마치 단혼사를 맞닥뜨렸을 때와 같은 아찔한 감각이었다. 당소소는 그런 진명의 옷깃을 잡아당기며 고개를 저었다.

"당신의 상대가 아니에요."

"무슨 개소리야, 쟤 알아?"

"대충은."

당소소는 진명에게 대꾸하며 앞으로 걸어 나갔다. 잿빛 머리칼의 여인은 그런 그녀를 비웃더니 당소소를 마주보며 다가왔다. 당소소는 움찔거리는 진명에게 다시금 경고했다.

"진명, 절대 움직이지 마세요. 당신 상대가 아니니까."

"나를 아는 눈치인 모양인데."

"……."

쌍검무쌍의 작중에선 마도공자에게 충성을 바치던 한 여인이 있었다. 모든 여인을 건드렸던 그는, 그녀 하나만큼은 건드리지 않았다. 마도육가魔道六家라 불리는 여섯 개의 가문 중, 요씨 성을 물려받은 잿빛 머리칼의 여인.

"요재."

"…너, 뭐하는 년이야."

당소소의 정체를 묻는 요재. 당소소는 그런 그녀를 보며 입술을 깨물었다. 그녀는 아직 등장해서는 안 되는 인물이었다. 쌍검무쌍 후반부의 악역인 그녀를 현 시점에서 확실히 이길 수 있는 것은 천하십강이나 구주십이천 급의 고수뿐이었다. 진명 같은 자들이 덤벼들었다간 손을 빼들 새도 없이 순식간에 죽임을 당할 것이다.

당소소는 슬쩍 뒤편에 시선을 던졌다. 작지만 느껴지는 확실한 소란. 단혼사에게도 마도공자의 측근이 찾아간 것이 분명했다. 그렇다면 그는 당장 이곳으로 올 수 없었다.

요재의 등장은 당소소에게 따를 수밖에 없는 두 개의 선택지를 내밀고 있었다. 진명을 죽음으로 내몰고 그녀에게 강제로 끌려갈 것이냐, 진명을 살리고 자의로 그녀에게 끌려갈 것이냐. 당소소는 한숨을 쉬며 말했다.

"곱게 따라갈 테니, 말을 남길 시간 정도는 주세요."

"기분 나쁠 정도로 침착하네. 역시 불쾌한 년이야."

요재는 그 말을 하며 팔짱을 끼고 당소소를 꼬나봤다. 당소소가 진명에게 말했다.

"진명, 곧 돌아올게요. 너무 걱정은 하지 말고."

"너, 미쳤어? 저런 정체도 모를 년을 대체 왜 따라간다는 거야? 내가 시간을 끌 테니 단혼사를 기다리면서…."

"잔말 말고 들어, 새끼야."

당소소는 진명의 멱살을 잡았다. 그리고 아가씨의 말투를 내려놓았다.

"저 여자는 단혼사 님만큼 강해. 너 정돈 저 팔짱도 풀지 않고 죽일 수 있어."

"……."

"살아. 아버지의 유언을 생각해. 살고 싶어서 사파에 몸을 의탁했고, 살고 싶어서 내 거래를 받아들인 거잖아?"

"그러는 넌…!"

당소소가 멱살을 놓으며 던진 말에 진명이 반발했다. 당소소는 울상인 진명을 바라보며 가볍게 웃었다. 불안해하는 그에게, 당소소가 알고 있는 간단한 미래 하나를 말해주었다.

"걱정마, 인마, 난 아직 안 죽어."

당소소는 그렇게 말하며 요재에게로 걸어갔다. 요재는 다가온 당소소의 머리를 잡았다. 그러자 당소소는 정신을 잃고 쓰러지며 요재의 품에 안겼다. 진명은 그런 요재의 모습을 분노어린 눈으로 쏘아보았다. 요재 또한 그 시선을 느꼈는지, 당소소를 들쳐 매며 한마디를 툭 던진다.

"약해빠진 버러지. 이 불쾌한 아가씨가 목숨을 구해줬으면 아낄 줄도 알아야지."

"아가리를 찢어버리기 전에 그 입, 다무는 게 좋을 거야."

"푸훗. 너, 웃긴 놈이구나."

요재가 당소소를 업은 채 진명에게 다가왔다. 그녀가 한 걸음 한 걸음 발을 옮길 때마다, 진명의 어깨 위로 거대한 바위가 쌓여가는 듯했다. 진명이 참지 못하고 신음을 흘리며 바닥으로 엎어지자 요재는 그런 진명의 머리 위에 발을 올렸다.

"난 너같이 주제를 모르는 놈이 제일 좋더라. 부술 때 가장 손맛이 좋으니까. 아쉽게도 오늘은 피를 보지 말라는 명이 있어서 말이야…."

"미, 친년…!"

"네가 아무리 짖어도 날 위협할 수도 없고 구해줄 수 있는 이 하나 없잖아? 이 아가씨가 원하는 대로 살아남으려면, 좀 더 네 주제를 아는 게 좋을 거야."

요재는 발에 더욱 힘을 가해 진명의 뺨을 짓눌렀다. 거친 숨을 들이쉬던 진명이 정신을 잃어가자 요재는 발을 거두고 뒤돌아섰다. 그리고 곤히 잠든 당소소의 얼굴을 들여다보며 말했다.

"대체 날 놔두고 이런 못생긴 계집이 어디가 마음에 든다는 건지…."

그 말과 함께 요재는 사라졌다. 겨우 정신을 부여잡으며 뒷모습을 바라보던 진명은 이내 정신을 잃었다.

＊ ＊ ＊

"으음…!"

"정신이 드나."

"형님!"

진명은 단혼사와 왕오의 목소리에 눈을 뜨고 주변을 둘러보았다. 쌍괴파의 강당이, 폭풍이 휩쓸고 간 듯 무너져 있었다. 진명은 머리를 부여잡으며 상체를 일으켰다. 그리고 황급히 당소소를 찾았다. 역시 보이지 않았다. 그는 고개를 숙이며 단혼사를 향해 질문을 던졌다.

"어떻게 된 겁니까?"

"소소가 납치되었다. 난 정체불명의 고수와 교전 중이었고, 넌… 쓰러져 있더군."

"…씨발."

진명은 단혼사의 대답에 자괴감이 들어 욕설을 뱉었다. 약한 자신이 증오스러웠다. 마음에 든 자를 지키지 못한 분노, 요재라는 여자에게 제압된 수치심이 진명의 가슴을 쥐어뜯고 있었다. 진명은 바닥을 연신 내리치며 계속해서 욕설을 뱉었다.

"씨발, 씨발! 개좆같은! 빌어먹을! 개 같은 년…!"

"형님…."

한바탕 욕을 쏟아낸 진명은, 이젠 차마 풀리지 않는 분노를 눈물로 토해냈다. 왕오는 그런 진명을 안타까운 눈으로 바라봤다. 단혼사는 진명을 내려다보며 말했다.

"그래서 어떻게 할 생각인가?"

"무슨, 무슨 말씀입니까?"

"말 그대로. 넌 이제 어떻게 할 건지 물었다. 쌍괴문에 계속 남을 것인지, 아니면… 소소의 뜻대로 할 것인지."

진명은 당소소의 이름을 듣고 몸을 움찔거렸다. 그리고 다시 질문을 던졌다.

"그녀가, 뭐라고 했습니까?"

"너와 왕오를 당가의 무인으로 받고 싶다고 했었다. 난 기각하고 싶었다만."

"저를, 말씀입니까?"

단혼사는 고개를 끄덕이며 진명의 말에 긍정했다. 진명은 분노와 고통으로 떨리는 손을 부여잡았다. 이 격렬한 패배감을 더 이상 겪고 싶지 않았다. 진명은 당소소가 남긴 말들 중, 한 구절을 붙잡았다.

'저 여자는 단혼사 님만큼 강해.'

"제가 당가의 무인이 되면 당신처럼 강해질 수 있습니까?"

"억울한가보군."

"…그 빌어먹을 년에게 치욕을 당했으니까요."

"흥, 솔직하지 못하긴."

단혼사는 그의 말에 콧방귀를 뀌었다. 당소소를 눈앞에서 빼앗겼다는 사실을 인정하기 싫은 모양이겠지.

잔혈객 진명. 그저 패악이나 저지르고 다니는 사파 나부랭이라고 생각했었다. 당소소의 언급이 없었다면, 귀찮지만 군이 신경을 쓸 필요까진 없는 존재라고 여겼었다. 하지만 그녀의 말대로 그는 아직 돌아올 수 있는 곳에 있었다. 신기할 정도로 정확하게.

단혼사의 시선은 손톱에 패여 피를 흘리고 있는 그의 주먹에 가 꽂혔다. 독심은, 당가의 덕목 중 하나였다.

"일어서라. 주변을 정리해야겠어."

"예."

"그리고, 당가로 간다."

단혼사는 그 말을 던진 뒤, 강당을 떠났다. 진명은 분노를 가슴에 품고 자리에서 일어났다.

* * *

열어둔 창가로 달빛이 쏟아졌다. 달빛은 이내 범람하여 방 안을 구석구석 비췄다. 코를 찌르는 향이 나는 약재 서랍과 쾌청한 자태를 한 난이 쳐 있는 병풍, 그리고 등불을 벗 삼아 책을 넘기고 있는 당청의 얼굴을 비췄다. 그 고즈넉한 독서를 멈추는 문 두드리는 소리. 당청의 손길이 멈췄다.

"들어와라."

당청의 허가가 떨어지자, 흑의를 입은 사내가 들어와 당청 앞에 무릎을 꿇었다. 당청은 그의 얼굴을 확인하자 책을 덮고 그를 바라봤다. 당청의 시선이 닿자 그는 고개를 숙이며 입을 열었다.

"보고드립니다. 마교 측에서 거래는 성공적으로 마무리 지었다고…"

"그래. 더 남긴 말은 없느냐?"

"보낸 비전서秘傳書는 사용이 끝나고 돌려주길 바란다고 언급하긴 했습니다."

"알았다. 물러가도록."

사내가 보고를 마치고 당청의 방에서 물러났다. 이윽고 문 닫히는 소리가 들리자, 당청은 덮었던 책의 겉표지를 두드렸다. 그리고 자리에서 일어나 창가 너머 밤하늘에 걸린 달을 바라봤다. 그는 이내 웃음을 터뜨리며 성공적인 거래를 자축했다.

'어마어마한 이득이군.'

다시 깨어난 그의 여동생은 상당히 영리해져 있었다. 자신이 정략결혼의 희생자라는 것을 인지하고 있었고, 어찌 알았는지는 모르겠으나, 그 대상이 사파의 쓰레기들이라는 것 또한 인지하고 있었다.

당소소는 그것을 타개하기 위해 성도의 명망 있는 학자인 그녀의 스승을 이 판에 끌어들였으며, 당가의 핵심인 가주와 단혼사를 끌어들였다. 거기에 화룡점정으로, 선수를 쳐 진명에게 먼저 찾아갔다. 실로 절묘한 한수였다.

'스승의 감시 덕에 난 아무것도 할 수 없다. 일단 부정은 해놓았지만, 의심의 씨앗이 심어진 것은 사실….'

오로지 떼만 쓸 줄 알던 당청의 여동생은 어느새 여성의 무기인 눈물을 효율적으로 다룰 줄 아는 훌륭한 당가의 일원이 되어 있었다.

당청 입장에서는, 그래서는 곤란했다. 그녀가 멍청한 당가의 문제아로 남아야 장기말로 쓸 수 있었다. 다루지 못하는 말은 판에서 제외시키는 것이 옳았다. 하지만 당청은 자신에게 집중된 시선 때문에 운신이 어려웠다. 그러던 와중에 잿빛 머리칼의 여인이 당청에게 접근해온 것이다.

'마교에서 왔어요.'

'……'

'그녀에 관한 정보를 주면, 저희도 원하는 정보를 주죠. 반역을 꿈꾸는 당가의 도련님.'

'마교의 주구가….'

잿빛 머리칼의 여인은 당청의 속내를 꿰뚫어보고 있었다. 당청은 불쾌한 기색을 숨기지 않았다. 하지만 거래를 파투 내지도 않았다. 당청은 가치를 잃은 당소소를 거래에 사용하고 싶었고, 그들은 그런 당소소를 원했다.

'당소소는 단혼사와 함께 쌍괴파로 향한다.'

'원하시던 마교의 비전서, 여기 있어요.'

이해관계가 일치하면서 거래가 성사되었다. 마교는 당소소를 가졌고, 당청은 구주십이천의 한 자리를 차지하고 있는 자신의 아버지를 떨어뜨릴 수 있는 칼을 쥐게 되었다. 당청은 달을 향하던 시선을 거두고 책상 위에 놓인 거래의 결과를 다시금 확인했다.

─ **독시혈강대법**毒屍血殭大法

마교의 비전서는 꽤나 쓸 만한 칼이었다. 당청 자신의 목적과 목표와 정확히 일치하는 시린 예기를 토해내는 칼. 당청이 만족스런 웃음을 지으며 독시혈강대법의 제목을 손가락으로 훑었다. 그때 그 고양된 감각을 깨뜨리는 소리가 들려왔다.

"형, 꽤 만족스러운 모양이네."

"혁. 기척은 내고 다녀라."

당청이 손가락을 접고 옆을 돌아봤다. 작은 키와 실눈을 한 소년이 그곳에 서 있었다. 혁이라 불린 그는 고개를 끄덕이며 책상으로 다가가 비전서를 손으로 툭툭 두드렸다. 그리고 잠시 뜸을 들이다 입을 열었다.

"이것 덕분에 계획은 완성됐어. 언제든 말만 하라고."

"훗훗. 녀석, 즐거우냐?"

"즐겁지."

당청의 물음에 당혁은 고개를 끄덕였다. 그리고 짙은 미소를 그리며 더욱 크게 고개를 끄덕였다.

"지금, 너무 즐거워. 소소에게 칠혼독을 먹였을 때만큼 몸이 떨려와. 난 이렇게 당가의 미래에 한 번 더 기여를 한 셈이잖아?"

"아직 만족하지 말거라. 당가의 미래는 아직 어둡다. 우리가 한걸음 더 나아가 등불을 들어야 한다."

"알고 있어, 형. 그럼, 이제 움직일 시간인가?"

당혁의 물음에 당청은 고개를 끄덕이며 비전서를 품 안에 집어넣었다. 당청은 그 누구보다 사천당가를 사랑했다. 그러나 당진천이 집권하고 있는 현재의 당가는 너무나도 경직되어 있었다. 명예와 협의에 얽혀 구파일방의 눈치를 보느라 스스로의 가능성을 닫고 있었다.

'더 이상 고여 있을 시간은 없다.'

그렇기에 당청, 자신이 일어나야 했다. 자신이 집권하는 당가는 능히 천하를 호령하는 가문이 될 수 있을 거라는 확신이, 당청에겐 있었다. 명예와 협의라는 족쇄는 사천당가가 멀리 날갯짓을 하는 데 방해가 될 뿐이었다.

"제독전制毒殿으로 가자."

당청은 손을 뻗어 등불의 심지를 움켜쥐었다. 불길이 잠들었다. 그리고 당청이 움직이기 시작했다.

＊ ＊ ＊

하연은 주변을 두리번거리며 다급한 발걸음으로 모퉁이를 돌자마자 몸을 숨겼다. 얼마 지나지 않아 당청의 시비들이 성난 몸짓으로 그 모퉁이를 지나쳐 갔다.

"이 건방진 년, 대체 어디 있는 거야?"

"감히 선배들을 피해?"

그녀들이 지나가고 나서 한참 후에야 하연은 안도의 숨을 뱉으며 모퉁이에서 걸어 나왔다. 최근 들어 그녀들의 간섭이 더 악랄해지고 있었다. 당소소의 눈에 띌까 두려움에 떨던 시비들은, 좀더 치밀하고 은밀하게 하연을 괴롭히기 시작했다. 독봉당의 주인이 보이지 않는다며 생필품을 제공하지 않는 것까지 파고들어간 것은 덤이었다.

'아가씨….'

그런 힘든 상황에서도 하연은 당소소에 대한 걱정뿐이었다. 며칠째 그녀가 보이질 않았다. 당진천에게 직접 물어보았지만 곧 돌아온다는 말뿐 더 이상의 답변은 해주질 않았다. 하연은 외진 길을 따라 별채 영역을 벗어나 독봉당에 도착했다.

독봉당에는 썩 달갑지 않은 손님들이 와있었다.

"이년, 역시 도망갔었잖아?"

"웃겨. 어차피 여기로 올 거면서 그렇게 잘못을 지적받기 싫었니?"

당청의 시비들이 독봉당 앞에서 의기양양하게 웃고 있었다. 그녀들 뒤엔 고개를 숙인 채 하연과 그녀들의 눈치를 보는 독봉당의 시녀들이 있었다. 하연은 체념하며 눈을 감았다. 그 태도가 눈에 거슬렸는지 당청의 시비들 중 하나가 나서서 그녀의 어깨를 찔러댔다.

"어쭈, 이년 봐라. 어디 해보라 이거지?"

"제가 무엇을 그리 잘못했나요."

하연의 대꾸에 나머지 시비 한 명도 의기양양한 표정으로 독봉당 시비들의 옆구리를 찔렀다.

"야, 말해."

"아, 아가씨 방을 허락도 없이 더럽혔어요…."

"야밤중에 자기가 먹고 싶어서 아가씨 핑계를 대고 소면과 죽엽청을 가져왔어요…."

"자기가 독봉당의 주인이 된 양 유세를…."

독봉당 시비들에게 말을 시킨 당청 시비는 어깨를 으쓱하며 하연을 바라봤다. 하연은 그녀들의 말에 기가 찰 노릇이었다. 그녀는 독봉당의 다른 시비들과 척진 적이 없었다. 오히려 쓰러지기 전부터 당소소에게 독박을 쓰던 것은 자신이었다. 하연이 눈을 가늘게 떴다.

분명 경력이 더 오래된 당청의 시비들이 꾸민 짓임을 머리로는 이해할수 있었다. 하지만 가슴은 동고동락한 독봉당 시비들에게 느끼는 배신감으로 물결쳤다. 하연은 그 물결에 몸을 맡기기로 했다.

"치졸한 년들."

"뭐?"

"치졸한 년들이라고 했다, 왜? 너희들이 날 자르기라도 하게? 난 소소아가씨 전담 시비야. 너희들이 나에게 뭐라 할 순 없어."

"하, 이년이 정신줄을 놨나."

하연의 당돌한 말에 당청의 시비들이 하연에게 몰려들었다. 그리고 하연의 머리채를 잡고 목을 뒤로 확 꺾었다.

"주제를 알아야지. 그년이 없으면, 넌 그냥 아무것도 아닌 시비일 뿐이야!"

"윽!"

"어딜, 선배들에게 대들려고 들어?"

하연이 팔을 들어 저항하려고 하자, 나머지 시비 한 명이 하연의 발을 걸어 그녀를 바닥에 넘어뜨렸다. 쿵 소리와 함께 하연이 흙바닥에 얼굴을 박았다. 독봉당 시비들은 그런 하연의 모습을 차마 못 보겠는지 하나같이 고개를 돌렸다.

"왜, 날 못살게 구는 거야….."

"흥, 끝까지! 자기가 잘못해놓고 세상 착한 척은 다하는 거 봐. 야, 얘 창고에 처박아버려."

"……."

"뭐하는 거야, 빨리 안 해? 너희도 이년처럼 되고 싶어?"

당청의 시비들은 독봉당 시비들을 윽박질렀다. 독봉당 시비들은 눈을 질끈 감고 쓰러져 있는 하연의 팔다리를 잡았다. 하연은 그런 그녀들을 보며 비웃었다.

"너희들도 나빠. 항상 아가씨를 미친년이라고 하고, 내 잘못은 꼬박꼬박 당청의 시비들에게 보고했잖아. 모를 줄 알았어?"

"…우리도 어쩔 수 없었어."

"어쩔 수 없는 건 없어, 비연."

비연이라 불린 시비의 목소리가 떨렸다. 하연은 그런 비연을 보고 말했다.

"결국, 네가 선택한 거야."

"…윽!"

그 말을 끝으로 더 이상의 말다툼은 없었다. 그저 저항하는 하연을 강제로 끌고 가 냄새 나는 독봉당 창고에 가두었을 뿐. 하연은 창고의 문을 슬쩍 밀어봤다. 역시 굳게 잠겨 있었다. 하연은 바닥에 털썩 주저앉아 거미줄 쳐진 천장을 바라봤다. 마치 근심의 거미줄로 가득한 자기 머릿속 같다는 생각을 했다.

"아가씨, 도대체 어디 계신가요…?"

하연은 무릎을 끌어안으며 조용히 어깨를 들썩였다.

＊ ＊ ＊

당소소는 정신을 차리고 눈을 떴다. 눈앞에 아무것도 보이지 않았다. 아마 안대가 씌워진 것이리라.

"읍…!"

입가엔 부드러운 비단으로 된 재갈이 물려 있었다. 정신이 차갑게 가라앉았다. 내면의 감정은 아직 고요했다. 김수환의 이성은 차분하게 자신이 처한 상황을 파악했다.

'사마문이 움직였어. 목표는, 잘 모르겠어. 하지만 나와 관계된 사람이 분명해.'

당소소는 몸을 조금 움직여 보았다. 의자에 단단하게 묶인 몸. 풀 만한 성질의 매듭이 아니었다. 당소소는 숨을 고르며 자신의 과실을 생각했다. 화검공자에 대한 접대를 실패한 것이나, 술을 마시고 욕설을 해버린 것 등. 마음에 걸리는 일은 많았지만, 그래도 그가 쉽사리 움직일 것이라곤 미처 생각지 못했다. 이곳이 그에겐 적지였고, 자신은 독천의 딸이었으니까.

'난, 순수하겐 가치가 없을 거야. 그럼, 사천당가를 노리고 날 납치한 건가?'

당소소의 우려는 꼬리에 꼬리를 물고 뻗어나갔다. 좁게는 자신의 아버지, 넓게는 사천당가와 두 곳의 구파일방에까지. 우려는, 갑자기 들려온 사마문의 목소리와 함께 사그라들었다.

"정신이 들어? 소소."

"읍…!"

"쉬잇. 지금 풀어줄 테니까 기다려."

그 말과 함께 당소소의 안대가 풀렸다. 당소소는 고개를 흔들어 흐릿한 시야를 교정한 뒤, 사방을 둘러보았다. 좁은 공간, 어두운 음영, 그리고 앞에 서 있는 잔학한 웃음의 사마문이 보였다. 그는 의자를 가져와 앉으며 그녀를 마주 보았다.

"내가 누군지 기억해?"

"흐으…!"

"아니, 아니. 기억하지 않는 게 좋을 거야. 난 여기에선 화검공자가 아니니까."

사마문은 턱을 슬쩍 쓰다듬으며 푸른 눈동자를 빛냈다. 반항적으로 자신을 바라보는 당소소의 강렬한 눈빛. 그 어느 옥석보다 깊은 서광을 보여주고 있었다. 사마문의 웃음기가 짙어졌다. 그리고 당소소에게 얼굴을 가져다 대며 말했다.

"마도공자 사마문이라고, 들어본 적 있어?"

"흐으, 흐으…!"

"잘 생겼고, 눈이 파란색이야. 그리고 자신이 원하는 여자는 반드시 안아야 직성이 풀리는 남자라고 해. 신기하지?"

사마문의 말이 이어질수록 당소소의 숨이 거칠어졌다. 애써 짓누르고 있던 공포가 좁은 방 안의 어두운 음영과 결탁했다. 공포가 물결이 되어 당소소에게로 사방에서 밀어닥쳤다. 뒤편에서 밀려오는 파도는, 어서 잘못을 고하라 울부짖고 있었다. 양쪽에서 밀려오는 파도는, 현실을 부정하면서 이것이 다 장난일 거라 흐느끼고 있었다. 앞에서 밀려오는 파도는.

"내가 널 얼마나 원했는지 몰라, 독화 당소소."

그저 절망하라 속삭이고 있었다.

당소소는 점점 커져가는 감정을 통제하기 위해 눈을 감았다. 악마를 속이기 위해 자신이 벌였던 연극의 첫 장은 이제 막을 내렸다. 막이 내리고 도달한 이곳은 결국 모든 걸 들키고 멈춰서버린, 공포가 넘실대는 망망대해였다.

"흐으…!"

당소소가 채 통제하지 못한 감정이 눈물이 되어 흘러내렸다. 당청의 계획을 무너뜨리는 일이 실패로 돌아갔다는 생각에, 그나마 붙잡고 있던 이성이 겨우 통제하고 있던 감정의 끈을 놓았다. 사마문은 희열에 몸을 떨며 입을 달싹였다.

"좀 더, 좀 더 슬프게 울어."

당소소에게서 이성이라는 조명이 꺼졌다. 새 막이 올랐다. 이제부터 펼쳐질 두 번째 장은, 수많은 악마들이 춤을 추는 무도회였다. 당소소는 무도회 구석에서 고통스러운 얼굴로 사마문의 구애를 받고 있었다.

4장

여명도래

黎明到來

밤은 어둡고 악마들은 춤을 춘다. 귀신들은 노래하고 무고한 이들은 구석에 몸을 웅크리고 울음을 삼킨다.

하지만 제 아무리 깊은 어둠이 깔려도 사악한 별들이 춤을 춰도 빛은 온다.

여명은, 결국 올 수밖에 없는 것이다.

* * *

사천당가, 오대세가의 일원으로서 정파의 수호자….

종이가 구겨진다.

사천당가, 독천의 지휘 아래 궂은일을 담당하는 정파의….

다시, 종이가 구겨진다. 당진천은 붓을 놓으며 긴 한숨을 내쉬었다. 멀리서 들려오는 멧비둘기 소리가 당진천의 근심을 더했다. 기억을 잃은 딸을 위해 사천당가의 대략적인 정보를 적어놓으려 했으나 당소소의 실종 소식을 들은 후론 도통 손이 가질 않았다. 그때 뒤에서 단혼사의 목소리가 들려왔다.

"쉬시지요."

"되었네. 자네나 쉬지 그러나? 꽤나 멀리 갔다 온 모양인데."

"…전, 죄인입니다. 소소를 지키지 못했으니까요."

"자네와 견줄 고수 둘이 들이닥쳤어. 누가 가든 똑같았을 거야. 자책하지 마시게."

당진천은 손을 들어 피로에 젖은 눈을 지그시 눌렀다. 단혼사는 그저 고개를 숙일 뿐이었다. 당진천이 나른한 목소리로 단혼사에게 물었다.

"그래서 이번에 자네를 따라왔다는 사천쌍괴 놈들은 어떻지?"

"무어라 평가하기 애매한 상태입니다."

"약하다는 건가?"

"조금 지켜봐야 할 시점 같습니다. 우선 사파 출신이라는 점도 숨겨야 할 테고…. 그를 따라 온 쌍괴파의 장로 하나도 말썽인지라."

"미안하지만, 조금만 더 고생해 주시게. 녹풍대 또한 소소를 찾고 있으니."

당진천은 다시 붓을 잡았다. 단혼사는 고개를 숙이며 모습을 감췄다. 아마 또다시 밤을 새가며 소소를 찾아 거리를 헤맬 터였다. 그는 그런 인물이었다. 당진천은 한숨을 쉬며 붓을 움직였다. 언젠가 돌아올 자신의 막내딸을 위해서.

'사천당가.'

'정파의 오대세가 중 하나로, 독과 암기를 사용하며 달리 당문이라고 불린단다. 내각內閣과 외각外閣으로 구성되어 있고, 외각에는 당가의 궂은 일을 도맡아 하는 무인들이 모인 흑풍대黑風隊와 시비들과 하인들이 머무

는 별채, 그 둘을 통제하는 총관실이 있단다.'

당진천은 종이 끝에 마침표를 찍고 다음 종이를 가져와 누름돌로 눌렀다. 붓이 다시 움직였다.

'내각에는 당가의 가주가 사는 가주실과 그런 가주를 보좌하는 녹풍대가 있단다. 대장장이 일을 하며 암기를 만드는 연철전聯鐵殿과 약과 독을 제조하는 제독전….'

끼릭.

낯선 소리에 붓의 움직임이 멈췄다. 짧게 한숨을 내쉰 당진천은 붓을 놓고 탁자 아래 서랍을 열어 비늘이 붙어 있는 장갑을 꺼내 탁자 위에 올려놓았다. 그리고 나른한 어투로 혼잣말을 뱉었다.

"딸의 말대로, 다리몽둥이라도 부러뜨려 놓을 것을 그랬어."

가주실 문이 열렸다. 당청이 열린 문으로 조심스레 걸어오고 있었다. 당진천은 적어두었던 종이를 곱게 접어 열어두었던 서랍에 넣고 다시 닫았다. 당청은 그 서신에 흥미를 보이며 당진천에게 인사를 건넸다.

"밤은 평안하신지요, 아버님. 그 서신은, 혹시 무엇인지?"

"네 알 바 아니다, 아들아. 야밤에 잠이나 잘 것이지, 이 아비를 찾아온 연유가 무엇이더냐?"

"잠깐 할 이야기가 좀 있기에."

"흥, 내공의 흐름을 방해하는 산공독散功毒을 뿌려가면서 할 이야기라…. 그래. 투정 정돈 들어줄 수 있지."

아들의 도발에 당진천이 콧방귀를 뀌며 비늘 무늬가 있는 장갑을 꼈다. 그러자 당청이 쿡쿡 웃으며 말했다.

"독천씩이나 되는 분이 산공독 하나 해독을 못하겠습니까? 그저, 아들이 왔다고 티를 좀 내보는 것이지요."

"뭐, 그렇다고 치지. 소소는 어디 있느냐?"

당진천이 병풍에 걸어두었던 비취색 외투를 걸치며 물었다. 당청이 고개를 저어 자신은 모른다는 표시를 했다. 당진천은 아들의 대답에 혀를 차며 병풍을 젖혔다. 비수, 독침, 철사, 단도…. 수많은 암기와 독이 담긴 죽통이 병풍 너머 벽에 걸려 있었다.

"뭐 가져갈 것 있느냐?"

"아뇨, 전 괜찮습니다."

"그래. 그러니까 자신감 있게 날 찾아왔겠지. 어디, 네 계획에 대해 떠들어보거라."

당진천이 당청에게 장비를 권했으나 당청이 거절했다. 이미 자신감이 충만한 듯했다. 당진천은 시큰둥한 반응을 보이며 암기들을 하나하나 외투에 꽂아 넣고 죽통을 소매 속으로 집어넣었다. 당청은 그런 당진천을 바라보며 순순히 자신의 계획을 털어놓았다.

"아버지를 패퇴시키고, 당가의 실권을 거머쥘 셈입니다."

"그러냐. 소소를 팔아 얻은 것이 있었나보구나."

"예. 본래는 소소를 인질로 삼아, 아버지를 협박해 은거를 종용하려고 했으나…."

"그렇게 하지 그랬느냐. 그랬다면, 소소가 무사하다는 확신만 있었다면, 나도 순순히 너에게 자리를 내어주었을 게다. 둘째인 혁은 너무 음흉하고 음습하다. 셋째인 회는 고집불통에 그 마음 안에 가족이 없다. 막내인 소소는 여성의 몸에, 큰 그릇도 아니야. 오직 너에게만 가주의 자격이 있었단 말이다."

당진천은 외투를 여미며 당청을 꾸짖었다. 하지만 당청은 그 말을 부정하며 고개를 저었다.

"아버지. 당가는 아버지가 살아 있는 한 영원히 멈춰 있을 겁니다. 정파의 하수인으로 사는 것이 이제 지긋지긋하지 않으십니까?"

"……."

"정파의 다섯 가문, 오대세가? 독자적인 권위를 인정해 준다고 부르는, 당문唐門? 말은 그럴싸하지요. 실상은 어떻습니까? 아미파와 청성파는 정파의 모두를 대신해 저희를 감시합니다. 저희가 만드는 모든 암기는 당가의 암기라며 등록을 해야 하고, 독 또한 마찬가지입니다."

"그렇다면 차라리, 소소를 살려주고 날 죽이지 그랬느냐. 난 골육상쟁을 피하기 위해서라면 내 목 정돈 기꺼이 내놓았을 게야…."

당청은 잔뜩 성이 난 어투로 쏘아붙였다. 당진천은 그런 당청의 말에 애끓는 심정으로 슬픔을 토해냈다. 그러자 당청이 한 발짝 앞으로 다가서며, 열변을 이어갔다.

"그들이 말했죠. '비열한 수를 사용하는 사파와 마교에 대비해 우리도 당가를 정파로 받아들여 그에 대한 대응책을 마련해야 한다'라고. 말은 좋지요. 하지만 정작 우리에게 돌아온 건 검을 쓰는 자들의 우월감에 찌든 시선과 경멸의 말뿐입니다. 억울하지 않으십니까?"

"억울했느냐?"

"예. 더 억울했던 건, 아버지가 그들에게 동조해 협의 따위를 운운하며 당가의 앞날을 가로막았다는 것입니다. 이 당가는, 그런 규제가 없었다면 더 훌륭한 무기들을…!"

쾅!

별안간 불어온 바람이 문을 닫고, 창문을 닫았다. 당진천의 한 손엔 죽통이, 다른 한 손엔 철사가 감겨 있었다. 그가 고개를 까딱이며 말했다.

"독이 무엇이냐. 말해보아라."

"독은 가장 날카로운 칼날입니다."

"그래. 그 칼날에는 손잡이가 없다. 오로지 인간의 곧은 마음만이 그 칼날을 올바르게 쥐게 할 수 있단 말이다. 시대의 악인을 독살시킨 독과 시대의 현인을 독살시킨 독에 어떤 차이가 있느냐?"

"…없습니다. 하지만 그건 검 또한 마찬가지 아닙니까?"

"검과는 다르다. 그것엔 형태가 있다. 그렇기에 경각심을 가지기 쉽다. 하지만 독의 칼날엔 형태가 없다. 경각심을 가지기 쉽지 않고, 오로지 사용하는 자들만이 경각심을 가질 수 있다. 그렇기에 쉬이 오용될 수 있다. 독의 칼날을 다루는 데 있어 우리는 엄숙해야 하고, 의로워야 한다. 그것이 당문이다."

당진천의 꾸짖음에 당청의 얼굴이 굳었다. 이미 대화를 할 시기는 지났다. 속에서 혈기가 들끓었다. 저 고리타분한 사고방식을, 저 벽창호 같은 아버지를 이겨 자신이 옳다는 것을 증명하고 싶었다. 당청은 소매 안으로 손을 집어넣었다. 다시 나타난 그의 손에는, 자그마한 죽통 여러 개가 쥐어져 있었다.

"당문은, 그 낡은 사고를 버려야 합니다. 독은 형태가 없으며 가장 날카로운 칼날입니다. 우리는 이 칼날을 더욱, 더욱 날카롭게 다듬어야 합니다. 그렇게 해야만, 그 모든 것을 베어줄 그 칼날만이 우리를 더 높이 이끌어줄 수 있습니다. 이제부터 제가 증명해 보이지요."

"높이 이끌어준다라…. 정말, 누구든 중독시킬 수 있는 독만 있으면 밝은 미래가 기다리고 있을 것 같으냐?"

당진천은 당청의 부르짖음에 어처구니가 없다는 듯 웃었다. 당청은 말 없이 엄지손가락으로 죽통 마개를 열었다. 자색 분말이 땅에 쏟아졌다. 분말은 안개로 화해 당청의 영역을 확보해줬다. 그 보랏빛 안개가 주변의 기운을 철저하게 단절시키고 있었다.

'제독분制毒粉으로 안전지대를 확보하는 데 성공했다. 그럼 전파가 빠른 기氣에 움직임을 막을 간단한 신경독을 섞어서 먼저 쏘아낸다.'

당청은 단전을 열었다. 내공이 기맥을 따라 번져나가며 팔을 타고 손가락으로 향했다. 이윽고 죽통 하나에 내공이 스며들며 마개가 터져 나왔다. 무색의 아지랑이가 당청의 기파를 타고 공기 중으로 번져 나갔다.

마개가 열리는 경쾌한 소리와 함께 당진천의 죽통에서도 독기의 안개가 퍼져 나왔다. 색은 녹색. 혈맥의 작용을 방해하고, 인간의 몸을 붕괴시키는 혈액독이었다. 그 녹색의 안개는 기를 타고 퍼지는 신경독과는 반대로, 아래로 몸을 뉘이며 바닥을 기어 당청에게 달려갔다. 당청의 미간이 좁아졌다.

'아래 영역을 잠식당했다. 선수先手가 너무 가벼웠어. 이쪽도 질량이 있는 독연毒煙으로 영역을 구축해야 한다.'

당청의 죽통이 열리고, 맑은 녹색의 안개가 퍼져 나와 아지랑이의 영역을 확고하게 다졌다. 그리고 몸이 뒤엉킨 두 독기가 당진천의 몸을 핥아 갔다. 당청의 얼굴에 엷은 미소가 그려졌다. 오만했던 것인지, 혹은 독술사와의 싸움이 오랜만이었던지 그의 아버지는 제독분을 사용한 안전지대를 확보하지 않고 자신에게 싸움을 걸었다.

당청이 다루는 독은 제아무리 독에 내성이 있다고 하더라도 치명적인 독. 무사하진 못했을 것이다. 그 생각은, 당진천이 가벼운 움직임으로 외투를 털어대기 전까지는 유효했다.

"내가 누구냐."

"…구주십이천의 독천이시지요."

"내가 방금 네 미간에 이 철사를 박아 넣었다면, 어떻게 되었을 것 같으냐?"

"제 패배입니다."

"알고 있다면, 더 꺼내보아라."

당청은 혀를 날름거리며 입술을 적셨다. 독천이라 불리는 천하의 고수는, 독을 중화하는 제독분이라는 안전장치가 필요하지 않았다. 그렇기에 순순히 그에게 선수를 양보하고, 공백의 공간을 재빠르게 차지했던 것. 심지어 그는 품에 가득 품고 있는 암기조차 사용하지 않고 있었다. 무언가 부글거리는 소리가 들려왔다. 당청의 시선이 아래로 향했다. 당진천이 뿌렸던 혈액독이 제독분을 좀먹으며 탁한 연기를 토해내고 있었다. 독기가 담긴 매캐한 연기가 아래에서 위로 솟아올랐다. 이로써 가주실 방 아래쪽은 당진천의 영역이 되었다.

"더 꺼낼 것은 없느냐?"

"그럴 리가!"

당청은 당진천의 도발에 차갑게 대꾸하며 두 개의 죽통을 열었다. 위로 솟아오르는 하얀 분말이 폭발하듯 팽창하며 상층의 기세를 두텁게 만들었다. 무거워진 질량은 점점 내려앉으며 하층에 만들어진 독기의 늪을 짓눌러갔다. 당진천이 콧방귀를 뀌며, 소매 안에서 죽통을 꺼내 열었다.

황색의 증기가 상층과 하층의 경계로 뻗어나갔다. 어디에도 어울리지 못하던 황색의 영역은 이내 한 점으로 수렴하며 내려앉는 상층의 한 곳을 꿰뚫었다. 그곳을 따라, 하층의 독연이 뻗어나가며 상층의 영역을 가로질렀다. 당청이 만들어낸 독기의 군세가 서서히 무너져갔다.

"큭!"

기함을 토하는 당청. 당청은 황급히 소매 안에서 비수를 꺼내 쥐었다. 그리고 당진천의 미간을 향해 뿌렸다. 당진천은 슬쩍 고개를 비틀어 비수를 피하더니 오른손의 철사를 휘둘렀다. 검기가 서린 철사는 격전이 벌어지는 독기의 전장을 가르고 당청의 상체를 휘감았다.

당진천이 고개를 옆으로 까딱이며 말했다.

"절정에도 이르지 못한 네 무공으로, 무엇을 할 생각이었느냐?"

"…이런 것을 할 생각이었지요."

핑!

내공이 담긴 철사가 끊어지며 방 안을 긁어댔다. 당진천이 손에 감은 철사를 놓으며 눈을 가늘게 떴다. 휘감았던 철사를 끊은 괴력에는 내공이 관여하지 않았다. 그리고 그의 몸은 이미 제독분의 바깥에 나와 있었으며 어떠한 중독 증세도 보이지 않고 있었다.

결정적으로 철사를 찢는 바람에 드러난 그의 상체는 시체와도 같이 창백한 색을 띄고 있었다.

"너…."

콰직하는 소리가 들리며 창문이, 벽이 종잇장 찢기듯 찢겨나갔다. 그리고 그 너머로 사람의 그림자 여럿이 보였다. 이지를 잃은 눈동자, 움직임이 뻣뻣한 발걸음, 통제를 위해 머리에 박아둔 철심. 미증유의 괴력을 발산하는 그들은 심연 같은 외도[外道]를 걷고 있는 존재들이었다.

가주실 바깥, 내각의 장원을 가득 메우고 있는 그 존재들은 바로 강시殭屍였다.

"강시를 만들었나?"

"정확히는 독강시예요, 아버지! 당가의 독으로 뇌를 주물러 주술과도 같은 효과를 만들었어요. 겸사겸사 저희 몸도 함께 손을 봤죠. 어때요, 좀 단단하지 않나요? 형이 철사를 튕겨내는 걸 보면, 검기劍氣에도 안 잘리는 것 같은데."

명랑한 목소리로 당진천의 말을 정정하며, 당혁이 모습을 드러냈다. 당혁은 순진한 웃음을 지으며 독강시의 어깨를 두드렸다.

"소소에게 칠혼독을 조금씩 투여하며, 인간의 혈맥이 과연 독기를 어디까지 버틸 수 있나 실험을 했던 결과물이죠. 대단하지 않나요? 제조는 당가의 독으로, 통제와 강도의 조절은 마교의 비술로. 어때요, 아버지. 잠깐 풀어놓은 족쇄로, 우리는 이렇게 나아갈 수 있어요."

"……."

당진천의 얼굴이 굳어갔다. 그리고 강시들의 무표정한 얼굴을 들여다 보며 입을 달싹였다.

"당령, 당수린, 당과…."

"아, 얼굴을 기억하시는구나. 제독전에서 꽤나 말썽을 부리던 놈들이 에요. 어찌나 강시를 만드는 일에 반기를 들던지…. 그래도 지금은 순종적이에요. 이봐, 팔을 잘라봐."

당혁이 명하자 한 강시가 거침없이 손을 들어 자신의 팔을 잘라갔다. 그 움직임을, 당진천이 쏘아낸 철사가 막아섰다. 그는 눈을 감으며 한탄하는 목소리를 터뜨렸다.

"…너였구나. 아니, 네 어미인가. 수아는 예전부터 야심이 깊었지. 배다른 자식인 소소와 회를 몰래 괴롭혔다는 것도, 나중이 되어서야 알았다. 나의 죄가 크구나…."

"아니요, 아버지. 제가 했어요. 같은 배에서 나고 자랐지만 회는 소소를 혐오했죠. 오히려 다른 배에서 태어난 전 꽤나 따랐어요. 그래서 당가의 미래를 위해 조금 희생시킨 것뿐…."

"그래, 알겠다. 그것이 너희의 뜻이라면. 네 어미인, 독고수아의 뜻이라면. 내 능히 받아주마. 네가 지은 죄를, 내가 대신 속죄해주마."

콱!

비수 하나가 바닥에 떨어졌다.

"아들들아."

콱! 챙! 파악!

단도가 떨어지고, 철침이 박히고, 칼날이 박혔다. 독기를 머금었던 바닥에 어느새 암기가 가득해졌다. 여미었던 비취색의 장포는 불어오는 바람에 휘날렸다. 당진천은 천천히 눈을 떴다.

"아쉽지만, 이 하늘은 우리가 같이 이고 살기엔 너무나도 좁아졌구나."

자신의 아들들은 이미 돌이킬 수 없는 곳으로 떠났다. 지극히 아끼던 피붙이들은 결국, 불구대천의 존재가 되어 당진천의 마음에 비수를 꽂아넣었다. 그들은 이제 당가의 적이었다. 그에 합당한 대응을 해주어야 옳았다. 마치 처음부터 아무 사이도 아니었다는 듯, 비정하게.

당진천은 오른손을 뻗었다. 비취색의 기파가 바닥으로 퍼지며, 암기들이 진동을 시작했다.

"가는 길에, 꽃놀이나 한 번 보고 가거라."

암기들이 일어난다. 무게가 있는 것은 마땅히 떨어져야 한다는 법칙을 거스르며, 강철의 꽃잎이 위로 솟아오른다. 이윽고 꽃잎이 하늘을 가득 메웠다.

그를 구주십이천의 일인으로 있게 했던 무예. 그 이름도 아름다운, 만천화우滿天花雨.

핏!

비수 하나가 당청의 상체를 스치고 지나갔다. 긴 열상이 아로새겨지며 녹색의 피를 게워냈다. 당청은 자신의 상처를 훑으며 피로 물든 자신의 손을 바라봤다.

"뭐지?"

"형? 정신 차려! 피해야 한다고!"

한 방울, 두 방울. 꽃비가 내리기 시작했다. 당청은 머리 위로 하늘을 가득 메우고 있는 예기의 꽃잎들을 올려다봤다.

분명 당청의 계획은 그럴싸했다. 독천의 경지는 예전 같지 않았다. 소소에게 신경 쓰느라, 정파의 콧대 높은 자들에게 굽실거리느라 꽤나 무뎌져 있었다. 단혼사와 녹풍대는 오늘 당가에 없을 것이다. 그리고 마교와의 거래로 얻은 독시혈강대법. 그것으로 얻어낸 독강시와 당청의 육체라면 분명 독천과 견줄 수 있을 것이라 생각했는데.

하지만 아니었다.

'넌, 하나를 알려주면 다섯을 깨우치는구나. 그런데 나머지 다섯은 잔꾀로 채우려들다니. 꽤나 영악한 아이야.'

스승이었던 학사의 목소리가 들려왔다. 지금도 그랬다. 당가가 고여서 썩고 있다는 하나의 현상을 보고 다섯을 계획했다. 그리하여 나머지 다섯을 놓쳤다. 당청은 자신이 놓친 다섯이 무엇인지 전혀 알 수가 없었다. 당청의 표정이 일그러졌다.

"…내가 뭘 놓친 거지?"

"손을 들어, 몸을 웅크…!"

당혁의 말은 쏟아지는 폭우 소리에 묻혀 채 전해지지 못했다. 몽롱한 눈빛으로 암기의 구름을 바라보는 강시들. 곧이어 우아한 강철비가, 외도를 걷는 자들에게 쏟아졌다.

* * *

검은 빛의 호우가 멎고, 시야가 걷혔다. 무너져 내린 가주실, 계단이라고 부를 수 없을 정도로 망가진 돌계단, 원래의 형체를 알아볼 수 없는 동상, 짓밟힌 화단, 그리고 전신에 암기가 박혀 바닥을 뒹굴고 있는 시체들.

만물이 침묵하는 배경을 뒤로 하고 홀로 선 사내가 움직였다. 당진천은 사지에 비수가 박혀 부들거리는 당청을 내려다봤다. 피를 게워내던 그는 힘겹게 고개를 돌려 당진천과 눈을 마주쳤다.

"커헉!"

"소소는 어디 있느냐."

"이게, 아니었는데. 계획은 이게…!"

"말했잖느냐. 차라리 소소를 인질로 삼고, 나에게 죽음을 강요했다면 죽어줄 수도 있었다고."

당진천은 당청의 의문에 답해주었다. 그제야 자신이 잊었던 나머지 다섯이 무엇인지 깨달을 수 있었다.

"끝까지, 쓸모없는…, 년…!"

당청은 피를 게워내며 당소소를 원망했다. 바뀐 당소소의 성격, 그것이 자신에게 조급함을 불렀다. 그녀는 병상에서 일어난 이후부터 항상 자기보다 한발 앞섰다.

학사를 충동질해 당청의 행동을 제한했다. 당소소의 가증스런 애교에 아버지의 애정 또한 한층 더 커졌다. 사천쌍괴는 단혼사에게 쉽게 제압당했다. 시비들을 통한 괴롭힘 또한 하연이라는 계집을 확실한 자기 편으로 만들며 완화시켰다.

믿을 수 없는 사실이었지만, 당소소가 당청보다 뛰어났다. 그것이 패착이었다. 그 멍청하던 당소소가, 바로 당청이 놓친 다섯 가지였다. 당진천의 말대로 차라리 당소소의 목숨을 쥐고 있었더라면, 모든 결과가 반대로 흘러갔을 것이다.

"하아…."

당청은 회한의 한숨을 내쉬며 옆을 돌아봤다. 당혁이 독기로 가득 찬 바닥에 고개를 처박고 몸을 떨고 있었다. 자신과는 달리 치명상은 아니었다. 독강시들을 불러와 자신의 몸을 막은 까닭도 있을 것이고, 목숨을 붙여 놓고 제독전과 소소에게 투여한 칠혼독에 관한 이야기를 추궁하기 위한 당진천의 의도 때문이기도 하리라.

"…허무하군."

끝났다. 당청의 모든 계획이 만천화우 하나로 홍수에 휩쓸리듯 모조리 쓸려나갔다. 사파를 통일시켜 당가에 흡수시키고, 아미파와 청성파를 제압해 사천성의 맹주로 거듭나겠다는 그 계획은 이젠 더 이상 없는 것이었다.

"아버지."

"……."

"제가 틀렸습니까?"

"그래."

당청은 그 말에 입술을 떨었다. 그리고 뜨거운 눈물을 흘렸다. 그의 어머니는 당가의 폐쇄적인 가풍이 답답하다고 하셨다. 당가의 주인이 되어모든 것을 바꿔보라고 하셨다. 당진천의 가르침이 잘못된 것이라며, 자신을 품에 안고 그리 말하셨다. 자신을 등지고 떠나던 그 순간까지도, 당가가 더 발전해야 자신이 돌아올 수 있다는 말을 하고 떠났다.

"어머니는, 아버지가 틀렸다고 했습니다…."

"…네 어미는 당가에 애정이 없었다. 그 여자는 오로지 당가의 비밀을 훔쳐 밖으로 달아나고 싶어 했다. 너에게 날 죽이라고 가르쳤던 것도 아마 후환을 없애고 싶어서였을 테지."

"……."

당청은 긴 한숨을 내쉬었다. 어머니가 떠난 이유는 당가가 약했기 때문이라고 생각했다. 약해서 모멸을 당하는 것이고, 약해서 감시를 받는 거라고. 생각은 곧 사상이 되었다. 하지만 당진천은 그것을 무공으로 부정했다. 당가가 어떤 가문인지, 당청의 몸에 새겨주었다.

"모멸은, 패자의 것…, 감시는, 약자의 것… 이라는 건가?"

"이제 소소가 어디 있는지 말해주거라."

"큭, 큭! 그리 좋으십니까?"

당청은 몸을 들썩이며 팔불출인 자신의 아버지를 비웃었다. 그리고 힘겹게 입을 열었다.

"성도 외곽, 흑불사黑佛寺."

"알겠다. 이제 그만 쉬어라. 이 건에 대해선, 나중에 다시 이야기하도록 하자꾸나."

"…아버지. 당가의 가풍이 무엇입니까?"

당청이 물었다. 당진천은 무슨 말을 하고 싶냐는 듯, 고개를 돌려 당청을 바라봤다. 당청은 고통에 얼굴을 찡그리며 거친 숨을 들이쉬었다. 자신의 이야기는 최악의 형태로 끝날 것이다. 어중간한 무공으로 독천에게 덤볐다가 어처구니없이 제압된 어수룩한 아들로. 당청은 고개를 저었다.

'너무 무르십니다, 아버지.'

그럴 순 없었다. 자신은 완성되어야 했다. 어수룩한 아들이 아니라, 완벽한 찬탈자가 되어야 했다. 그리고 당청에게는 사건을 완벽하게 끝낼 수 있는 방도가 있었다. 당청은 찢겨진 혈맥을 긁어대며 내공을 끌어모았다.

"제가 틀렸다면 완벽하게 틀려야겠습니다. 그게 제 독심이니까요."

"무슨 소릴…."

"미적지근한 실패를, 완결된 실패로 만든다는 뜻이지요. 그럼, 평안하시길…. 아버지."

으득!

무언가 으깨지는 소리와 함께 당청의 숨이 멈췄다. 검붉은 피가 상처를 뚫고 솟아올랐다. 지독한 향기가 장원을 가득 메워갔다. 그 향을 따라, 당가의 곳곳을 유린하고 다니던 독강시들이 모여들기 시작했다. 당진천은 굳은 표정으로 당청을 보던 시선을 거두고 주변을 돌아봤다.

"끝까지, 똑 부러지는 놈이군."

당진천은 지친 기색으로 왼손을 내밀었다. 모두를 침묵시킨 암기가 다시 몸을 떨어댔다.

✲ ✲ ✲

초췌한 얼굴과 거뭇한 눈 밑, 푸석한 머리칼은 마치 그녀의 마음 속 같았다. 당소소의 몸은 잔뜩 풀이 죽어 축 늘어져 있었다. 그녀의 정신 또한, 제대로 된 판단이 불가능할 정도로 마모되어 있었다. 어두운 방 안, 오로지 보이는 것이라곤 눈앞에 켜져 있는 촛불 하나뿐.

"씨, 팔⋯."

당소소는 쉰 목소리로 욕설을 토해냈다. 그 욕설을 들었는지, 촛불 너머로 사마문의 얼굴이 보였다. 사마문의 얼굴에 행복한 미소가 걸려 있었다.

"소소, 오늘은 또 새로운 얼굴이야. 음, 뭐라고 설명해야 할까⋯."

"씨발이다, 씨발놈아."

"후후⋯."

사마문은 그 말에 음흉한 웃음을 흘렸다. 그리고 가볍게 입으로 바람을 불어 촛불을 꺼트렸다. 며칠 동안 그랬듯, 힘겨운 숨결은 점점 격해지며 과거의 고통을 토해냈다.

"으읏, 으으⋯!"

그녀를 묶어놓은 의자가 들썩였다. 그녀의 고운 손목에 말라붙어 있던 피딱지가 밧줄에 쓸려 다시금 뜯겨져나갔다. 그녀는 절규하며 외쳤다.

"독을, 내 몸에⋯, 넣지 마⋯! 제발⋯!"

"⋯⋯."

"제발⋯. 으흑! 알았어⋯. 그들을 괴롭히지 마⋯! 내가, 내가 할게. 내가 독을 먹으면 되잖아⋯!"

화악!

사마문은 손가락을 촛불의 심지로 가져다 댔다. 촛불이 밝아졌다. 몸을

4장_여명도래[黎明到來] **177**

움켜쥐어 기억을 짜내던 어둠이 달아났다. 당소소는 크게 숨을 들이키며 충혈된 눈으로 고개를 젖혔다.

"허, 허억!"

"주변이 어두워지면, 발작을 한다. 흥미로워. 쓰러지기 전엔 거만한 당가의 여식이었고. 지금은….."

사마문은 당소소에게 다가가 그녀의 뺨을 타고 흐르는 눈물을 바라봤다. 고통, 슬픔, 회한, 분노, 부정. 수많은 감정이 요동치고 있는 그녀의 얼굴이 보였다. 그는 당장이라도 당소소의 옷을 찢어발기고 자신의 것으로 만들고 싶어졌다.

'아직. 아직 무르익지 않았다.'

사마문은 고개를 저으며 몸을 뒤로 뺐다. 그는 미식가였다. 그녀에게서 맛볼 수 있는 감정은, 지금까지 맛보았던 것들보다 훨씬 더 많이 남아 있다는 걸 알고 있었다. 숙성되지 않은 식재료를 손상시키는 것은, 자신의 신조에 어긋났다.

그는 당소소 반대편에 앉아 그녀를 바라봤다. 그녀의 날카로운 눈초리가 사마문과 마주쳤다. 사마문은 빙긋 웃으며 그녀에게 질문을 던졌다.

"독을 넣지 말라, 그들을 괴롭히지 말라. 그게 무슨 말이지? 난 알고 싶은데."

"…몰라."

"그래?"

사마문은 또다시 쾌락에 젖은 표정을 지으며 촛불에 얼굴을 가져다 댔다. 당소소의 어깨가 격하게 들썩였다. 당소소가 다급하게 말했다.

"씨, 발놈이…. 내가 알면, 말을 안 했겠냐?"

"…하긴. 이 질문도 스무 번이 넘었군. 그럼 궁금한 거 하나 더. 말투는 언제부터 그렇게 거칠었지?"

"그냥, 내 말투야. 파랭이 새끼야."

"…파랭이?"

사마문은 당소소의 말에 어처구니없다는 듯 실소를 터뜨렸다. 그리고 촛불을 불었다. 당소소의 몸을, 다시 어둠이 쥐어짜기 시작했다.

"헉, 허억, 허억!"

"식사 시간이야. 먹을 걸 가져올 테니, 반성하고 있어."

"흐윽, 이…! 런….."

문을 여닫는 소리가 들리며 사마문이 사라졌다. 당소소의 입에서, 자신도 기억하지 못하는 말이 쏟아졌다.

"헉 오라버니, 왜…! 흐윽!"

그 말을 토해내고 당소소는 번개라도 맞은 듯 온몸을 부르르 떨며 축 늘어졌다. 곧 그녀의 머리 위로 차가운 물이 쏟아졌다.

"읍, 으윽!"

"무례한 년. 어딜 기절해 있으려고."

요재의 목소리였다. 당소소는 눈을 질끈 감으며 몰려오는 어둠에 저항했다. 기절했던 탓인지, 발작하던 당소소의 감정은 잠시 멎어 있었다. 그 틈을 타 당소소는 김수환의 기억을 서둘러 훑었다.

'마도공자를 막을 수 있는 정보는? 그가 어떻게 죽는지에 관한 건…. 지랄할 것이 분명해. 그럼 주인공에 관한 건? 그가 어디에서 어떤 사건을 일으키는지? 마교에 관한 건?'

당소소는 숨을 멈추고 마지막에 훑었던 실마리를 부여잡았다. 마교에 관한 정보. 설사 그 정보로 마도공자가 더 빨리 역사에 등장하더라도, 우선 이 상황을 타개하고 봐야 했다. 쌍검무쌍의 기억을 훑던 그녀의 눈꺼풀 너머로 빛이 보였다. 당소소는 그 빛에 안도하며 눈을 떴다.

"밥 먹을 시간이야, 소소."

다시 켜진 촛불 아래에 있는 건 더운 김을 내는 붉은 음식들이었다. 사천음식 특유의 자극적인 향이 당소소의 코를 자극했다. 당소소가 코를 움찔거리며 반응을 보이자, 사마문이 눈을 반짝이며 음식을 담은 그릇을 툭툭 두드렸다.

"먹고 싶어?"

"……."

"이건 산니백육蒜泥白肉. 오늘 갓 잡은 돼지고기를 삶아서 얇게 저며서 아래에 깔았어. 그 위로 신선한 야채들도 얇게 썰어 올리고, 두반장에 꿀과 붉은 고추를 넣고 볶아서 풍미를 더했지. 어때, 먹고 싶지 않아?"

당소소는 사마문의 말에 침을 삼켰다. 하지만 고개를 저었다. 굶는 것은 고통스러웠지만 김수환의 삶에서 꽤 익숙한 일이었다. 결국 굶어 죽기까지 했으니까.

당소소는 음식을 요구하는 대신 메말라 피가 나는 입술을 침으로 적셨다. 이런 사소한 고통들은 개미처럼 조금씩 당소소의 정신을 긁어대고 있었다. 몸에 축 달라붙은 옷의 질감, 입술에서 느껴지는 미세한 고통, 가시지 않고 가슴을 찔러대는 공포, 쓰린 손목의 통증, 엉망진창이 된 시간 감각들.

당소소는 고개를 숙이며 눈을 감았다. 감은 눈에서 눈물이 흘러나왔다. 그 눈물에, 뜨거웠던 머리가 차게 식어갔다.

'지금 제정신인데 울어? 내가?'

당소소는 입꼬리를 떨며 자신의 변화를 인지했다. 다시 눈을 떠 정신을 가다듬었다. 당소소는 모르겠지만 김수환은 고통에 익숙했다. 이 정도로는 울지 않는 사람이었다. 거기에 생각이 미치자 그녀의 정신은 자신의 감정에 대한 혐오감으로 얼룩졌다.

'난 당소소지만, 김수환이야. 잊어선 안 돼. 잊어버리면, 난 사라질 거야. 이 감정은 거짓이야. 당소소의 것이라고. 김수환은 이렇게 느끼지 않아. 그녀를 연기하고, 그녀의 감정과 그녀의 기억을 느낀다고 해서 김수환까지 그렇게 느끼면 안 돼…!'

평소라면 차분하게 감정과 이성을 분리해 객관적인 태도를 유지했겠지만, 며칠간의 시달림으로 그녀의 정신은 제 기능을 할 수 없었다. 당소소는 자괴감을 떨쳐내지 못한 채 어깨를 들썩였다.

당소소를 조용히 지켜보던 사마문이 젓가락을 들어 산니백육을 집었다. 달그락거리는 소리가 들리고 매콤한 향이 퍼지며 아삭거리는 소리가 당소소의 귀를 찔러댔다. 당소소는 주린 배를 애써 무시하면서 그 광경을 죽일 듯이 노려보고 있었다.

사마문은 고기의 질감과 야채의 식감을 천천히 음미했다. 혀를 굴리며 매콤한 풍미를 즐겼다. 당소소의 배에선 꼬르륵 소리가 이어졌다. 하지만 그녀는 얼굴을 붉히지도, 부끄러워 하지도 않았다. 그저 사마문을 노려볼 뿐. 그는 잔뜩 지쳐 보이는 당소소를 보며 미소를 짓고 음식을 꿀꺽 넘겼다.

"소소는 참 신기하단 말이지."

"…뭐가."

"그렇게 다 비치는데도, 부끄럽지 않아?"

당소소가 자신의 옷을 내려다보았다. 얇은 옷이 물에 젖어 속살이 적나라하게 비치고 있었다. 부끄러웠다. 아니, 부끄럽지 않았다. 당소소는 고개를 저으며 붉게 달아오르는 얼굴을 부정했다.

'이 감정은, 거짓이야. 당소소의 감정이야. 내 감정이 아니야.'

감정과 이성을 구분할 수 없을 만큼 몽롱해져버린 정신. 하지만 당소소는 힘을 냈다. 최대한 감정을 부정했다. 그녀는 부끄러워하는 대신, 비웃음을 머금고 고개를 슬쩍 들이밀었다.

"왜, 꼴리냐?"

"뭐, 솔직히 그렇지. 거짓말을 할 순 없잖아? 내가 뭘 위해서 널 여기로 납치했을 거라 생각해?"

"…그럼, 왜 날 괴롭히기만 하는 거야. 빨리 따먹고 죽여버리고 싶을 텐데? 그게 네 취미이자 특기잖아?"

당소소의 질문에 사마문은 웃음을 띠며 고개를 들어올렸다. 그리고 양손을 모아 입가를 가리고 당소소를 내려다보았다.

"바로 그 점이 날 미치게 하는 거야, 소소. 마치 나에 대해 다 알고 있다는 그 태도. 난 아직, 너에 대해 다 알지 못했어. 넌 타인과 있을 때는 적당한 여성의 태도를 취하고 있어. 감정적이고, 어찌 보면 살갑기까지 해. 여기에 도착했을 당시만 해도 그랬지."

사마문이 자리에서 일어났다. 당소소에게로 발걸음을 옮겨 그녀의 어깨 위에 손을 올렸다. 손은 천천히 내려가 그녀의 가슴께에 이르렀다. 당소소는 그를 슬쩍 올려다보며 한심하다는 눈길로 바라봤다. 그 눈빛에 사마문은 흥미롭다는 듯 살짝 웃으며 손을 뗐다.

"하지만 이렇게 겉을 조금만 긁어내면 다른 태도를 보이지. 평소의 너였다면, 보통의 여성처럼 얼굴을 붉히거나 몸을 움찔거렸을 거야. 하지만 넌 달라. 봐, 가슴을 만져도 아무런 의식을 하고 있지 않잖아?"

"의식은 하고 있어. 한심한 새끼라는 의식이라서 그렇지."

"아가씨 같지 않은 거친 말투. 푹 젖은 몸도 별 대수가 아니라는 듯 행동해. 그런 것이 날 흥분시켜. 좀 더 네 마음을 긁어서 더 안쪽을 보고 싶게 해. 그 안은 대체, 얼마나 더 아름다울지 상상이 가?"

"…하긴, 또라이 집단에서 또라이 짓을 당하다 보면, 정신이 나갈 만하지. 마랑대, 였나?"

당소소는 자기도 모르게 사마문을 비웃으며 고개를 흔들었다. 이젠 익숙해져버린 침묵이었지만, 당소소가 살짝 긴장을 하며 눈을 질끈 감았다. 또다시 사마문이 촛불을 끌 것만 같았기에. 공포가 자신의 마음을 찢어버릴 것만 같았기에.

하지만 생각했던 순간은 찾아오지 않았다. 당소소가 천천히 눈을 떴다. 그녀의 눈동자에 분노로 일그러진 사마문의 얼굴이 맺혔다.

"네년, 그 헛소리는 어디서…? 넌, 무엇을 알고 있는 거지?"

"뭐야…?"

"말해라. 말하지 않으면, 당장 네 사지를 찢고 겁간을 해버릴 거야. 어서 말해!"

사마문이 당소소의 멱살을 쥐고 들어올렸다. 아릿한 고통이 그녀의 가슴을 짓눌렀다. 고통에 허덕이던 당소소는 사마문의 지금 얼굴을 가슴에 새겼다. 며칠 동안 흥분, 희열, 가학 이외에는 어떤 감정도 보이지 않던 그가 보이는 격렬한 분노라.

당소소는 고통에 신음하면서도 그 분노에 미소를 던졌다.

"이 빌어먹을 년이, 어서 말하라고!"

"소, 소교주 님?"

사마문은 당소소를 바닥에 내동댕이쳤다. 그리고 요재의 허리춤에서 칼을 뽑아 당소소의 목에 겨누었다. 그 상황에서도 당소소는, 실없는 웃음만을 짓고 있을 뿐이었다.

'찾았다.'

발작하는 것이 재밌어 보인다며 셀 수 없이 꺼지던 촛불. 어둡고 좁은 방 안에서 토해낸 수백마디의 절규. 요재가 시도한 수십 번의 자잘한 고문들, 남자의 정신으로는 역겹게만 느껴졌던 색욕 어린 사마문의 시선.

'이제, 내 차례야.'

그 모든 것을 견디고, 당소소는 드디어 마도공자의 역린을 움켜쥐었다.

$$* \quad * \quad *$$

"정말 죽일 거야?"

당소소는 슬쩍 턱을 들어 올리며 미소를 지었다. 사마문의 검 끝이 흔들렸다. 창백하고 초췌한 얼굴에 걸리는 그 미소는, 가히 나라를 흔드는 요부라 해도 믿을 정도로 요염했다. 사마문의 분노는 그 미소 한 방에 손쉽게 중화되었다. 또다시 발견한 새로운 얼굴에 사마문의 마음이 동요했다.

"너…."

사마문은 당장이라도 그녀에게 달려들고 싶었다. 푹 젖어 있는 옷을 풀어헤치고 자신의 것으로 만들어버리고 싶었다. 저 홍옥같이 붉고 매혹적인 미소를 자신의 것으로만 하고 싶었다. 하지만 그래선 그녀가 입을 닫을 것이다. 자신이 알고자 하는 바를 영원히 알지 못할 것이다.

마랑대라는 이름이 그녀의 입에서 나온 순간부터 공수는 이미 전환되었다. 사마문은 그 사실을 인정했다. 그리고 그녀가 자신의 마음에 쏙 드는 여인이라는 것 또한.

"…요재, 의자를 원위치에 놓아라. 이 산니백육도 치워버려."

"예, 소교주 님."

사마문은 혀를 차며 칼을 땅에 내동댕이쳤다. 그리고 의자로 돌아가 앉아 다리를 꼬았다. 그는 천천히 제자리로 돌아가는 당소소를 보며 탁자를 손가락으로 두드렸다.

'평생을 사천성 안에서만 살아온 정파 명가의 여식. 마교에 관한 정보를 들을 리 만무하다. 심지어 마랑대는 마교에서도 극소수만 아는 추문….'

"그래서 마랑대라는 이름은 어떤 경위로 들은 거지?"

"멍청아. 날 그렇게 괴롭혔는데, 내가 곱게 말해줄 거 같아?"

184 일편독심

"…죽고 싶나 보군."

당소소는 사마문의 말에 다시 한 번 웃었다. 칼자루는 그녀가 쥐고 있었다. 그의 특이한 취향, 극소수만 알고 있는 정보, 거기에 미래를 아는 자신만이 줄 수 있는 해답은 당소소와 사마문이 벌이는 배짱 싸움에서 절대적인 우위를 차지하게 했다.

그리고 당소소는 이 지난한 싸움의 끝에 마침내 쥐게 된 전가의 보도를 쉬이 놓을 생각 따윈 없었다. 당소소는 고개를 살짝 기울여 사마문에게 물었다.

"정말, 날 죽일 순 있어?"

"……."

"우선, 이 밧줄부터 풀어봐. 마도공자 님."

당소소는 자신을 묶고 있는 밧줄을 턱짓으로 가리켰다. 사마문은 턱을 괴고 고심했다. 그녀의 말대로, 사마문이라면 당소소를 범하고 죽일 수 있지만 마도공자는 불가능했다. 마교에 관한 문제는 자신의 직위와 신앙에 관한 문제였다. 그렇기에 함부로 무시하고 일을 진행할 수 없었다.

당소소의 미소 때문에 잔뜩 흥분했던 사마문의 머릿속이 차분하게 가라앉았다. 마교의 일은 감정적으로 임해선 안 된다. 자신이 마도공자인 한.

"…풀어준다면, 무엇을 말해줄 수 있지?"

"평생 묶어 놓던지."

"정말 평생 묶어줄까? 아니면, 내 마음 내키는 대로 할 수도 있겠군."

당소소와 사마문의 눈이 정면으로 마주쳤다. 비록 칼자루를 그녀가 쥐고 있다곤 하나, 쩔쩔매서는 거래가 성립되지 않는다. 사마문은 본심을 감추지 않고 당소소를 끈적끈적한 눈빛으로 핥았다. 당소소의 얼굴이 팍 일그러졌다.

'더러워죽겠네…. 그 잘생긴 얼굴, 참 좆같이도 쓰는구나….'

당소소는 사마문의 눈빛에 질색하며 시선을 피했다. 감금당해 있는 동안 몇 번이고 받았던 눈빛이지만 남자의 정신으로는 도무지 익숙해지지 않는 눈빛이었다. 당소소는 고개를 저으며 칼자루를 단단히 쥐었다.

"당신이 지금 소교주이긴 하나 마교의 외면을 받는 것도, 그 자리에 올려준 것도 마랑대의 천산혈로天山血路 덕분 아닌가?"

"…참, 요망하군. 천산혈로는 나와 내 측근을 제외하면 아는 이가 전무할 텐데."

"날 풀어준다고 약속하면, 궁금한 것에 대해 내가 아는 선에서 말해줄 수 있어. 어쩌면, 네가 고민하고 있는 문제까지도."

"아는, 선에서라…."

사마문은 당소소의 그 말에 눈을 가늘게 떴다. 마치 자신의 상황을 손 위에 놓고 적나라하게 보고 있는 듯한 저 말투. 단순히 가지고 싶은 정도가 아니라, 아예 소유하고 싶었다. 저 톡톡 튀는 성격과 발칙한 말투, 그리고 발랄한 생각. 그녀의 의견 따윈 무시하고 영원히 자신의 손 안에 넣고 싶었다.

'당소소를 고문하지 않았다면 절대 나오지 않았을 말이다. 그녀의 정신과 육체는 한계 상태. 아쉽지만 이 이상 끌어낼 수 없다. 성욕을 고취시키기 위한 고문이 아니라, 철저히 정보만 캐내는 고문을 한다면 더 알아낼 수도 있겠지만….'

하지만 그렇게 했다간 거래가 성립되지 않는다. 서로가 평행선을 달릴 뿐. 사마문은 고개를 저었다.

그는 욕심이 많은 자였다. 그가 소유하고 싶은 것은 온전한 당소소의 모든 것. 손톱 아래 바늘을 쑤셔 넣고, 손가락을 꺾고, 팔에 붙은 살을 한 점 한 점 발라낸다면 손쉽게 원하는 대답은 들을 수 있겠지만 그렇게 해서 손에 넣은 정보와 당소소는 온전한 것이 아니었다.

"…밧줄 하나에 질문 하나로 하지. 그럼 총 다섯 번이겠군."

"너무 많아. 세 번."

"그런가? 그럼 네 번으로 하지."

"…너 숫자 셀 줄 몰라?"

사마문은 뾰로통한 표정으로 그에게 핀잔을 놓는 당소소를 사랑스럽게 바라봤다. 그리고 눈을 감으며 손가락을 들어올렸다.

"마지막 질문은 널 당문으로 데려다준다는 조건으로."

"…네가, 날 놔준다고?"

"왜, 믿기지 않나? 난 나름 약속을 잘 지켜왔던 사람이라고 생각하는데. 마랑대를 알고 있는 너라면 누구보다 잘 알고 있지 않나?"

당소소는 사마문의 말에 자기도 모르게 고개를 끄덕였다. 그는 입 밖으로 낸 말은 반드시 지키는 자였다. 웬만해서 예외는 없었다. 주인공을 죽인다고 선언했다가 죽음을 맞이했던 예외를 제외한다면.

그것은 마교의 법과도 일부 통하는 면이 있었다. 진실된 힘만이 가장 강한 힘이라는 그들의 법. 사마문은 그런 마교의 차기 교주로 내정된 자였다. 그는 마교의 법칙을 가장 신실하게 수행하는 자 중 하나였다.

당소소는 체념하며 다시금 고개를 끄덕였다.

"…좋아. 대신 날 온전한 상태로 풀어줘야 해. 지금도, 풀어준 다음에도."

"뭐, 그러지. 그럼 합의점은 찾은 건가?"

"물어봐. 대신 알지 못하면 답하지 않겠어."

사마문은 당소소의 말에 턱을 쓰다듬으며 질문들을 솎아냈다. 마교의 상황, 자신을 적대시하는 자들의 정보, 그 정보의 출처. 수많은 질문이 머릿속을 어지럽혔다. 하지만 그녀가 어디까지 알고 어디까지 모르는지 알 수 없었다. 먼저 솎아내는 질문이 필요했다.

"첫 번째, 네가 알고 있는 마교의 구성."

"천산天山의 호족들인 마도육가魔道六家와 천마가 기거하는 천마청天魔廳."

"좀 부족하군. 마랑대를 알 정도면 그 정도는 아닐 텐데?"

"…천마청 휘하, 네 개의 부서가 있어. 각각 부교주가 담당하고 있겠지."

사마문은 고개를 끄덕이며 첫 번째 질문으로 숨겨진 의문들을 폐기했다. 그녀는 마교에 관해서 꽤나 정확하게 알고 있었다.

화검공자로 잠행하며 봐왔던 정파의 무인들은 마교에 관해 정확히 알고 있지 않았다. 천산을 마귀들이 사는 나라라는 둥, 마교는 악마들의 모임이라는 둥. 그런 무지는 노소를 가리지 않았다. 당소소는 마교의 구성을 구체적이고 명확하게 말하고 있었다.

당소소가 약속을 지키라는 노골적인 눈빛을 보내왔다. 사마문은 요재를 바라보며 말했다.

"양손을 풀어줘."

"네, 소교주 님."

요재는 불만이 가득한 표정으로 당소소 양팔에 묶인 밧줄을 풀어주었다. 밧줄이 그녀의 피딱지를 뜯어가는 바람에 손목엔 다시 피가 흘러내렸다. 당소소는 얼굴을 찡그리며 자신의 손목을 감싸 쥐었다.

사마문은 그 살짝 찡그린 얼굴에 시선을 던지며 다음 질문을 정했다. 가장 간단하면서도 가장 궁금한 질문을 던질 차례였다.

"둘째, 네 정체. 넌 그냥 사천당가의 독화 당소소가 아니야. 그렇지?"

"질문이야?"

"후후, 영악하긴. 정말 탐나. 뭐, 그대로 물어본다면 네가 답하진 않을 테니…."

당소소의 말에 사마문의 눈은 호선을 그리며 그녀의 말을 부정했다. 두 시선이 마주하며 생각의 그물이 얽혔다.

'천하십강인 독무후의 후계자가 발표된 적이 없다. 그녀는 독무후의 제자인가?'

'쌍검무쌍의 어느 설정을 가져와야 저 빌어먹을 놈이 납득을 하고 사천당가에 손을 대지 않을까. 날 죽이거나 건들지 않는 것을 보면, 분명히 당문에게 무언가를 뜯어내려고 납치한 게 분명한데.'

'아니, 독무후의 제자였다면 요재에게 순순히 잡혔을 리가 없다. 그녀의 후계는 독천 하나라고 보는 게 맞아. 그렇다면 당문은 제외인가. 여태나에게 보여주었던 그 태도는 연기. 마교를 잘 알고 있고, 당청에게 위기감을 느끼게 할 정도라면⋯.'

'독무후의 제자가 맞겠어. 내가 독무후의 제자라고 하면, 나도 건드리지 않고 천하십강인 독무후의 후환이 무서워서라도 당가를 건드리진 않을 거야.'

당소소와 사마문은 동시에 눈을 깜빡이며 결론을 내렸다. 사마문은 천천히 입꼬리를 올렸다. 그녀는 거만한 태도로 세상을 속이고 있던 당가의 후기지수라고 보는 게 타당하다는 것. 그렇다면 아주 쉬운 문제였다. 사마문의 입가엔 득의의 미소가 어렸다.

"독무후의 제⋯."

"정천무관正天武館의 입학내정자였군. 마침 출신도 오대세가. 그쪽의 실세인 용봉지회龍鳳之會의 초청을 받고 마교에 대한 정보를 공유받았겠고. 그렇다면 나에 대한 정보를 알았다는 게 이해가 가. 맞나?"

"으, 응? 아니⋯. 음⋯? 그, 독무후라고 그⋯."

"독무후의 제자라는 것도 잠시 떠올렸지만 말이 되질 않는다. 그녀가 모습을 보이지 않은 세월은 이십 년 이상. 널 가르칠 시간도 없을 뿐더러, 진짜 독무후의 제자였다면 요재한테 잡혀서 이런 꼴을 당했을 리가 없을테니."

사마문은 쩔쩔매는 당소소를 보고 자신의 판단에 확신을 했다. 마교와 외세에 대비해 만들어진 정파 무림의 총본산이라고 할 수 있는 무림의 학관, 정천무관의 특별입학자 당소소. 그것이라면 모든 것이 설명 가능했다. 무엇보다 당소소가 당황하는 그 모습이 바로 명확한 증거였다.

사마문의 자신만만한 말에, 당소소는 입술을 꼭 다물고 자신의 시나리오를 다시 검토했다.

'어, 그렇네? 독무후의 제자라면 요재는 이겨야 했어….'

"당황하는 척하면서 숨겨봤자 소용없다. 그런 수는 통하지 않으니까. 네가 아는 대로 난 천산혈로의 생존자 아닌가?"

"어, 응…! 맞아. 정천부관, 정전부관에서 알려준 거야. 이, 이렇게 약한데 독무후의 제자일 리가. 맞아, 맞아. 너, 좀 똑똑한데?"

"후후, 마교의 소교주에겐 당연한 일이야. 그런 얄팍한 수로 내 눈을 피할 수 없지. 요재, 풀어줘."

사마문은 정곡을 찔렸다는 표정을 보이는 당소소를 바라보며, 다시금 자신의 판단에 고개를 끄덕였다. 요재가 몸을 숙여 당소소의 허리를 졸라매던 밧줄을 풀어주었다. 답답했던 호흡이 한결 편해지고, 부담스럽게 들려 있던 가슴이 내려오며 어깨에 살짝 무게감이 실렸다.

당소소의 밧줄이 풀어진 것을 확인한 사마문은, 다음 질문을 고르기 위해 머릿속을 뒤적거리기 시작했다. 그 모습을 보던 당소소는 가슴을 쓸어내렸다.

'후우, 씨발. 독무후의 제자라고 했으면 무슨 쪽을 팔렸을지…. 마교의 인물에게 제압당하는 천하십강의 제자라니, 소문이라도 퍼졌다간 독무후가 당장 달려와 날 때려죽이려고 했을 거야.'

당소소는 안도의 한숨을 쉬며, 고민을 끝낸 사마문을 바라봤다. 사마문은 의자 팔걸이에 팔을 올리고 턱을 괴며 그녀를 바라봤다.

"셋째, 마랑대의 천산혈로는 현 마교에선 교주와 나만 아는 사건이다. 정천무관 입학예정자가 알 만한 내용은 아니지."

"……."

"사마연이라는 이름을 들어본 적 있나?"

사마문의 질문에 당소소는 그 눈을 바라봤다. 짙은 회한과 침잠하는 분노가 깃든 눈길. 그녀는 사마연이라는 인물을 잘 알고 있었다. 신분을 속이고 정천무관에 입학해 주인공을 도와주는 인물. 그녀의 정체는, 천산혈로라 불리는 마교의 내전에서 살아남은 마도공자 사마문의 이복동생이었다.

그 사건으로 사마문에 소교주 자리가 만들어졌고, 또한 그가 형제보다 더 깊이 사귀었던 마랑대가 전멸했으며, 아끼던 이복동생은 실종되었다. 그리하여 그것이 사마문의 역린이었다.

당소소는 내색하지 않고 고심하는 듯한 표정을 지으며 손으로 입가의 표정을 가렸다. 알고는 있어도 말해선 안 된다. 말하는 순간 마도공자가 본격적으로 쌍검무쌍의 무대 위로 오를 것이다. 당소소는 고개를 저었다.

"정천무관에선 듣지 못한 내용이야. 나도 천산혈로에 관한 건 우연히 들은 것뿐이야."

"…그런가."

사마문은 눈을 감으며 실망스런 감정을 숨겼다. 그리고 살짝 고개를 끄덕였다. 요재는 마지막 남은 밧줄인, 다리를 묶고 있던 밧줄을 풀어줬다. 당소소가 두 다리를 살짝 들어보며 드디어 찾은 육체의 자유를 만끽했다. 그리고 내친김에 자리에서 일어나려는 시도를 했다.

"아?"

당소소는 몸을 가누지 못하고 자리에 주저앉았다. 며칠 동안 결박당한 상태로 계속 발작을 일으키고 제대로 된 음식도 섭취하지 못한 터라 몸에 힘이 하나도 없었다. 당소소가 무릎을 꿇은 채 겨우 몸을 가누며 사마문을 바라봤다.

"귀여운 짓만 골라서 하는군. 마지막 질문이야."

그런 당소소를 바라보며 사마문은 키득거리며 웃었다. 그리고 자리에서 일어서며 마지막이 될 질문을 던졌다.

"이제 그만 널 가지고 싶어졌는데, 어떻게 해야 가질 수 있지?"

"…뭐?"

당소소는 잘못 들었다는 듯, 눈가를 팍 구기며 혐오스러운 벌레라도 보는 표정으로 사마문을 바라보았다. 사마문은 그조차 사랑스럽다는 듯, 만족스런 얼굴로 그녀의 시선을 받아주었다. 낭소소는 믿기지 않는다는 시선으로 그에게 물었다.

"날 납치한 건, 사천당가를 위협하고 겸사겸사 네 성욕을 채우려던 거 아니었어?"

"설마, 난 네가 정말로 마음에 들어서 납치한 거야. 내 성욕을 채우고 싶었다면, 당장 길거리에서 널 겁간했겠지. 그럴 일에 대비해 요재는 항상 춘약을 구비하고 다니지."

"준비할까요?"

요재가 기다렸다는 듯 의사를 물어오자 사마문이 짧게 고개를 저으며 요재를 제지했다.

"…진짜 발정난 새끼일세. 뭐, 좋아. 알려줄게."

당소소는 헛웃음을 지으며 고개를 저었다. 그리고 자신을 가질 수 있는 방법에 대해 간단히 알려주었다.

"뒈져. 유서에 내 이름 쓰고."

당소소는 후들거리는 팔을 들어 엄지손가락으로 자신의 가는 목을 슥 그었다.

"유서에, 이름을 쓰고?"

사마문이 웃음을 터뜨렸다. 보면 볼수록 새로운 여자였다. 사마문은 웃느라 눈가에 맺힌 눈물을 닦으며 요재에게 다가오라는 손짓을 했다.

"요재, 마교에 돌아가기까지 남은 기간이 어떻게 되지?"

"다섯 달 정도입니다."

"데리러 오면 죽여버린다고 전해."

"…네."

대답은 했지만 요재의 얼굴엔 불만이 가득했다. 사마문은 그녀가 그러든지 말든지 당소소를 바라봤다. 당소소는 숨을 헐떡이면서도 사마문에게 적의를 토해내고 있었다. 사마문은 당소소의 모든 것이 마음에 들었다. 사마문이 당소소의 귓가에 다가가 속삭였다.

"정말로, 죽기라도 해야겠어."

사마문은 그때 멀리서 느껴지는 이변을 감지했다. 지친 기색이었지만 힘 있게 딛는 발걸음에선 감당하기 버거운 진노가 느껴졌다. 사마문은 지금 달려오는 중인 그를 마주쳤다간 한줌의 독액이 될 것이라는걸 의심치 않았다.

사마문이 당소소의 볼을 살짝 잡아당긴 뒤 다시 몸을 일으켜 세웠다. 당소소는 그의 뜬금없는 행동에 볼을 움켜쥐며 소리쳤다.

"이 미친놈이 뭐하는 짓…."

"오늘은 여기까진가? 예상보단 빨랐군. 아직 독천은 현역인 모양이야."

"…아빠?"

"독천을 아빠라고 부르나?"

"……."

당소소는 무의식적으로 튀어나온 아빠라는 호칭을 부끄러워하며 고개를 푹 숙였다. 남성이었던 그녀에겐, 아빠라는 단어는 아직 버거웠다. 사마문은 또 웃음을 터뜨렸다. 이렇게 다채로운 향을 풍기는 여성은, 그에 겐 처음이었다. 사마문이 웃음기를 잔뜩 머금고 말했다.

"화검공자의 가면은, 이젠 쓰지 못하겠군. 당문은 '아빠'가 데려갈 테니 까 너무 서운해 하진 말고."

"…너 그러다가 진짜 훅 가는 수가 있어."

"앙칼진 매력도 꽤 훌륭해. 그럼, 조만간 새 신분으로 찾아가지."

"다음에 보면, 네 목구멍에 독을 부어줄게. 한번 와봐."

사마문은 당소소의 살벌한 경고에도, 키득거리며 몸을 돌렸다. 그리고 어둠 속으로 몸을 숨긴 채 당소소에게서 멀어졌다. 요재는 잠시 당소소를 노려보다 그의 뒤를 따랐다. 그렇게나 고통스러웠던 방 안에 적막이 내려 앉았다. 당소소는 긴 한숨 끝에 온몸을 잡아당기던 긴장을 토해냈다.

"하…."

당소소는 온몸의 힘이 빠졌다. 긴장이 풀리자 전신에 누적되었던 피로 가 반갑지 않은 인사를 건넸다. 방금까지의 고통과 불안은 모두 꿈인 것 같은 몽롱한 감각. 그녀는 부들거리는 손으로 쓰러지려는 상체를 지탱했 다. 상체의 무게가 팔에 실리자 손목의 통증이 그녀의 정신을 갉아먹었다.

"으."

당소소는 버티지 못하고 앞으로 쓰러졌다. 문이 열리는 소리에 그녀는 뺨을 바닥에 긁으며 천천히 고개를 들었다. 비취색의 익숙한 장포가 눈에 들어왔다. 당소소는 문득 자신이 진명에게 던졌던 말이 떠올라 희미하게 웃었다.

'봐, 안 죽었잖아.'

"소소야…!"

익숙하고 다급한 당진천의 목소리였다. 힘겹게 몸을 일으키려는 팔이, 그 온기에 풀어져 결국 다시 풀썩 쓰러졌다. 당진천은 재빨리 다가가 그녀의 상체를 받쳤다.

"이게, 이게 무슨 일이냐! 대체 무슨 일이 있었던 거야? 이 아비에게 말해보아라!"

"아버지, 살아 있었군요. 마교에게 화를 입진 않았을까 걱정했는데."

"⋯네 걱정부터 해라, 딸아."

당소소는 웃음을 지으며 당진천의 품에서 길게 누웠다. 나른했다. 안온했다. 그리고 익숙했다. 그의 장포에서 짙은 피비린내와 코를 찌르는 독기의 향이 올라왔다. 당소소는 지친 기색으로 당진천에게 물었다.

"오라버니인가요?"

"그래. 갔다."

"그렇군요."

당소소는 짧게 대답하고 흙투성이 뺨을 당진천의 소매에 비볐다. 복잡한 감정이었다. 자신이 좀 더 잘했다면 다른 결말이었을까. 좀 더 단란한 가정을 꾸릴 수 있었을까. 당소소의 팔이 떨려왔다. 감정이 멋대로 움직이고 있었다.

당소소는 감정을 억지로 구겨 넣고 잔뜩 억누른 한마디를 내뱉었다.

"⋯아쉽네요."

"전적으로 널 믿지 못한 내 잘못이다. 그리 책망하지 말거라."

당진천이 당소소를 달래며 들쳐 업었다. 그의 어깨로 흘러내린 흙이 엉킨 머리칼, 늘어진 마른 팔에 밧줄 모양으로 뜯겨내 나간 살점들, 아무것도 들지 않은 것마냥 가벼운 딸의 무게까지. 당진천은 눈을 지그시 감고 울화를 삭혔다. 지금 화를 냈다간 딸이 부담스러워 할 테니.

당진천은 말없이 그녀를 업고 걸음을 옮겼다. 어두운 방을 나서자 고요한 산속 사찰이 그들을 맞았다. 우려 섞인 눈으로 당진천과 당소소를 바라보는 검은 무복의 사내들. 그들의 옷깃엔 검은 바람이 수놓아져 있었다.

"가주 님, 아가씨는…."

"흑풍대는 가서 집안을 정리하도록."

당진천은 고개를 저으며 그들을 물렸다. 흑풍대가 물러서고, 당진천은 당소소의 불규칙한 숨결을 느끼며 천천히 걸었다. 사찰의 돌계단을 지나 정원을 건너, 푸른 잎사귀들이 있는 산길을 걸었다.

"아버지."

"아빠라고 부르라고 했잖느냐."

"그치만, 부끄러운데."

당소소가 낮게 속삭였다. 바람이 불어 푸른 잎사귀들을 가르고 그녀의 머리칼을 휘날렸다. 녹음을 넘어온 여명이 그녀 얼굴 위로 빛을 내리쬐었다. 당소소는 강렬한 빛에 잠시 눈을 찡그렸다. 그리고 피로에 젖은 목소리로 당진천의 어깨에 얼굴을 묻으며 물었다.

"시간이 얼마나 지났나요?"

"열흘이란다."

"하하…. 배고프다."

당소소는 힘없이 웃었다. 당진천의 가슴이 미어지는 듯했지만 금방이라도 사라질 것 같은 딸을 업고 울분을 토할 수는 없는 노릇이었다. 당진천은 자꾸 아래로 처지는 당소소를 고쳐 업으며 자상한 말투로 그녀를 달랬다.

"집에 돌아가면 소소가 좋아하는 생선튀김을 해먹자꾸나. 매콤달콤한 양념도 얹고, 운남에서만 나오는 과일도 맛보고. 장비가 먹었다던 장비우육도 괜찮더구나."

"…소면이랑 죽엽청."

"소소, 스무 살이 되기 전까지 술은 안 된다고 했잖느냐."

"두 잔 이상만 안 마시면 괜찮아요, 아빠. 신경 쓰지 마시고 걸어요."

사근거리는 당소소의 목소리에 당진천은 어처구니가 없다는 듯 코웃음을 치며 고개를 끄덕였다.

'아쉬울 때만 아빠라고 부르는군.'

당진천은 쓰게 웃었다. 한참을 걷다 조용하던 당소소가 입을 열었다.

"아버지."

"왜 그러냐, 딸아?"

"내가 강했으면, 좀 더 나은 상황이 왔을까요?"

"음, 아마 그렇지는 않았을 게다."

당진천은 고개를 저었다. 일련의 사건은 당소소가 더 강해진다고 해결될 문제는 아니었다. 문제의 시초는 과거로 조금 더 거슬러 올라가야 했다. 자신이 들였던 두 부인들 간의 관계와 첫째 부인이 품었던 당가에 대한 혐오까지.

하지만 당소소는 그 말로는 납득되지 못한 듯했다. 당소소는 당진천의 어깨를 부여잡으며 감정을 토해냈다.

"혹시 제가 좀 더 잘했더라면, 이런 나쁜 상황이 안 오지 않았을까요?"

당진천이 잠시 발걸음을 멈췄다. 그리고 최악을 상정해봤다. 당청이 스스로의 무력을 믿지 않고 당소소를 인질 삼아 자신에게 죽음을 강요했다면 어떻게 되었을까. 당진천은 그녀의 흐트러진 머리칼을 훑어 올려주었다.

"잘했다, 우리 딸."

"……."

당소소는 아버지의 자상한 말에도 마음이 진정되질 않았다. 이 넓은 구주팔황의 일부인 사천성에서 자신은 너무 지쳐 아버지의 등을 빌리고 있었다. 제아무리 주인공이 강하고, 행복한 결말을 맞이한다지만.

'과연 나는, 다른 이들은 행복한 결말을 맞을까?'

미래를 알고 있는 그녀는, 이미 그 의문의 해답을 알고 있었다. 쌍검무쌍은, 주인공과 그 주변인들의 행복만을 서술하고 있었다. 그들의 이야기를 하느라 다 담지 못한 실재했던 다른 이들의 이야기는, 이렇게 뒤에 숨겨져 있었다. 그 결과, 당소소 자신은 어떻게 되었나?

당소소는 마른 팔을 떨며 당진천의 옷깃을 부여잡았다. 그리고 결연한 태도로 말했다.

"무공을 좀 알려주세요, 아버지."

"…내가 다 패죽이면 되지 않겠느냐?"

"아버지 혼자선, 한계가 있잖아요."

당진천의 말에 당소소가 고개를 저었다. 사천성 안에서야 독천에게 감히 이빨을 내밀 이가 없을 것이다. 하지만 그 상대가 같은 구주십이천이라면, 혹은 신화처럼 전해지는 초고수 천하십강이라면, 쌍검무쌍에서 가장 강했던 마교의 인물들이라면.

아버지에게만 미뤄둬선 안 된다. 그녀도 자신이 알고 있는 지식들을 활용해 주인공들의 이야기 뒤편에 흐르는 암류를 조정할 필요가 있었다.

행복을 원하는 사람들이 행복하게 웃을 수 있도록. 자신이, 그 모습을 보며 웃을 수 있도록. 당소소는 장난기가 담긴 말을 던졌다. 쌍검무쌍에서 한 고수가 입버릇처럼 하고 다니던 말이었다.

"그리고 아버지, 약하잖아요. 남궁세가의 검천[劍天]한테 밀린다던데."

"어느 씨발…, 아니. 어느 식견이 짧은 자가 그런 말을 하고 다녔느냐?"

"흐흣, 농담이에요."

"어느 미친 새끼가 그런 헛소문을…?"

"농담이라니깐…."

당소소는 진심으로 분노하는 당진천을 바라보며 행복하게 웃었다. 이 한줌의 평범함이 자신이 바라던 것이었으니까. 그 평범함의 행복을 가슴에 품으며, 당소소는 눈꺼풀을 짓누르는 피로를 받아들였다. 그리고 당진천의 등에 얼굴을 묻었다. 그녀의 규칙적인 숨소리가 당진천의 귓가에 들려왔다.

'후, 자는 모양이야. 욕은 제대로 듣지 못했겠지? 말조심해야겠어….'

당진천은 헛기침을 하며 순간 험한 말을 뱉은 자신의 태도를 반성했다. 기억을 잃기 전에야 험한 말을 서슴없이 했다지만, 기억을 잃은 후에는 조신하고 착한 태도를 보이는 딸이었다. 혹여라도 예전 같은 말투로 돌아가게 내버려둘 순 없었다.

당진천은 말의 투레질 소리에 당소소를 바라보던 시선을 돌렸다. 사찰 입구 앞에서 흑풍대 무인 한 명이 마차를 대기시켜놓고 있었다. 무인은 자고 있는 당소소를 발견하곤 소리 죽여 말했다.

"흑풍대는 모두 당가로 돌아갔습니다."

"그래. 조금만 더 수고하시게."

"옛, 가주 님."

당진천이 마부에게 눈짓을 하자 마부가 마차의 문을 열었다. 그는 당소소를 조심스럽게 눕히고 외투를 벗어 그녀의 몸을 덮어주었다. 당소소가 몸을 뒤척이며 앓는 소리를 냈다.

"음…."

"그래, 잘 자거라."

당진천은 그녀의 코를 간질이는 머리칼을 쓸어 올려주었다. 그녀가 그 손길을 느꼈는지 기분 좋은 웃음을 지으며 중얼거렸다.

"더러운…, 마교 새끼들…."

"……."

"다 죽었어…."

당진천은 혹시 말투를 교정하기엔 이미 늦은 건 아닌가, 비교적 정확한 예측을 했다.

* * *

하연은 바깥에서 느닷없이 들려오는 괴성을 듣고 불안감에 떨었다.

'사천당가가 습격을 받았나?'

인간의 것이 아닌 괴성에, 하연은 구석에서 몸을 웅크리고 천천히 숨을 골랐다.

'…가주 님은 중원에서 가장 강한 열두 명 중 한 분. 불안함에 떨 필요는 없어. 이 습격을 제압하시고, 곧 아가씨도 데려오실 테지. 우린 오대세가 중에서도 가장 강하다고 불리는 곳이니까.'

하연은 제멋대로 떨리는 무릎을 부여잡고 고개를 끄덕였다. 더 커지는 괴성. 움켜쥔 손에 계속 힘이 들어가고, 치마가 구겨졌다. 하연은 눈을 감았다. 그리고 한바탕 소나기 내리는 소리가 그녀의 귀를 때렸다.

사방이 고요해지자 하연이 드디어 눈을 뜨고 고개를 들었다. 괴성은, 더 이상 들리지 않았다.

"저기요, 누구 없나요? 여기 사람이 있어요."

하연은 자리에서 일어나 소리쳤다. 돌아오는 대답은 없었다. 그래도 굳게 잠긴 문으로 다가가 두드리며 더 크게 외쳤다.

"여기 사람이 있어요!"

크게 외치길 수차례. 하연은 문 너머의 침묵에 절망하며 주저앉았다. 그 순간 바깥에서 미약한 소리가 문틈으로 새어 들어왔다.

"여기가 소소 아가씨의 독봉당이라는군. 단혼사 영감이 뒷정리를 하라는데?"

"형님, 언제부터 그렇게 점잖아지셨소?"

"끌끌. 진명 새끼의 박살난 얼굴을 보고도 웃어줄 수 있는 여자라면, 점 잖은 체를 해서라도 잘 보이고 싶지 않겠느냐?"

"흑규야, 너 이제 장로 아니야. 그러다 진짜 뒤지는 수가 있어."

하연은 말소리를 붙잡으며 황급히 자리에서 일어나 문도 두드리고 소리도 질렀다.

"여기요, 여기! 사람이 있어요!"

절박하게 두드리는 문. 다행스럽게도 하연의 목소리가 바깥의 그들에게 닿았다.

"…무슨 소리가 들리는데."

"형님, 너무 과민하신 것 아니오? 아무리 독상시 같은 괴물을 눈앞에서 봤다고 해도…."

"쯧쯧, 진명, 아직도 귀신같은걸 무서워하느냐? 애새끼도 아니고 말이야."

"진짜 이 새끼가."

그들의 태평한 대화에 화가 난 하연은 가슴을 두드리며 큰소리로 소리쳤다.

"이리 오라구욧!"

귀를 찢는 하연의 목소리에 세 명의 발소리가 점차 하연에게로 다가왔다. 하연의 어두워진 얼굴에 점차 화색이 돌았다.

끼이익!

낡은 경첩 접히는 소리가 들리며 어둠만이 가득하던 창고에 한줄기 빛이 들어왔다. 하연은 눈물이 그렁그렁 맺힌 얼굴로 문을 열어준 세 명을 바라봤다. 진명이 하연을 바라보며 한 마디 툭 던졌다.

"…시비같은데."

"네, 네! 전 당소소 아가씨의 전담시비, 하연이에요. 구해주셔서 정말 감사해요."

"음, 뭐…. 소소 아가씨의 부름을 받고 당가에 몸을 투신한 진명이오."

진명은 어색한 자세로 하연에게 포권을 했다. 하연은 감사의 표시로 길게 목례를 한 뒤 고개를 들었다. 하연은 진명의 얼굴을 바라보며 환한 미소를 지었다.

"그런가요? 아가씨를 소중히 여겨주셔서 감사해요."

"내가 뭐 큰일을 했나…. 그냥 따라온 것뿐인데."

"…이 큰 저택에서, 아가씨를 아껴주던 분은 가주 님 한 분밖에 없으셨거든요."

"뭐, 그런 당연한 것을 가지고…."

진명은 감사를 받는 것이 머쓱해져 뒤통수를 긁으며 그녀를 바라봤다. 수수하고 초췌한 얼굴이었지만 감출 수 없는 미색이 있었다. 왕오는 하연을 보더니 헛기침을 하고 가슴을 들어 올려 제 딴에는 멋있는 자세를 취했다. 흑규는 왕오의 옆구리를 찌르며 핀잔을 주었다.

"너, 저런 중년 여성이 취향이었냐?"

"…네?"

하연이 정색을 하자 진명이 그의 뒤통수를 후려갈겼다.

"신경 쓰지 마시오. 머리에 든 게 없는 양반이니까."

"아, 네…."

하연은 다소 냉랭한 대꾸를 하며 위를 올려다보았다. 하늘이 군청색으로 물들며 새벽이 밝아오고 있었다. 검은색 무대를 불사르고, 황금빛 막이 내려오는 것 같았다. 불안했던 어둠이 가시고, 새로운 날이 찾아올 것만 같았다. 하연은 여명을 바라보며 눈을 감고 바랐다.

'아가씨, 무사하시길….'

동이 터오는 곳 저 멀리서 말발굽 소리와 함께 마차 바퀴 소리가 들려왔다.

* * *

"으음…."

당소소는 이불 속에서 몸을 뒤척였다. 별안간 얼굴을 찡그리더니 눈을 떴다. 조심스레 주변을 살폈다. 공포로 얼룩진 어둠은 사라지고 없었다. 그 자리에 장신구들과 깨진 동경이 자리하고 있었다. 자신을 제정신으로 돌아오게 하던 촛불 또한 없었다. 대신 하연이 눈물을 흘리며 미소 짓고 있었다.

"아가씨."

"…하연, 울면 화장 번져."

"흥…. 아가씨느은…, 흑. 쌍괴파에 가셨을 때 웅묘[熊猫]같은 모양새를 하셔 놓고. 단혼사 님이 다 말해주셨어요."

"으, 으흠. 어쨌건 사실이잖아?"

당소소는 이불을 걷고 침상에서 일어나려 했다. 하지만 다리에 힘이 들어가지 않았다. 당소소는 그대로 제자리에 주저앉았다.

"어."

"아…. 우리 아가씨 어떡해…."

하연은 이젠 그칠 생각 따윈 지워버렸는지, 당소소의 처량한 모습을 보며 펑펑 울기 시작했다. 당소소는 난감한 듯 볼을 긁다가 한숨을 쉬었다. 그리고 서럽게 울고 있는 하연에게 말했다.

"일단, 그치자. 아버지께 가야 하잖아."

"그, 그치만…. 아가씨가…."

"난 괜찮아. 며칠 지나면 금방 제대로 걸을 거야. 사천당가는, 독과 약을 다루는 곳이잖아?"

"흐윽, 네에…."

당소소는 크게 숨을 들이키며 침상을 부여잡았다. 그리고 후들거리는 다리로 천천히 자리에서 일어났다. 눈물을 닦던 하연은 황급히 그녀를 부축했다. 당소소는 숨을 뱉으며 하연에게 말했다.

"고마워, 하연."

"정말, 그냥 누워 있으시지…."

"이젠 시간이 얼마 없어."

당소소는 자신을 말리는 하연에게 다짐하듯 말했다. 당소소는 2년 후 주인공과 조우한다. 쌍검무쌍의 이야기를 따라가려면 자신도 그를 따라잡아야 했다. 주인공 주변에는 천재거나, 비범한 능력을 지닌 자들밖에 없었다.

아무런 능력이 없는 자신이 그들을 쫓아가기 위해 주어진 짧은 시간, 열여덟 살에서 스무 살 사이. 그 사이 평범한 자신이 그들을 쫓아다닐 수 있을 만큼의 힘을 길러야 했다.

김수환이 가장 사랑하는 쌍검무쌍 이야기. 그 그늘에 가려진 모든 이들에게 행복을 주기 위해, 그리고 평범한 삶이라는 조그마한 소망을 이루기 위해. 악역 당소소는 움직여야 했다.

"난, 지금 행복해."

당소소는 웃었다. 그 모습을 지켜보는 하연은, 웃지 못했다.

＊ ＊ ＊

당진천은 눈앞에 서 있는 남성을 불만스런 표정으로 올려다보았다. 자신과 꼭 닮은 얼굴에, 둘째 부인을 닮은 자색 눈동자. 고집스런 성격이 단적으로 드러나는 앙다문 입술을 보자 당진천은 벌써부터 피곤했다.

"회야, 어째서 안 간다는 것이냐?"

"아직 연철전의 일이 끝나지 않았는데, 어찌 절 찾으시는 겁니까? 가주님. 전 바쁩니다."

"…청과 혁이 반기를 품고 당가를 도모했다. 청은 죽었고, 혁은 청이 죽는 틈을 타 도망쳤지. 이대로 있다가는 주기적으로 열리는 사천교류회四川交流會에 열흘 동안 납치되었던 네 여동생을 보내야 할 판이라고 말했잖느냐?"

"안 가면 되지 않습니까?"

당진천은 셋째 아들 당회의 말에 골머리가 아파왔다. 당청과 당혁이 없는 이상, 이제 당회가 자신의 뒤를 맡아주어야 했다.

하지만 당회는 원하지 않았다. 둘째 부인이 당소소를 낳고 산고를 이기지 못해 세상을 떠나자 당회는 당소소를 혐오하기 시작했다. 게다가 첫째 부인인 독고수아의 괴롭힘에 다른 가족들까지 혐오하다가 결국 당회는 연철전에 틀어박히게 되었다.

몸도 제대로 가누지 못하는 당소소를 당가 밖으로 보낼 순 없다는 생각에 당진천은 완고한 당회에게 다시 한 번 사천교류회의 필요성을 설파해야 했다.

"몇 번을 말해야 그 중요성을 깨닫겠느냐. 당문은 주기적으로 정파에게 우리가 어떤 상태이고, 어떤 독과 어떤 암기를 개발했는지, 그리고 어떤 마음을 지니고 있는지 알려줘야 한다고."

"음, 적혈비積血匕를 만들었네요. 그리고…."

"여기서 말하란 말이 아니지 않느냐…."

"전, 남들과 교류하는 것이 싫습니다. 제 낙이 무엇인지 아시지 않습니까? 그저 암기만 만들 수 있다면 족하다는 것을."

"어휴…."

당진천은 한숨을 내쉬며 관자놀이를 손가락으로 지그시 눌렀다. 아버지가 더 이상 말이 없자, 당회는 슬쩍 자신의 의사를 내비쳤다.

"하실 말씀이 더 없으면 먼저 가보겠습니다."

"…추후에 다시 부를 터이니, 지금은 물러가거라 그럼."

당진천이 아들의 고집에 한발 물러나자 당회가 꾸벅 고개를 숙이며 물러섰다. 당회가 막 나가려는데 문이 열리며 하연의 부축을 받으며 당소소가 들어왔다. 당회와 당소소의 눈이 마주쳤다.

"쯧."

당회는 당소소를 보자 눈살을 찌푸리며 혀를 찼다. 영문을 모르는 당소소는 그저 혐오에 젖은 자색 눈동자를 바라볼 뿐이었다. 당회가 가주실을 나가고 문이 닫히자, 당진천이 하연에게 어서 당소소를 앉히라는 손짓을 보냈다.

"누워서 쉬지 뭐 하러 여길 왔느냐."

"하루빨리 무공을 배우고 싶어서요."

"…지금 그 몸으로 배울 만한 무공이 아니라는 것쯤은 네가 더 잘 알지 않느냐?"

"그래서 어찌 해야 하는지 조언이라도 듣고자 왔어요. 아빠."

"……."

복잡하던 당진천의 머릿속은, 파르르 떨며 무공을 배우고 싶다는 당소소의 말로 인해 더욱 복잡해졌다.

'저 불쌍한 것이 저리 배우고 싶어 하는데, 가르쳐 주지 않을 수도 없고….'

당진천은 긴 숨을 내쉬며 고심하다 서랍을 열고 털실 하나를 꺼내 당소소의 손에 쥐어주었다. 당소소가 이것이 무엇이냐는 표정으로 올려다보자 당진천은 당소소의 손에 털실을 끼운 뒤, 이리저리 끼워 맞춰 하나의 모양을 만들어 냈다.

"실…, 뜨기네요."

"암기를 다루는 데 있어 가장 중요한 것이 무엇일 것 같으냐?"

당진천의 말에 당소소가 자신의 손을 내려다보았다. 그리고 고개를 들며 대답했다.

"손재주인가요?"

"집중력. 목표를 정확하게 겨누는 것이 가장 중요하다. 손재주는 그 다음이고."

"그럼 이건…."

"혼자서 하는 실뜨기엔 꽤나 집중력이 요구될 테야. 나도 어릴 때는 그것으로 단련했으니 열심히 연습해라. 한 다경 안으로 모든 모양을 만들어 낼 수 있다면 그때 다음 단계를 알려주도록 하마."

당소소는 바로 의자에 앉아 손가락을 꼼지락대기 시작했다. 당진천이 그 모습을 흐뭇하게 바라보며 다시금 당면한 문제들에 대해 고심하기 시작했다.

'당청은 조용히 장례를 치르는 쪽으로 하고. 당혁은 지금 녹풍대가 추적 중이고…. 회만 사천교류회에 가준다면 아무 문제가 없을 터인데. 아니, 하나 더 남아 있지.'

당진천이 맹한 표정으로 실뜨기를 하고 있는 당소소를 바라봤다.

"소소, 납치건에 대해 이야기를 좀 해도 괜찮으냐?"

"네, 괜찮아요."

"널 납치했던 자의 인상착의는, 혹시 기억나느냐?"

당소소가 꼼지락거리던 손을 잠시 멈췄다. 그리고 잠시 생각하더니 이내 고개를 저었다.

"어두워서 잘 안보였어요."

"그러냐…. 미안하다. 괜한 이야길 꺼냈구나."

당진천은 아쉽다는 듯 입맛을 다시며 손가락으로 관자놀이를 두드렸다. 혹시나 했는데 역시나 기억하지 못하고 있었다. 이렇게 되면 그들을 추적할 마땅한 수단이 없는 셈이었다.

'분하지만 추적은 뒤로 미루는 수밖에 없는 건가….'

'그 녀석을, 괜히 자극해서는 안 돼.'

실뜨기의 다음 도형을 만들다 실패한 당소소는 엉킨 실을 풀며 생각했다. 이곳까지 오면서 훑어본 당가의 분위기는, 말 그대로 초상집 수준이었다. 하루아침에 가문의 적통 둘을 잃고, 당혁이 만든 독강시로 인한 제독전의 타격이 막심한 수준. 거기에 누구 하나 가릴 것 없이 과로에 찌들어 있었다.

'내가 화검공자를 범인으로 지목하면 아버지는 필시 청성파에 따지러 갈 거야. 청성파와 얼굴을 붉혀서 좋을 건 없지. 무엇보다 그를 자극해서 이야기가 망가진다면 그건 최악의 흐름이야.'

당소소는 다시 풀린 실을 쥐고 실뜨기를 시작했다. 억울하고 화나는 게 사실이었다. 하지만 잠시 찾아온 안정을 포기하기도 싫었다. 당소소가 실뜨기에 열중하고 있을 때 누군가 가주실의 문을 두드렸다.

"가주 님, 총관 장보입니다."

"들어오도록 해라."

당진천이 지친 목소리로 장보의 출입을 허락하자 문이 열리며 다소 작은 체구의 사내가 안으로 들어왔다. 자그마한 눈초리에 삼각형의 수염이 양쪽으로 뻗어 있는 깡마른 체구의 남성. 그의 시선이 구석에서 실을 만지작거리는 당소소에게 가닿았다.

'뭐지, 용돈이 떨어져서 가주 님께 애교라도 부리고 있는 건가?'

그런 생각을 하며 당소소를 보고 있는데 당진천이 손가락으로 책상을 두드리며 장보의 주의를 환기시켰다. 장보는 목을 가다듬고 고개를 숙이며 찾아온 이유를 말했다.

"내일까지 사천교류회 참석자 명단을 제출해야 해서 말입니다."

"내일까지였나…."

당진천은 다시 골치가 아파와 머리를 감싸 쥐었다. 그러자 총관이 의아해했다.

"회 도련님은 어떻게 하시고…?"

"알잖나. 회가 대장장이 일에 미쳐있는 것을."

"아, 그렇지요. 가주 님께서 골치가 아프시겠군요. 청, 혁 도련님을 잃고, 남은 것은 회 도련님 하나뿐인데…."

"총관."

당진천이 살짝 높은 음성으로 장보에게 눈치를 주었다. 뒤늦게 당소소를 의식한 장보가 황급히 말을 돌렸다.

"그, 그럼 사천교류회는 어쩌실 생각이십니까? 역시 가주 님이 직접?"

"회가 계속 저지경이라면 아마 그래야겠지. 하지만 그렇게 된다면 당가를 돌보는 것은…."

"……?"

당진천과 장보의 시선이 동시에 당소소에게 향했다. 당소소는 갑작스런 시선에 당황해 손가락에 실을 거는 걸 실패했다. 그리고 멋쩍게 웃었다.

"헤헤, 좀 어렵네요. 실뜨기."

"…안돼. 내가 회 이놈을 두들겨 패서라도 끌고 나오도록 하지."

"역시, 그래야겠죠?"

장보가 당진천의 다짐에 고개를 끄덕였다. 당소소가 그들의 대화에 슬쩍 끼어들었다.

"헌데, 사천교류회가 뭔가요?"

"…알 필요 없…."

"사천성 정파의 유지들이 모여 서로 간에 교류를 하는 회합… 이었습니다만. 사천당가가 끼게 된 이후로는 사천당가 암기의 종류, 독의 종류… 같은 사천당가의 위험성을 설명하는 자리로 변했죠."

"가야 하는 건, 가주나 가주를 대리할 수 있는 직위의 사람뿐이겠군요?"

"정확합니다, 아가씨."

장보는 당진천의 눈치에도 아랑곳하지 않고 당소소에게 자세히 설명했다. 그는 총관으로서, 지금 당가는 저 망나니 아가씨의 손이라도 빌리지 않으면 안 될 위기에 처했음을 인지하고 있었다.

'지금 가주께서 집을 비우면, 당문은 그야말로 풍전등화의 상황이 될 것이다. 차라리….'

"말은 이렇게 했지만 그리 복잡한 일은 아닐 겁니다. 당가의 독과 암기를 정리해둔 서신을 전달하기만 하면 되는 자리니까요."

"그럼, 제가 갈 수도 있겠네요?"

"소소. 넌 열흘 동안 납치되어 있다가 방금 회복한 환자야. 몸조리나 똑바로 하도록 해라."

장보의 떠보기에 혹하는 당소소. 그러나 당진천이 당소소를 말렸다. 당소소는 당진천의 만류를 거부했다. 김수환은 겪어본 적이 있었다. 이런 위기 상황에서 가장이 자리를 비우면 집안 꼴이 어떻게 되는지를.

"아빠, 제가 갈게요. 지금 아빠가 자리를 비우면 당가는 더 큰 위기에 빠질 거예요."

"안 된다. 내가 알아서 할 터이니, 넌 독봉당으로 돌아가거라."

"당가의 가풍이 무엇인가요, 아버지?"

후들거리는 다리로 천천히 일어서는 당소소. 그 노력에 당진천은 아무런 말도 할 수 없었다. 겨우 자리에 똑바로 선 당소소는 자기에게 힘이 돼 주었던 당진천의 말을 떠올렸다. 그리고 메마른 입술을 달싹였다.

"마음을 어지럽히는 잡생각은 잊고 눈앞에 닥친 일만 생각할 것. 그것이 아버지가 제게 알려준 독심이잖아요?"

당소소는 그 말과 함께 손가락을 꼼지락거려 자신이 맺은 실을 내밀었다. 그리고 말을 이어갔다.

"언젠가 제가 넘어지면 아버지는 제 편이 된다고 하셨듯이 저 역시 아버지 편이 될 수 있어요."

당소소가 환하게 웃었다.

5장

군학일계

群鶴一鷄

저 사람은 문파의 촉망받는 천재, 또 저 여자는 게으른 천재. 옆에서 싱글거리는 사람은 문파의 미래를 짊어진 천재, 묵묵히 찻잔을 홀짝이는 저 사람은 힘을 숨기고 있는 천재.

그리고 나는, 실을 만지작거리는 닭 한 마리.

* * *

창가로 들어온 볕이 당소소의 얼굴을 비췄다. 당소소는 앓는 소리를 내며 이불을 뒤집어썼다. 그런 당소소의 이불을 하연이 조심스레 걷으며 말했다.

"아가씨, 일어나셔서 탕약을 드셔야죠."

"음…, 5분만…."

"네? 5분…?"

당소소는 잠결에 뱉은 말에 화들짝 정신을 차리고는 하연의 시선을 외면하며 이불을 끌어당겼다.

"…일 다경만."

"몸이 얼른 나으셔야 사천교류회에도 가실 수 있죠. 여기, 탕약이에요."

"으윽."

당소소는 하연의 보챔에 찌뿌둥한 몸을 일으키고 기지개를 폈다. 그리고 하연이 내미는 탕약을 받아들고 냄새를 맡았다.

"으읏!"

당소소가 고개를 뒤로 확 빼며 원망스런 눈빛으로 하연을 바라봤다. 하연이 어서 탕약을 먹으라는 엄격한 눈빛으로 맞섰다. 당소소는 떨떠름한 표정을 지었다.

"약을 좀 더 맛있게 만들 순 없어?"

"아마 당가라면, 여기 넣을 재료를 아껴서 다른 약품을 만들 때 쓸 거예요."

"그건…, 그렇네."

당소소가 체념하며 눈을 질끈 감았다. 그리고 약을 쭉 들이켰다. 울컥 올라오는 쓴맛에 당소소가 기침을 하자 하연이 손수건을 내밀었다.

"잘하셨어요. 오늘은 학사 님을 만나실 거죠?"

"뭐, 평소의 일상이니까…."

"그럼 화검공자 님께 연락을 드릴까요?"

당소소가 고개를 저었다. 사마문은 이제 연락이 되지 않을 것이다. 이쪽에서 굳이 들쑤시진 않았지만, 철두철미한 자인 만큼 새 신분으로 갈아탔을 확률이 높았다. 그리고 자신은 해야 할 일이 있었다.

"무공을 익힐 거야."

"네? 실뜨기로 수련하고 계시잖아요."

"사천교류회까지는 쓸 수 있는 무공을 배워야 해. 지금의 난, 그냥 음…. 얼굴 예쁜 가주의 딸일 뿐이잖아?"

당소소는 자신의 입으로 자신을 예쁘다고 말하고 나니 꽤나 부끄러워졌다. 그녀는 슬쩍 기침을 하며 붉어진 얼굴을 돌렸다. 하연은 그런 당소소가 마냥 귀여운지, 웃으며 그녀가 내미는 탕약 그릇을 회수했다.

"무리는 하지 마세요. 그렇게 급하지 않아도 괜찮잖아요? 가주 님도 계시고, 당가도 있는데."

"뭐, 당장은 그렇겠지…."

당소소는 하연의 말에 애매하게 맞장구를 치며 침상에서 일어났다. 약간 휘청거렸지만 아무것도 잡지 않고 설 수 있었다. 당소소가 하연을 바라보자 하연이 고개를 끄덕였다.

"그럼, 목욕물을 준비하겠습니다."

"…오늘은 약재 하나만 발라."

"그저 예쁘기만 한 가주의 따님이, 그렇게 대충 씻다가 못생겨지면 어떻게 해요?"

"진짜, 놀리지 말고."

당소소가 뾰로통한 얼굴로 하연의 팔을 툭 쳤다. 하연이 쿡쿡 웃으며 목욕물을 준비하기 위해 침소를 빠져나갔다.

* * *

말끔하게 치워진 객실에서, 잔뜩 지친 기색의 당소소가 원망스런 눈빛으로 하연을 바라보고 있었다. 하연은 당소소의 시선을 외면하며 두 볼 가득 웃음을 머금고 있었다. 당소소는 푹 가라앉은 목소리로 하연을 책망했다.

"…두 개만 바른다며."

"준비가 그렇게 되었는걸요. 일곱 개의 약재를 뭐, 무르라고 할 수도 없는 일이고…."

"너도 힘들잖아. 나도 힘들고. 그러니까 합리적으로…."

"아가씨를 씻겨주는 일인데 제가 왜 힘들어요. 앗, 곧 학사 님이 오실 시간이네요."

하연이 객실을 나섰다. 당소소는 길게 한숨을 쉬며 허리를 곧게 펴 학사를 맞을 준비를 했다. 얼마 지나지 않아, 여전히 당소소의 눈치를 슬쩍슬쩍 보는 학사가 들어왔다.

"안녕하세요, 선생님."

"어험, 흠…. 안녕하십니까, 아가씨."

"편하게 대하셔도 된다고 했잖아요, 선생님."

당소소가 생글거리자 학사는 헛기침을 하며 연신 고개를 끄덕였다.

"아, 알겠습니다. 아니, 그렇게 함세. 제자님."

"그리고 감사 인사를 드려야 할 것 같아요."

당소소는 자리에서 일어나 학사에게 꾸벅 인사를 했다. 학사가 영문을 모르겠다는 듯, 시치미를 뗐다.

"저는, 아니 나는 아무것도 한 게 없는데…."

"절 도와주셨잖아요. 당청 오라버니를 주시해서."

"…뭐, 별 것 아닌 행동을 했다만. 일단은 여기까지 하지."

학사는 이런 상황이 어색했는지, 당소소의 인사를 대충 받아 넘기고 그녀의 맞은편에 앉았다. 방금 목욕을 마쳤는지 그에게서 은은한 향초 냄새가 풍겼다. 그리고 무슨 사건을 터뜨릴지만 고민했던 그녀의 얼굴엔 이제 순한 미소가 걸려 있었다.

'예쁘긴 예쁘군. 괜히 당진천 그 친구가 아끼는 게 아니긴 해. 그런데…, 왜 이렇게 불안하지?'

학사는 고개를 흔들며 은근히 솟아오르는 불안감을 지웠다. 그는 들고 온 보따리를 풀어 두루마리 한 권을 내밀었다. 당소소는 두루마리를 받고 맹한 표정으로 매듭을 풀었다. 두루마리엔 직접 써 내려간 문장들이 적혀 있었다.

'문제 하나, 하늘과 땅은 검고 누르다. 그렇다면 우주는 어떨까?'

당소소는 그 글줄을 읽고 고개를 들어 학사를 바라보았다. 갑작스런 눈빛에 학사는 무의식적으로 수염을 가리며 뒤로 슬쩍 몸을 뺐다. 당소소가 눈을 찡그리며 두루마리를 만지작거렸다.

'씨발 이거, 쪽지 시험이지…?'

"어험. 그, 제자님의 현재 학업이 어느 정도인지 평가하는 문제들이네. 무엇을 어디서부터 알려줘야 하는지 파악을 해야 할 터이니….'

"음….'

당소소는 불만스런 얼굴로 두루마리를 바라봤다. 어느 누가 갑자기 치르는 쪽지 시험을 좋아할까. 심지어 김수환은 돈을 벌기 위해 바깥으로 나돈 터라 제대로 배우지도 못했다. 그에게 쪽지 시험 시간은 피곤한 몸이 쉬어가는 수면 시간과 다름없었다.

학사는 점점 말이 없어지는 당소소의 눈치를 보며 슬쩍 운을 띄웠다.

"하기 싫다면, 하지 않아도 되네. 내 수염만 무사하면….'

"혹시, 쓰러지기 전에 전 어느 정도였나요?"

"음, 어…. 그….'

당소소의 질문에 학사는 말을 이리저리 뭉개며 답변을 회피했다. 당소소는 하연과 처음 만났을 때를 떠올리며 학사에게 독설을 허락했다.

"솔직하게 말하셔도 괜찮아요, 선생님.'

"열을 알려줘야, 하나를 알았었지….”

"그렇군요….”

알고는 있었지만, 당소소는 자신의 수준 높은 무식함에 속으로 실망했다. 쌍검무쌍 속 당소소는 공부라든지 무공수련 같은 것들은 일절 하지 않았으니까. 그저 당가의 위세를 빌려 독을 가져와 남을 괴롭히고, 마교의 위세를 빌려 마공을 익힌 뒤 주인공을 막아섰을 뿐.

낭소소가 하언을 바라보자, 하언은 곱세 갈린 먹과 붓을 그녀의 앞에 내려놓았다. 당소소는 붓을 쥐고 문제를 다시 읽었다.

‘읽을 순 있지만, 잘은 모르겠어….’

하지만 아무리 싫어도 자신의 현재 상태는 짚고 가는 게 옳았다. 앞으로 맞닥뜨릴 수많은 천재들을 부지런히 쫓아가려면 자신이 어디까지 달릴 수 있는지 알아야 할 테니까.

당소소는 붓을 먹으로 적시고 두루마리에 글자를 적기 시작했다. 일필휘지로 적다가도, 어느 순간은 입가를 가리며 고심하기도 하고, 볼을 긁적이며 가끔은 난감해 하길 한 시진. 탁자를 두드리며 시간을 가늠하던 학사가 말했다.

"그만하면 됐다. 이제 붓을 놓아도 괜찮아.”

"네….”

"그간 병상에 누워 있었고, 다시 또 아팠으니…. 전부 잊었다고 해도 이해하마.”

당소소는 스스로에게 실망한 기색으로 붓을 내려놓았다. 학사는 당소소의 얼굴을 애써 무시하며 두루마리를 들고 한 문제 한 문제 훑었다. 차한 잔 마실 시간이 지났다. 학사가 두루마리를 내려놓으며 당소소를 바라봤다.

"어, 어떻죠?”

"음…. 그래도 예전보단 나아졌다네. 많이 풀진 못했지만."

"…이게 예전보다 나아진 거라고요?"

"예전엔 문제만 주면 날 죽일 듯이 노려봤으니까. 지금은, 아마 하나를 가르치면… 하나를 알 수도 있겠어."

당소소는 풀 죽은 얼굴로 책상 바닥을 긁었다. 그리고 체념한 듯 고개를 끄덕였다. 애초부터 하나를 알려주면 열을 아는 천재들이나, 알려주지 않아도 알아서 무공을 창안해내는 괴물들과 경쟁할 생각은 없었다. 다만 조금 아쉬웠을 뿐.

당소소는 아쉬운 마음을 뒤로 하고, 학사에게 물었다.

"그럼, 오늘은 여기까지인가요?"

"그렇네. 그리고 너무 실망하지 마시게. 예전보단 정말로, 정말로 나아진 것이니까."

"감사했습니다, 선생님."

학사가 위로의 말을 건네며 일어서자 당소소는 꾸벅 인사를 하며 학사를 배웅했다. 학사가 객실을 떠나자 당소소는 턱을 괴고 붓을 만지작거렸다. 하연은 그런 당소소를 바라보며 물었다.

"많이 실망하셨나요, 아가씨?"

"아니, 그냥 뭐…. 이럴 건 알고 있었는데…."

하연은 잔뜩 기가 죽은 당소소의 얼굴을 보았다. 그녀는 당소소의 기운을 북돋아주기 위해 목을 가다듬으며 위로의 말을 건넸다.

"음, 뭐 어때요? 얼굴이 예쁜 건, 검강劍剛을 뿜는 거나 장원에 급제한 거나 똑같다던데. 하물며 무림오화의 그 아름다운 독화…. 앗!"

"너, 그만 놀리랬지?"

당소소가 화난 표정으로 일어서자 하연은 서둘러 객실을 빠져나갔다.

* * *

“…그 말이 그렇게 싫으신가요? 여자가 예쁘면 좋은 거지.”

“부끄러우니까 하지 마.”

당소소는 하연과 함께 가주실로 향하며 티격태격했다. 당소소는 걷는 와중에도 털실로 당진천이 내준 숙제를 열심히 하고 있었다. 낑낑거리며 실을 뜨는 모습에 하연은 절로 미소가 지어졌다. 그때 한 무리의 어자들과 부딪혔다.

“앗…!”

“윽! 눈을 똑바로 뜨고 다…!”

당소소가 부딪힌 충격으로 떨어진 털실을 줍고 나서 상대를 바라봤다. 상당히 낯이 익은 얼굴들이었다. 개중에는 독봉당에서 마주쳤던 얼굴도 있었다. 당소소는 털실을 한 손에 감은 뒤, 그녀들을 훑어보며 말했다.

“똑바로 뭐?”

“앗. 아, 아가씨. 그게, 무의식적으로….”

“흠….”

당소소가 팔짱을 끼고 시비들을 바라봤다. 당청 휘하에서 독봉당의 하인들을 괴롭히던 괘씸한 시비들과 은근히 하연에게만 일감을 미루던 이기적인 독봉당의 시비들. 당소소는 팔짱을 낀 채 손으로 팔을 톡톡 두드리며 생각했다.

‘당청 없고, 당혁 도망갔고…. 당회랑 나만 남았으니, 이젠 하연을 괴롭히지 못할 것 같은데. 거기에 아버지의 시비들은 내 말을 따르고 당회의 시비들은 죄다 대장간에 있으니…. 이제 하연이 실세인가?’

“아가씨.”

“응?”

자신을 부르는 말에 생각을 멈추고 하연을 돌아보는 당소소. 하연은 웃고 있었다. 그 웃는 낯으로 그녀들에게 다가가며 하연이 말했다.

"주제를 모르고 아가씨와 부딪힌, 이 무례한 선배들을 제가 손 좀 볼까요?"

"아, 아니 뭐 그렇게까지야…. 난 괜찮았는데."

"…아가씨. 어깨 아프시죠? 그리고 그 털실. 가주 님이 주신 소중한 물건이잖아요?"

하연이 독기가 뚝뚝 떨어지는 눈으로 당소소를 돌아봤다. 당소소가 서둘러 고개를 끄덕였다.

"으, 응. 그렇긴 한데…."

"그럼, 제가 이 무례한 선배들과 잠깐 이야기를 나눠야 할 것 같은데요. 독봉당의 방식으로."

"하, 하연이 하고 싶은 거 다 해. 난 먼저 갈 테니까…. 무공을 배워야 하잖아?"

"네, 아가씨. 조심히 가셔요. 곧 따라갈게요. 후훗."

처음 보는 하연의 태도에 당소소는 서늘함을 느끼며 자리를 피했다. 하연은 당소소가 사라지자 살기어린 미소를 던졌다. 굳어 있던 시비들이 정신을 차리고 하연을 바라봤다.

"네, 네 까짓 게 뭐 어쩔 건데?"

"맞아. 너, 그렇게 착한 척하더니 이제야 본성을 드러내는구나!"

짐짓 강한 척하며 앞으로 나오는 당청의 시비들. 하연은 아주 만족스럽다는 듯, 싱그러운 미소를 지었다. 그리고 짧게 심호흡. 하연의 입은 그동안 당청의 시비들이 하연을 교육해줬던 방법을 그대로 실천했다.

"꿇어, 쌍년아. 뒤지고 싶지 않으면."

"에?"

"비연, 너도 아닌 척하지 말고 빨리 와서 꿇어."

"…으, 응."

시비들이 무릎을 꿇자, 하연은 뒷짐을 지고 그녀들 사이를 걸어가며 말했다.

"독봉당, 특별 과정."

독봉당의 시비들은 공포에 몸을 떨면서 고개를 절레절레 저으며 하연을 바라봤다. 당청의 시비들만이 그 말이 무슨 뜻인지 몰라 맹한 표정으로 독봉당의 시비들에게 질문했다.

"독봉당 특별 과정이 뭐야?"

"…신입이 오면 당소소 님에게 익숙해져야 한다면서, 당소소 님이 괴롭히는 방식 그대로 신입에게…."

"아."

당청의 시비가 짧은 탄성을 내뱉었다. 그러자 하연이 이제야 제대로 알아들은 시비들을 바라봤다. 그리고 곱게 웃어주었다.

"환영해요."

꿇어앉은 시비들의 얼굴이 사색이 되었다.

* * *

당소소는 가주실 문 앞에 서서 별안간 괴성이 들려와 뒤를 돌아봤다. 무언가 원망으로 가득 찬 여자들의 비명 소리였다.

'…익숙한 목소린데. 설마, 하연이 그러겠어?'

그녀는 고개를 저으며 문을 두드렸다. 축 가라앉은 당진천의 목소리가 들려왔다.

"누구신가."

"소소예요, 아버지."

"들어와라."

당소소는 문을 열고 가주실 안으로 들어갔다. 등불 하나에 의지해 종이를 뒤적거리던 당진천이 딸을 반겼다. 당소소는 조용히 문을 닫고 맞은편의 긴 의자에 앉았다. 그리고 실을 만지작거리며 당진천이 일을 끝내기만을 기다렸다.

몇 장의 서류에 도장을 찍은 당진천은 눈을 비비며 자리에서 일어났다. 당소소도 그에 맞춰 자리에서 일어났다. 당진천은 당소소에게 다가가 머리를 쓰다듬었다. 당소소는 부끄러움에 목을 움츠렸다.

"그래, 우리 딸. 무슨 일이냐."

"…제가 사천교류회에 가잖아요?"

"뭐, 그렇지. 기왕이면 안 갔으면 좋겠다만…. 뭐가 궁금해서 왔느냐?"

"거기에서 쓸 무공이 필요해요."

"사천교류회에서 쓸 무공이라…. 갑자기 왜?"

당진천이 의아해하며 묻자 당소소는 제멋대로 엉켜있는 실을 보여주며 말했다.

"저는 멍청하고, 약해요. 그래서 허세라도 부리려면 당장 쓸 수 있는 무공이 필요해요."

"…누가 너더러 멍청하다고 했느냐? 시비들?"

"아니, 꼭 누가 그런 건 아니지만…."

당진천이 짐짓 화를 내자 당소소는 슬쩍 시선을 피하며 변명했다.

"시간대를 보아하니, 선생을 만나고 오는 길인가보구나."

당진천이 창가를 보며 시간을 가늠하곤 딸의 일정을 추측했다. 그리고 턱을 쓰다듬으며 당소소에게 물었다.

"그래서 그 선생이 뭐라고 하더냐?"

"예전엔 열 개를 알려줘도 하나를 모를 머리였다고 했는데, 그나마 지금은 하나를 알려주면 하나를 알 정도는 된다고…."

"음…."

당진천은 풀이 죽은 딸의 말에 예전 학사의 말을 떠올렸다. 하나를 알려주면 다섯을 알고 나머지는 잔꾀로 채운다던 당청. 녀석이 확실히 머리 하나는 좋았지. 덕성이나 무재 같은 다른 것들이 받쳐주질 못해 그런 꼴을 당했을 뿐.

지금의 당소소에겐 당청과 같이 뛰어난 오성은 없지만 당청이 갖지 못한 좋은 성격이 있었다. 당진천은 당소소의 앞머리를 살짝 쓰다듬으며 말했다.

"넌 충분히 똑똑하단다, 소소. 그리고 다른 뛰어난 이들이 가지지 못한 것도 갖고 있어."

"그것으론 부족해요."

당진천의 칭찬에도 당소소는 고개를 저었다. 그리고 불안한 눈빛으로 당진천을 바라봤다. 당진천은 그녀가 불안해하는 원인을 짚었다.

"사천교류회 때문에 많이 불안하구나."

"…시간이 많이 없어요."

당장 사천성의 유지들이 한 자리에 모이는 사천교류회도 문제였지만, 당소소의 몸은 내공을 전혀 쌓지 않은 상태였다. 하루라도 빨리 무공을 익히지 않는다면, 주인공은커녕 그의 손짓 한 번에 눕는 졸개들도 당해낼 수 없을 테니까.

"그래, 그럼 이 아빠가 간단한 무공 하나를 알려주도록 하마."

당진천은 당소소의 머리를 쓰다듬던 손을 거두고 병풍을 걷어 비수 한 자루와 죽통 한 자루를 꺼내 당소소 손에 쥐어주었다. 당소소는 손에 쥔 죽통과 비수의 감촉을 느끼며 눈을 빛냈다. 드디어 자신도 쌍검무쌍 속 등장인물들처럼 무공을 사용한다는 생각에, 당소소의 감정은 물론이고 김수환의 이성도 흥분을 감출 수 없었다.

"독공과 암기술인가요? 음, 아직 팔에 힘은 많이 없는데…. 그래도 독공은 할 수 있을지도?"

"죽통을 열어보아라."

"그, 그래도 되나요? 안에 독이 있을 것 같은데…."

당진천은 허락의 뜻으로 고개를 끄덕였다. 당소소가 들뜬 마음으로 죽통 마개를 열었다.

"……."

아무 일도 일어나지 않았다. 당소소는 죽통을 흔들어도 보고, 털어도 보고, 안쪽을 들여다 본 뒤에 가는 눈으로 당진천을 바라보았다. 자신을 놀리냐는 원망의 눈빛. 당진천은 헛기침을 했다.

"으흠, 팔을 쭉 내밀어보거라."

"…진짜 독공 맞죠?"

"물론이란다, 딸아. 팔을 쭉 내밀어."

당소소는 당진천의 요구대로 팔을 곧게 뻗었다. 당진천은 다음에 취할 행동을 말해주었다.

"자, 따라 해보아라. 이것이."

"이것이?"

"당가의 무형지독無形之毒이니라."

"당가의 무형지독…. 잠깐만요."

당소소의 매서운 눈길이 당진천에게 가 꽂혔다. 당진천은 딸의 눈길을 감당하지 못하고 슬쩍 시선을 회피했다.

"……."

당소소는 자신의 눈치를 보는 당진천을 말없이 바라봤다. 평소에 사근

사근하던 딸의 놀랍도록 매서운 시선을 버티지 못한 당진천은 한숨을 내쉬며 말했다.

"후우, 딸아. 지금 무술을 배웠다간 평생 남을 후유증을 앓을 가능성이 높단다. 제대로 회복된 몸으로 단련을 해야만 높은 경지에 오를 수 있어."

"그래도 당장 필요한걸요."

"기만도, 제대로 된 독공이란다. 딸아. 잘 보거라."

당소소의 손에서 죽통을 빼앗아 든 당진천은 한발 앞으로 내딛으며 죽통을 바닥에 흩뿌렸다. 구주십이천의 일인인 독천의 서슬 퍼런 살기가 퍼져 나갔다. 당진천은 득의의 미소를 지으며 외쳤다.

"당가의 무형지독에 대해 들어봤는가? 아쉽지만, 해독제는 주지 않을 거야."

"…오."

정말로 적을 중독시켰다는 듯 행동하는 당진천. 당소소는 그 기백에 자신도 모르게 한발 뒤로 물러섰다. 그런 딸이 귀여웠는지 당진천은 웃음을 터뜨렸다. 그리고 바닥에 떨어진 죽통의 마개를 주우며 말했다.

"…대부분이 알다시피 당가의 칠대극독 중 하나인 무형지독은 색, 향, 형태 모두 존재하지 않아. 아는 것이 힘이라지만, 때로는 아는 것이 독이 될 수도 있지. 독천의 딸이 독이 든 통을 내밀며 무형지독을 언급하면, 두렵지 않을 자는 손에 꼽을 게야."

"그래서 독공이라고 하셨던 거군요."

당진천은 재빠르게 이해한 딸의 머리를 쓰다듬으며 다시 그녀의 손에 텅 빈 죽통을 쥐어주었다.

"그래. 어느 독을 쓰느냐에 따라 다르겠지만, 독공은 기본적으로 심리전이란다. 어느 지점에 어느 독을 살포해야 할지, 그곳이 나와 내 동료가 영향을 받지 않는 지점인지. 상대가 알아차리지 못하게 독을 살포해야 할지, 아니면 눈에 띄는 독을 던져놓고 그 뒤를 노려야 할지."

"독은 검기나 장풍을 쏘는 것이 아니니까요."

"그렇단다. 오히려 그런 상승절예엔 취약한 것이 또 독이다. 검기는 독연을 찢고, 장풍은 독연을 날려버린다. 일부 특수한 독을 제외한다면 독은 그저 독일뿐이니까. 그렇기에 독공을 사용하는 독술사는 좀 더 교활해지고 지독해져야 한단다."

당진천은 잠시 고민을 하다 벽에 걸려 있는 주머니 하나를 꺼내 당소소에게 건넸다. 당소소가 주머니를 받아들며 물었다.

"이게 뭔가요, 아버지?"

"무형지독의 해독약이라고 말하며 먹여라. 아주 좋아할게다."

"이것도 독인가요?"

당소소의 말에 당진천은 낄낄 웃으며 고개를 저었다.

"아니, 그냥 설사약이야."

"아하, 교활하고 지독해져라…."

"그렇지, 우리 딸. 역시 하나를 알려주면 그 하나는 완벽하게 깨우치는구나."

당진천은 당소소의 어깨를 두드리며 칭찬했다. 당소소가 당진천이 준 것들을 주섬주섬 챙기고 있을 때 당진천은 창가 너머 흑풍대의 도열을 바라봤다. 그리고 당소소에게 말했다.

"딸아. 사천교류회까지 널 데려다줄 호위들을 좀 보러 가볼 테냐? 지금 내각과 외각 사이 연병장에서 뽑고 있을 터인데."

"그래도 되나요? 아버지는요?"

"난 아직 일이 덜 끝나서. 안내 없이 혼자 갈 수 있겠지?"

"네. 하연은 좀…. 오늘 바빠 보여서. 그럼, 쉬세요. 아버지."

당진천은 고개를 끄덕이며 가주실을 나서는 당소소를 눈길로 배웅했다.

* * *

가주실을 나선 당소소는 곧 큰 연무장에 도착했다. 돌을 깎아 만든 바닥과 칼집이 나 있는 허수아비들, 그리고 가운데 위치한 목조 비무대 앞에서 검은 무복을 입은 흑풍대가 단혼사 앞에 집합해 있었다.

단혼사는 그들을 둘러보며 말했다.

"사천교류회에 가고 싶은 인원, 거수하도록."

"……."

아무도 손을 들지 않았다. 당소소는 자기도 모르게 연무장 구석에 있는 아름드리나무에 몸을 숨기고 그 광경을 지켜봤다.

심기가 불편한지 단혼사의 이마에 주름이 졌다. 진명이 고개를 흔들며 앞으로 걸어 나왔다.

"쯧쯧, 겁쟁이들 같으니. 단혼사 영감, 저와 제 동생. 둘이 가겠소."

"저, 저 사파 놈이…!"

"뭐. 겁먹은 건 사실 아닌가?"

진명이 자신을 매도하는 흑풍대의 무인을 바라봤다.

"넌 잘 모르겠지만, 당소소 아가씨는 너무 거만하다."

"…거만? 내가 이해하고 있는 그 단어가 맞나?"

"그래. 아가씨는 자신의 혈통과 방계에 위치한 자들의 혈통을 비교하며 그들을 깔보고 외곽의 무인들을 함부로 대하지. 하인들은 말할 필요도 없고. 이번에 갈 여행에선 또 어떤 고초를 겪게 할지…."

"지금 내가 아는 사람에 대해 이야기하는 거 맞지?"

진명은 괴리감을 느끼며 무인에게 질문을 던졌다. 무인은 뭐 당연한 걸 묻느냐는 듯 어깨를 으쓱했다. 그러자 진명이 바닥에 침을 뱉으며 무인에게 손짓했다.

"말 좆같이 하는 것 봐라. 한판 뜨게 기어 나와."

"이 비루한 사파자식이…!"

"그만."

그때 단혼사가 둘의 싸움을 제지하며 진명에게 다가가 그의 귀를 잡아당겼다.

"아, 아악! 영감, 뭐하는 짓거리요?"

"내가 널 들일 때 뭐라고 했지?"

"사, 사파 티를 내지 말라고 했소. 헌데, 저 새끼가 먼저 좆같은 말을 하잖…. 윽!"

단혼사가 혀를 차며 귀를 놔주었다. 진명은 귀를 부여잡으며 단혼사를 째려봤다.

"진명, 저자와 정말로 비무를 할 텐가?"

"당연한 거 아니오? 어디 자기 가문의 아가씨를 그따위로 말해? 좆같은 새끼가."

"이 사파 새끼가…!"

"그만."

단혼사가 다시 둘의 말다툼을 끊으며 비무대 위로 훌쩍 올라섰다. 그리고 진명을 바라보며 올라오라는 손짓을 했다.

"그렇게 혈기를 주체할 수 없다면, 나와 한판 붙자꾸나."

"정녕 날 죽일 셈이오, 영감?"

"살살 할 테니 올라와."

"…알겠소. 그럼 잠시 준비를 좀 합시다."

단혼사의 명령에 진명은 어쩔 수 없다는 듯, 고개를 설레설레 저으며 연무장 구석으로 향했다. 허리를 숙이고 무언가를 하는 듯하더니 다시 허리를 반대로 꺾으며 몸을 풀었다.

휘릭!

얼추 몸이 데워졌는지 진명이 허리춤에서 단도를 꺼내 손바닥 위에서 한 바퀴 굴렸다. 몇 차례 가볍게 휘둘러 보더니 진명은 단도를 도로 꽂아 넣고 비무대 위로 올라갔다.

진명은 단혼사를 마주하며 질문을 던졌다.

"살살이라면, 어느 정도요?"

"네 무공은 얼추 알았으니…. 한 손 정도만 쓰도록 하마."

"반 정도 죽겠구먼."

진명은 호들갑을 떨며 오른쪽 허리춤에 손을 가져다 댔다. 단도를 뽑으려는 움직임. 단혼사는 고개를 돌려 말싸움을 벌이던 부인에게 신호를 하라는 턱짓을 보냈다.

"시, 시작이오!"

무인의 외침이 터져 나오자 진명은 곧바로 허리춤에 가져간 손을 움켜쥐었다. 하지만 단도를 쥔 것이 아니었다. 그가 쥔 것은 몸을 푸는 척하며 주워두었던 돌멩이. 돌멩이는 직선으로 단혼사의 정강이를 향해 날아갔다.

슈욱!

단혼사가 가볍게 왼쪽 다리를 들어 금계독립金鷄獨立의 자세를 취했다. 노란 닭 한 마리가 한 발로 서 있는 형상. 그 틈을 노린 진명이 이번엔 단도를 뽑아 남은 한 다리에 던졌다. 단혼사는 가볍게 위로 뛰어올라 단도를 피했다. 진명은 그 짧은 체공 시간을 놓치지 않았다.

진명이 한 걸음 앞으로 딛는다. 단혼사는 아직 하늘 위. 두 걸음째, 단혼사가 대지에 가까워진다. 다음 걸음엔 단혼사가 지반을 되찾는다. 진명에게 승부처가 있다면 바로 지금.

진명은 단혼사에게 오른손을 들이밀었다. 단혼사는 가볍게 뻗어오는 손을 잡아챘다. 단혼사의 미간이 찌푸려진다. 진명이 내민 오른손은 공세가 아닌 시야를 가리는 한 수. 단혼사의 눈을 노리며 진명의 왼손이 뻗어나갔다.

쿵!

들리는 것은 파육음이 아닌 충돌음. 단혼사는 진명의 왼손을 막는 대신, 오른손을 들어 올려 그대로 바닥에 메쳐버렸다. 힘을 실을 기반이 존재하지 않는, 허공에서.

진명은 혀로 볼 안쪽을 훑더니 피가 섞인 침을 뱉으며 일어났다.

"…이거, 잘못하면 한 손에도 죽겠는데?"

진명은 웃으며 바닥에 떨어진 단검을 주웠다. 그리고 자신에게 다가오라 손짓하는 단혼사를 노려봤다.

진명이 한 걸음을 내디뎠다. 목재로 된 비무대가 삐걱거리는 나무 소리를 토해냈다. 천천히 단혼사의 주위를 돌며 거리를 가늠했다.

걸음은 세 걸음, 도달해야 할 거리는 영원처럼 아득하게만 보였다.

'…살살 한다고?'

진명은 한숨을 쉬며 단검을 한 바퀴 돌려 역수로 쥐었다. 그리고 내딛는 한 걸음. 단혼사의 걸음 한 번이 마중 나온다.

쿵!

목조 비무대가 단혼사의 발구름에 한순간 요동쳤다. 진명은 이를 악물고 자세를 낮춰 그 파동에 저항했다. 그 순간 공기를 찢으며 들어오는 단혼사의 채찍 같은 권격. 진각을 통해 끌어올린 힘이 실린 그의 주먹은, 단순한 살덩이가 아닌 철퇴와도 같았다. 진명은 상체를 최대한 비틀며 명치를 노리며 들어오는 팔을 잡으려 했다.

찌직!

천이 찢어지는 소리가 들리더니, 진명은 단혼사의 팔을 양손으로 부여잡는 데 성공했다. 가슴을 바짝 붙이며, 단검을 들지 않은 손은 후퇴를 용납하지 않게 팔 바깥쪽으로 깊게 걸어 잠갔다. 그리고 역수로 쥔 단도가 단혼사의 힘줄에 닿으려는 순간이었다. 안타까움이 묻어나는 흑풍대 무인들의 외침이 들려왔다.

"저, 저런!"

"단혼사 님!"

진명은 쿵쾅거리는 심장 소리를 들으며 득의의 미소를 지었다.

내공이 없는 날것의 싸움에선 싸움의 우세는 세상의 법칙을 따른다. 단단한 것이 무른 것을 짓이기고, 긴 것이 짧은 것을 이긴다. 그 법칙 안엔 맨손과 무기가 다툰다면 당연히 무기가 유리하다는 법칙노 포함뇌어 있다.

단혼사와 진명의 시선이 교차한다. 승리의 희열에 젖은 진명의 눈과 평온한 단혼사의 눈. 진명은 곧바로 단혼사의 힘줄을 그어 올린다.

"이런 미친!"

"자네의 잔혈투검. 언제 겪어도 재밌는 무공이야."

단혼사는 그제야 미소를 지었다. 그리고 그어 올리는 단검을 발을 들어 걷어찼다. 검 끝과 발끝이 만나며 진명의 단검을 역으로 튕겨낸다. 단혼사는 들어 올린 발 그대로 비무대를 짓밟으며 진각을 밟았다.

쿠웅!

걸음이 좁혀지고, 둘 사이 숨결이 맞닿을 거리. 위험 또한 지근거리에 있다. 진명은 서둘러 한걸음 물러서고 단검을 한차례 휘두른다. 슬쩍 회피하는 단혼사. 진명은 한 호흡을 벌었다.

"쓰읍!"

숨을 뱉고 들이켜며 양손을 위아래로 천천히 흔들었다. 그에게 잔혈객이라는 이름을 얻게 해준, 잔혈투검殘血鬪劍의 시동이 걸렸다. 단혼사는 아랑곳하지 않고 진명의 하복부에 주먹을 내리꽂았다.

진각의 힘이 실린 정권이 진명의 복부를 향해 날아갔다. 위아래로 흔들던 손이 움직인다. 단검을 들지 않은 왼손은 정권의 윗부분을 스치고 들어가 정권을 아래쪽으로 밀어내며 궤도를 수정한다. 그리고 위아래로 흔들리며 탄력을 받은 단검이 단혼사의 목을 취해갔다.

뻐억!

북을 후려갈기는 소리가 비무대를 중심으로 퍼져 나갔다.

"으, 으윽⋯!"

"내공을 사용했다면, 진각의 힘을 받은 주먹을 흘렸을 수도 있겠군."

"씨, 발⋯. 살살 한다면서요⋯."

"살살 때렸잖느냐."

"하⋯."

진명은 단혼사의 말에 얼굴을 잔뜩 구기며 배를 부여잡고 쓰러졌다. 단혼사가 왕오에게 시선을 돌렸다. 왕오는 익숙한 듯 비무대에 올라가 진명을 들쳐업고 물었다.

"또 제독전으로 데려갈까요?"

"가서 네 형님 배에 고약이나 발라주고 와라. 출발까지 얼마 남질 않았으니."

"어휴, 형님. 그냥 촌구석에서 사파나 하지 이게 무슨 고생이시오?"

"왕오⋯. 조용히, 해라⋯."

진명은 끙끙 앓으며 왕오의 머리를 힘없이 때렸다. 왕오가 고개를 절레절레 흔들며 진명을 업고 내각으로 움직였다. 단혼사는 그들을 보낸 뒤 비무대에서 내려와 느닷없이 연병장을 가로질러 걸어갔다. 모두의 시선이 쏠렸다. 그가 멈춘 곳은 당소소가 숨어 있는 나무 앞이었다.

"어디부터 보았느냐, 소소."

"…사천교류회에 갈 인원들을 모집하는 것부터 봤어요."

당소소를 헐뜯던 흑풍대의 무인들이 황급히 시선을 돌렸다. 단혼사가 그들을 한차례 훑어보고는 당소소에게 물었다.

"무슨 생각을 했느냐?"

"음, 서로 제 수발을 들기 싫어하는 것이요? 괜찮아요, 다 제 잘못이니까."

"…그러냐. 불편하진 않았느냐?"

"네? 전 혼자가 편한걸요. 여행도 하연만 있다면 뭐…. 불편…. 불편한가?"

낭소소는 이상한 것을 다 물어본다는 듯 넘넘하게 대답했다.

김수환을 동정하는 이들은 많았다. 하지만 어깨를 나란히 해준 이들은 없었다. 김수환에겐 늘 익숙했고 당소소에게도 이미 익숙해진 일이었다. 생각하고 말고 할 것도 없었다.

단혼사는 혀를 차며 뒤돌아섰다. 그리고 손가락을 들어 흑풍대 대원 몇 명을 지목했다.

"흑풍대 1조."

"예, 예? 왜 하필 가장 실력이 좋은 1조를…!"

"잔말 말고 따라가. 그리고 사천교류회에서 조장은 진명이다."

"그 사파 나부랭이를 왜…?"

단혼사는 진명과 말다툼을 했던 흑풍대의 무인을 바라봤다. 흑풍대의 무인은 그의 시선에 몸을 움찔거리며 긴장했다. 단혼사는 자신의 찢어진 소매를 들어 올리며 말했다.

"너희 중 진명과 같은 조건으로 내 소매를 찢을 수 있는 사람이 있나?"

"…없습니다. 그래도 녹풍대에는…."

"사천교류회에 갈 인원은 흑풍대로만 구성되어야 한다. 녹풍대는 혼란스런 당가를 수습하고, 각자 맡은 업무를 수행해야 해. 사천교류회 참가는, 우리로선 껄끄러운 일이지만, 역으로 우리가 건재하다는 것을 보여줄 기회다. 그런 곳에 흑풍대의 말단을 보내면 어찌 되겠느냐?"

"…예, 준비하도록 하겠습니다. 그럼."

흑풍대는 단혼사에게 목례를 하며 연병장을 빠져나갔다. 당소소는 맹한 얼굴로 그들의 뒷모습을 바라보고 있었다.

그들과의 관계는 쌍검무쌍 이야기 안에서도 찾을 수 없었다. 희미한 당소소의 기억에서도 찾을 수 없는 것은 마찬가지였다. 그렇다면 지금의 당소소는 그들을 어떻게 대해야 할까. 당소소가 단혼사에게 물었다.

"제가 알지 못하는 곳에서 저는, 저들에게 어떤 짓을 했던 걸까요?"

"……."

단혼사는 섣불리 그녀의 물음에 대답해 줄 수 없었다. 그가 할 수 있는 대답이라곤 그녀의 머리를 쓰다듬어주는 것뿐이었다.

* * *

"아가씨, 옷은 다 챙기셨어요?"

"두 벌 정도만 들고 가면 될 것 같은데. 입고 있는 거 하나, 갈아입을 거 하나 이렇게 두 벌을 번갈아 가면서…."

"아이, 참! 또 이상한 소리 하신다. 적어도 여덟 벌은 들고 가야죠! 분과 연지는…. 아휴, 역시 안 챙기셨네."

하연은 분주하게 움직이며 그녀의 옷을 보따리에 쌌다. 당소소는 하연 옆에서 실뜨기에 몰두하고 있었다. 손가락과 실이 힘겹게 맞물리며 새로운 도형을 짜내자 당소소의 눈이 커지며 입가에 웃음이 걸렸다. 그녀는 베시시 웃으며 하연에게 그 도형을 내밀었다.

"하연, 이거 봐. 이제 하나 남았어!"

"네. 저기 옆에 하나 남은 치마 좀 집어주시겠어요, 아가씨?"

"그렇게 먼 거리도 아닌데 왜 이렇게까지 준비를 하는 거야. 대충 입으면 될 것을."

당소소는 툴툴대면서도 다홍색 치마를 집어 하연에게 내밀었다. 하연은 치마를 받아 보따리에 싸고 매듭을 동여매며 말했다.

"장소의 조명, 시간, 분위기에 따라 옷을 맞춰 입으셔야 하니까요. 당가의 여식이면, 이 옷들의 두 배를 가져가도 이상하지 않아요. 도련님같이 생각하는 아가씨가 이상한 거라고요. 아니, 도련님이라도 이런 생각은 안 하실 텐데…."

"으, 으흠! 알았어. 그럼 준비는 다 끝난 거지? 왕오, 들어오너라!"

"예, 아가씨."

당소소는 서둘러 얼버무리며 왕오를 불렀다. 당소소의 명에 왕오가 뒤통수를 벅벅 긁으며 당소소의 침소에 들어왔다. 여인의 침소가 처음인 듯 왕오가 코를 벌름거리며 이리저리 둘러봤다. 하연은 그런 왕오가 마음에 들지 않아 인상을 찌푸렸다.

"이봐요. 딴생각하지 말고 이 짐이나 드세요. 아가씨 방에서 무례하게."

"아, 예!"

왕오는 엉기적거리며 옷 보따리와 화장 도구를 양손에 들고 당소소의 침소를 빠져나갔다. 하연은 곰 같은 행동을 보이는 왕오의 뒷모습을 보며 고개를 절레절레 저었다.

하연이 당소소에게 손을 내밀었다.

"그럼. 가실까요, 아가씨?"

"그래, 하연."

당소소가 그녀의 손을 잡고 자리에서 일어났다.

침소를 나서자 독봉당 장원에서 당청의 시비들과 독봉당의 시비들이 고개를 숙이고 그녀를 맞았다. 하연과 당소소가 그들을 지나치자, 그들이 몸을 움찔거리며 당소소의 얼굴을 확인했다.

'그러니까 저 순진한 얼굴로 그런 끔찍한 짓을…?'

당청의 시비들은 하연과 당소소를 번갈아보며 몸을 부들부들 떨었다. 그들의 시선을 확인한 당소소는 손을 흔들며 웃어주었다. 그리고 반갑다는 듯 인사했다.

"오, 너희도 이제 독봉당 소속이야?"

"흐, 히익!"

"……?"

당청의 시비들이 보이는 격한 반응에 잠시 놀란 당소소는 고개를 돌려 하연을 바라봤다. 하연은 시치미를 떼며 헛기침을 할 뿐이었다.

"흠, 어서 가시죠, 아가씨. 단혼사 님은 시간 엄수를 중요하게 생각하시니까요."

"…그, 그래."

당소소가 고개를 갸웃하며 독봉당 밖으로 걸음을 옮겼다. 뒤를 따르던 하연이 잠시 발걸음을 멈추고 슬쩍 뒤를 돌아봤다.

"……."

하연의 시선을 피하는 시비들. 하연은 그녀들을 주시하고 있다는 손짓을 한 뒤 다시 당소소의 뒤를 따랐다. 당소소는 뒤늦게 쫓아오는 하연을 바라보며 물었다.

"뭐하고 왔어?"

"아, 아가씨가 독봉당을 비우는 동안 해야 할 일들을 알려주고 왔어요."

"그런 거야? 수고했어."

당소소가 시치미를 떼는 하연의 말에 고개를 끄덕이며 당가 입구로 걸어갔다.

입구에는 짐마차 한 대와 당소소가 탈 고풍스런 마차 한 대, 그리고 흑풍대가 탈 말들이 기다리고 있었다. 흑풍대의 대원들은 마차와 짐을 점검하고 있었고, 무리 맨 앞에서 진명이 인상을 쓰며 점검에 대한 보고를 받고 있었다.

당소소는 진명에게 다가가 그의 팔을 쿡 찌르며 반가움을 표시했다.

"진명, 준비는 잘 돼가나요?"

"응? 아, 소소 아가씨군요. 준비는 거의 다 끝나갑니다."

"우와, 말투 예의 있는 거 봐. 단혼사 님이 알려준 거예요?"

"뭐, 네. 그런 셈이죠."

당소소는 진명의 말투에 피식 웃다가 익숙한 시선을 느껴 고개를 돌렸다. 당진천이 굳은 얼굴로 그녀를 바라보고 있었다.

"아, 잠깐 가주 님 좀 보고 올게요."

"그러십쇼. 곧 준비가 끝날 테니, 인사만 드리고 빨리 오는 게 좋을 겁니다."

당소소는 아버지에게 다가갔다. 당진천이 불편한 기색을 보이며 말했다.

"…저, 새끼…. 아니, 저자가 진명이라는 자냐?"

"네. 개과천선해서 당가의 무인이 되었어요. 나름 강하던데요?"

"진짜 좆같이 생겼군."

당진천이 하도 작은 목소리로 말하는 바람에 당소소는 그 말을 듣지 못했다. 당소소가 눈을 크게 뜨며 되물었다.

"네? 무슨 말을 하셨나요?"

"아니, 별말 안했다. 사파 출신이니 만에 하나라도 조심하라고 했어.

그나저나 내가 알려준 독공은 잘 기억하고 있지?”

당소소가 의기양양한 표정으로 소매를 뒤적거렸다. 그리고 빈 죽통을 꺼내며 말했다.

“넌 당가의 무형지독에 이미 중독됐어. 어때, 해독약이 필요한가?”

“…그래, 우리 딸. 잘 배우고 있구나.”

아무래도 귀엽게만 보이는 위협이었지만 당진천은 껄껄 웃으며 그녀의 머리를 쓰다듬었다. 그리고 감회에 젖은 눈으로 당가와 사천교류회로 출발하는 행렬을 바라봤다.

항상 말썽만 부리던 딸, 당소소. 그랬던 딸이 당가의 중대사를 맡아 당가를 대표해 일을 하러 간다는 사실이 그의 가슴을 울렸다. 당진천은 고개를 끄덕이며 눈을 감았다.

‘당가의 지금 상황은 최선도 아니지만, 최악도 아니다. 이건, 모두 소소 덕분이야.’

당진천은 당소소의 행동이 조금이라도 잘못됐다면 어땠을지 혼자 상상을 해봤다. 당소소는 여전히 고약한 성격이고, 당청과 당혁이 당소소를 인질로 삼아 자신을 죽인다. 그럼 당소소는 진명에게 강제로 시집가서 끔찍한 삶을 살았겠지.

‘그리고 당문은, 그 긍지를 잃어버렸겠지.’

“준비 끝났습니다, 소소 아가씨!”

진명의 외침에 당진천이 눈을 뜨고 당소소의 머리에 올린 손을 뗐다. 그리고 품속에서 서신 하나를 꺼내 당소소에게 쥐여줬다.

“당가의 암기와 독을 기록해둔 문서란다. 사천교류회에 도착하면 주최자에게 전달하면 될게야.”

“알았어요, 아버지. 아버지도 조심하셔야 해요. 일이 많아 보이시던데.”

“오냐. 우리 딸, 조심히 다녀오너라. 혹시라도 무슨 일이 생기면 당장

서신을 부쳐라. 내 당장 달려갈 테니. 아니면 하다못해 단혼사라도 보낼 테니…."

"괜찮아요, 전 독천의 딸이잖아요?"

당소소는 웃으며 당진천의 걱정스런 말을 끊었다. 그리고 고개를 꾸벅 숙여 인사를 했다. 당진천도 미소를 지으며 마주 손을 흔들어주었다.

행렬에 도착한 당소소가 하연과 함께 거대한 마차에 올라탔다. 진명은 그 마차의 마부로 올라타며 외쳤다.

"사천교류회, 출발하겠소!"

여러 겹의 말발굽 소리가 울려 퍼졌다. 당소소가 이끄는, 사천교류회로 향하는 행렬이 긴 여정에 올랐다.

* * *

당웅은 방계 출신 인물이었다.

할머니 대부터 갈라져 나온 그의 집안은 대대로 당문에 충성을 바쳐왔다. 전통은 당웅에게도 이어졌다. 당웅은 자신과 가문이 자랑스러웠다.

비록 방계로 갈라져 나온 자식들은 내각에 들어가지 못한다는 제약이 있어도, 그에게 당문은 자긍심이었다. 흑풍대에 들어가서도 그의 생각은 변하지 않았다. 그녀를 만나기 전까지는.

'방계 출신 버러지가 왜 여기 있는 거야? 쪽팔리게.'

'저리 좀 비켜. 아버지는 왜 흑풍대를 남겨두는지 몰라. 녹풍대만 있어도 당가는 굴러갈 텐데.'

당웅의 시선은 앞서가는 당소소의 마차에 붙박여 있었다. 그녀는 외각의 인원들을 하인 부리듯 부렸고, 심기에 거슬리면 막말도 서슴지 않았다. 당소소가 칠혼독을 먹고 쓰러져 기억을 잃었다는 소문이 돌았다. 하지만 앙심은 녹지 않았다. 대놓고 표출하지 않을 뿐.

당웅에게로 접근하는 말발굽 소리가 들렸다. 당웅은 회상을 멈추고 옆을 돌아봤다. 흑풍대 1조의 조원 중 하나였다.

"대장, 곧 중간 지점에 도착합니다."

"…나 말고, 진명이라는 자에게 고해라. 지금 흑풍대 1조 대장은 내가 아닌 그 사파 놈이니까."

"앗, 예."

당웅은 부하의 보고에 날이 선 태도로 받아쳤다. 부하는 긴장해서 고개를 숙이며 당소소의 마차로 향했다. 당웅은 그 광경을 말없이 지켜봤다. 지시를 받았는지 마차를 기준으로 행렬이 방향을 틀어 샛길로 빠졌다.

샛길의 종점에서 객잔 하나가 그들을 맞이할 준비를 하고 있었다.

＊ ＊ ＊

"자리가 없습니다. 그리고 진명이라는 이름으로 예약도 되어 있질 않고요."

"…예? 그럴 리가. 미풍객잔이라고 분명히 총관께서 알려주셨는데."

"미풍객잔은 맞습니다만…. 정말로 예약된 것이 없습니다."

당소소가 이상하다는 표정을 짓고는 진명을 돌아보며 추궁했다.

"진명, 예약 제대로 한 것 맞아요?"

"예, 분명히 흑규와 왕오에게 이 객잔을 예약하라고 했는데…."

"…흑규?"

당소소가 눈을 가늘게 뜨며 진명을 바라봤다. 진명은 그 눈빛을 보며 아차 하는 탄성을 터뜨렸다.

"…아."

"으이구, 못살아."

당소소는 진명의 옆구리를 푹 쑤시며 그의 실책을 응징했다. 진명이 고개를 숙여 자책하는 와중에 당웅이 다가와 날 선 말을 내뱉었다.

"아가씨, 뭐하고 계십니까? 이대로라면 흑풍대 대원들이 점심 식사를 굶게 될 것입니다."

"아, 앗. 네."

"…멍하게 계시지 말고 빨리 대안을 찾으십쇼."

"이 새끼가."

진명이 당웅을 응시했다. 당웅은 삐딱한 시선을 보내며 말했다.

"뭐, 내가 잘못된 말이라도 했나?"

"네 꼬인 혓바닥을, 단검으로 좀 풀어줘야 할 것 같은데."

당소소가 둘을 뜯어말리며 진명의 어깨를 쭉 밀어 멀어지게 했다. 그리고 진명을 향해 말했다.

"진명, 그만. 잘못한 건 잘못한 거니까…. 최대한 빨리 찾죠."

"…예, 아가씨."

"후우."

막상 말은 그렇게 했지만 사천성에 대해 아는 것이 없는 그녀가 당장 식사를 해결할 곳을 찾기란 쉽지 않았다. 당소소가 팔짱을 끼며 고심하고 있자 하연이 다가왔다.

"아가씨, 무슨 문제라도 있나요?"

"예약을 잘못했어. 아마 흑규의 실수인 것 같아."

"…아, 저보고 중년의 여인이라고 하던 그…."

"하연이 왜 중년의 여인이야? 나랑 비슷한 나이로 보이는걸. 걔 좀 이상하니까 그리 신경 쓰진 마."

얼굴색 하나 바뀌지 않고 뱉는 당소소의 아부의 말에, 하연은 붉어진 얼굴을 숨기며 웃었다.

"후후, 그렇게 말하셔도 안 넘어가요. 아가씨, 그럼 제가 좀 나서서 찾아볼까요?"

"음, 잠시만…."

당소소는 손가락을 톡톡 두드리며 도움이 될 만한 기억을 떠올렸다. 집에서 무언가를 먹은 기억은 중학생 때가 마지막이었다. 그 후론 편의점의 폐기식품, 공사장에서 간식으로 나오는 빵과 우유, 함바집이라 불리는 현장 식당에서 먹었던 음식들뿐.

당소소의 손가락이 딱 멈췄다.

'빵이랑 우유…?'

"음, 그럼. 하연, 조금만 찾아보고 와줘."

"네, 아가씨."

하연이 사라지자 당소소가 손짓으로 진명을 불렀다.

"진명."

"왜 그러십니까?"

"일단 다시 객잔주인에게 말해서 주먹밥같은 간단한 음식을 포장할 수 있는지 물어보고 와줘요. 쉴 곳은 찾고 있으니, 그동안 호위대의 배라도 채워야 하잖아요?"

"네, 그리 하겠습니다."

진명이 다시 객잔으로 돌아갔다. 당소소는 진명을 기다리며 품 안에서 털실을 꺼내 만지작거렸다. 기다리길 몇 분, 진명이 고개를 저으며 다가왔다.

"씨발놈들, 내줄 음식이 없답니다."

"…무슨 일인데요."

"백능상단이 먼저 와서 음식을 모조리 쓸어갔답니다."

"아."

당소소는 백능상단이라는 말에 김수환의 기억에서 쌍검무쌍의 설정을 건져 올렸다.

사천성 최대의 상단이자 아미파와 제휴 관계에 있는 상단인 백능상단.

사천성에서 모르는 이가 없을 정도로 거대한 상권을 쥐고 있는 집단이었다. 하지만 그녀가 그 상단을 알고 있는 이유는 따로 있었다.

'철혜검봉鐵慧劍鳳 백서희.'

백능상단주의 둘째 딸이자, 아미파에서 이례적으로 재능을 인정받아 속가 최초로 아미파의 상승무공을 익힐 수 있게 허락받은 여인. 그리고 주인공에게 반한 쌍검무쌍의 주연 중 하나.

당소소는 진명을 돌아보며 서둘러 물었다.

"안에 있던 사람은? 혹시 큰 검을 찬 여자가 있진 않았나요?"

"예? 그건 저도 잘⋯."

"다시 가서⋯. 아니, 기다려요. 내가 갈게."

"예? 아가씨, 잠시만요!"

당소소는 치마를 살짝 들어올리고 그대로 미풍객잔으로 내달리기 시작했다. 처음 마주하는, 쌍검무쌍의 주연. 당소소의 마음은 걷잡을 수 없이 부풀어 올랐다. 당소소가 객잔에 도착하자 주인이 못마땅한 눈으로 바라봤다. 따라온 진명이 볼을 움찔거리며 말했다.

"씨발놈들이, 당가인걸 숨기고 오냐오냐하니까⋯."

진명이 허리춤으로 손을 가져가자 당소소는 곧바로 목소리를 내리깔며 아가씨의 말투를 내려놓았다.

"⋯야, 너 여기서 말썽 피우면 그때 안 맞았던 세 대, 단혼사 님한테 말해서 때려달라고 할 테니까 알아서 해."

"예, 예에? 아니 그렇지만 태도가 너무하잖습니까."

"시끄러워. 만날 사람이 있어."

당소소는 진명을 타이르고 목소리를 가다듬은 뒤 객잔주인에게 다가갔다. 객잔주인이 퉁명스럽게 말했다.

"거, 몇 번째요? 음식도 없고, 자리도 없다고 했잖소?"

"저, 혹시…. 그, 그게 말인데요."

"…뭐요? 바쁘니 빨리 말하쇼."

점장이 팔짱을 끼며 대화를 재촉하자 당소소는 점장에게 얼굴을 붉히며 말했다.

"잠깐만 들어가 봐도 될까요? 정말 잠깐만. 확인하고 싶은 사람이 있어서요. 폐는 안 끼칠 테니…."

"아, 안 돼요! 돌아가쇼. 오늘 장사 끝났다니까."

"……."

당소소가 난감한 얼굴로 진명을 바라봤다. 진명은 길게 한숨을 뱉으며 단검을 쥐었다. 이 아가씨는 권위를 너무 숨기려 한다. 마치 자기 자신을 인정하기 싫어하는 사람처럼. 자존감의 부족인진 잘 모르겠으나 무언가 남에게 피해를 끼치는 것을 병적으로 혐오하고 있다. 누군가 피해를 입어야 한다면 스스로에게 입히는 것을 선호하는 아가씨. 사파였던 자신은 이해하기 어려운 성격이었다. 그는 더 이상 두고 볼 수 없었다.

"이봐, 더 이상 당가의 행차를 방해한다면, 꽤 불쾌한 경험을 하게 될 거야."

"…사천당가?"

"아가씨께선 다른 이들이 꺼려할 것을 염려해 이름을 숨기고 다녔다지만…. 더 이상의 무례는 용납하기 어려울 것 같군."

"진명. 그만해요."

"퉤, 씨발놈이."

당소소가 만류하자 진명은 침을 뱉으며 한걸음 뒤로 물러섰다. 당소소가 체념한 듯 말했다.

"사천당가의 독천 당진천의 여식, 당소소라고 해요. 실례가 되지 않는다면, 남는 음식이라도 좀 받을 수 있나요? 삯은 더 치를 테니. 그리고 백능상단의 책임자를 좀 뵙고 싶은데."

"아, 아…. 잠시만…. 예, 잠시만 기다려주십쇼…."

확연히 차이 나는 점장의 태도. 진명은 그 태도를 비웃으며 허리춤에 대었던 손을 다시 원위치시켰다. 당소소는 무언가 언짢은 듯 어두운 표정으로 점장의 뒷모습을 바라봤다. 진명은 그런 당소소가 마음에 걸렸는지 턱짓으로 점장을 가리키며 말했다.

"저런 부류는 권위가 없으면 사람 대우를 하지 않습니다. 처음부터 당가임을 밝혔다면 이런 대우를 받지 않았을 겁니다."

"…답답하네요."

당소소의 얼굴이 복잡해졌다. 객잔주인의 모습이 자신을 괴롭게 했던 사장들과 비슷하다고 느꼈기 때문이다. 그리고 그런 그를 권위로 찍어 눌러 강제로 말을 듣게 한 자신도 그리 다르지만은 않다는 생각이 들었다.

진명은 고민 깊은 그녀의 얼굴을 보며 말했다.

"뭘 그리 고민하십니까? 거 태어난 대로 살면 되는 거지. 아가씨는 아무리 봐도 너무 많은 생각을 하고 있단 말입니다."

"……."

"무슨 고행을 하는 것마냥, 자신을 학대하지 말라는 겁니다. 누릴 건 누리면서 살아야지. 당가의 아가씨인 것 티 좀 내도 누가 안 잡…. 아가는 건 아니군."

진명은 그렇게 말하곤, 부끄러움에 얼굴을 돌렸다. 당소소는 그 말에 고개를 끄덕이며 웃어주었다.

"뭐, 노력해 볼게요."

"자신감을 가지십쇼. 다른 누구도 아닌 이 진명의 주군 아닙니까?"

"…당신의 주군이라 자신감이 떨어졌단 생각은 안 해보셨죠?"

"푸핫, 농담도. 이 진명이 얼마나 강한데요. 나름 사파에서 손가락 안에 드는 인물이었습니다."

당소소는 어이가 없어서 헛웃음이 터졌다. 당장 백서희부터 진명 정도의 고수는 쉽게 패퇴시킬 수 있을 만큼 엄청난 실력자였다. 거기에 쌍검무쌍의 주역들은 차원이 다른 천재들이었다. 진명이 나름 재능이 있다곤 하나 그들과 견줄 수는 없었다. 물론, 자신도 마찬가지였다.

당소소는 웃음을 그치고 안타까운 미소를 지으며 진명의 어깨를 두드렸다.

"그래요. 같이 힘내요."

"…뭔가, 기분이 이상한데."

"진명도 실뜨기 할래요? 아니면 나한테 독공을 좀 배워보시던가."

"예? 제가 그걸 왜…."

당소소가 실을 내밀자 진명은 영문을 모르겠다는 듯 실을 바라봤다. 잡담을 나누던 당소소와 진명에게로 점장이 달려 나와 거친 숨을 뱉었다.

"허억, 허억…. 다행히도 음식이 좀 남아 있었습니다. 그리고 백능상단의 책임자에게 말해봤는데…. 잠깐 얼굴을 보는 정도라면 괜찮다고 하셨습니다."

"이름이?"

"사천당가시라면 잘 아실 겁니다. 아미파의 후기지수, 철혜검봉 백서희 여협이십니다."

당소소는 점장의 말에 다시 마음이 둥실거리는 것을 느꼈다. 김수환이 가장 사랑했던 쌍검무쌍의 주연을 만난다는 생각에 입가가 절로 올라갔다. 당소소는 점장에게 한발 다가서며 들뜬 음성으로 말했다.

"만나준다고 하던가요?"

"아, 예…. 독천의 따님이라고 말하니까, 얼굴이나 한번 보자고…."

"흐훗, 감사해요."

"아, 예…."

당소소는 곱게 웃으며 점장에게 꾸벅 인사했다. 점장은 얼떨결에 당소소의 인사를 받으며 자신도 마주 인사를 했다. 그리고 달은 걸음으로 자신을 스쳐가는 당소소를 바라보며 생각했다.

'저 처자가 정녕 그 지독하고 악랄한 사천당가 출신이 맞나?'

진명이 다가와 점장의 어깨 위에 팔을 올렸다.

"밥 줘."

"예?"

"저 새하얀 아가씨한테 눈독 들이지 말고 밥이나 차리라고. 뒤지기 싫으면."

점장은 당소소의 뒷모습을 바라봤다. 역시 사천당가의 여식이 맞는 듯했다.

* * *

"이쪽입니다, 아가씨."

"감사해요."

당소소는 점소이의 안내를 받으며 객잔 2층으로 올라갔다. 1층과는 달리 깔끔하고 화려한 장식들. 당소소는 옷매무새를 가다듬고 천천히 걸음을 옮겼다. 그리고 2층 한 가운데 있는 거대한 식탁 앞에서 멈춰 섰다. 왁자하게 떠들던 모든 이가 당소소를 발견하고는 입을 다물었다. 하지만 땅

은 머리의 여인만은 당소소의 등장에도 아랑곳하지 않았다. 그저 턱을 괴고 먼 산을 바라보고 있을 뿐. 당소소는 낯설지만 익숙한 그녀의 이름을 불렀다.

"철혜검봉, 백서희."

따분한 듯 탁자를 손가락으로 쿡쿡 쑤시던 그녀의 손길이 멈추더니 삐딱하게 턱을 괸 손이 풀어지면서 먼 산을 바라보던 시선이 당소소에게 가 닿았다. 허리까지 오는 땋은 머리가 탐스럽게 출렁이고, 나른해 보이는 반개한 눈이 당소소의 눈에 꽂혔다.

그녀의 붉은 입술이 천천히 열렸다.

"미친년."

백서희는 당소소를 보며 욕설을 내뱉었다. 그리고 다시 턱을 괴며 먼 산을 바라봤다.

당소소는 백서희의 욕설을 듣고 충격을 받아 멍하니 서 있었다.

좌중은 침묵했다. 그녀가 아무리 백능상단의 둘째 딸이고 아미파 최고의 기재라고 해도, 독천의 딸을 욕하는 것은 꽤나 문제가 되는 행동이었기 때문이다. 백서희는 한참을 다른 곳에 시선을 두다 귀를 긁적이며 말했다.

"오늘은 또 뭐가 불만이라 날 찾아온 거야?"

"…네?"

"네가 날 찾아올 때마다, 날 귀찮게 한다는 건 자각하고 있는 거 아니었어?"

"전, 잘…."

백서희가 다시 고개를 돌려 당소소를 바라봤다. 정말 무고하다는 표정. 그녀에겐 정말 가소롭기 짝이 없는 표정이었다. 저런 표정으로 얼마나 많은 해코지를 해왔던가.

재능에 대한 시기, 관심에 관한 시기. 같은 나이 또래의 여자라 수없이 받았을 비교. 백서희는 이해할 수 있었다. 자신이 꽤 뛰어났으니까. 무공에 대한 재능은 아미파 역대 최고라 손꼽혔고, 백능상단의 재력 또한 사천성 제일이었다. 질투는 솔직히, 피할 수 없는 일이라 생각했다.

하지만 당소소의 질투는 선을 꽤 넘었다. 백서희는 탁자에 기대둔 긴 장검을 쥐고 당소소를 바라봤다.

"화검공자를 끼고 헛소문을 퍼뜨리는 거나, 몰래 내 음식에 설사약을 타는 짓이나, 뒤에서 날 헐뜯는 것 모두 참아줬잖아. 단 하나, 내 눈 앞에만 보이지 말라고 했잖니."

"내가, 그런 짓을 했…."

"또, 모르는 척. 무슨 바람이 들어 사천교류회에 참가하는진 모르겠지만, 사천성의 후기지수들 중 대부분이 널 싫어해. 사천교류회에 네가 온다는 소문을 듣고 모두가 벼르고 있을걸?"

"……."

"이건, 정파의 대의를 위해 고군분투하는 네 아버지, 독천 선배님을 봐서 해주는 마지막 충고야. 그만 철 좀 들고 당가로 돌아가 다신 얼굴을 보이지 마."

당소소는 아무 말도 할 수 없었다. 다 사실이었으니까. 자신은 김수환이기 이전에 당소소였으니까. 당소소는 천천히 눈을 감았다. 숨을 고르며 천천히 마음을 정리했다.

'마음 같아선 당소소로 살아가는 것도, 쌍검무쌍의 이야기를 따라가는 것도 포기하고 싶네….'

증오를 받는 일은, 아무리 익숙해도 익숙해지지 않았다.

당소소는 새삼 당소소로 살아가는 인생에 대한 피로를 느꼈다. 김수환의 말투를 죽이고, 아가씨로서의 행동을 연기하고, 거대한 이야기 속 사소한 사건들을 바꾸기 위해 노력해왔다. 그리고 그 노력이 약간이나마 결실을 맺었다고 생각했다.

하지만 아직 자신은 거대한 이야기의 흐름에 조금도 가닿지 않았다. 백서희의 미움을 받는다는 것은, 사천당가 사람들의 악의를 마주할 때와는 또 다른 기분이었다. 쌍검무쌍의 이야기에 당소소의 자리는 없다는 생각마저 들게 했다.

당소소는 울상이 되었다. 그러자 김수환의 이성이 고개를 갸웃거리며 스스로에게 질문을 던졌다.

'몰랐어? 내가 악역이라는 걸.'

당소소는 고개를 서었다.

'아니. 다만, 조금…. 정말 아주 조금 놀란 것뿐이야.'

당소소는 생각을 정리하고 눈을 떴다. 그리고 애써 웃으며 천천히 포권을 했다.

"죄송해요, 백서희 소저. 그저 사과를 드리고 싶어서 찾아온 것뿐이에요. 사천교류회에서도 되도록 마주치지 않게 조심할 테니, 부디 용서를."

"…그러던지."

백서희는 혹시 몰라 쥐고 있던 장검을 다시 탁자에 기대두었다. 그리고 약간의 의아함을 느꼈다.

'원래 이 정도로 핀잔을 들으면 독을 푸니 뭐니 하며 발악을 했을 텐데…. 뭐, 상관없지.'

그녀에게 그다지 중요한 일은 아니었다. 당소소에게 핀잔을 준 것도, 그냥 내버려두면 자신의 수련을 귀찮게 할 것 같아서였으니까. 백서희는 당소소의 사과를 받는 둥 마는 둥 하며 다시 몸을 돌려 턱을 괴었다. 그리고 먼 산을 바라봤다.

"알아들었다면, 됐어. 날 귀찮게만 하지 않는다면, 사천교류회에서도 군이 뭐라고 하지 않을 테니까."

"…네. 그럼, 가시는 길 조심히 가시길."

당소소는 웃는 낯으로 감정을 최대한 숨기며 백서희에게서 몸을 돌려 사라졌다. 백서희는 멀어지는 발소리를 들으며 고개를 저었다. 당소소가 모습을 감추자 주변 상인들이 호들갑을 떨며 백서희를 채근했다.

"아가씨, 어쩌자고 당가의 미친년을 건드셨습니까?"

"내일부터 식사에 독이 있나 확인해야 하는 것 아니야?"

"내가 알아서 할 테니까 호들갑 떨지들 말고 쉬기나 하세요."

백서희는 상인들의 말을 일축하며 긴 하품을 했다. 당소소는 그런 백서희의 모습을 잠깐 돌아봤다. 그리고 입을 꾹 다물고 1층으로 내려갔다. 팔짱을 끼고 있는 진명이 보따리 하나를 앞에 두고 자신을 기다리고 있었다.

당소소는 진명에게 다가가 물었다.

"진명, 식사는 전부 준비됐나요?"

"아, 예. 이제 들고 가기만 하면…. 무슨 일 있었습니까?"

"……."

진명은 음식이 든 보따리를 들쳐 메다가 당소소의 얼굴을 보곤 표정이 굳어졌다. 당소소는 말없이 진명을 바라본 뒤 객잔의 입구를 가리키며 어서 나가라 명령했다.

"백능상단 그 새끼들이 무슨 짓 했습니까?"

"…진명. 준비가 끝났다면 아무 말하지 말고 나가줘요. 명령이니까."

"예, 뭐…. 그러죠."

진명은 당소소를 연신 돌아보며 객잔 밖으로 걸어 나갔다. 진명이 사라지자 당소소는 그제야 어깨를 들썩였다. 그리고 입술을 깨물었다.

그녀는 자신이 악역임을 정확히 알고 있었다. 혼자인 것도 예전부터 익숙했다. 육체의 고통에도 익숙했고, 정신적 고통에도 나름 익숙했다. 당소소는 그런 자신을 속으로 자랑스러워했다.

'마도공자의 고문도, 잘 버텼잖…?'

"흑…."

하지만 안타깝게도, 익숙하다고 아프지 않은 것은 아니었다. 무의식적으로 자신의 편이라 느끼던 쌍검무쌍의 주역에게 듣게 된 독설이라 더 아팠다. 당소소는 텅 빈 것 같은 자신의 가슴에 손을 올렸다.

'난 왜, 그들이 나의 편이라 착각했던 걸까. 난 악역이었는데.'

"흐윽…."

당소소는 조용히 눈물을 흘리다 곧 소리 죽여 울었다.

＊ ＊ ＊

진명은 한숨을 내뱉으며 고개를 저었다. 마교에 납치됐을 때도 미소 짓던 저 아가씨를 울린 게 대체 어떤 일일지 혼자 상상하며 흑풍대가 모여있는 곳에 도착했다. 당웅은 그런 진명을 째려보며 물었다.

"뭐냐, 그건."

"네놈들이 두 발 뻗고 푹 쉬고 있을 때, 소소 아가씨가 구해오신 식사다. 처먹든지 말든지 알아서 해."

"쉬다니, 우린 마차를 경계했을 뿐…."

"마음 같아선, 싹 엎어버리고 싶은데…."

진명도 당웅을 째려봤다. 당웅은 질 수 없어 시선을 피하지 않았다. 진명은 혀를 차며 어깨에 멨던 보따리를 그들 앞에 내려놓았다. 그리고 다시 객잔 쪽으로 향했다. 진명의 발걸음을 당웅의 말이 붙잡았다.

"너, 그녀에게 콩깍지가 씐 모양인데, 너도 조심하는 게 좋아. 이건, 선의의 조언이야. 이용당하지 말라는 차원에서 충고를 하는 거지. 거만하고 자기밖에 모르는 그 아가씨가, 무엇 때문에 사파 나부랭이인 널 데려왔겠나?"

"거, 뒤지고 싶지 않으면 아가리를 좀 닫지?"

진명이 발걸음을 멈추고 사납게 대꾸하자 당웅이 픽 웃었다.

"합리적으로 생각하라는 거야. 당가의 모두가 미워하니 어쩔 수 없이 너를 들였다는 생각은 안 해보는 건가? 독봉당의 시비들도 거의 매번 물갈이된다는 건 알고 있나? 성도 안에서의 그녀의 평판은? 알 만한 사람은 다 알고 있어."

"그래서, 뭐?"

"자네도 그녀에게 괴롭힘 당하기 전에, 마음의 준비를 해두라는…."

진명이 냅다 달려들어 당웅의 멱살을 쥐고 들어 올렸다. 그리고 노기 어린 기색으로 말했다.

"너…."

"뭐, 날 때리기라도 할 거야? 과연. 망나니 아가씨의 수하인 사파의 주구다워!"

상황을 지켜보던 흑풍대 대원들이 진명의 옷깃과 몸을 부여잡고 당웅에게서 떼어내기 위해 안간힘을 썼다.

"거기, 뭐하고 있어요?"

하연의 목소리였다. 힘이 잔뜩 들어갔던 진명의 손에서 힘이 풀렸다. 진명은 당웅을 바닥에 내동댕이쳤다. 그러자 그를 부여잡았던 흑풍대 대원들도 진명에게서 떨어졌다. 하연이 그들에게 다가오자 진명은 화가 잔뜩 엉켜 있는 숨을 뱉으며 말했다.

"그만두자."

"왜, 네놈의 눈엔 내가 치졸해 보이고 우스워 보이나? 그녀가 우리에게 무슨 짓을 해왔는지도 모르면서."

"뭐, 내가 꼭 알아야 하는 건가?"

진명이 구겨진 옷을 매만지며 물었다. 당웅은 그의 질문에 아무런 말도 할 수 없었다. 진명은 그런 그들을 내버려두고 하연에게 고개를 돌렸다.

"쉴 만한 객잔은 찾았습니까?"

"아뇨. 이 근처에 객잔은 미풍객잔 하나뿐이에요. 헌데, 싸운 거예요?"

"의견 충돌이 있던 것뿐입니다. 객잔에 아가씨가 있으니 모셔 오십쇼. 쉴 곳이 없다면 식사만 마치고 출발해야 할 것 같습니다."

"객잔에 아가씨를 혼자 내버려 두셨다고요?"

"뭐, 아가씨께서 그리 하라 하시니…."

진명은 하연의 주궁에 당소소의 명령이었다며 얼버무렸다. 하연은 진명을 잠시 노려보다가 콧방귀를 뀌며 객잔을 향해 걸어갔다. 묵직한 한마디를 던지며.

"이 일행들이 과연 아가씨를 호위하려고 뭉쳐 있는 건지, 괴롭히려고 뭉쳐 있는 건지 모르겠네요. 비록 아가씨가 외각의 무인들을 깔보고 흥본 건 사실이어도, 지금은 납치당했던 몸을 이끌고 당가를 위해 움직이는 중 아닌가요?"

"……."

"흑풍대의 무인이라면, 무엇이 공이고 사인지 깨닫고 있을 줄 알았는데."

자신들보다 더 고생했을 독봉당의 시비가 하는 말에 흑풍대는 아무런 대꾸를 할 수 없었다. 하연은 객잔으로 멀어져갔고 진명이 말없는 그들을 돌아보며 말했다.

"…곧 출발이니, 아가씨께서 구해오신 그 밥이나 빨리 먹고 준비하도록."

흑풍대의 시선이 앞에 놓인 보따리로 향했다. 하지만 그들은 차마 보따리에 손을 댈 수 없었다.

말없이 보따리를 바라보길 한 다경. 하연과 당소소가 객잔에서 나와 집합 장소로 걸어왔다. 당소소는 살짝 충혈된 눈으로 보따리를 바라보며 물었다.

"…왜 아무도 안 먹은 거야?"

"이 새끼들이."

진명은 인상을 쓰며 흑풍대를 바라봤다. 그들이 어떤 생각을 하고 있는지, 듣지 않아도 머릿속으로 생생하게 떠올릴 수 있었다.

'지들을 좆같이 봤던 사람의 밥은 못 먹겠다 이건가?'

진명이 한바탕 쏘아붙이려고 한걸음 앞으로 나설 때 당소소가 그를 만류하며 당웅을 바라봤다. 당웅은 그제야 보따리를 풀며 대답했다.

"일행이 모두 모여야, 먹을 것 아니오?"

"…그렇네."

당웅은 보따리 안의 주먹밥을 흑풍대 대원들에게 나눠주었다. 당소소는 그 광경을 보며 내심 미안한 마음이 들었다. 그녀도 몸을 움직이는 일을 주로 했기에 알고 있었다. 힘은 먹을 것에서 난다는 것을.

"미안해요. 좀 더 괜찮은 식사를 가져왔어야 했는데."

"……"

당웅은 그런 말을 하는 당소소를 한번 바라봤다. 그리고 당소소에게 주먹밥을 내밀며 말했다.

"객잔의 주인과 실랑이를 벌이느라 시간이 많이 지체됐습니다. 어서 드시고 출발하지요."

"응, 고마워."

"…아가씨께서 구하신 식사입니다."

당소소가 주먹밥을 받아들었다. 그리고 엷게 웃으며 고개를 끄덕였다.

"그래도, 고마워."

당소소가 주먹밥을 입에 가져다 대자 모두 말없이 식사를 시작했다.

"식사를 마쳤으면, 출발하겠습니다."

조촐한 식사는 금세 끝났다. 당소소는 하연의 인도를 받아 마차에 올랐고 흑풍대는 풀어두었던 짐을 챙겨 말 위로 올랐다. 진명은 마부석에 앉으며 주변을 둘러보았다. 그리고 모든 준비가 끝나자 고삐를 움직이며 행렬을 움직였다.

그의 옆으로 당웅이 다가왔다.

"숙소에서 쉬려면, 좀 더 서둘러야 할 거야. 객잔에서 실랑이를 벌이느라 많이 지체됐어."

"…알겠다."

진명이 대답하자 당웅은 진명에게서 떨어졌다. 그리고 흑풍대에게 가서 속도를 높이라는 말을 하나하나 전했다. 진명은 그들의 모습을 보며 고삐를 한차례 내려쳐 속도를 높였다.

좀 더 다급해진 말발굽 소리와 함께 일행은 대로를 지나 산기슭을 지나는 샛길로 들어섰다. 샛길답지 않게 잘 닦인 길이 숙소에 도달하는 시간을 효율적으로 줄여주고 있었다. 뉘엿뉘엿 넘어가는 해. 하지만 이 샛길만 따라간다면 해가 지기 전에 숙소에 도착할 수 있을 것 같았다.

휘이이익!

진명은 쉽게 생각했던 자신의 머리를 한 대 치고 싶어졌다.

"적습이다. 흑풍대!"

"이런 제길!"

괴상한 휘파람 소리가 들려오더니 시커먼 그림자들이 산줄기를 타고 내려왔다. 가죽옷을 입은 사내들이 줄줄이 내려와 샛길을 가로막기 시작했다. 그들의 등과 허리춤엔 제각기 빛나는 날붙이들이 걸쳐져 있었다.

진명은 서둘러 고삐를 당겨 마차를 멈추고 허리춤에서 단검을 꺼내며 마부석에서 내렸다. 진명의 등 뒤로 당소소의 목소리가 꽂혔다.

"무슨 일이에요?"

"…산적입니다."

"어허, 친구. 우린 녹림의 협객이라네. 그런 노골적인 단어를 사용하면 쓰나."

호피를 걸친 수염투성이의 사내가 누런 이를 보이며 씩 웃었다. 흑풍대는 긴장을 하며 허리춤에 꽂아둔 암기에 손을 가져다 댔다.

"잠시만. 내가 해결하지."

진명은 흑풍대를 만류시키며 산적들에게 다가갔다. 산적들이 진명의 얼굴을 들여다보더니 고개를 갸웃거렸다.

"어디서 많이 본 얼굴인데….."

"잔혈객 진명 알지?"

"아, 그 친구. 잘 알지. 한때 녹림의 집 아래에서 같이 살았다고도 들었는데."

"그럼 말이 통하겠네."

진명은 뒤편을 슬쩍 돌아보며 눈치를 살피더니 산적의 어깨에 손을 올리며 물었다.

"니 몇 기야, 씹새야?"

사천성은 정파의 영역이다. 이를 부정하는 이는 아무도 없을 것이다. 그렇다면 정파가 아닌 이들은 어디에서 살아남을 것인가.

"니 몇 기야? 씹새야."

"예, 예?"

"산적 짓 해 먹고 사는 거면 흑림총련黑林總聯에서 훈련받고 왔을 것 아니야? 너희 말로 녹림의 집이라고 말해줘야 해?"

"그렇긴 한데…."

해답은 바로 산이었다. 촉한의 배경이 되기도 한 사천성은 천혜의 요새라고 칭할 정도로 험한 산악 지형을 자랑한다. 중부와 동부를 제외한다면, 벼랑 끝에 길을 낸 잔도棧道를 통해서 움직일 수 있는 지형이 대부분. 그렇기에 정파의 시선은 비교적 평탄한 사천성의 중심인 성도로 쏠린다. 사파들이 살아남기 위해선 산을 타고 바깥으로 퍼져 나가야 했다.

그렇기에 필연적으로 사파와 산적은 부딪힐 수밖에 없었다. 하지만 약한 둘이 싸워봤자 정파만 웃는 셈임을, 머지않아 두 세력은 깨달았다. 그렇게 해서 태어난 흑림총련. 산적들이 녹림의 집이라고 부르는 것이 바로 그곳이었다. 사파는 녹림에게 무공을, 녹림은 사파에게 산에서의 지식을 알려주는 연합이 탄생하게 된다. 그리고 서로 간의 싸움을 막기 위해 흑림총련에서는 교육받은 자들을 기수로 끊어 선후배로 존중해주는 문화를 만들어냈다.

진명은 손가락을 세며 자신의 흑림총련 졸업 시기를 가늠했다.

"내가 흑림총련을 졸업했을 때가 몇 기더라…. 이십삼…."

"전 십칠 기입니다, 선배님!"

"십, 칠…."

진명은 순간 말을 멈추고 시선을 위로 올리며 재빨리 머리를 굴렸다.

'씨발, 저 새끼 뭐야. 나도 나름 윗기수인데…?'

생각이 길면 잡힌다. 진명은 의아해하는 산적에게 격하게 팔짱을 끼며 자신의 말을 얼버무렸다.

"으, 응. 십삼 기였지. 후배야. 이런 곳에서 후배를 다 만나고, 참 인연이라는 게 신기하군. 핫핫!"

"근데, 방금 이십삼이라고…?"

"…십삼이라고 했잖아, 십삼. 씨발아. 피차 힘든 시기인데, 정신이라도 똑바로 차려야 밥 빌어먹고 살지 않겠냐? 내가 언제 이십삼이라고 했어?"

"죄, 죄송합니다!"

"그래, 죄송한 거 알면 됐고⋯."

진명은 재빨리 얼버무리며 산적의 귀에 대고 은근하게 속삭였다.

"이 선배가 요즘 좋은 곳에 취직해서 말이야. 높으신 분을 모시는 중인데, 그냥 보내줬으면 좋겠는걸. 너희들한테도 해가 되는 일은 아닐 거야."

"저도 그냥 보내드리고 싶은데⋯. 요즘 산채 쪽 사정이 말이 아니지 말입니다. 저희도 겨울을 날 준비는 해야 해서⋯."

"그래? 얼마 정도면 되는데. 조금이라면 내가 그냥 줄 수도 있으니까⋯."

"금 한 냥."

"이런 미친 새끼가."

진명은 정색을 하며 산적의 머리통을 후려쳤다. 산적은 머리를 긁적이며 볼멘소리로 투덜댔다.

"아니, 저희도 먹고살아야 하지 않겠습니까? 이 곱게 닦은 길의 통행료라도 걷어야 하는데⋯."

"길을 잘 닦아놓은 건 이곳으로 오게 유도해서 손님을 받을 속셈이면서, 무슨 숭고한 희생인 것 마냥⋯. 그리고 누가 통행료로 금 한 냥을 받아, 미친놈아? 그러니까 산채 사정이 말이 아니지."

"어쨌건 저는 양보 못 합니다. 이건 아무리 녹림의 집 선배라도 안 되는 겁니다."

진명은 어처구니없는 부분에서 완강한 산적을 보며 헛웃음을 터뜨리다 뒤를 돌아봤다. 뭐하고 있냐는 당웅의 시선이 진명에게 와 꽂혔다. 진명은 머리칼을 헝클어뜨리며 생각에 집중했다.

'아 씨, 여기서 싸우면 무조건 노숙인데….'

진명은 골치가 썩는 것 같았다. 자신이 처음 맡은 지휘에서, 흑규의 실수로 제대로 쉬지도 못하고 강행군 중이었다. 여기서 싸움이 일어나 숙소에 도착하지 못하고 노숙까지 하게 된다면, 당소소를 볼 낯이 없었다.

"진명, 아직 멀었나?"

"거의 다 돼가니, 좀만 참으쇼!"

당웅의 질문에 진명은 황급히 대꾸하며 산적의 어깨에 손을 올렸다.

"야, 현실적으로 금 한 냥은 못 준다. 그거 하나면 너희들 전체가 겨울을 날 수도 있는 금액인데, 지금 우리가 가지고 있겠냐?"

"그렇, 긴 하지요…. 그래도 안 되는 건 안 되는 겁니다. 이건 녹림의 집 선배라도 양보 못 해요."

"진짜 미치겠네. 어디서 이런 꼴통새끼가…."

진명은 인상을 쓰며 산적을 노려봤다. 산적은 수염투성이 턱을 들이밀며 완강히 고개를 저었다. 마음 같아선 저 턱을 후려쳐 돌려주고 싶었지만, 그랬다간 자신의 주인이 밤이슬을 맞으며 자야 할 판이었다. 진명은 팔짱을 끼고 머리를 굴렸다.

'금 한 냥을 씨발, 어디서 구해? 어….'

그때 번뜩이는 묘수가 떠올랐다. 진명은 미소를 띠며 팔짱을 풀어 뒤편에 대고 손가락질을 했다.

"야, 금 한 냥 줄게."

"지, 진짭니까?"

"근데 우리가 아니라, 저 뒤에 백능상단이라고. 거기가 우리랑 친해. 그쪽에서 받아."

진명은 자신의 묘수에 스스로를 칭찬해주고 싶었다. 마침 당소소와 마찰도 있었겠다, 그들에게 덤터기를 씌우겠다는 생각. 산적은 진명의 제

안에 자신의 수염을 쓰다듬으며 고민을 했다. 그리고 진명을 바라보며 말했다.

"잠깐, 산채에 사람을 보내 논의를 좀⋯."

"빨리빨리 하자. 흑림총련에서 그따위로 배웠어?"

"아이구, 선배님. 죄송합니다, 어서 알아볼 테니⋯. 야, 올라갔다 와봐."

산적이 연신 굽신거리며 부하의 머리통을 후리며 올라가보라는 눈짓을 했다. 진명은 산적의 태도에 고개를 끄덕이며 마차가 있는 곳으로 돌아가 당소소에게 말했다.

"곧 지나갈 수 있을 겁니다."

"그래? 그럼 다행이고."

"⋯무슨 짓을 했길래?"

당웅이 의심 가득한 얼굴로 진명에게 물었다. 진명은 당웅에게 콧방귀를 뀌며 고개를 저었다.

"네가 그리 깔보는 사파의 방식으로, 싸움 없이 깔끔하게 처리했지."

"사파의 방식⋯?"

"그런 게 있으니, 너무 알려고 하진 말고."

"⋯수상한데."

당웅은 고개를 갸웃거리며 진명에 대한 의심을 풀지 않았다. 진명은 그러거나 말거나 팔짱을 끼고 산적들을 지켜볼 뿐이었다. 산채로 올라갔던 부하가 내려오더니 산적의 귀에 대고 속삭였다. 산적은 진명을 바라보며 고개를 연신 끄덕이더니, 진명에게 가까이 오라는 신호를 보냈다.

"거, 갈 준비들이나 하고 계셔."

진명은 그렇게 말을 남기고 산적에게 다가갔다. 산적이 손을 비비며 진명을 맞았다.

"아이구, 진명 선배님. 오셨습니까."

"그래. 이야기는 다 끝났냐? 내가 모시는 분이 원체 바쁘신 분이라, 빨리 길을 열어줬으면 좋겠는데."

"아, 당연히 열어드려야지요. 얘들아, 길 열어드려라!"

산적이 우렁차게 소리치자 수하들이 고개를 끄덕이며 등에 차고 있던 도끼를 일시에 꺼내 들었다. 공기를 울리는 쇳소리. 진명의 눈썹이 움찔거렸다.

"야, 흑림총련에 한번 찔러줘? 선배 대우를 이렇게 좆같이 해도 돼?"

"아가야, 산채에서 뭐라고 하더냐."

산적이 부하에게 묻자 부하는 손가락으로 숫자를 세며 느릿하게 말했다.

"산채의 노인에게 듣길, 잔혈객 진명…. 흑림총련, 이십삼 기라고…."

"……."

"씨발놈이 어디서 구라를 쳐? 얘들아, 이놈 아가리를 회쳐버려라!"

산적이 냅다 진명을 도끼로 찍으려 들자, 진명이 손사래를 치며 그들을 막아섰다.

"아니, 아니! 잠깐. 선배님. 내가 기수 가지고 거짓말은 쳤지만 뒤에 오는 백능상단은 진짜요. 우리는 그냥 보내주고, 걔네들한테 돈 더 뜯으면 되잖아?"

"그것도 구라일지 어떻게 알아? 무엇보다, 이런 모욕을 준 새끼를 살려보낸다면 녹림의 협객 못 하지!"

"…아, 씨발. 싸우면 진짜 노숙인데."

진명이 체념하며 단검으로 손을 가져가자 당웅은 진명을 비웃으며 허리에 꽂아둔 비수를 집어 들었다.

"그럼 그렇지….."

"잠깐!"

진명을 엄호하기 위해 몸을 던지려는 흑풍대를 막아서는 당소소의 음성. 마차에서 내리는 그녀의 입가엔, 사악한 미소가 어려 있었다. 당웅은 그런 그녀를 바라보며 난감한 표정을 지었다.

"금방 해결될 일이니, 마차에서 쉬고 계시면…."

"지금 싸우고 있는 거죠?"

"…예. 산적들이 길을 막고 있습니다."

"그럼, 내가 나설 차례가 맞네요. 이럴 때를 대비해서 아버님께 청해 배워둔 무공이 있어요."

당소소는 흑풍대를 뒤로 물리고 소매를 뒤적거린다. 그리고 그녀의 손에 쥐어진 죽통 하나. 당웅은 그 모습을 보며 자신의 가주가 사랑하는 딸에게 무슨 독을 주었을지 상상했다.

'극독 계열은 아닐 텐데…. 혈액독? 아니면 균류? 아니야. 초심자가 다루기엔 너무 어려워. 다루는 데 실패해도 그다지 큰 반동이 오지 않는 약한 신경독 쪽이 옳겠지.'

"아가씨, 어떤 이름의 신경독입니까?"

"신경? 아. 무형지독이에요."

"예? 무형…?"

당웅은 당소소의 말을 듣고 아무런 생각을 할 수가 없었다. 당소소가 앞으로 걸어 나가자, 당웅은 당소소의 앞을 서둘러 막아섰다.

"아니, 가주께서 알려주신 독공이 무형지독을 다루는 거였습니까?"

"뭐, 비슷한 거지. 문제 될 게 있어?"

"아니, 그건 아닌데…. 아닌가? 문제가 되나?"

'아무리 가주께서 팔불출이어도, 무형지독을 저 망나니 딸에게…?'

당웅이 혼란스러워하자, 당소소는 믿음직한 웃음으로 답하며 그의 어깨를 툭툭 두드려줬다.

"여태 고생했으니 잠깐 쉬고 있어. 몸 쓰는 일은, 쉬는 것도 일이야."

"예? 그게 무슨….'

"후후, 내가 쟤네 피똥 싸게 해줄게."

당소소는 슬쩍 웃음을 흘리며 앞으로 걸어 나갔다. 단검을 들고 산적과 대치하던 진명이 당소소를 발견했다.

"헛것이 보이나….'

진명이 고개를 젓고 다시 산적의 움직임에 집중하려는데 당소소의 위풍당당한 목소리가 주변을 울렸다.

"멈춰!"

"진짜네."

진명은 다시 고개를 돌려 당소소를 확인했다. 산적은 진명에게 겨누고 있던 도끼를 회수해 이번에는 당소소에게 겨누며 말했다.

"네년은 또 뭐냐?"

"어서 길을 열어. 독에 중독돼서 평생을 고생하고 싶지 않다면."

"뭐라는 거야, 미친년이."

"흑?"

산적이 콧방귀를 뀌며 손에 쥔 도끼를 당소소에게 던졌다. 당소소는 도끼를 보고는 몸을 움찔거렸다. 진명은 혀를 차며 당소소에게 날아가던 도끼를 잡아챘다.

"어이, 좋게좋게 가려고 했는데 선은 넘지 말자고."

"무슨 개소리야?"

진명은 산적에게 경고를 던지고 당소소에게 걸어갔다. 그녀는 질끈 감았던 눈을 뜨며 진명을 바라봤다. 진명은 약간 화가 난 얼굴로 당소소를 바라봤다.

"뭐하러 나오셨습니까, 아가씨?"

"적절한 상황에, 적절한 사람이 움직여야 하는 법. 그래야 일이 효율적으로 돌아가지 않겠어?"

"그러니까 뭐하러….'

"이럴 때 쓰려고 아버지의 독공을 배워왔지. 뒤에서 기다리고 있어."

"예? 독천의 독공을, 아가씨가요?"

당소소는 진명의 놀란 얼굴 앞에다 대고 고개를 끄덕였다. 그리고 그를 살짝 밀어내며 앞으로 걸어 나갔다.

독천의 딸, 독화 당소소에 어울리는 거만한 발걸음.

"저년 뭐하냐?"

"글쎄요…. 항복을 하려는 것이 아닐까요?"

극독을 다루는 독술사와 같이, 무심하고 잔혹한 눈길.

"왜 우리를 저런 귀여운 눈길로 노려보는 거지?"

"음…. 금 한 냥이 너무 많아서, 흥정하려는 것은 아닌지?"

"좀 귀여운데, 반 정돈 깎아줄까?"

고운 손으로 쥔 죽통을 들어 올리며 엄숙한 목소리를 뱉었다.

"독천의 딸, 독화 당소소예요."

"아, 예. 그러시군요."

미적지근한 산적들의 반응에, 당소소의 볼살이 살짝 떨려왔다. 하지만 이내 평정을 되찾고 진지한 표정을 지었다.

'배에 든 거 싹 다 쏟아내게 해줄게.'

당소소에겐 자신감이 있었다. 자신이 해왔던 당소소로서의 연기 중 가장 그럴싸한 연기였기에. 그리고 당소소는 천천히 죽통의 마개를 열어, 바닥으로 흩뿌리며 외쳤다.

"무형지독. 무형, 무음, 무취의 독이에요."

"무…. 무향? 그게 뭔….'

"너흰, 당가의 무형지독에 중독됐어."

그녀의 말에 충격을 받았는지 아무런 말도 하지 않는 산적들. 당소소는 속으로 쾌재를 부르며 고혹적인 미소를 짓곤 말을 이어갔다.

"어때, 해독약이 필요해?"

"……."

산적들은 그녀의 말에 서로를 돌아보며 자신들의 몸을 만지작거렸다. 그리고 우두머리 산적이 옆에 있는 산적을 바라보며 물었다.

"야, 무형지독이 뭐냐?"

"무공 이름 아닐까요? 일단 먹는 건 아닌 것 같은데. 아닌가, 먹는 건가?"

"……."

서로를 바라보던 산적들의 시선이, 착잡한 표정이 된 당소소에게로 향했다. 당소소는 아무런 말을 하지 않았다. 다만 이런 어설픈 속임수를 알려준 당진천을 원망하고 있을 뿐이었다.

"에휴. 노숙이구만."

진명은 한숨을 쉬고 고개를 저으며 당웅에게 턱짓을 했다. 당웅은 고개를 끄덕이며 비수를 쥐었다.

"가지."

"옛!"

당가의 자랑, 흑풍대가 산적들에게 바람처럼 달려들었다. 산적들은 바람을 만난 풀잎이 되어, 순식간에 바닥에 몸을 눕혔다. 산적을 모두 눕힌 당웅이 진명을 돌아보며 힐난했다.

"진작 이렇게 할 것이지, 무슨 헛짓거리를…."

"쉿."

진명은 당웅에게 눈치를 주며 당소소를 바라봤다. 그녀는 여전히 착잡한 표정으로 빈 죽통을 바라보고 있었다.

"…씨발."

짧은 욕설과 함께.

* * *

나뭇가지를 그러모아 피운 모닥불이 나른한 소리를 내며 타올랐다. 저마다 모닥불을 둘러싸고, 외투를 이불삼아 잠을 청하고 있었다.

그들 중 깨어 있는 두 사람, 진명과 당웅이 모닥불을 등불 삼아 추후의 일을 논의하고 있었다. 당웅은 멀리 묶어둔 산적들을 가리키며 물었다.

"산적들은 어떻게 할 거지?"

"풀어줘야지."

"왜지? 후환을 대비한다면 죽이는 것이 옳지 않겠나?"

당웅의 말에 진명은 고개를 저었다. 흑림총련으로 묶인 사파와 녹림은 꽤 끈끈한 결속을 자랑한다. 그들에게 손을 댔다간, 치명적이진 않아도 피곤한 일이 생길 터였다.

진명이 당웅을 바라보며 답했다.

"적어도 상황을 뒤엎을 절대적인 무력이 없는 한 우린 그들을 건드려선 안 돼. 산속으로 숨어들어간 사파들은 지리멸렬한 오합지졸에 불과하다. 하지만 흑림총련의 이름 아래 결속된 그들은 끈질기고 독하지."

"흑림총련…. 사파와 산적들이 손을 잡았다는 말은 들어본 적 있다만, 그리 대단한가?"

"아니, 아미파나 청성파, 당문에 비하면 그리 대단한 것도 아니야. 하지만 놈들에게 남은 건 절박함뿐. 자기들도 뭐가 좋다고 무식하고 좆같은 산적들과 손을 잡고 흑림총련같은걸 만들었겠어? 살기 위해서 어쩔 수 없이 손을 잡은 거지. 그래서 약이 바짝 올라 있어."

진명은 나뭇가지를 주워 모닥불에 던져 넣으며 말을 이어갔다.

"그래, 어쩌면 그놈들도 당가가 말하는 독심을 가졌을 수도 있겠군. 저런 냄새나는 새끼들과 한솥밥을 먹고 있는 걸 보면."

"시정잡배들의 얼굴에 금칠을 해주는군."

"뭐, 농담 같으면 저 새끼들 목 썰어서 던져놓고 와보던가. 온갖 사파와 산적들이 죽을 때까지 쫓아올 테니까. 그것이 흑림총련으로 맺은 계약이야. 내가 나올 적엔 꽤 이름 높은 사천성 사파의 고수들도 보였으니…. 웬만해선 건들지 않는 편이 좋아."

"이름 높은 사파의 고수? 뭐, 천괴[天怪]라도 있는 것처럼 말하는데."

당웅이 진명의 말을 비웃으며 농담처럼 대꾸했다. 진명은 오히려 고개를 끄덕였다.

"맞아. 한때 사천성을 뒤집어 놓았던 천괴 담룡과 학귀崖鬼 번중. 내가 흑림총련을 나오기 전에 봤던 사파의 고수들이지."

"…단순히 넘길 이야기는 아니었군. 그 둘은 은퇴했다고 들었거늘."

"손에 끈적이는 피가 묻었는데 은퇴가 다 무슨 소용이야? 때 되면 다 죽을 자리 찾아서 돌아오는 거지. 무림에서 손을 씻는다며 금분세수金盆洗手니 뭐니…. 다 우스운 일일뿐."

진명은 양손을 주머니에 찔러 넣고 뒤돌아섰다.

"그럼 남은 시간, 불침번 수고하시고."

"…흥."

당웅은 진명의 약올림에 콧방귀로 답하고 바닥에 주저앉았다. 하늘로 튀어 오르는 불똥을 바라보며 여러 상념을 피워냈다. 주로 기억을 잃은 당가의 아가씨에 관한 생각이었다.

평소의 당소소 같았으면 수십 번 불평불만을 쏟아 냈을 여행길, 수하인 진명의 실수를 덮어주려고 윽박을 질렀던 미풍객잔에서의 식사들. 비록 실패를 했다곤 하나, 자신들을 위해 앞으로 나섰던 일까지.

"푸흣. 으흠…."

당웅은 순간 터져 나온 웃음을 삼키고 다시 생각을 이어갔다.

머리로는 그녀를 이해할 수도 있었지만, 가슴에 박힌 미움의 쐐기는 쉽게 뽑을 수 없었다. 그 감정을 잊고 용서해버린다면, 무언가 자신이 우스운 놈이 되는 것 같았으니까. 그동안 당한 수모가 아무것도 아닌 게 되는 것 같았으니까.

당웅은 그런 생각을 하며 사그라질 기미가 보이는 모닥불에 꺾어둔 나뭇가지를 던져 넣었다. 일렁이는 불길 너머로 한 여인의 그림자가 보였다. 당웅은 자리에서 일어서며 그녀를 반겼다.

"…주무시지 않으시고, 어쩐 일이십니까. 아가씨."

"그, 잠이 안 와서."

그림자의 정체는 당소소였다. 당웅의 시선은 작게 떨리는 그녀의 손에 가 멈췄다.

'싸움을 해보지 못한 몸으로, 싸움을 겪은 탓인가?'

"앉으시죠."

"고마워요."

당소소는 당웅이 내어준 자리에 앉아 멍하니 모닥불을 바라봤다. 또다시 당소소의 감정이 발작을 일으켰다. 악몽을 꾸고 어두운 마차 안에서 눈을 뜬 탓에 순간적으로 어둠이 자신의 목을 졸라왔다. 다행히도 서둘러 밖으로 나와 불빛을 찾은 덕에 큰 발작으로 이어지진 않았다.

당소소는 눈을 감고 한숨을 쉬었다. 격한 감정이 쉽사리 통제가 되지 않았다. 당소소는 당웅에게 말을 걸어 불안감이 넘실대는 마음을 외면해보기로 했다.

"불침번 중이신가요?"

"예. 막 진명과 교대를 한 참입니다."

"그렇군요."

이어지지 않는 대화. 당소소는 부들거리는 팔을 움켜쥐었다. 그리고 무릎에 얼굴을 파묻으며 떨려오는 감정을 진정시키려 애썼다. 당웅은 당소소를 흘깃 바라보더니, 불을 더 크게 밝히려 몸을 일으켰다. 그는 쟁여놓은 장작을 가져오기 위해 걸음을 옮겼다. 그런 그를 잡는 연약한 음성.

"불은 더 밝히지 않아도 괜찮으니, 잠깐만, 앉아 있으세요."

"…예,"

당웅은 당소소의 말을 듣고 다시 자리에 앉았다. 침묵이 어둠처럼 내려앉았다. 당소소는 그 인기척을 빌려 이내 감정을 진정시켰다. 그녀의 감정은 성공적으로 불길에 녹아 마음 속 깊이 침잠했다. 당소소는 안도의 한숨을 뱉었다. 그리고 무릎에 얼굴을 묻은 채 당웅에게 물었다.

"실례되는 질문이겠지만 물어봐도 괜찮나요?"

"어떤 질문이신지?"

"전, 당신들에게 어떤 나쁜 짓을 했었나요?"

"……"

심기를 건드리는 당소소의 질문. 당웅은 말없이 불쏘시개로 모닥불을 뒤적거릴 뿐이었다.

당소소는 당소소가 된 후부터 자신이 악역임을 인지하고 있었다. 슬픈 일이었다. 하지만 쌍검무쌍의 내용을 아는 이상 더 이상 어쩔 수 없는 일만은 아니었다. 일련의 사건으로, 인식을 바꿀 수 있다는 것을 깨닫게 되었으니까.

하연을, 진명을, 학사를, 그리고 지금은 없는 당청의 인식까지도 자신의 노력으로 바꿀 수 있음을 깨달았다. 당웅도, 어쩌면 백서희도 노력 여하에 따라 설득할 수 있을 것이다.

당소소는 무릎 사이에 파묻었던 얼굴을 들어 당웅을 바라봤다. 당웅의 얼굴을 비추는 모닥불빛이 고뇌를 그대로 드러내듯 깜빡였다. 불쏘시개가 다시 한 번 움직였다. 불똥이 튀어 오르며 불길이 가라앉았다. 당웅이 자리에서 일어났다.

"…장작을 더 가져오겠습니다."

"대답이 어려울 정도로 꽤 지독한 괴롭힘이었나 보군요."

당웅은 당소소를 돌아보았다. 명료한 의지로 가득 찬 눈동자. 병상에 눕기 전에 보였던 탁하고 역겨운 눈초리와는 사뭇 달랐다. 그렇기에 더 고통스러웠다. 당웅은 눈을 질끈 감았다. 그리고 그녀가 궁금해한 내용의 편린을 조금 읊었다.

"집안에 대한 모욕, 무공에 대한 모욕. 흑풍대를 녹풍대에 비교하며 쓰레기 집단이라고 하던 말들…. 하지만 그게 다 무슨 소용이겠습니까? 이미 지난 일인 것을…."

"정말 죄송해요…."

"사과는 하지 않으셔도 됩니다. 아니, 하지 말아주시길 바랍니다."

당웅은 당소소의 사과를 끊었다. 그리고 장작을 가져오기 위해 걸음을 옮겼다.

"…당신을 용서하지 않을 권리까지 빼앗기고 싶진 않군요."

"……."

"가주 님의 따님으로서, 당가의 직계로서의 대우는 충실히 하겠습니다. 그간 임무에 소홀했던 점, 죄송합니다."

"그런가요."

당웅은 그 말과 함께 떠났다. 그리고 장작을 가져와 모닥불의 불씨를 살렸다. 모닥불이 타는 소리만 들릴 뿐, 당웅과 당소소는 더 이상 아무런 말도 나누지 않았다.

남색 하늘이 군청 빛을 띤다. 해가 고개를 내민다. 당웅은 자리에서 일어나 흑풍대 대원들을 깨우기 위해 분주히 움직였다. 일행들 모두가 기상할 때까지 당소소는 모닥불이 타고 남은 재를 바라보고 있었다. 분주해지는 소리에 당소소는 비로소 고개를 들어 하늘을 바라봤다. 까만 그늘에 숨겨놓은 이야기는 사라지고, 날이 밝고 해가 떠올랐다.

드디어 사천교류회로 향하는 아침이 밝았다. 당소소는 자리에서 일어나 눈을 비비는 하연을 보며 웃었다.

"하연, 준비 부탁해."

"네, 아가씨."

자신을 향해 웃어오는 당소소에게, 하연도 마주 웃어주었다.

* * *

"너무 조여."

"몸매를 드러내기 위해서니까 좀 참으세요. 머리도 이따 다시 묶어드릴 테니까, 미리 풀어두시고요."

"그래도, 이건 너무 부끄러운걸."

당소소는 화려한 맵시의 몸에 딱 달라붙는 옷을 이리저리 둘러보며 말했다. 당소소로서의 역할에 이제 어느 정도 익숙해졌다지만 이런 옷은 여전히 그녀의 이성으로선 꽤나 자극적이고 부담스러웠다. 하지만 하연은 고개를 저었다.

"아가씨. 사천교류회에선 얕보이면 안 돼요. 아가씨의 행실 덕분에 모두가 아가씨를 벼르고 있을 거라고요."

"그건, 그렇지."

"그럴수록 우리는 더 당당해져야 해요. 이제 아가씨는, 예전의 망나니 당소소가 아니잖아요? 아름답게 피어날 독화 당소소잖아요.”

하연은 그렇게 말하며 당소소의 허리를 조였다. 매듭을 매 속옷을 고정시킨 후 얇은 자색 저고리를 가져와 입혔다. 그리고 당소소와 눈이 마주치자 활짝 웃어주었다.

“전 개과천선한 아가씨를 믿어요. 분명, 지금 아가씨는 그 누구보다 아름다워요.”

“오그라들어….”

“뭐 어때요? 사실인데. 독화 당소소가 안 예쁘다면, 세상 어떤 여인이 예쁘겠어요?”

하연은 동경을 들어 저고리를 걸친 당소소의 모습을 보여주었다. 당소소는 자신의 모습을 보며 절로 고개를 끄덕였다.

‘좀 치네….’

“으흠!”

“왜요, 마음에 드세요?”

당소소는 문득 든 생각이 부끄러웠는지 헛기침을 하며 고개를 저었다. 그러자 하연은 능글맞은 얼굴로 당소소의 의사를 물어왔다. 당소소는 고개를 돌리고 시치미를 뗐다.

“그, 그런 거 아니야.”

“뭐, 그렇다고 쳐두죠. 이젠 통이 작은 치마를 입으셔야 하니까, 자리에서 일어나세요.”

“음, 이건 어때? 넓고, 기능성이 뛰어나 보이는데. 암기도 많이 숨길 수 있구….”

“또 그러신다. 요즘 누가 그런 시대에 뒤떨어진 치마를 입어요. 그런 옷을 입고 나갔다간 어디 동굴에서 나온 사람으로 볼걸요? 어서 일어나세요, 아가씨.”

당소소는 남자였던 자로서의 자존심을 조금 세워보려다 이내 부질없음을 깨닫고 한숨을 쉬며 자리에서 일어났다. 치마를 입고 분칠을 마칠 무렵 마차 벽을 두드리는 소리가 들렸다. 당웅의 목소리와 함께.

"준비는 다 끝나셨습니까?"

"네. 거의 다 마쳤어요."

"곧 청랑호青浪湖에 도착합니다. 서둘러 끝내시길."

"네, 감사해요."

단호한 당웅의 말투를 들으니 문득 새벽에 주고받았던 말들이 떠올랐다. 당소소는 고개를 저으며 숨을 골랐다. 하연이 당소소의 턱을 살짝 쥐더니 그녀의 입술에 연지를 찍었다. 그리고 자상한 미소를 지었다.

"예뻐요, 아가씨."

"…그래. 고마워."

당소소가 마주 웃어주었다. 그리고 침을 삼키며 얼굴에 차가움을 둘렀다. 이제 악역 당소소가 일할 시간이었다. 마차가 멈추고, 검문에 답하는 진명의 목소리가 들려왔다.

"소속이?"

"사천당가입니다."

"여기서부턴 도보로 걸어가야 하니, 마차는 저희 청랑검문 측에 맡겨주시지요."

"예, 그럼…. 아가씨, 내리셔야 할 듯싶습니다."

진명의 목소리가 당소소를 재촉했다. 마차 문이 열리고 진명이 손을 내밀었다. 당소소는 잠시 하연을 돌아봤다. 하연은 고개를 끄덕이며 웃어주었다.

"기다리고 있을게요. 아가씨."

당소소는 그녀의 말에 고개를 끄덕이며 진명의 손을 잡았다. 채 적응하지 못한 좁은 치마를 의식하며 천천히 마차에서 내렸다. 당소소는 진명의 손을 놓고 천천히 주위를 둘러봤다.

바다 같은 호수에 넘실거리는 푸른 물결. 그리고 그 위의 작은 섬에 지어진 거대한 목재 건물들. 청랑검문靑浪劍門이라는 문파 명에 걸맞은 풍경이다. 뭍에서 부대끼는 사람들의 물결과 그들이 보내는 날카로운 시선들. 김수환의 기억이 스쳤다.

'괜찮아. 익숙해.'

당소소는 그 시선을 담담한 태도로 받아들였다. 그리고 고개를 치켜들어 자신의 얼굴을 확인하는 청랑검문의 제자를 바라봤다. 청랑검문의 제자가 절도 있는 자세로 포권을 했다.

"청랑검문에 오신 걸 환영합니다, 독화 당소소 님."

"사천당가의 당소소예요."

청랑검문의 제자는 그녀의 얼굴을 바라보며 옅은 적의를 내비쳤다. 그녀는 차가운 미소를 지으며 포권을 받았다.

'그래. 날 싫어해. 익숙하잖아.'

그녀의 웃음에 채 당소소를 주목하지 않던 시선들이 모여들었다. 당소소의 지금 모습은, 피어나기를 기다리는 꽃봉오리 같았다. 당소소는 미소를 거두고 고개를 살짝 비틀며 그들을 자신의 시선에 담았다.

'그 대신 너흰 웃어야 해. 그게 날 행복하게 할 테니까.'

"청랑검문과 사천의 정파에 무운이 있기를."

당소소는 말을 끝내고는 다시 활짝 웃었다. 사천교류회에 독화 당소소의 이름을 알리는 순간이었다.

"저 여자, 그 망나니 당소소 맞지?"

"어쩜, 성질 더러워보이는 것 좀 봐…."

"패악질이 어찌나 고약하던지, 성도에선 이미 소문이 자자하다고…."

청랑검문의 무인에게 안내를 받으며 인파를 가르고 걸어가는 당소소. 잔뜩 소리를 낮춘 험담들이 돌덩이가 되어 그녀에게 날아왔다. 당소소의 차가운 표정이 살짝 일그러졌다.

'다 들려, 씹새들아.'

"…방을 배정받으시고 준비를 마치신 뒤, 석식 행사부터 본격적인 사천 교류회가 시작될 예정입니다. 뭐, 혹시 문제 되는 것이 있으십니까?"

"아뇨. 안내 감사합니다. 어서 가죠."

"예, 그럼 이쪽으로."

무인의 발걸음이 멈춘 곳은, 청랑검문의 본채로 이어지는 목제다리 위였다. 무인이 다리를 건너며 따라오라는 눈짓을 건넸다.

당소소는 앞서가는 무인의 뒤를 따라 걸어가며 호수의 풍경을 감상했다. 쪽배를 타고 뱃놀이를 즐기는 남녀, 물 위를 뛰어다니며 인사를 건네는 사람 하나, 그리고 큰 배에서 술판을 벌이는 무리들이 그녀의 시야에 들어왔다.

'…물 위를 뛰어다니는 사람?'

당소소는 미간을 좁히며 시선을 그에게로 향했다. 당웅이 당소소를 슬쩍 흘겨보며 헛기침을 했다. 그리고 낮게 귓속말을 했다.

"청랑검문의 후계자, 정유입니다. 파랑검객波浪劍客이라는 별호를 가지고 있죠."

'대해검호大海劍豪, 정유…. 백서희도 그렇고, 2년 후에나 볼 줄 알았는데. 이 사람들을 사천성에서 볼 줄은 상상도 못 했어.'

청랑검문에 발을 들이자마자 쌍검무쌍의 등장인물 중 하나가 모습을 보이다니. 백서희와 마찬가지로, 정유 또한 주인공이 사천성을 방문할 당시엔 등장하지 않던 인물이었다. 주인공이 정천무관에 입학한 뒤 주인공 일행에 합류하는 인물이었다. 당소소는 그의 모습을 두 동공에 담으며 정보를 훑었다.

'주인공의 정천무관 1년 선배. 군소문파 출신 최초로 차석으로 졸업, 대해검호라는 별호를 받고 주인공 일행에서 활약. 청랑검문의 검술인 풍랑천식검風浪千蝕劍의 달인. 성격은 호방하고….'

당소소의 눈길을 느꼈는지 정유가 당소소 쪽으로 걸어왔다. 수면을 걸어차며 훌쩍 뛰어오른 그는 당소소 앞에 착지하며 유난스러운 포권을 취했다.

"이거, 이름 높은 당가의 꽃을 보다니 영광입니다. 청랑검문의 소문주, 정유 인사드리지요. 부족하지만 파랑검객이라는 별호로 불리고 있지요."

'호색한.'

당소소는 눈을 찡긋거리며 자신의 환심을 사려는 정유를 바라봤다. 앞머리를 그러모아 하나로 묶어 올린 머리와 물결 문양 머리띠, 그리고 시원시원한 쾌남형 얼굴. 소설 속 묘사 그대로였다. 그는 주인공 일행 중 짐짓 딱딱해질 수 있는 분위기에 윤활유를 바르는 역할이었다.

"역시, 미인은 차가워야 그 고고함이 돋보입니다. 어떻습니까, 독화 소저. 소협에게 아가씨를 안내할 기회를 주시겠습니까?"

주로 주인공에게 반해 있는 미녀들에게 껄떡이는 쪽으로 자신의 역할을 수행한다는 게 문제였지만.

정유는 포권을 풀고 한 손을 내밀어 자신의 인도를 따르라는 적극적인 표현을 해왔다. 당소소는 살짝 눈썹을 씰룩였다.

'글로 볼 땐 웃겼는데, 막상 저런 우스꽝스런 구애를 받는 처지가 되어 보니 좀 난감한걸….'

인간관계가 좁았던 전생 탓에 당소소에겐 이런 대화가 꽤 부담스러웠다. 게다가 남자의 정신으로 받아야 하는 남자의 추파라서 더더욱 거북했다. 당소소는 애써 웃으며 그의 포권에 포권으로 답했다.

"사천당가의 당소소입니다. 제안은 감사하지만, 방을 배정받아야 하는 것이 우선이라….."

당소소는 자신을 안내하던 청랑검문의 무인을 바라봤다. 어서 안내를 재개하라는 무언의 신호. 하지만 무인은 난감해하더니 정유를 흘깃 바라보곤 고개를 저으며 말했다.

"이곳부턴 청랑검문의 영역, 저 같은 일반 제자의 안내보다 소문주 님의 안내를 받으시는 편이 훨씬 유익하고 빠르실 겁니다."

"괘, 괜찮은데….."

"그럼, 전 잔업이 남아서…. 소문주 님, 그럼 수고하십시오."

"어, 수고해라! 그럼, 가실까요?"

정유는 서둘러 사라지는 무인의 등 뒤로 손인사를 건네고 당소소를 돌아보며 미소를 지었다. 당소소의 볼살이 살짝 떨렸다. 서둘러 그 떨림을 미소로 덮으며 그녀는 고개를 끄덕였다.

"안내, 감사해요."

"별말씀을. 이런 호의는 미인이 누려야 할 당연한 권리 같은 것 아니겠습니까?"

"아, 예."

당소소는 웃는 낯으로 그의 말에 대충 대꾸하며 청랑호의 풍경을 바라봤다. 푸른 하늘을 잔잔히 받아 햇빛을 부수는 물결은, 그녀의 마음에도 옅은 감동을 일으켰다.

'괜찮네….'

하지만 정유의 요란한 음성이 감동을 거칠게 밀어내며 당소소의 귀에 때려 박히기 시작했다.

"그건 그렇고, 당소소 소저의 나이가 열여덟이라고 들었는데. 제가 한 살 더 많군요."

"네."

"전 열아홉입니다. 아핫핫! 뭐, 제가 한 살 더 먹었다고 유세를 부리는 건 아니고, 그저 친해지자는 차원에서 하는 이야기입니다. 뭐, 좀 더 친해지면 더 친근한 호칭으로 불러도 괜찮을 것 같고."

"그렇네요."

"지금 청랑호 위의 저 큰 배를 보고 계신 거죠? 제가 아버지를 따라 강호 유람을 할 때였죠. 남해도에서 있었던 일인데…."

당소소는 더는 정유의 말을 무시하지 못했다. 마치 귀에서 피가 날 것 같은 짜증과 통증이 느껴졌다. 활달하고 명랑한 목소리에 우렁찬 성량, 그리고 끊이지 않는 대화가 그녀를 고통스럽게 했다.

'좆됐네….'

"…저 용골이 무려 수백 년 묵은 해송으로 만들어졌다는 걸 아십니까? 참, 선원들은 또 얼마나 성실한지. 그래서 전 저 배를 청랑의 심장, 청심靑心이라 부르곤 하죠. 아버지도 제 말을 듣곤 어찌나 좋아하시던지, 무척 좋아하셔서 그날 가족끼리 외식을 나가게 됐는데…."

당소소가 귀를 움찔거리며 당웅을 바라봤다. 끔찍한 수다의 지옥에서 제발 구해달라는 간절한 신호를 보냈으나, 당웅은 고개를 슬쩍 돌리며 오히려 정유로부터 한 발짝 멀어졌다. 당소소는 눈을 질끈 감으며 기억을 더듬었다.

'아니 소설 어디에도 이 사람이 수다쟁이라는 이야긴 없었는데…?'

"핫핫, 소저도 참. 겉보기엔 차가워보이시지만 감수성이 참 풍부하십니다. 눈을 그렇게 지그시 감고 제 이야기를 음미하시다니. 그럼 식사의 방식에 관해 다시 이야기를 해보겠습니다…."

"그, 자, 잠깐만!"

당소소는 화색을 띠며 또 새롭게 운을 떼는 정유를 막아섰다. 그녀의 등줄기로 식은땀 한 방울이 흘러내렸다. 당소소는 청랑검문과의 거리를 슬쩍 가늠하며 정유를 바라봤다.

'본채에 도착하려면 시간이 꽤 걸릴 것 같은데, 저 입이 다시 열리면 이대로 끝이야….'

이대로 두었다간 가는 내내 궁금하지도 않은 정유의 신변잡기식 이야기에 귀가 혹사당할 것이 불 보듯 뻔했다. 당소소는 머리를 굴려 그를 자제시킬 방안을 찾기 시작했다.

'맞장구쳐줘? 아니, 그랬다간 끝이야. 무시하면? 더 신나서 말을 토해낼 거고…. 무언가 방법이….'

당소소의 시선이 그의 입에서 허리춤에 있는 검으로 향했다. 기억을 더듬던 그녀의 머릿속에 작중에서 그가 유일하게 진지했던 상황이 하나 떠올랐다. 바로, 여자에게 차였을 때와 검술에 관한 이야기를 할 때. 당소소는 서둘러 입을 열었다.

"그 이야기도 좋지만, 정유 대협의 검에 관해 이야기하고 싶네요."

"제 검 말입니까?"

"네. 정유 대협이 펼치는 풍랑천식검이 그렇게 매섭다는 소문이 돌아서."

"핫핫, 조금 쑥스럽군요…."

검술이 대화의 주제가 되자 명랑하기만 했던 정유의 분위기가 드디어 진중해졌다. 당소소는 그런 정유의 태도에 안도하며 청랑검문의 본채로 서둘러 걸음을 옮겼다. 정유가 당소소의 걸음을 따라붙으며 그녀에게 말을 걸었다.

"당소소 소저는 제 검에 대해서 어떻게 생각하십니까?"

"예? 굳이 왜 제 의견을. 전 무공을 제대로 알지도 못하는걸요."

"때로는 일반인의 시선도 중요한 법이지요."

정유의 은근한 요구. 당소소는 쌍검무쌍 속, 풍랑천식검의 묘사 중 일부를 떼어와 입으로 읊었다.

"매서운 파도처럼 적을 집어삼키는 검, 아닌가요?"

"집어삼킨다…. 재밌는 의견이십니다."

정유는 고개를 끄덕이며 웃었다. 그리곤 줄곧 나불대던 입을 굳게 닫고 청랑검문 본채 입구로 걸어갔다. 말 없는 걸음이 이어지다 정유가 입구 앞에 멈춰 섰다.

"이곳은 청랑검문의 본채, 청검각青劍閣입니다. 배정받으실 방은 청검각의 대강당을 우회해 뒤편의 별채로 가시면 입구에 표시가 되어 있을 겁니다. 그럼, 이번 청랑검분에서 열게 된 사천교류회. 마음 편하게 즐기셨으면 좋겠습니다. 당 소저."

"배려에 감사해요."

당소소가 감사의 표시로 가볍게 눈인사를 건네자 정유가 웃음으로 받으며 말했다.

"한데 저와는 달리, 소저는 소문과 다른 것 같습니다."

"네?"

"당가의 악녀 당소소는 거만하고, 질투와 시기 덩어리이며, 무능하다…. 듣기엔 거북하실지 몰라도 이런 소문들이 횡행하고 있기에."

정유의 노골적인 발언에도 당소소는 태연하게 웃으며 고개를 끄덕였다.

"소문이 그렇다면 뭐, 그런 인물 아닐까요?"

"…하하, 그렇습니까?"

"그럼, 먼저 실례를."

당소소가 별채를 향해 걸음을 옮기자, 날카로워진 정유의 시선이 그녀의 등 뒤에 꽂혔다. 아무런 내공도 느껴지지 않고 굳은살조차 보이질 않는 손. 당소소는 스스로도 인정하듯 무공을 익히지 않은 평범한 여자였다.

"풍랑천식검의 완성 단계인 식触에 관해 이야기하면서, 무공에 대해서는 모르는 아녀자라…."

정유는 뒷짐을 지고 당소소에 대한 판단을 보류했다. 정유의 풍랑천식검은 두 번째 단계인 랑浪. 사천성 내에 퍼져 있는 소문은 그 두 번째 단계에 걸맞게 검이 매섭게 몰아친다는 내용이었다. '집어삼킨다'는 완성 단계인 식에 관한 묘사로 정유에게도 아득히 먼 이야기였다. 하지만 당소소는 그것에 관해 이야기하고 있었다. 정유의 입꼬리가 올라갔다.

'재밌는 처자인데.'

거만한가? 그렇지 않다. 질투와 시기가 넘치는가? 아직 그런 모습은 보인 적 없다. 무능한가? 그녀는 풍랑천식검의 완성이 어떤 것인지 알고 있다. 정유는 당소소에 관한 험담을 일삼던 사천교류회의 일원들을 떠올렸다.

'역시, 소문은 믿을 게 못 돼.'

정유는 그런 생각을 품으며 청검각의 대강당으로 걸어 들어갔다.

* * *

"당문, 당문…."

"이쪽입니다."

별채에 들어선 당소소. 그녀가 주위를 둘러보며 당가에 배정된 방을 찾자 청랑검문의 제자 한 명이 걸어 나와 방까지 안내했다.

"감사해요."

당소소가 눈인사를 건네며 당웅과 함께 방 안으로 들어섰다. 꽤 고급스러워 보이는 가구들이 배치되어 있었다. 원목을 깎아 만든 탁자와 솜이 가득 찬 침상. 창가와 침실에 드리운 비단으로 된 장막은 청랑검문의 위세를 간접적으로 드러내는 듯했다.

당소소는 탁자 옆 의자에 앉아 소매에 넣어둔 당가의 문서를 꺼내 들었다.

"이제 이걸 청랑검문의 문주에게 전달만 하면 되는 거군요?"

"예. 청랑검문주에게 전달만 한다면 그자가 알아서 정파의 연합인 무림맹武林盟에 전달할 겁니다."

"무림맹…."

당소소는 무림맹에 대해 떠올렸다. 정파의 수뇌부들이 머리를 맞대고 결의한 거대한 연합제. 성파의 분생을 조율하고, 정전무관을 실립해 정파의 미래를 가꿔나가며, 나아가선 마교와 새외의 세력에 맞서 힘을 응집시키는 구실을 하는 곳.

당웅은 생각에 잠긴 당소소를 바라보다 창가 너머로 시선을 던졌다.

"흑풍대의 숙소는 어찌 되었는지 확인을 해보고 와야겠습니다. 그리고 진명과 하연을 이쪽으로 불러오겠습니다."

"감사해요."

"그럼…."

자신을 똑바로 바라보며 웃음 짓는 당소소를, 당웅은 고개를 돌려 외면하고 방을 벗어났다. 그런 당웅을 보며 한숨이 나온 당소소는 털실을 꺼내 손가락에 걸었다. 그리고 조급한 손놀림으로 도형을 자아내기 시작했다.

'한참, 한참 멀어….'

당소소는 물 위를 걸어 다니던 정유의 모습을 생각했다.

수상비水上飛.

발바닥에 휘돌리는 내공이 조금이라도 치우치거나, 그 내공과 보법의 조화가 조금이라도 어긋나도 실현할 수 없는 고강한 경지의 신법身法이었다. 정유는 수상비로 자신이 내공적으로, 외공적으로 완성의 단계로 나아가는 무인임을 드러냈다. 그야말로 절정의 경지를 향해 도달해 가는 무인. 쌍검무쌍의 주연들은 이 이상이었으면 이상이었지, 더 떨어지진 않을 것이다.

'따라가지 못한다는 건 알고 있었지만….'

당소소는 엉터리로 얽혀버린 털실을 보며 착잡한 심정으로 털실을 품 안에 집어넣고, 기분을 환기하기 위해 방문을 열고 밖으로 나갔다. 별채의 복도는 여기저기 사람들로 분주했다.

예전부터 그녀는 이런 왁자한 분위기를 좋아했다. 마치 시체같이 아무런 반응도 하지 않는 집안 분위기가 김수환에겐 너무 고통스러웠다. 그래서 그는 종종 사람의 온기를 느끼기 위해 공원이나 번화가를 거닐곤 했다.

당소소는 팔짱을 낀 채 그 광경을 바라보며 웃음을 지었다. 그때 자신을 바라보는 시선이 느껴졌다. 당소소는 시선을 따라 고개를 돌렸다.

"사특한 년."

"……?"

구름이 그려진 옷을 입은, 도사 같은 한 여자가 당소소를 바라보고 있었다. 당소소의 시선이 그녀에게 닿자, 여도사는 성큼성큼 다가오더니 우격다짐으로 그녀에게 밀착해왔다.

"당소소, 운류 사형을 타락시킨 악녀!"

"…운류가 누군데."

"화검공자, 운류! 시치미를 뗄 생각이야?"

"그 미친 새끼를 내가 왜…? 음?"

당소소는 그녀의 말에 잠시 멈칫했다. 그리고 시선을 슬쩍 아래로 돌려 밀착된 그녀와 자신의 가슴을 바라보며 말했다.

"어…. 그, 알겠으니 일단 좀 떨어지고…."

"우리 사형 돌려내!"

"아니, 내가 그 씹새끼를 왜 가져가겠니….”

"지금 우리 사형보고 씹새끼라고 한 거야?"

"아니, 꼭 그렇다는 건 아니고…. 일단 좀 떨어져줄래?"

당소소는 얼굴을 붉히며 곤란해 했다. 자기 몸에는 겨우 익숙해졌지만 타인의 여체엔 익숙하지 못했기에. 당소소가 부끄러움에 그녀를 밀어내자, 밀착해오던 그녀는 이내 울음을 터뜨리며 울부짖었다.

"으허엉, 이 나쁜 년이 청성파를 가지고 놀았어!"

"아니, 그건 그러니까…. 에휴….”

그녀의 울음소리에 모두의 시선이 낭소소에게 쏠렸다. 당소소는 한숨을 쉬며 이마를 짚었다.

* * *

"으으윽!"

산적의 신음 소리. 백서희는 무심하게 장검을 거둔다. 안도의 한숨을 쉰 상인들은 산적들에게 달려가 발길질을 해댄다.

"이놈, 이놈!"

"금 한 냥이, 어디 개 이름인 줄 아느냐?"

"그만하세요, 어르신들. 끝난 싸움입니다.”

백서희는 장검을 등에 차고 산적들을 바라본다. 나른한 눈매에 어리는 무심한 눈길에 산적들이 몸을 떤다. 산적들은 고통에 몸부림치며 울부짖는다.

"흑림총련이, 네년을 용서치 않을 것이다!"

"흑림총련?"

백서희는 산적들에게 다가가 물었다. 산적들은 정신이 나간 듯, 광소를 터뜨리며 고개를 끄덕였다.

"그래, 사천의 산적과 사파가 너흴 쫓을게야. 흑림총련의 귀신들은 지독하고, 끈질기니…!"

"푸흣! 지랄은 지들이 먼저 해놓고, 누구더러 용서를 하니 마니…."

백서희는 그들의 말에 웃었다. 그리고 뒤돌아섰다. 한줄기로 땋은 머리가 찰랑이며 허공을 유영했다.

"난 아미의 신검神劍을 물려받은 자, 벽사파마辟邪破魔의 업이라면 피하지 않아. 백이 오면 백을 벌하고, 천이 오면 천을 벌해주겠어. 하고 싶은 대로 해봐."

백서희는 그 말을 던지곤 백능상단 대열에 합류했다. 그리고 말 위로 훌쩍 뛰어올라 안장에 앉았다. 그런 백서희를 백능상단의 상인들이 말렸다.

"아가씨, 저들을 그냥 두고 갈 순 없습니다!"

"귀찮은데…. 전 그냥 갈게요."

"아가씨, 저들은 야비한 족속들입니다. 선처를 베풀어선…."

"저놈들이 백이 오든, 천이 오든 제 상대는 아니에요. 그냥 가요."

축 처진 음성으로 답하는 백서희. 상인들은 완강히 고개를 저었다.

"후환을 남겨선 안 됩니다. 저희의 뒤를 쫓아 무슨 해코지를 할 줄 모르는 놈들입니다!"

"그럼, 아저씨들이 알아서 관아에 넘기든지 하세요. 전 사천교류회에 참석해야 하니."

"…알겠습니다. 먼저 출발하세요."

백서희는 하품을 하며 상인들을 남기고 멀어져갔다. 상인들은 곧장 산적들에게 달려들어 구타를 하고 그들을 동여맸다.

"이놈들, 관아에 넘기면 포상금을 얼마나 줄지 궁금하군!"

"지은 죄들도 있으니, 바로 처형이겠지?"

"푸핫!"

우두머리 산적은 얻어맞아 부은 얼굴로 실소를 터뜨렸다. 그리고 피가 뒤엉킨 침을 뱉으며 말했다.

"이제, 곧 귀신을 보게 될 거야."

"이 빌어먹을 새끼가?"

상인들의 주먹질과 발길질이 산적에게 날아들었다. 하지만 그럴수록 그의 웃음소리는 더 커져갔다.

✳ ✳ ✳

우는 여자를 달래는 방법에는 어떤 방도가 있을까.

공감을 한다?

"흑, 우리 사형 저런 나쁜 년한테 잡혀 살아서 어떻게 해….."

"어….."

'납치를 한 건 그 새끼인데.'

상대의 말을 경청해준다?

"사형에 이어 나까지 자기 방에 데려가 해코지하려고 하고 아아, 청성파는 어떻게 해야 할까요?"

"그게 무슨 개풀 뜯어먹는 소리….."

"…너 뭐라고 했어."

당소소는 고개를 저었다. 복도에서 서럽게 울고 있는 청성파의 여도사는 꽤나 이목을 끌었다. 당소소는 그녀를 서둘러 자신의 방으로 데려와 어떻게든 달래보려 했으나 워낙 막무가내였다. 진심으로 자신의 사형이 당가의 악녀에게 상처를 입고 폐관수련에 들어갔다고 믿고 있었다.

'쾍! 네 사형이 마도공자라고 까발릴 수도 없고, 말해봤자 믿지도 않을 거고…. 모르겠다.'

당소소는 여도사 달래기를 포기하고 엉킨 털실을 품에서 꺼내 천천히 풀기 시작했다. 그러자 여도사가 그녀의 행동에 딴죽을 걸었다.

"너 지금 내 말 무시해?"

"밑도 끝도 없이 우는 걸 내가 어떻게 해줘야 해?"

"사죄해. 당장. 운류 사형이 폐관수련에 들어간 건 다 네 탓이잖아?"

당소소는 한숨을 푹 쉬며 그녀를 바라봤다. 그리고 가장 먼저 물어봤어야 할 것을 물었다.

"일단, 네 이름부터 말하는 게 예의 아니야?"

"네가 예의를 운운…."

"말하기 싫어?"

"…운령."

이름을 들었더니 당소소의 골치가 한층 더 아파왔다.

청홍검봉靑紅劍鳳 운령. 그녀도 쌍검무쌍의 등장인물이었다. 청성파의 무예를 이어받은 대제자로, 청성파의 절기 청운적하검靑雲赤霞劍의 유일한 전승자였다.

작중에선 항상 차가운 태도와 감정 없는 눈동자를 고수하며, 백서희의 뒤를 졸졸 따라다니는 1년 후배로 서술되어 있었다. 물론 주인공에게 반하는 건 여지없었지만.

당소소의 눈에 퉁퉁 부은 눈으로 훌쩍거리며 자신을 노려보는 운령이 보였다.

'이렇게 동글동글하고 감정이 풍부한 아이가 그런…?'

당소소가 팔짱을 꼈다. 그녀가 쌍검무쌍의 등장인물인 것을 안 이상 더 조심스럽게 대해야 했다. 여전히 해결책은 딱히 보이지 않았지만.

'그냥 내가 나쁜 년이라고 해? 아니…. 그래도 이건 좀 억울한데. 이걸 꿀밤을 먹일 수도 없고….'

그녀에게 손을 댔다간 장담컨대 당소소의 몸이 반으로 접히고 뼈와 살이 분리될 수도 있었다. 운령은 작중에서도 주인공 일행 중 상위권의 무위를 가진 천재 중의 천재였으니까. 당소소는 다시 이마를 짚었다. 그녀의 고뇌를 엿봤는지 운령이 단호한 태도로 말했다.

"그래서 사과는 언제 할 건데?"

"일단 폐관수련을 떠난 게 왜 내 탓인데?"

"뻔한 거 아니야? 폐관수련을 하기 전, 마지막으로 만난 사람이 당신이야. 당신이 우리 사형을 가지고 놀아서, 그 충격에 폐관수련을 한 게 분명해."

"음…."

당소소는 어디서부터 짚어줘야 할지 감조차 오질 않았다. 그래도 겨우겨우 아픈 머리를 쥐어짜 설득을 시작했다.

"화검공자라는 별호가 어떻게 생긴 건진 알고 있어?"

"사형이 엄청 잘생겨서 붙은 별호 아니야?"

"그 잘생긴 얼굴로 여자를 후리고 다녀서…."

"후리고…?"

"…가벼운 만남을 자주 하고 다녀서 그런 거야. 그 사람 주변에 그렇게 여자가 많은데, 나 따위가 눈에 들어오겠어?"

그러나 운령은 고개를 저으며 부정했다.

"그럴 리 없어. 운류 사형이 얼마나 순진한데. 그냥 날파리들이 꼬인 것뿐이야. 그리고 그중에 가장 예쁜 당신한테 빠진 거지."

"……."

"이 흑단 같은 머릿결과 신비한 보라색 눈, 남자들이 안 빠지고 배기겠어? 사형도 결국 남자였어…. 이 악녀, 어디 말 좀 해보시지?"

"그, 그만…."

느닷없이 당소소의 외모를 칭찬하는 운령. 당소소는 얼굴을 붉히며 고개를 숙였다. 타인의 입을 통해 듣는 아름답다는 말은, 아무리 들어도 익숙해지지 않았다. 어색한 기류가 흐르고 두 사람만의 공간에 낯선 이들이 난입했다.

"아가씨, 저희 왔…. 어머. 이 귀여운 도사님은 누구세요?"

"귀엽다고 말하지 마!"

"뭐야? 뭔데 우리 방에 사람들이 몰려 있습니까? 다 쫓아내긴 했는데."

"아, 왔어?"

당소소는 그들의 등장에 화색을 띠었다. 낯선 이들의 정체는 바로 진명과 하연이었다.

진명은 들고 온 당소소의 짐을 내려놓았고, 하연은 소동물을 보는 시선으로 운령을 내려다봤다. 인파를 물리고 뒤늦게 들어오는 진명. 운령은 진명의 얼굴을 확인하더니 갑작스레 울먹이기 시작했다.

"흐윽, 흐윽. 어떡해!"

"뭐, 뭔데 이 계집애는 날 보고 웁니까?"

"당가의 악녀가 날 더럽히려고 이젠 저런 추남을 데려왔어. 흑, 사부님, 사조 님…. 저는 여기서 불명예스럽게 가요…!"

"아니 대체 뭐라는 거야?"

당황하는 진명. 당소소는 둘을 번갈아 본 뒤, 체념하듯 고개를 저었다.

"진명, 나가 있어."

진명의 얼굴이 억울함으로 구겨졌으나 주군의 말을 거역할 순 없는 노릇이었다. 그는 툴툴대며 문밖으로 나갔다.

"…내가 그렇게 못생겼나?"

진명이 나가고 상황이 조금 진정되자 하연은 당소소에게 일련의 상황에 대해 물어왔다.

"그래서 이 귀여운 도사님은 왜 저희 방에 찾아온 건가요?"

"그…. 내가 화검공자랑 사귀다가 차버려서 충격에 폐관수련을 하는 줄 알고 있어…. 저 아이는 화검공자의 사매, 운령이고."

"어머…."

하연이 놀라는 한편 짓궂은 미소를 지었다. 그리고 당소소에게 귓속말로 어떻게 할 건지 물어왔다.

"사실은 뭔데요?"

"…대충 설명하자면. 걔가 나한테 엄청 과도하게 집착하고 내가 거부하니까 도망간 거야. 운령은 내가 화검공자를 차서 폐관수련을 하러 갔다고 주장하고 있고."

"집착이라. 확실히 아가씨처럼 귀엽고 아름다우면, 제가 남자라도 집착하겠는걸요?"

당소소는 마도공자와의 일화를 나름 합리적으로 정리해서 하연에게 전했지만 하연은 당소소의 미모부터 칭찬했다. 당소소는 몸을 꼬아 부끄러움을 덜어내며 황급히 하연의 말을 잘랐다.

"농담은 그만하고…. 아무튼 해결책이 필요해."

"해결책이라. 어떤 종류의 해결책이 필요하신데요?"

"일단 청성파와 원만한 관계가 유지되어야 하고, 운령과도 관계가 틀어지지 않았으면 좋겠어. 그리고 그 빌어먹을 자식이랑 사귀었다는 말도 좀 없었으면 하고."

"흠…."

하연은 잠시 팔짱을 끼고 고민하더니 곧 얼굴을 환하게 밝히며 당소소에게 귓속말을 전했다.

"그 도망갔다는 부분을 각색하는 거예요."

"각색?"

"네. 도망간 게 아니라 진지한 무공 토론 도중에 깨달음을 얻고 폐관수련에 들어갔다고 하는 거죠."

"그치만 난 무공에 대해 전혀 모르잖아?"

순진한 표정으로 반문하는 당소소. 하연은 그런 당소소의 귀여움에 헤실거리더니, 정신을 차리고 단호한 표정으로 손가락을 들어 올렸다.

"거짓말을 하는 데에는 많은 요소가 필요하지만, 가장 필요한 것이 뭐라고 생각하세요?"

"…개연성?"

"아뇨. 그런 게 아니에요."

하연은 손을 입 모양으로 만들어 열었다, 닫았다 하며 말했다.

"혼이 담긴 언변!"

"…그러니까 입을 잘 털라는 이야기잖아? 그게 개연성 아니야?"

"털…. 으흠! 아니죠. 잘 보세요."

하연이 곧장 운령에게 다가가 인사를 건넸다.

"너무 두서가 없어서 인사를 드리지 못했네요. 전 당소소 아가씨를 모시는 전속 시녀, 하연이라고 해요."

"…운령."

서로 간의 통성명이 끝나자 하연이 다짜고짜 물었다.

"운령 아가씨, 혹시 여자와 남자 사이엔 친구가 될 수 있다고 믿나요?"

"다짜고짜 그게 무슨 소리야?"

"믿으시나요?"

하연은 지그시 운령을 바라봤다. 노려보는 것이 아닌, 애절한 감정을 담은 눈빛. 운령은 그 눈빛을 부담스러워하며 하연의 질문에 대답했다.

"…있어. 사형과 나의 관계가 그런 것이라고 생각해."

하연은 득의의 미소를 지으며 고개를 끄덕였다.

"믿으신다니, 그럼 설명이 빠를 것 같네요. 저희 아가씨와 화검공자 님과의 관계도 그런 것이었어요. 진지한 태도로 무공을 연구하는 만남이었죠."

"애월루에서? 무공도 배우지 않은 사람과?"

"그으건…. 정파의 두 기둥인 청성파와 당문의 수준 높은 토론이잖아요? 나무를 숨기려면 숲에 숨기듯이, 그런 장소에서 이루어지는 토론이 설마 무공에 관한 토론일 줄 누가 알겠어요? 그리고 비록 우리 아가씨가 내공은 없어도 박학다식하신 분이에요. 무려 독천의 따님이신데요."

"……."

약간 엉성한 하연의 거짓말에 운령은 고개를 갸웃거리며 고심에 잠겼다. 하연은 그런 운령의 태도에도 진지한 표정을 지으며 운령을 바라봤다. 그 눈빛을 응시하는 운령. 그녀는 이내 눈을 감으며 고개를 끄덕였다.

"…과연, 일리 있는 말이야."

"역시 그렇죠? 청성의 빼어난 검객, 화검공자 님과 당가의 금지옥엽이 왜 애월루에 있었겠어요? 더군다나 화검공자 님이 우리 아가씨와 교제를 할 리 없잖아요. 이렇게 귀여운 사매를 뒀는데."

"으, 으응? 듣고 보니 그런 것 같기도…."

하연은 슬쩍 운령에게 칭찬을 얹으며 거짓말을 기정사실로 만들어갔다. 운령은 순진한 얼굴로 천천히 고개를 끄덕였다. 하연은 진명이 내려놓은 짐을 뒤져 사탕 하나를 꺼낸 뒤, 운령의 손에 쥐여주며 말했다.

"그러니까 무공에 관해 토론했던 것으로 따지면, 저희 아가씨는 어쩌면 호적상에 없는 사저師姐일 수도 있겠네요."

"당가의 악녀가 아니라…. 사저?"

"하, 하연! 그만, 그만해."

당소소는 서둘러 하연의 거짓말을 말렸다. 무언가, 더럽혀서는 안 되는 것을 더럽히는 기분에 당소소는 자리에서 일어나 운령을 일으켜 세웠다. 그리고 마음에도 없는 사과를 재빨리 던졌다.

"그, 내가 미안해요. 내가 다 미안하니까, 어서 청성파 사람들이 있는 곳으로 돌아가세요. 그 사람들이 걱정할 수도 있으니까…."

"당신이 날 걱정해? 이렇게 나쁜 말을 했는데? 운류 사형과 진짜 진지한 무공 토론을…? 진짜 사저…?"

"아니, 진짜 미치겠네. 하연, 어떻게 할 거야?"

쩔쩔매는 당소소를 보며 하연은 쿡쿡 웃었다. 그리고 능글맞은 어투로 말했다.

"좋은 것 아닌가요? 오해는 해결된 것 같은데…."

"그게 문제가 아니잖아, 이 순진한 애를…!"

"제가 보기엔 아가씨도 만만찮게 순진한걸요."

"……."

하연이 싱긋 웃음을 던졌다. 당소소는 순간 한걸음 뒤로 물러섰다. 하연이 더 이상 참지 못하고 이내 파안대소를 했다.

"농담이에요, 소소 아가씨. 운령 도사님, 사저라는 말은 그냥 해본 말이었어요. 어디까지나 제 추측. 아셨죠?"

"으, 응…."

"그럼, 오해는 풀린 것 같네요. 석식 행사 때, 저희 아가씨를 잘 부탁드릴게요. 도사님."

하연의 말에 운령이 고개를 끄덕이며 자신을 일으켜 세운 당소소를 바라봤다. 수많은 감정이 모순되고, 부딪힌다. 그리고 천천히 입을 열었다.

"날 감싸줬어."

"감싸준 거 아니야. 여기 있으면 무슨 소리를 들을지 모르니, 빨리 돌아가는 게 좋아."

당소소는 운령에게 말했다. 운령은 고개를 저으며 자신의 생각을 토해냈다.

"사람들이 많은 복도에서 날 웃음거리로 만들지 않기 위해 방 안으로 데려온 것도, 운류 사형에 관해 가타부타 말하지 않은 것도, 내 추궁에 사형을 위해 거짓말을 한 것도…."

"진짜 돌겠네…."

"그리고 당신의 악명이 혹시 나에게 피해를 끼칠까 봐, 빨리 돌아가라고 말하는 것도."

당소소는 머리가 지끈거리기 시작했다. 당소소는 그만 의자에 주저앉았다. 그녀를 달래는 것에 지쳤기도 했지만, 이런 식의 결말을 원한 게 아니었다. 하지만 입씨름에 지친 당소소가 체념하듯 말했다.

"마음대로 해…."

운령은 미안함에 젖은 눈망울을 깜빡이며 말했다.

"미안해요. 당소소 아가, 씨?"

"아가씨라 부르기 어려우면, 언니라고 부르셔도 돼요."

"…하연!"

당소소는 끼어드는 하연을 나무랐다. 하연은 당소소의 말에 고개를 돌려 창밖을 바라봤다. 운령은 그 말에 고개를 끄덕이며 다시 말했다.

"미안해요, 언니."

"윽."

당소소의 얼굴엔 여러 감정이 소용돌이쳤다. 저 귀여운 생물에게 언니라고 불리는 부끄러움, 운령을 속인 것에 대한 죄책감, 지금 상황에 대한 난감함 등등. 지끈거리는 머리는 판단을 거부했다. 그 모든 감정에 대해 생각하길 포기한 당소소는 눈을 감고 말했다.

"그래…. 이제 돌아가렴….”

"네, 이따가 석식 행사에서 봐요. 언니.”

"언니라는 말은…. 아니다. 그래….”

당소소는 미안함이 그렁그렁 맺힌 운령의 눈망울을 보며, 부정하기를 포기하고 고개를 끄덕였다. 운령이 종종걸음으로 방을 나가자 하연이 웃으며 다가왔다.

"어때요, 혼이 담긴 언변. 대단하죠? 물론 순진한 사람이 아닐 때는 약간의 개연성 정도는 필요하겠지만….”

"멈춰.”

"네?”

"…이 이상 다가오지 마. 나도 저렇게 될 것 같아.”

몸을 뒤로 당기며 하연을 피하는 당소소를 보며 하연은 입가를 가리고 웃었다.

'귀여우셔라.'

당소소의 경계는 석식 행사에 갈 옷으로 갈아입기 전까지 계속되었다.

* * *

당소소는 동경을 바라봤다. 이젠 익숙한 보라색 눈동자의 미녀가, 지친 눈빛으로 자신을 바라보고 있었다. 머리를 빗겨주던 하연이 빼꼼 고개를 내밀며 물었다.

"이대로 괜찮으신가요?”

"괜찮아.”

"그렇게 긴장하지 마세요, 서신만 전해주는 건데.”

하연은 금색 비녀를 쥐고, 당소소의 귀 윗머리와 위쪽 머리 조금을 그러모아 비녀로 고정했다. 당소소가 손을 올려 비녀로 고정한 자신의 머리를 살짝 매만졌다. 하연은 그런 그녀를 보며 웃었다. 그리고 탁자에 올려 둔 빈 죽통을 그녀에게 건넸다.

"무형지독, 챙겨 가셔야죠?"

"우으윽."

당소소가 얼굴을 붉히며 이상한 괴성을 내자 하연은 진지한 표정을 지으며 말했다.

"너무 부끄러워하지 마세요. 당가 사람들을 위해 나선 거잖아요?"

"…너, 그거 놀리는 거지?"

"흐흐, 아까 운령 도사님을 보면서 깨달으신 게 많으신가 보군요."

"진짜 그러지마…."

당소소는 부끄러워하면서도 죽통을 챙겨 소매에 숨겼다. 그리고 자리에서 일어나 문 앞에서 대기 중인 진명과 당웅을 바라봤다. 아나나 다를까 둘은 서로 째려보며 기싸움 중이었다. 당소소는 한숨을 푹 쉬며 진명에게 말했다.

"진명, 눈 깔아요."

"아니, 왜 저한테만 그러십니까?"

"제 말만 듣잖아요?"

"틀린 말은 아니긴 한데…. 그래도 좀 억울한데…."

당소소는 진명의 변명을 한 귀로 흘려들으며 눈을 감고 들뜬 감정을 진정시켰다.

'공식적인 행사는 처음이라 긴장한 탓일 거야.'

차분해지는 마음. 당소소는 눈을 떠 창밖에 걸린 달을 바라보며 당웅에게 물었다.

"당웅, 흑풍대 1조는 지금 어디에 있죠?"

"멀지 않은 곳에서 명령을 기다리고 있습니다."

"그래요. 후우. 갈까요?"

당소소는 창가에 던졌던 시선을 거둬 다시 앞을 봤다. 숨을 고르고, 주먹을 움켜쥐고, 청검각 대강당으로 향했다.

* * *

어둠이 내린 밤. 청랑호 검은 물결 위 연등이 어둠을 몰아내고 있었다. 연등 불빛을 받은 청검각은 어둠을 젖히고 자신의 고상한 전각을 조심스레 드러내고 있었다. 대강당으로 향하는 길. 하연이 그 광경을 바라보며 나지막이 속삭였다.

"화려하네요."

"흥, 다 부질없는 짓이다. 금전이 아깝군. 실용적이지 못해. 제아무리 위세를 드러내고 싶다지만 이런 식으로 비효율적인 광경은 솔직히 별로군."

분위기를 깨는 당웅의 말에 하연의 날카로운 시선이 그에게 가 꽂혔다. 당웅은 신경 쓰지 않고 주위를 경계했다. 진명이 고개를 설레설레 저으며 당웅의 말에 딴죽을 걸었다.

"어휴, 삭막한 새끼."

"더러운 사파 녀석에게 들을 말은 아니군."

"이 새끼가 아까부터?"

진명이 단검의 손잡이를 쥐자 당소소가 그를 돌아보며 인상을 썼다. 진명은 혀를 찬 뒤 손을 다시 뗐다. 당소소는 냉랭한 말투로 진명을 꾸짖었다.

"머릿속이 복잡하니까, 조금만 조용히."

"…예."

말이 끝나자마자 당소소 일행은 청검각 대강당에 도착했다. 화려한 색상의 등불이 여기저기 걸려 있었고, 온갖 산해진미의 자극적인 냄새가 퍼져 나왔다. 서로 간의 안부를 물으며 화기애애한 분위기를 자아내는 대화들도, 조금씩 새어 나오고 있었다.

입구에서 피곤한 표정으로 명부를 작성 중이던 제자가 당소소의 얼굴을 확인하곤 퍼뜩 정신을 차렸다. 당소소는 제자를 바라보며 말했다.

"사천당가, 당소소예요."

"아, 옛! 그, 수행하시는 분들은 따로 옆쪽 소강당에서 음식을 즐기시며 대기하고 계시면 됩니다. 여기, 붓을 들어 이름을 작성해주시면 됩니다."

당소소는 고개를 끄덕이며 붓을 쥐었다. 그리고 자신의 이름 세 글자를 적었다.

'당소소.'

당소소는 이름을 다 적고도 좀처럼 붓을 떼지 못했다. 감회에 젖어 있는 그녀를 청랑검문의 제자가 이상한 눈으로 바라봤다.

"저, 당소소 소저?"

"아, 네. 잠깐 다른 생각을 하는 바람에. 붓은 여기에 두면 되나요?"

"예. 그럼, 부디 연회를 즐겨주시길 바랍니다. 수행하시는 분들은 제가 따로 안내해 드리죠."

청랑검문의 제자가 자리에서 일어섰다. 당소소를 바라보는 여러 시선이 느껴졌다. 걱정이 가득 담긴 시선들. 당소소는 시선을 담담히 받아들이고 웃었다.

"좀 이따 봐."

"아가씨."

하연은 당소소의 손을 양손으로 꼭 쥐며 말했다.

"아가씨는 사천당가의 독화 당소소예요. 전혀 움츠러들 필요 없어요. 아셨죠?"

"고마워, 하연."

당소소는 부드럽게 하연의 손에서 자신의 손을 빼냈다. 하연은 걱정스런 표정으로 허전한 자신의 손을 움켜쥐었다. 그런 하연과 호위들을, 제자는 무심하게 안내했다.

"가시죠. 그리 먼 곳은 아닙니다."

"…예."

당웅이 떠나고, 진명이 떠났다. 하지만 하연은 망설이며 자리에 남아있었다. 혹시라도 무서워하진 않을지, 비난을 두려워하고 있진 않을지. 당소소는 그런 하연을 돌아봤다. 하연은 그제야 고개를 끄덕이고 발걸음을 뗄 수 있었다.

당소소는 긴장한 표정을 숨기지도 않았고, 애써 웃음 짓지도 않았다. 그녀는 감정을 숨기는 데 서툴렀다. 적어도 하연에겐 그러했다. 당소소의 얼굴에서 느껴지는 담담한 결의가 하연의 마음을 진정시켰다.

'무운을.'

하연은 눈인사를 하며 제자의 안내를 받아 떠났다. 당소소는 그들이 떠난 자리에서 자신이 적어둔 당소소라는 세 글자를 매만졌다. 그리고 손길을 거두며 웃었다. 시선은 화기애애한 연회에 닿았다. 미담을 주고받는 대화들, 서로의 무예를 칭찬하는 대화들. 서로의 문파에 안녕을 바라는 대화들. 듣기만 해도 행복에 겨운 왁자함이었다. 그는, 그녀는 이런 왁자함을 좋아했다. 하지만 당소소는 웃음기를 거뒀다.

"미안. 내가 분위기를 못 읽어서."

당소소는 그렇게 말하며 연회장에 들어섰다. 그녀의 출현을, 청랑검문의 제자가 큰 소리로 알렸다.

"사천당가의 당소소 님이 오셨습니다."

당소소가 가볍게 인사를 했다. 분위기가 적막에 휩싸였다. 따뜻한 대화들이 차게 식고, 느긋하던 시선들은 긴장하기 시작했다. 그저 눈치 없는 곡조만이 애처롭게 울리고 있었다. 그녀는 청랑검문의 제자에게 시선을 돌려 물었다.

"자리를 안내해주실 수 있나요?"

"아, 앗! 네!"

제자가 허둥지둥 움직이기 시작했다. 그녀는 고개를 꼿꼿하게 세우고 그 뒤를 따라 걸었다. 그녀가 움직이자 딱딱하게 굳었던 분위기가 몽글거리는 웅성거림으로 변해갔다. 그 웅성거림 속, 자마 풀어지지 않은 적개심 담긴 조롱이 그녀의 가슴에 꽂혔다.

"저 여자, 당가에서도 내놓은 자식이래. 어찌나 남들에게 못되게 구는지…."

"기루에 자주 드나든다던데, 음주가무에 환장한 년이라는 소문이…."

"화검공자를 그렇게 만든 악녀라며? 아까 청성파의 여도사가 울고불고…."

당소소의 발걸음이 잠시 멈췄다. 조롱을 쏟아내는 입을 찾아내고 싶었다. 하지만 이 거대한 웅성거림 속에서 그 입을 찾기란 어려운 일이었다. 마음 한쪽에 처박아두었던 불안감이 고개를 들었다.

당소소의 숨이 거칠어지려는 찰나 들려오는 익숙한 목소리.

"저기요."

"네?"

"저 그렇게 울고불고하진 않았어요."

"앗, 아…. 네. 죄송…."

당소소는 숨을 고르고 운령의 목소리를 따라 시선을 돌렸다. 험담하던 자를 쫓아낸 운령은 여전히 미안했는지 그녀와 눈이 마주치자 황급히 모습을 감췄다. 당소소는 그 모습에 픽 웃으며 긴장을 풀었다.

'너 그렇게 울고불고했거든….'

당소소는 가벼워진 발걸음으로 안내하던 제자의 뒤를 부지런히 따라갔다. 제자는 사천당가라 적힌 명패가 놓인 탁자 앞에서 발걸음을 멈췄다. 그리고 포권을 했다.

"여기입니다. 그럼, 좋은 시간 되시길."

"감사해요."

당소소는 제자가 안내한 자리에 앉아 주변을 둘러봤다. 자리에 앉으니 긴장이 서서히 풀어지기 시작했다. 이따금 고개를 길게 빼며 당소소를 바라보고 험담하는 자들이 있었지만, 아까에 비하면 잘 들리지도 않았다.

'뭐 했다고 이렇게 지치냐….'

당소소는 긴 숨을 뱉으며 탁자 위로 늘어졌다. 그때 다가오는 청성파의 여도사.

"언니, 그렇게 있으면 사람들이 얕봐요."

"으, 응?"

"사천의 세 세력 중 하나인 당문의 아가씨인 언니가 그런 주책없는 자세를 하고 있으면 어떻게 해요?"

"그, 다 좋은데 언니라는 말은 좀…."

당소소는 몸을 일으킨 뒤 멋쩍게 웃으며 운령을 바라봤다. 운령은 촉촉하게 젖은 눈망울을 당소소에게 보였다. 당소소는 그 시선을 외면하며 고개를 끄덕였다.

"…그래. 마음대로 해라…."

"언니는 철혜검봉 백서희 언니를 알고 있어요? 아미파의 유명한 후기지수인데."

"응, 뭐…. 대충은."

"오시던 길에 안 계시던가요? 언니가 이렇게 늦을 사람이 아닌데."

운령이 팔짱을 끼며 주위를 돌아봤다. 백서희를 찾으려는 행동이었다. 당소소가 고개를 저었다.

"내가 들어올 땐 아무도 없었어."

"그런가요…."

"너무 걱정하지 마. 어디 가서 처맞고 다닐 실력은 아니니까."

"처맞고…?"

"무, 무예가 출중하니까. 응."

당소소는 자신의 실언을 황급히 얼버무렸다. 그리고 사천당가를 대표해서 온 자신에게 인사를 하기 위해 내키지 않는 표정으로 우물쭈물하고 있는 군소방파의 자제들을 바라봤다. 그리고 운령에게 넌지시 물었다.

"그, 운령이라고 불러도 되지?"

"네, 언니!"

"운령. 다른 분들이 나랑 인사를 하고 싶은 것 같은데, 잠시 자리를 좀 비켜줄 수 있어?"

"네…. 그럼, 좀 이따 올게요."

운령은 순순히 자리를 비켜주었다. 물길을 막고 있던 바위가 사라지자, 그녀에게 인사를 하려던 수많은 인파가 몰려들었다. 당소소는 한숨을 푹 쉬고 자리에서 일어나 일일이 그들의 인사를 받았다.

"안녕하십니까, 전 구룡현의 구룡문주…."

"아, 네. 사천당가의 당소소라고 합니다."

"반갑소. 이번에 새로 둥지를 튼 창권문의 사범이오."

"…당소소예요."

지루한 인사가 오가고 그녀는 점차 지쳐갔다. 그때 그녀를 구해줄 한 사람이 다가왔다. 다들 그의 얼굴을 확인하고는 파랗게 질려 뒷걸음질 쳤다. 당소소 또한 그의 얼굴을 확인하고 질끈 눈을 감았다.

"다들, 인사는 이쯤 하시지요. 그동안 공식석상에서 모습을 보이지 않던 당가의 금지옥엽이 궁금하시겠지요. 하지만 그녀는 곧 무림맹에 전달할 당가의 비전서를 전달해야 하고, 인사할 기회가 이번만 있는 것도 아니지 않소? 조금 시간을 두고, 비전서를 전달한 후에⋯."

"그만하거라, 아들아."

그 목소리에 당소소가 질끈 감았던 눈을 떴다. 장난스런 눈빛의 정유 옆엔 그를 닮은 진중한 눈빛의 중년 남자가 서 있었다. 당소소는 서둘러 포권을 하며 예를 갖췄다.

"사천당가 가주의 딸, 당소소가 청랑검문의 문주 님을 뵙니다."

"청랑검문을 이끄는 정휘라고 하네. 당문의 독화가 그렇게 아름답던 소문이 있던데, 소문이 실제만 못하군. 그럼, 전달식을 시작해도 될까?"

"네, 기꺼이."

정휘는 웃는 낯으로 고개를 끄덕이며 당소소의 포권을 받았다. 그리고 당소소의 의중을 물어왔다. 당소소는 고개를 끄덕이며 품속에서 당진천이 건넨 서신을 꺼냈다. 당소소는 서신을 잡은 손에 힘을 줬다.

'마음에 들지 않아.'

당가가 보유하고 있는 독과 암기의 위험성이 적혀 있는 서신. 그리고 그것을 요구하는 정파의 무인들. 마치 해가 없음을 증명하기 위해, 배를 갈라 속을 들여다보이는 듯한 느낌이었다. 사천당가를 자신들과는 다른 존재로 취급하는 것 같았다.

하지만 논리적으론 이해할 수 있었다. 독과 암기는 칼부림이 빈번한 무림에서도 경계해야 할 대상이었으니까.

당소소는 생각을 거두고 정휘를 따라 대강당의 전방에 있는 단상 위에 올라섰다.

"후우…."

당소소는 숨을 골랐다. 사방에서 시선이 날아든다. 그녀를 궁금해하는 시선들, 고깝게 보는 시선들, 기대에 찬 시선. 당소소는 그 시선을 모두 받으며 긴장감에 젖은 웃음을 지었다.

'난, 당신들에 비하면 아무것도 아니야. 무공도, 학력도. 그 어떤 재능 도.'

당소소가 연회에 자리 잡은 수많은 사람을 바라봤다. 그들은 당소소에 비하면 곱디고운 학이었다. 어떤 이는 뛰어난 무재武才를, 어떤 이는 감각적인 상재商才를, 또 어떤 이는 뛰어난 학식學識을 갖췄다.

당소소가 돌아서서 정휘를 바라보며 그의 손에 당진천의 서신을 넘겨줬다. 정휘는 서신을 건네받으며 한 걸음 앞으로 나아갔다.

"백도무림의 맹약이, 이로써 또다시 굳건해졌소!"

박수가 터져나왔다. 당소소는 숨을 고르며 다시 좌중들을 바라봤다. 긴장감이 몸을 타고 흘렀다.

'분명, 성공적으로 억눌렀을 텐데.'

"아."

당소소는 의외의 긴장감에 의문을 품다, 깨우쳤다.

'이건, 원래 몸 안에 있던 제멋대로인 감정이 아니야.'

이 상황이 되고 나서야 지금 몸속에 흐르는 긴장감이 그녀를 멋대로 휘두르는 감정이 아님을 깨달았다. 긴장감의 주체는 바로 김수환의, 당소소의 이성이었다.

'맞아. 난, 이런 시선들이 늘 두려웠어.'

당소소의 거칠어진 숨소리를 들었는지 정휘가 그녀를 돌아보며 상태를 물어보는 눈빛을 던졌다.

"많이 긴장했나?"

당소소는 고개를 저었다.

"괜찮습니다."

"그럼, 앞으로 나가 인사를 해주려무나."

"네, 문주 님."

당소소가 앞으로 걸어 나갔다. 정휘를 바라보던 수많은 학들이 이제 그녀를 바라봤다.

"사천당가의 당소소입니다."

적의가 한 점 한 점 눈처럼 내리기 시작했다. 쌓인 적의는 침묵이 되었다. 당소소는 손이 떨리자 주먹을 꼭 쥐었다. 수많은 시선이 스쳤다. 대해검호라 불리게 될 정유가 당소소를 마주 봤다. 청성제일검이라 불릴 운령이 당소소를 마주 봤다. 저 멀리 문가에 몸을 기대고 있는 철혜검봉 백서희가 당소소를 마주 봤다.

당소소는 여전히 떨리는 손으로 그들에게 포권을 했다.

"부디, 어여쁘게 봐주시길."

학들의 연회에서, 실뜨기를 시작한 병아리는 작은 울음소리를 냈다.

6장

설중개화

雪中開花

눈이 내린다.

풀잎들이 적의라는 물기를 머금는다.

물기는 서릿발처럼 내리는 폭력에 젖어 하나가 되고,

매운 진눈깨비가 대지를 때리면 꽃잎은 찢기고 나무는 시든다.

그리고 설중雪中에서 망울진 한 송이 꽃이 희미한 향을 풍기며 피어난다.

* * *

정적.

당소소의 인사는 켜켜이 쌓인 적의를 밀어내기엔 부족했다. 당소소는 그들의 반응에 살짝 고개를 숙이며 웃었다.

'뭐, 이러리란 것쯤은 알고 있었어.'

그녀가 포권을 풀었다. 고개를 들어 뒤돌아서려는 찰나 정유가 자리에서 일어나 한 줌의 박수를 던졌다. 운령도 질세라 손뼉을 마주쳤고, 그들의 인도에 마지못해 건성으로 부딪치는 손뼉이 애매한 소리를 냈다. 하지만 잠시나마 뒤로 숨은 적의와 밀려난 침묵에 당소소는 감회에 젖은 숨결을 내뱉었다. 인위적인 광경이었지만 적어도 그녀에겐 처음 겪는 사람들의 환대였다.

"신기한 기분이야…."

그런 당소소를 유심히 지켜보던 정휘가 얼굴에 미소를 띠며 말했다.

"앞으로 자주 봤으면 좋겠군, 당 소저."

"…감사합니다."

당소소는 이내 단상에서 내려가 자리로 향했다. 그들은 언제 박수를 쳤나는 듯 다시 숨겨둔 적의를 꺼내 들며 당소소를 바라봤다. 당소소는 그들의 시선을 느끼며 한숨을 쉬었다.

'내가 아무리 몹쓸 짓을 하고 다녔다지만, 이건 너무 노골적인데.'

당소소는 쓴웃음을 지으며 자리에 앉아 턱을 괴었다. 단상 위에선 정휘가 사천교류회의 축사를 읊었고 질시 어린 시선은 점점 잦아들었다. 그녀 곁으로 한 여인의 인영이 다가왔다.

"오랜만이네. 아니, 오랜만은 아닌가?"

"백서희."

당소소는 그세 옆자리에 앉은 백서희를 바라봤다. 백서희는 자신의 땋은 머리를 만지작거리며 말했다.

"어때, 직접 받아보는 시기와 질투가?"

"……."

"썩 기분 좋은 경험은 아니지?"

"무슨 말을 하고 싶은 건가요."

당소소는 냉랭한 태도를 견지했다. 접근하지 말라던 그녀가 먼저 다가와 자신에게 말을 건넨다. 의도가 읽히지 않았다. 당소소는 괴었던 턱을 풀며 그녀를 경계했다. 백서희가 고개를 저으며 말했다.

"네가 괴롭혔던 다른 이들도, 이런 고통을 받았다는 걸 알았으면 좋겠다는 이야기였어."

"…조언, 감사합니다."

"응, 내가 하고 싶은 이야기는 이거 하나였어. 그럼."

백서희는 자리에서 일어나 떠나려다가 그 발걸음을 일말의 연민이 잡았다. 백서희는 귀찮다는 듯, 긴 한숨과 함께 몇 마디를 덧붙였다.

"후우…. 묵가장의 남매들이 널 매우 싫어할 거야."

"네? 묵가장…?"

"사천교류회는 총 다섯 곳에서 개최돼. 청랑검문, 묵가장, 아미파, 청성파, 당문. 전년도의 사천교류회는 당문에서 개최됐었지."

"……."

당소소는 백서희의 말을 채 듣기도 전에 어떤 문제가 발생했는지 알 수 있었다. 그녀는 또다시 지끈거리는 머리를 짚으며 생각했다.

'아니, 씨발…. 또 나야?'

"그…. 잘 기억이 안 나서 그러는데. 작년 사천교류회에서 어떤 일이 있었는지 알려주실 수 있을까요?"

"자세한 건 나도 잘 모르겠지만. 네가 묵가장의 여식인 묵이현에게 꽤 큰 모욕을 줬다고 들었어. 지금 이 시선들, 너도 느껴져?"

백서희는 고개를 옆으로 돌려 줄곧 이쪽을 바라보던 자들에게 시선을 던졌다. 황급히 고개를 돌리고 시치미를 떼는 자들. 백서희는 정말 귀찮다는 듯 고개를 저으며 말을 이어갔다.

"아마, 작년의 나에게 했던 것처럼 헛소문과 비겁한 암계 같은 것을 썼겠지."

"그건, 죄송….."

"사과를 받자고 하는 이야기는 아니야. 단지, 운령의 부탁을 받아 알려 준 것일 뿐. 이 시선들, 이 혐오들. 네 소문 탓도 있겠지만 두 남매가 주도 하는 것이기도 해. 묵가장은 사천성 군소문파의 수장과도 같은 문파니까. 그럼, 잘 해보도록 하고."

백서희는 말을 마치고 발걸음을 뗐다. 그녀가 사라지자 단상에서의 축 사도 끝나고 정휘가 퇴장했다. 그에 맞춰 잦아들었던 험담과 시선이 물밀 듯이 당소소의 마음에 부딪혀왔다.

"저거, 거만한 표정 좀 봐…"

"에휴….."

당소소는 한숨을 쉬며 눈을 감았다. 좋은 시선을 바라진 않았다. 어차 피 자신은 악역이었으니까. 그리고 그리 큰 기대도 하지 않았다. 행사는 곧 끝날 것이고, 이 유치한 시선들 또한 곧 그치겠지라는 생각이었다. 지 금 헤어지면 1년간 볼 일이 없는 자들일 테니까.

"어머, 당 소저. 오랜만에 뵙네요. 1년 만인가?"

반대로 생각하면 그들에겐 1년에 한 번 찾아온 기회나 마찬가지였다. 부정적인 감정을 흘려내는 당소소에게 남녀 한 쌍이 찾아와 인사했다.

"정확하겐 열한 달이지. 누이."

당소소는 그들을 올려다보았다. 검은색 계통의 무복을 걸친 사내. 두 개로 동여맨 쪽머리를 천으로 감싼 모양새의 여인. 당소소는 그들이 자기 소개를 하지 않아도 누군지 짐작할 수 있었다.

"묵가장의 두 자제분을 뵈요. 사천당가 당소소입니다."

"언제부터 우리 사이에 그런 격식을 차렸다고 그러세요? 저희, 친했잖 아요?"

"네?"

"새삼스럽지만 묵전이라고 하외다. 자리에 좀 앉겠소."

자신을 묵전이라 소개한 묵가장의 인물은 당소소의 동의가 떨어지기도 전에 털썩 자리에 앉았다. 묵이현은 들고 온 부채로 입을 가리며 웃었다. 그녀 또한 자리에 앉아 당소소를 바라봤다. 당소소는 눈을 가늘게 뜨며 그 둘을 번갈아 봤다.

'친하다? 그럼 백서희의 말은 거짓말인가? 아닐 텐데. 쌍검무쌍에서의 그녀는 게을렀지만 거짓말은 하지 않았어. 그럼 따로 꿍꿍이가 있다는 건데.'

"식사는 하셨나요?"

묵이현의 질문이 당소소의 생각을 끊었다. 당소소는 고개를 저으며 대화를 시작했다.

"아뇨, 아직."

"그럼, 친한 저희끼리 같이 식사라도 하면서 좀 더 친목을 다져보죠."

"이보시오."

"예, 말씀하십쇼."

"여기 술 세 병과 고기볶음 하나만 가져다주시오."

둘은 돌아다니는 제자를 불러 제멋대로 음식을 주문했다. 당소소의 미간이 좁아졌다. 예법을 잘 모르는 당소소조차 그들이 상당히 무례한 행동을 한다는 것은 쉽게 알 수 있었다.

'하지만 이 무례의 발화점은 당소소가 했던 지난날의 행동.'

당소소는 시선을 아래로 깔며 적개심을 숨겼다. 그리고 입을 열어 사과했다.

"지난날의 잘못은 뼈저리게 반성하고 있습니다. 죄송합니다."

"어머, 우리 사이에 그런 거 가지고. 저희는 그런 거 전혀 신경 쓰지 않아요. 그렇지, 오빠?"

"물론. 같은 정파끼리 이런 사소한 일들을 가지고 왈가왈부하다니, 저희 남매를 그리 옹졸한 사람으로 봤소? 내 새삼 당 소저의 안목에 실망이 크오."

"…죄송합니다."

당소소는 그들이 던지는 말에 내심 안도를 하며 가슴을 쓸어내렸다. 무례한 태도를 통해 자신의 잘못을 성토하려는 것 같다고 판단했는데.

'그래도, 다른 일들보단 쉽게 풀려서 다행이야.'

"용서해주셔서, 감사드려요."

"별말씀을. 저희는 손을 잡고 같이 가야 할 사천성의 정파잖아요?"

당소소는 고개를 들어 올리며 환한 미소를 지었다. 묵이현도 그 웃음에 싱그러운 미소를 보내주었다. 옆에 앉은 묵전은 의자를 뒤로 까딱이며 당소소를 쳐다보지 않았다. 묵전이 지나가던 제자를 붙잡고 물었다.

"음식은 언제 나오는 거지?"

"이제 막 가지러 갔으니, 좀 기다리셔야 할 듯…."

"지금 사천당가의 금지옥엽께서 기다리시는 게 안 보여!"

"예, 옛?"

묵전의 고함에 강당의 이목이 쏠렸다. 당소소의 눈가가 움찔거리며 묵전의 말을 짚었다.

"전, 기다린 적이 없는데요."

"아, 참. 기다리시오. 감히 당문의 아가씨를 모욕하는 이들은 내 참을 수가 없어서. 아무리 최근 두각을 나타내는 청랑검문이라지만, 대체 무슨 생각으로 당 소저를 이리 모욕하는지…!"

"지금, 무슨 소리신가요."

당소소는 정색을 하며 묵전에게 대꾸했다. 묵전은 당소소의 그 말을 무덤덤한 표정으로 받아넘겼다.

"아, 기다리지 않았군. 그럼, 내가 사죄를 드려야지. 미안하오, 당 소저."

"……."

"헌데, 작년이 기억이 나지 않으신가 보오?"

비아냥거리는 묵전의 말. 당소소는 입가를 움찔거리며 터져 나오려는 욕설을 구겨 넣었다.

그의 의도는 이해했다. 이런 식으로 자신을 깎아내려 자신들이 당했던 것에 대한 보상을 받으려는 것. 그렇기에 당소소는 어떤 행동을 취해야 할지 갈피를 잡지 못했다.

'그냥…. 내버려 둬야 하나?'

"오빠도 참, 짓궂다니깐. 우리 아름다운 독화 당소소 님께서 그런 것을 바라셨을 것 같아?"

"네가 여자는 얼굴값을 한다고 하지 않았느냐?"

"푸훗, 그건 농담이지. 그렇죠, 당 소저?"

"……."

당소소의 눈이 가늘어졌다. 그들의 목적이 이런 대화에 익숙하지 않은 그녀조차 알아차릴 정도로 노골적이었다.

우선 당소소를 화나게 만든다. 그리고 자신들의 편에 선 군소방파의 인물들을 부려 그런 당소소를 우스꽝스러운 존재로 만든다. 별 것 아닌 것에도 화를 내는 당가의 망나니로. 이미 모두가 알고 있다지만 소문으로 듣는 것과 직접 눈앞에서 보는 것은 다를 테니까.

당소소는 날뛰기 시작하는 감정을 진정시켰다. 감정대로 했다간 예전의 그녀와 다를 바가 없었다. 지금의 당소소는 소박하고 평범한 사람이었다.

당소소는 한숨을 푹 쉬며 고개를 끄덕였다. 지금 당장은 그들의 의도대로 움직여주고 싶었다. 잘못은 잘못이니까.

"네, 그렇네요."

"역시 그렇다잖아, 오빠. 주책은."

"이거, 당소소 소저가 이 묵전을 우스꽝스러운 사람으로 만들려나 보군. 음식을 기다리는 것 같기에, 언제 오는지 물어봐주었을 뿐인데."

"…아쉽게도, 전 그런 마음을 품은 적이 없어요."

당소소는 그렇게 대꾸하며 시선을 멀리 돌렸다. 악의에 노출되는 아픔은 아쉽지만 그녀에겐 익숙했다. 당소소는 짧게 숨을 뱉고 손가락으로 무릎을 두드렸다. 빨리 이 상황이 지나갔으면 하는 마음으로.

묵전과 묵이현은 그런 당소소를 바라보며 통쾌한 웃음을 지었다. 묵이현은 부채로 자신의 입가를 가리며 생각했다.

'저년, 뭔가 잘못 먹은 것 같은데…. 오늘은 꽤 고분고분해.'

'감히 작년 사천교류회에서 그런 모욕을 주다니.'

묵전은 웃음을 지우고 먼 곳에 시선을 둔 당소소를 노려봤다. 묵가장의 무공에 대한 멸시와 더불어 실력을 보고 싶다며 초청한 녹풍대와 맞서 싸우게 했던 작년의 사천교류회.

묵전은 독에 중독되어 바닥을 나뒹굴었던 치욕을 떠올렸다. 왜인진 모르겠으나 당소소가 순순히 용서를 구하는 지금이, 그에게는 복수를 할 수 있는 적기였다.

"고기볶음과 술 세 병을 가져왔습…."

턱.

묵전은 딴청을 피우며 묵가장의 보법으로 음식을 가져오던 청랑검문의 제자에게 발을 걸었다. 쟁반이 허공을 유영하고 바닥에 쏟아질 위기에 처했다.

"저런!"

당황하는 척 일어서며 탁자를 내리치니 충격이 퍼져 나가며 쟁반의 궤도가 바뀌어 당소소의 상체에 걸렸다.

와장창 접시 깨지는 소리와 함께 당소소의 옷이 붉은 양념과 톡 쏘는 주향을 지닌 술로 더럽혀졌다. 당소소는 옷을 내려다보며 말을 잃었다.

"……."

"괜찮소? 이거야 원, 오늘 재수가 없으려나."

"어머. 괜찮아요? 그래도 다행이다. 그렇게 비싸 보이진 않는 옷 같아서. 이럴 때 보면 당문의 실용이라는 가풍은 참 좋단 말이죠?"

말을 잃은 당소소를 골려 먹는 묵가장의 남매.

당소소는 더럽혀진 옷을 움켜쥐며 하연의 얼굴을 떠올렸다. 어울리는 옷을 찾는다며 몇 시간을 갈아입히고 그러고도 부족하다며 저잣거리에 나가 구해온 비단옷들. 그녀에게 미안한 마음이 먼저 들었다.

그런 그녀에게 좌중들이 던지는 조소가 달려들었다.

"저거 가짜 비단이었어? 어쩐지….."

"색깔도 흉한 게, 양념을 뒤집어써도 어째 색이 똑같네?"

"저런 덜떨어진 사람이 독천 당진천의 딸이라고? 믿을 수 없어. 꼬질꼬질한 게, 어디서 주워온 거 아닌지 몰라?"

당소소는 고개를 들어 묵가장의 남매를 바라봤다. 일련의 소란을 느꼈는지 정유가 달려와 셋 사이에 끼어들었다.

"이게 무슨 일이오? 대체 어떤 연유가 있어서 당소소 소저의 옷이 이렇게 더럽혀졌단 말이오? 이걸 가져온 제자를 제가 엄벌하겠소. 그러니 세 분은 진정하고 자리에 앉으시오. 소란이 끝나면 음식은 더 좋은 것으로 가져다줄 테니. 당소소 소저, 괜찮소?"

"……."

당소소는 정유의 물음에 대답하지 않았다. 다행히 감정은 성공적으로 제어할 수 있었다. 당소소는 천천히 고개를 끄덕여 답을 대신했다. 정유가 식은땀을 닦고 제자를 일으켜 추궁했다.

"너, 무슨 짓이냐? 이런 터무니없는 짓을 하다니. 사천교류회가 엉망이 되었잖나? 사천당가의 독천 선배님도 우릴 어떻게 생각하겠나? 정말 이 것밖에 안 되는 사나이였나? 자랑스런 청랑검문의 제자가!"

"…죄송합니다. 헌데, 제 발이 어딘가에 걸려서…."

당소소는 정유의 소매를 잡았다. 정유가 돌아보자 고개를 저으며 그를 탓하지 말라는 말을 했다.

'전, 괜찮아요.'

"묵가장 이 씨발년놈들이, 진짜 뒤지고 싶지? 너희 옷도 다 찢어줘?"

당소소의 걸쭉한 욕설에 청검각의 대강당에 있던 사람들 모두가 말을 잃었다. 오직 당소소만이, 자신의 실언을 눈치채고 다만 짧은 감탄사를 내뱉었을 뿐이었다.

"어, 씨발."

"……."

당소소가 정유를 바라봤다. 정유는 슬쩍 눈을 돌려 그녀의 시선을 피했다.

당소소는 천천히 숨을 고르며 생각했다.

백서희와의 일은 참을 수 있었다. 당웅이 자신을 용서하지 않은 것? 그 것도 참을 수 있었다. 둘 다 당소소의 잘못이었으니까. 악의가 담긴 시선 으로 험담을 하는 것도 당소소의 업보였으니 참을 수 있었다. 묵가장의 남매가 자신을 헐뜯는 것 또한 마찬가지.

하지만 그런 자신을 보살펴준 사천당가와 하연의 노고를 무시하는 데 에서는 더 이상 참을 수 없었다. 거기에 한술 더 떠서 이 일과 관련이 없 는 청랑검문을 끼워 넣기까지. 그래서 꾹꾹 눌러 담았던 당소소의 감정 이 한순간에 터져 나왔다.

"어, 씨발⋯."

그 결과 적막이 내려앉은 강당. 정유의 외면을 받은 당소소는 재빨리 자신을 구해줄 사람을 찾아 헤맸다. 하지만 삭막한 교우관계를 맺었던 당소소에게 그런 사람이 있을 리가 없었다.

당소소는 크게 심호흡을 한 뒤 강당의 군중들을 돌아보고 묵가장의 두 남매를 바라봤다. 그리고 아주 당연한 결론을 내렸다.

'좆됐네.'

당소소의 욕설이 가져온 충격에서 겨우 벗어난 묵이현과 묵전. 묵이현은 고개를 흔들어 충격을 덜어내고 이내 미소를 지었다. 생각했던 상황과는 꽤 달랐지만 소기의 목적은 이루었기 때문. 묵이현은 자리에서 일어나며 부채로 입가를 가렸다.

'이제, 저 발언을 가지고 판을 짜면 끝이야. 아아, 통쾌해라.'

"여기가 어디라고 감히 그런 소리를 하시는 건가요? 사천의 명가들이 한데 모인⋯!"

"그, 그 아가리 닫아, 화, 확 찢어버리기 전에."

"⋯⋯."

당소소는 이리저리 떠도는 시선으로 욕설을 뱉었다. 기호지세라, 이미 올라탄 호랑이 등에서 내려올 순 없었다. 딱히 이 상황을 타개할 방도가 보이지 않아 자포자기 상태인 것은 덤이었다.

'해치워, 오빠.'

묵이현이 묵전에게 슬쩍 눈빛을 던졌다. 그러자 묵전은 계속해서 욕설을 뱉는 당소소 앞으로 걸어갔다. 그리고 천천히 검을 뽑아 당소소에게 겨눴다.

"묵가장을 이런 식으로 욕보이다니. 각오는 되었는가?"

정유는 그런 묵전을 큰 소리로 말렸다.

"이보시오, 묵전! 어찌 사천교류회에서 칼을 뽑을 수 있소? 그것도 연약한 아녀자를 상대로!"

"정유, 말리지 마시게. 이건 우리 묵가장의 명예가 걸린 문제이니."

"여긴 청랑검문이오. 묵가장이 아니란 말이외다. 어서 칼을 집어넣으시오."

"이곳이 청랑검문인 것이, 묵가장의 실추된 명예를 되찾아줄 연유가 된단 말이오?"

정유는 그 말에 더는 대꾸할 수 없었다. 당소소가 도를 넘어선 발언을 한 것은 사실이었으니까. 그녀가 행해온 악덕을 모르는 바는 아니었으니까. 정유가 입을 닫자 묵전은 당소소에게 다가가 작은 목소리로 말했다.

"이날을…. 얼마나 기다렸는지 몰라."

당소소는 고개를 끄덕였다.

'외통수구나. 타개책은…. 하나 정도 있나?'

당소소는 체념과 함께 부끄러운 기억을 떠올렸다. 그리고 고개를 저어 잡념을 덜어낸 뒤 입을 열었다.

"…축하해, 날 엿 먹이는 데 성공해서."

"그 칭찬, 고맙게 받지. 당문의 악녀."

당소소는 쓴웃음을 지으며 묵전의 말을 받았다. 체념 어린 웃음이었다. 결국, 마지막까지 참지 못한 자신의 패배였다. 그들의 뻔한 덫에 걸린 것이다.

당소소는 새삼, 자신이 둔재라는 것을 되새겼다. 지금 이 자리에 운령이나 백서희가 서 있었다면 단칼에 묵전을 쓰러뜨리거나 감히 이런 계략을 짜낼 엄두조차 내지 못하게 했을 것이다.

묵전은 키득거리며 천천히 검을 출수하기 위한 자세를 취해갔다.

* * *

"당가에게 복수하기 위해 난 검술을 갈고 닦았다. 내 누이는 군소방파들을 규합시켜 묵가장을 당문과 비슷한 크기의 세력으로 만들었어. 그리고…, 이날만을 기다렸다."

"내가 어지간히도 몹쓸 짓을 했나 보네."

"…가증스럽기 그지없군. 묵가장을 같잖은 문파라고 말하며 날 격분시키고, 녹풍대를 불러 비열한 독으로 날 중독시키지 않았나? 마비된 날 비웃던 모두의 비웃음이 아직도 내 머릿속에 생생해. 그 모욕적인 행동을 모르는 체하겠다?"

"그건, 미안하게 됐어."

"그저 말만…!"

"근데, 오직 나만 건드렸으면 나도 별말 없이 당해줬을 거야. 나도 내가 나쁜 년이라는 자각은 있거든. 근데 다른 이들을 건드는 건 좀 다른 이야기 아니겠어? 이 씨발놈아."

당소소가 팔을 슬쩍 내렸다. 그러자 손에 죽통 하나가 잡혔다. 죽통을 포착하자 묵전은 자세가 흐트러지고 황급히 뒷걸음질 쳤다.

"네, 네년! 무슨 짓을 하는 게냐? 그건…."

"아, 이거. 아버지가 주신 거야. 무형지독이라고 하던데. 혹시 뭔지 알아?"

"……!"

그녀의 발언에, 악녀의 단죄로 들떠 있던 분위기가 반전되었다.

무형, 무향의 당가의 칠대극독 중 하나. 사천교류회에 참석한 무림인들 중, 그 치명적인 독을 모르는 이가 누가 있을까? 애초에 사천교류회의 목적은 서로 간의 화합을 핑계 삼아 사천당가를 감시하는 것이 그 목적이었다. 당가의 독을 모르는 이는 전무하다고 볼 수 있었다.

 고로, 독천이 끔찍이 아끼는 딸이 무형지독을 들고 있다는 사실은 그들에게 있어 농담 같은 이야기가 아니었다. 당면한 현실이었다.

 "저, 저 미친년이!"

 "당가가, 올바른 길을 저버리는구나!"

 당소소를 둘러싼 군소방파의 무리들이 당소소를 비난하며 뒤로 물러섰다. 당소소는 당황한 표정으로 그들을 돌아봤다. 솔직히 자포자기의 심정으로 내민 계책이었다. 당소소가 뒷걸음질 치는 자들에게 물었다.

 "뭐야. 이거 알아?"

 "무형시독을 어느 무식한 자가 노르겠느냐? 어서 집어넣지 못할까!"

 "이 악독한 년! 과연, 독화라는 말이 어울리는구나!"

 "그, 그 독을 푼다면 네 아버지도 네년이 욕을 먹이는 것이야! 부정적인 생각은 그만둬!"

 당소소가 웃었다.

 '먹히네?'

 "휘이!"

 "으아악!"

 "저, 저 미친년!"

 당소소가 죽통을 살짝 흔들자 강당의 모든 이들이 괴성을 지르며 뒤돌아 도망쳤다. 당소소는 득의의 미소를 지으며 묵이현과 묵전을 바라봤다. 시종일관 웃고 있던 묵이현의 얼굴에 그늘이 졌다. 당당하게 검을 뽑았던 묵전도 마찬가지.

 당소소가 한 걸음 앞으로 걸어 나간다. 그 발걸음에 맞춰 그 둘도 한 걸음 멀어졌다.

 "네, 네년! 정파로서의 의를 저버릴 셈이냐?

"기다리세요. 우리 대화로 해결해요."

"대화?"

당소소가 다시 한 걸음 앞으로 걸어간다. 물러서는 묵이현과 묵전. 그녀는 한번 잡은 승기를 놓아주는 성격이 아니었다. 묵이현은 황급히 당소소를 설득했다.

"네, 네! 우리는 지체 높은 정파의 무인들, 무력으로 해결하는 것은 야만인들이나 할 법한…."

"묵이현, 네 옆에 지금 누가 있는지 안 보이나 보다."

"……."

묵이현은 그녀의 말에 대꾸할 수 없었다. 복수를 위해 먼저 칼을 뽑은 것은 자신들이었기에. 묵전은 당소소의 말이 들리지 않았다. 그에 눈동자엔 오로지 그녀가 쥐고 있는 무형지독이 든 죽통만이 자리하고 있었다.

'출수를 한다면?'

묵전은 당소소와의 거리를 가늠했다. 그녀와의 걸음은 대략 열 걸음.

'제압하는 데 필요한 호흡은?'

묵전은 길게 숨을 뱉었다. 상대는 내공과 외공을 수련한 적 없는 일반인. 제압하는 것은 문제가 되지 않았다. 다만, 무형지독을 풀어버리기 전에 제압이 가능하냐는 것이 그에게 주어진 과제였다.

'내공을 몸에 휘돌리는 데 한 호흡, 다섯 걸음에 또 한 호흡, 그리고 나머지 다섯 걸음을 딛고 손목을 자르는 데 마지막 한 호흡. 총 세 호흡이야.'

무형지독이라는 말에 머릿속이 마비된 그는 당소소가 독천의 딸임을 전혀 생각하지 않고 있었다. 그녀의 몸에 조금이라도 흠결이 나는 순간 묵가장이 맞이할 운명 같은 것은 눈곱만큼도 머릿속에 없었다.

묵이현은 오빠가 풍기는 위험한 기운을 눈치채고 그의 어깨를 부여잡았다.

"뭐, 뭐 하려는 거야. 독천의 딸이라고! 처음부터 그저 대결을 빙자해 옷을 찢어서 치욕을 주려는 것뿐이었잖아. 그 정도까진 독천도 움직이지 못할 거라는 결론이었잖아!"

"아니, 드디어 당문이 숨겨둔 독니를 보인 거야. 처음부터 독과 암기를 쓰는 저열한 문파가 정파의 오대세가로 불리는 것이 이상했어. 자, 봐. 무형지독으로 군중을 위협하는 쪽이 어디인지."

"오빠, 지금 제정신이 아닌 눈이야. 진정해."

"이건, 정파의 대의를 위한 일이야."

묵전은 자신의 어깨를 쥔 묵이현의 손을 뿌리쳤다. 그리고 숨을 고르며 내공을 끌어올렸다. 당소소는 묵전의 행농을 눈지채지 못했는지 허리숨에 손을 올리곤 의기양양한 표정을 지으며 말했다.

"서로의 잘못을 인정하고, 네가 모욕을 준 청랑검문에게 사죄를 한다면 무형지독은 집어넣어 줄 수 있어. 솔직히 나도 씨발년놈이라는 말은 좀 심했다고 생각해. 앞으론 서로 처신 잘하자고."

"피, 피햇!"

"응?"

묵이현의 외침에 당소소의 시선이 묵전에게로 향했다.

묵전이 숨을 뱉으며 도약했다. 검은빛의 내기가 터져 나와 강당 바닥이 움푹 파였다. 내기는 공중을 한 바퀴 돌며 회전력을 더한 뒤 지상을 밟으며 그대로 당소소에게 쏘아졌다. 묵전의 눈에 걸려 있는 목표는 무형지독을 쥐고 있는 그녀의 손목.

'묵뢰일섬!'

한줄기의 검은색 벼락이 당소소의 손을 향해 나아갔다.

으득!

벼락은, 물결에 막혔다.

"더…, 이상. 소란은 금하겠소."

정유가 황급히 검집째로 그의 공격을 막고 있었다. 정유는 얼굴을 일그러뜨리며 말했다. 묵전은 동공이 풀린 눈으로 정유를 바라봤다.

"……."

"당 소저도, 어서 그 물건을 집어넣으시오."

"소, 손목이…!"

당소소는 기괴한 방향으로 뒤틀린 정유의 손목을 바라봤다. 정유는 고통에 젖은 웃음을 보이며 말했다.

"이 정도 상처야 뭐…. 풍랑천식검을 수련하면 항상 있는 일이니, 호들갑 떨지 않으셔도 됩니다. 묵 형도 조금 머리가 식었소?"

"…그래. 미안하군. 하지만 저 여자가 악의를 품었다는 생각에는 변함이 없다."

"그건 나중에 이야기하시지요."

정유가 검집을 떨구며 묵전을 바라봤다. 당장이라도 그에게 호통을 치고 싶었다. 그도 멀리서 상황을 지켜보고 있었으니까.

하지만 근래에 군소방파들을 흡수하며 몸집을 불려 나가기 시작한 그들을 견제하려면 꽤 큰 각오를 해야 했다. 심지어 상대는 사천당가의 당소소. 함부로 끼어들었다간 청랑검문이 어떤 화를 당할지 알 수 없었다.

정유는 손목을 움켜쥐며 바닥에 주저앉았다.

"으음…."

"내가 좀 볼게."

백서희가 다가와 정유의 손목을 살폈다. 그리고 한숨을 쉬며 말했다.

"뒤틀린 뼈를 맞출 거야. 참아."

으득!

"으으윽!"

"의원에 가보도록 해. 그리고….”

백서희는 정유의 손목을 제자리로 되돌려놓고 당소소를 바라봤다.

"이게, 네가 내놓은 해답이야? 정말, 가지가지 하는구나.”

"어쩔 수 없었어. 나만을 건드렸다면, 나도 참았을 거야. 하지만 가문을 모욕하고, 청랑검문의 제자를….”

"남을 괴롭히지 못하니, 사천교류회 자체를 망친다…. 너다운 행동이야. 그래도 사과를 하고 다녀서 조금은 달라진 줄 알았는데.”

"…….”

백서희의 차가운 말에 당소소는 인상을 찡그렸다. 서로를 노려보는 두 사람 곁으로 운령이 다가왔다.

"서희 언니, 그만 하세요. 제가 쭉 지켜봤는데, 소소 언니도 처음엔 좋게좋게 가려고 했어요….”

"흥….”

운령의 두둔에도 백서희가 보내는 경멸의 시선은 거둬지지 않았다. 당소소는 천장을 바라보며 한숨을 쉬었다.

'좆같네….’

최악의 상황이었다. 묵이현과 묵전이 어떤 짓을 했는지는 상관이 없을 것이다. 당소소만이 묵가장에 욕설을 하고, 독으로 그들을 위협한 악녀가 될 것이다. 그들이 어떤 마음으로 시비를 걸었는지 다른 이들에겐 그다지 중요하지 않을 것이다.

아니, 중요하게 생각하지 않게 만들 것이다. 묵가장은 그것을 위해 세력을 키워 나갔으니까. 그리고 악녀가 왜 그런 짓을 했는지 이유를 생각하는 것은 꽤 귀찮은 일이었으니까.

'난, 무엇을 기대했던 것일까.’

결국, 나쁜 사람이 나쁜 짓을 했다는 결과만이 남을 뿐이었다.

"그래, 다 내 잘못…?"

당소소는 모든 것을 내려놓고 인정하려 했다. 그 순간 천장이 흔들리는 것처럼 보였다. 당소소가 운령을 바라봤다. 운령도 흔들리는 천장을 바라보고 있었다. 운령뿐만 아니라 모든 이가 흔들리는 천장을 바라보고 있었다.

"…이거, 뭐야?"

당소소는 그들에게 물음을 던졌다. 운령은 경계심을 가득 채운 채로 입을 열었다.

"괴물들…."

* * *

"학귀야, 적당히 해라."

말끔한 중년의 무사가 시체를 마구 쑤시고 있는 걸인을 말렸다. 걸인이 꼬챙이를 거두었다. 그리고 입가에 묻은 피를 혀로 핥았다. 시체의 가슴팍엔 청랑검문이라는 자수가 수놓아져 있었다.

"오랜만에 몸 좀 풀고 있는데, 초를 치는구나. 너도 잔학첨殘虐尖 맛 좀 볼 테냐?"

"더 좋은 푸닥거리가 있는데, 그런 잡졸에게 힘을 낭비해서야 쓰겠나."

"흐훗, 듣고 보니 그렇군. 천괴, 역시 살인에 있어선 자네를 따라갈 순 없지."

"그럼, 경고는 이쯤이면 적절히 준 것 같으니…. 두령의 명령을 수행하러 가볼까."

천괴가 발걸음을 옮기자 학귀가 몸을 일으켜 주변을 둘러봤다. 즐비한 시체들 너머 청랑검문의 본채인 청검각이 보였다.

❋ ❋ ❋

"괴물들…."

운령의 말에 어수선하던 강당에 불온한 기운이 감돌았다. 고통으로 일그러진 정유의 시선이 그 미묘한 변화를 포착했다. 정유는 시큰거리는 손목을 부여잡고 말했다.

"피 냄새가 나는데…?"

찌직, 찌직!

나무판 찢기는 소리가 들려왔다. 모두의 시선이 사방으로 흩어져 소리의 근원지를 찾아 헤맸매다. 당소소의 시선은 나무 조각이 떨어지는 천장으로 향했다.

"위!"

당소소의 짧은 한마디. 천장이 무너지고, 으깨진 등불이 비가 되어 내렸다. 자욱하게 일어나는 먼지 사이로 두 괴한이 몸을 일으켰다. 반백발의 중년 사내와 마치 개방의 걸인 같은 행색의 사내.

그들의 손에는 모두 살점이 붙어 있는 무기가 들려 있었다. 당소소는 믿을 수 없다는 듯 그들을 바라봤다.

"꼬챙이와 방천극…."

"안녕하신가, 사천의 꼬맹이들."

꼬챙이를 든 걸인이 살점이 붙은 자신의 무기를 핥았다. 운령은 불결함에 눈살을 찌푸렸고, 걸인은 그 광경을 보며 누런 이를 드러내며 웃어주었다. 당소소는 숨이 가빠지는 것을 느꼈다.

"…어서 도망가."

"사천교류회를 망치려들다니, 배짱 한번 두둑하군!"

당소소는 그들의 무기와 행색을 보며 말했다. 그녀가 알고 있는 자들이

334 일편독심

라면 지금 이곳에 있는 사람들론 당해내지 못한다. 묵전이 당소소의 말을 무시하며 검을 휘두르자 당소소는 목소리에 힘을 주며 재차 외쳤다.

"도망가야 해!"

"늦었다, 꼬마야. 칼을 휘두를 생각이었다면, 진작 휘둘렀어야지."

"윽…!"

방천극을 들고 있는 무인이 순간 모습을 감췄다. 그리고 방천극의 하얀 칼날이 묵전의 어깨를 찢어발기는 모습으로 나타났다. 묵전은 그 충격에 주저앉아 비명을 질렀다.

"우, 우아악! 으아아악!"

"지피지기면 백전불태라 했던가? 자신은 아는데, 적을 모르면 위험에 처해야 하는 것이 세상의 이치 아니겠나? 그것이 천리니까."

"…천괴 담륭."

천괴는 자신을 알아보는 당소소를 향해 웃어주었다.

"역시, 날 제압했던 독천의 자식이라 그런지 똘똘하다니까."

"그렇다면 옆에 있는 자는, 학귀 번중…."

"아가씨, 그렇게 보채지는 마. 독천의 딸은, 시간을 두고 천천히 요리할 생각이니까."

"……."

대강당의 소란을 인지했는지 소강당에서 휴식을 취하던 호위들이 몰려들기 시작했다. 당소소에게 달려오는 진명과 하연, 그리고 당웅. 진명은 천괴와 학귀의 얼굴을 확인하자 헛바람을 들이 삼켰다.

"씨발, 뭐야. 저 새끼들이 왜 여기 있어?"

자신의 호위들을 발견한 당소소는 곧장 당웅에게 질문을 던졌다.

"…당웅. 흑풍대는 지금 어디 있죠?"

"바깥에서 대기 중입니다. 천괴와 학귀…. 긴급 상황이군요."

"그래요, 긴급 상황. 저자들은…, 생각보다 더 강할 거예요."

당소소는 긴장감에 적셔진 숨을 내뱉었다. 천괴와 학귀는 충분히 위태로워질 수도 있는 인원이 몰려와도 그저 웃고만 있었다. 호위들은 자신들의 주군들을 감싸며 검을 뽑아들었다. 당소소가 그 광경을 보며 고개를 저었다.

"모두 대피시켜야 해요. 여기 있는 사람들론 저자들을 당해내지 못해요."

"아무리 천괴와 학귀여도, 사천교류회의 쟁쟁한 인물들을 당해낼 수는…."

"아니에요."

당소소는 불안이 엄습해오는 얼굴로 당웅의 말을 부정했다.

"저들은 아버지 정도 되는 고수가 와야 제압할 수 있어요. 실제로 아버지가 제압했던 자들이기도 하고. 그리고…."

천괴와 학귀. 쌍검무쌍 사천성 편의 주요 악역이었으며, 독무후가 기연을 내주는 조건으로 내세운 토벌 대상이기도 했다. 정파의 안온함을 주워먹고 자란 사파와 녹림의 괴물들. 독천 당진천의 손에 한번 제압된 적이 있었고 그에 앙심을 품어 당가를 노리는 인물들이었다.

그들을 토벌할 당시 주인공의 무력은 구주십이천 바로 밑인 초절정고수의 경지.

당소소는 당웅을 바라보며 말했다.

"…아니에요. 흑풍대에게 전하세요. 여기 있는 사람들을 모두 피신시켜야 한다고."

"그리 말씀하신다면, 알겠습니다. 아가씨께서도…."

당웅은 당소소에게 손을 내밀어 대피할 것을 제안했다. 하지만 망설이는 당소소. 그녀는 고개를 돌려 방천극의 이빨에 고통을 호소하고 있는 묵전을 바라본다.

그가 고통스러워하고 있었다. 그가 어떤 존재였고 그녀에게 어떤 일을 벌였는지 더는 생각할 필요가 없었다.

그녀의 소망은 쌍검무쌍의 모든 비극이 희극으로 다시 쓰이는 것.

당소소가 당웅에게 고개를 저었다.

"전, 여기에 남겠어요."

"안 됩니다. 그게 무슨 헛소리입니까? 아가씨는 무공도 익히지 않았잖습니까! 어서 절 따라오세요!"

"전 제가 얼마나 무력한지 알고 있고, 저자들이 얼마나 강력한지 알고 있어요. 무리는 하지 않을 테니. 진명, 날 따라오세요."

"예, 아가씨."

진명은 체념한 듯 혀를 차며 당소소에게 다가갔다. 그리고 강제로 당소소를 데려가려는 당웅을 막았다.

"쯧. 마교에 끌려갈 때도 막무가내더니 여기서도 그러시는군요."

"이곳에 제가 없다면 이 이야기는 비극이 될 거예요. 그래선 안 돼⋯."

"어련하시겠습니까, 아가씨."

"안 됩니다! 제가 무슨 낯으로 가주 님을⋯!"

당소소는 당웅에게 단호한 어투로 말했다.

"명령이야, 당웅. 당문의 이름으로, 사람들을 구해. 당가의 직계로서의 대우는 충실히 하겠다며?"

"⋯⋯."

당웅은 이빨을 꽉 깨물며 당소소를 바라봤다. 자신이 알던 그 망나니 당소소가 할 생각은 아니었다. 당웅이 당소소의 낯선 모습에 혼란스러워할 때 당소소는 고개를 돌려 하연을 바라봤다.

"아가씨⋯."

"하연."

"그냥, 안전하게 피하시면 되잖아요. 무공을 익히지 않은 아가씨가 이곳에서 뭘 할 수 있다고…!"

하연은 눈물을 흘리며 당소소를 바라봤다. 당소소는 웃으며 예정된 사실 하나를 말해주었다. 진명을 안심시킬 때처럼.

"괜찮아. 난, 아직 죽지 않아."

"그게 무슨 소리예요…!"

"당웅. 하연을 피신시켜."

"…예."

"아가씨!"

이윽고 결정을 내린 당웅에게 당소소가 명을 내렸다. 하연이 절규했지만 당웅은 무심하게 당소소의 명을 따랐다. 당웅과 하연이 사라지자 당소소가 천괴와 학귀를 바라보며 말했다.

"진명."

"예."

"너, 쟤네한테 걸리면 죽는다."

평소의 말투를 내려놓고 날을 바짝 세운 당소소의 말투에 진명은 웃으며 답했다.

"잘 알고 있죠. 가까이에서 많이 봤으니까. 씨발놈들. 무공실력만큼 사람들도 어찌나 잘 죽이던지, 흑림총련에 저 새끼들이 보였다 하면 피비린내 때문에 코로 숨을 쉴 수가 없었다니까요?"

"시선, 끌 수 있겠어?"

두 사람의 시선은 천괴와 학귀에게 달려들었다가 불귀의 객이 되어버린 호위들의 시체에 머물러 있었다. 당소소의 걱정스러운 물음에 진명이 헛웃음을 터뜨렸다.

"절 너무 좆밥으로 보시는데요?"

"너 좆밥 맞잖아."

"……."

당소소가 진지한 표정으로 진명의 말에 대꾸했다. 진명은 머리를 벅벅 긁더니 입술을 삐죽 내밀었다.

"거, 자기 부하에 대한 예우는 하나도 없소?"

"죽으면 안 되니까."

"참, 사람 무안하게 하긴…."

당소소는 그렇게 말하며 한 걸음 앞으로 나섰다. 그런 당소소의 뒤를 따르며 진명이 말했다.

"아가씨. 저들이 움직였다면, 흑림총련의 숲그림자들도 같이 움직였을 겁니다."

"숲그림자?"

"정확히는 흑림영黑林影이라고 하는데…. 그냥 싸움 잘하는 산적과 사파를 한데 모아둔 부대죠. 대충, 이백 명 정도."

진명의 말이 끝나자마자 대강당 밖에서도 비명 소리가 들려오며 수많은 인기척이 느껴졌다. 당소소의 얼굴이 찡그려졌다.

'이런 큰 사건이 있었나?'

당소소의 의문. 하지만 사천성 편 어디에도 사천교류회의 습격 건에 관한 이야기는 없었는데. 하지만 예측할 수 있는 배경 자체는 있었다. 청랑검문주인 정휘가 일련의 사건으로 죽었고, 망해가는 청랑검문을 되살리기 위해 정천무관에 입학했다는 사실.

당소소는 그 기억을 길어 올리며 청랑검문을 망하게 한 원인이 바로 이 사건이었음을 유추해낼 수 있었다.

'그렇다면, 가장 먼저 확보해야 할 것은 청랑검문주의 생존….'

당소소는 손목을 잡고 신음하는 정유를 바라보았다. 그를 노리며 걸어오는 학귀. 당소소는 진명에게 물었다.

"진명, 너 단혼사 님한테서 도망갈 수 있어?"

"도망이라면 칠 수 있긴 한데…. 그런데 그걸 왜 물어보십니까?"

"그럼 저기 걸어오는 기분 나쁜 거지새끼의 주의를 좀 끌어봐."

당소소가 학귀를 가리키자 진명의 얼굴이 구겨졌다.

"학귀…? 아니, 천괴와 학귀가 둘 다 그 영감만큼 강하다는 말씀이십니까?"

"내가 아는 상태라면."

"뭐…. 알겠습니다. 헌데 아가씨는 당가에만 있었으면서 그런 걸 다 어떻게 아시는 겁니까?"

툭 던지듯 물어오는 진명의 물음에 당소소는 잠시 멈칫했다. 그리고 식은땀을 흘리며 변명했다.

"으, 음. 다 아는 수가 있지. 응."

"수상한데…."

의뭉스런 눈으로 바라보는 진명에게 당소소가 어색한 태도로 윽박질렀다.

"…너, 사천당가가 좆으로 보여?"

"아니, 언제 그렇다고 했습니까? 그냥 궁금하다 이거지. 막상 사천당가에서도 세력이라곤 하연 한 명밖에 없던데. 하연이 알려준 것은 아니지 않습니까."

폐부를 찌르는 진명의 답변. 당소소는 울상이 된 채로 진명에게 말했다.

"…내가 좆으로 보여?"

"어휴. 알았습니다. 말하기 싫으시면 말하지 마십쇼."

진명은 주군의 귀여운 울상을 바라보며 한숨과 함께 웃음을 터뜨렸다. 그리고 혀로 입술을 적시며 앞으로 걸어오고 있는 학귀를 바라봤다.

'참, 신기한 아가씨란 말이지.'

진명은 그런 생각을 하며 학귀를 향해 걸어갔다. 진명이 학귀의 시선을 끌기 위해 출발하자 당소소는 서둘러 정유에게 다가갔다. 손목을 움켜쥐고 있던 정유는 당소소를 발견하자마자 엄포를 놓았다.

"도망가지 않고 뭐하는 것이오, 당 소저!"

"걱정은 고마워요. 하지만 도망가야 하는 건, 저만이 아닌 사천교류회의 모든 이예요."

"무슨 소리십니까? 여긴 청랑검문이 맡을 테니 당 소저가 먼저 피신하십시오. 무공도 모르는 연약한 소저가 어찌 여기에 남으셨습니까! 여긴 우리 사천성의 후기지수가 맡을 테니 어서 도망가시오. 이 정유, 비록 손목이 부러졌다곤 하나 검의 날카로움은 여전히 예리하니…!"

당소소의 발언을 전혀 이해하지 못하겠다는 발언. 당소소는 한숨을 쉬었다.

"에휴, 씨발."

"예? 씨, 씨발?"

이런 태도의 사람들을 당소소는 잘 알고 있었다. 웬만해선 설득할 수 없다는 것 또한 전생에서 지독하리만치 겪었다. 공사장의 선배들이 일러주는 자잘한 요령들. 신입들은 대수롭지 않게 넘기고 결국 다음 날 모습을 보이지 않는다.

모르는 자들은 설득할 수 없다는 간단한 이치였다. 당소소는 정유의 얼굴에 자신의 얼굴을 맞대었다. 시선과 시선, 호흡과 호흡이 교차하는 거리. 그리고 한 자 한 자 힘을 주어 말했다.

"천괴와 학귀는 우리 아버지가 와야 제압할 수 있는 자들이야. 청랑검문이 대체 뭘 하겠다는 건데?"

"그, 그게…. 얼굴, 얼굴이 너무 가깝…."

그녀의 힘 있는 말에 정유는 눈 둘 곳을 찾지 못하며 청산유수처럼 쏟아내던 말을 더듬었다. 사실, 그 이유 때문은 아닐 것이다.

"네가 지금 해야 할 일은, 바깥의 악적들을 제압하고 사천교류회의 모든 인원을 무사히 대피시키는 거야. 청랑검문의 제자들은 물론이고, 네 아버지까지. 그리고 최대한 빨리 아미파와 청성파, 당문에 천괴와 학귀의 등장을 알려. 그게, 유일한 살길이야."

"알겠, 알겠소…. 그러니까 일단 얼굴을…."

정유의 동의를 받아낸 낭소소는 밀착했던 얼굴을 뒤로 물리며 콧방귀를 뀌었다. 정유는 새빨개진 얼굴로 자리에서 일어섰다.

"…당 소저도, 꼭 피신해야 하오."

"내 걱정보다 우선 문주 님부터 피신시키세요. 전 여기서 죽지 않으니까."

당소소는 그렇게 말한 뒤 주변을 둘러보았다. 불행인지 다행인지, 자신이 무형지독으로 소란을 일으킨 덕에 웬만한 사람들이 대강당을 빠져나가고 없었다.

빠져나가지 못한 자들은 이미 차가운 시체가 되었거나 곧 시체가 될 판이었다. 그도 아니면 칼을 빼들고 운명에 저항하려는 자들이거나.

"사파의 악적이, 잘도 정파의 심부에 기어 들어왔구나."

백서희가 그렇게 외치며 등에 차고 있던 장검을 빼들었다. 마치 여명이 번지듯 금빛의 서광이 장검을 타고 흘렀다. 내공의 수련이 극에 달해야 도달할 수 있는 일류의 경지, 검기상인劍氣傷人의 경지였다.

방천극을 이리저리 휘돌리며 묵전을 가지고 놀던 천괴는 백서희의 검기를 보며 감탄의 웃음을 지었다.

"열여덟 살의 나이로 검기상인…. 과연, 철혜검봉이라 불릴 만해. 천리를 거스르는 실력이군."

"당장, 그를 놔줘."

"이자를 놓아 달라?"

백서희의 으름장에 천괴는 빙긋 웃으며 묵전의 어깨에 방천극을 더욱 깊게 박아 넣었다. 묵전은 고통으로 눈물과 비명을 토해냈다.

"으, 으아아악!"

"오빠!"

"네놈…!"

"이자가 죽는 것은 천리天理야. 그 누구도 거스를 수 없단다."

백서희가 냅다 검을 내질렀다. 금빛 검기가 뻗어나가 적을 무릎 꿇리기 위해 하늘에서부터 적을 짓눌러갔다.

아미파의 절기, 복호검법伏虎劍法이 펼쳐졌다.

스륵.

얇은 절단음과 함께 백서희의 얼굴이 일그러졌다. 촉감이 없었다.

천괴의 움직임은 단 한 발자국이었다. 그는 그 작은 움직임으로 검기를 두른 참격을 회피했다. 백서희는 천괴가 자신의 상대가 아님을 곧바로 직감했다. 백서희는 서둘러 검을 회수한 뒤 흐트러진 자세를 잡으려 했다. 하지만 상대는 기다려주지 않았다.

"큰 기술을 마구 질러대는 것은, 천리뿐만 아니라 무리武理에도 어긋나는 일이란다. 꼬맹아."

"커흑!"

아쉽게도 회수되는 검보다 그녀의 배에 틀어박히는 천괴의 주먹이 더 빨랐다. 백서희는 신물을 뱉어내며 배를 움켜쥐었다. 부들거리며 배에 박힌 주먹을 밀어내려고 손을 가져다 대는 백서희. 천괴는 그녀의 턱을 발로 차 저 멀리 날려버렸다.

"윽…!"

"요즘 세상엔 천리를 거스르는 인간들이 많단 말이지. 자꾸 사파의 권역을 침범해 자신의 세력에게 나눠주고 있는 묵가장이나, 우리 귀여운 새끼들을 핍박해 흑림총련을 호출한 너희 백능상단같은 놈들. 뭐, 백능상단에겐 감사함을 느끼고 있긴 해."

천괴가 고개를 절레절레 저으며 말했다. 그리고 슬쩍 웃음을 보이며 방천극을 비틀었다.

"으으윽!"

"꼬마들아. 우리라고 너희를 건들고 싶었겠니?"

"오빠를 놔줘, 이 더러운 괴물!"

묵이현의 부르짖음에도 천괴의 웃음과 고문은 그치지 않았다. 천괴는 오히려 묵이현을 비웃었다.

"구파일방이나 오대세가가 아닌 곳에서 행사를 벌이는 것으로도 모자라 그들을 보호할 마땅한 고수도 없다? 꼬맹아. 너희가 해를 입는 것은 천리란다. 우리를 불러들인 백능상단에겐 몇 번이고 감사를 표하고 싶은 지경이야."

천괴의 말에 백서희의 동공이 커졌다. 그리고 자신이 사천교류회에 오기 전 제압했던 산적들이 떠올랐다.

'흑림총련이, 널 용서하지 않을 것이다!'

"쿨럭…!"

솟아오르는 수많은 감정을 느끼며 백서희는 피를 토했다. 자신이 혈사를 발생시켰다는 죄책감, 아미의 신검이니 무엇이니 부르짖으며 악적 하나를 막지 못했다는 모멸감, 그리고 자신의 몸을 타고 흐르는 무력감과 분노.

"…언니!"

그 수많은 감정이 뒤엉키며 백서희의 눈은 초점을 잃어갔다. 운령은 쓰러진 백서희에게 달려가려고 했지만 당소소가 막아섰다.

"운령, 멈춰."

"비켜요, 소소 언니. 난 서희 언니를 구해야 해!"

"천괴는, 적어도 우리 가문의 단혼사 님만큼 강할 거야. 무작정 들이받아선 상대할 수 없어."

"그럼 어떻게 해야 이길 수 있는데요!"

운령은 눈물을 흘리며 당소소를 바라봤다. 당소소는 대강당의 입구를 돌아보며 물었다.

"정유가 각 문파에 도움을 청하러 갔어. 그리고…."

당소소의 눈에 운령에 대한 믿음이 가득 담겨 있었다.

"청운적하검."

"…내가 그걸 익히고 있다는 걸, 언니가 어떻게 알아요?"

"너라면, 익히고 있을 것 같았어. 넌 똑똑하잖아?"

당황하여 당소소를 바라보는 운령. 당소소가 눈길을 돌려 천괴를 바라봤다. 천괴는 당소소를 향해 천진한 웃음을 보였다.

"하하…. 독천에게 이런 식으로 복수를 할 날이 올 줄이야. 과연, 천리는 항상 순리대로 흘러가는 법이군!"

"나도 천리를 좀 볼 줄 아는데."

당소소가 마주 웃어주며 말을 이었다.

"초절정고수든지 길가의 망나니든지, 가는 덴 순서가 없더라고."

천괴는 당소소의 말에 잠시 얼이 빠진 듯 얼굴을 굳혔다. 그리고 입을 열었다.

"재밌군."

천괴가 당소소를 바라봤다. 그 시선을 받자 당소소의 몸에 긴장감이 흐르기 시작했다. 묵전을 고문하고 다른 이들을 살해하던 그의 모든 주의가 그녀에게로 향했다. 당소소는 감정이 고조된 숨을 내뱉었다.

천괴라는 관객이 자리에 앉았다. 당소소는 다시 숨을 들이켜며 쌍검무쌍의 내용을 되새겼다. 내용이 대본이 되어 그녀의 손에 들렸다. 당소소는 기억을 움켜쥐고 한 걸음 앞으로 나아갔다. 무고하게 죽어간 시체들과 전투의 흔적이 역력한 청검각의 강당이 그녀가 오른 무대였다.

"천괴. 쾌락에 목을 맨 추악한 늙은이."

"호오."

당소소는 쌍검부쌍의 서술 한 술을 읽었다. 관객이 반응하기 시작한다. 백서희의 검에도 그저 웃어넘기던 천괴의 동요. 당소소는 그 동요를 바라보며 웃었다. 관객은 무대에 오른 그녀에게 모든 정신을 몰입하고 있었다.

그는 손에 낭자한 선혈과 폭력을 내려놓고 당소소가 넌지시 내민 그럴 싸해 보이는 극장에 앉은 것이다.

'지금 나에겐, 저 살인귀들을 제압할 무력도 그들을 속일 수 있는 뛰어난 지능도 없어.'

당소소는 그렇게 생각하며 다시 한 걸음 앞으로 나아갔다. 천괴의 몸은 이제 앞으로 나서는 그녀에게 완전히 돌아서 있었다. 당소소는 자신을 바라보는 운령을 돌아봤다.

'오직 내게 있는 것은, 전생이 기억하는 쌍검무쌍의 내용 하나.'

"운령."

"언니, 청운적하검은…. 그게, 전 아직 잘 몰라요. 어떻게 해야 하는지…. 전 몰라요. 아니, 익히긴 했는데, 그게…."

운령은 당소소의 시선에 횡설수설하며 눈물을 흘렸다. 당소소는 그 눈물을 바라보며 고개를 저었다.

"아니야. 넌, 알고 있어."

청운적하검은 청성파에서도 극히 소수의 인원에게만 허락되는 고절한 검술이었다.

청운靑雲이라 불리는 유검柔劍과 적하赤霞라 불리는 강검强劍을 넘나들며, 순간순간 양극단으로 흐르는 변화를 통제해야 하는 그야말로 극악의 검술. 악명 높은 난이도 덕에 본산의 모든 제자에게 열려 있지만 그 누구도 익힐 수 없던 검술이었다.

하지만 운령은 쌍검무쌍에서도 손꼽히는 천재였다. 그녀의 축복받은 무재는 청운적하검의 그 고고한 문조차 손쉽게 열게 했다. 운령은 당소소의 말에 떨리는 몸으로 고개를 끄덕였다.

"맞아요. 미안해요, 언니. 거짓말이야. 사실 알고 있어요. 그런데, 무서워요. 그냥 무서워요….."

단지 무서웠을 뿐이다. 어린 여인의 몸으로 토해내는 그 미증유의 힘이, 그 힘을 다루는 고통이, 이 힘을 마주할 상대방에 대한 걱정이. 그 모든 감정이 응어리진 공포가 그녀의 구름을 흘러가지 못하게 단단히 묶고 있었다. 운령은 눈물을 뚝뚝 흘리며 고개를 떨궜다.

당소소는 무공을 알지 못한다. 또 번뜩이는 지혜로 타개책을 제시해줄 수도 없다. 단지 자신이 알고 있고, 곧 이루어질 미래에 대한 한 구절을 읊어줄 수 있는 게 그녀가 할 수 있는 전부였다.

"청성의 검법은 구름이라고들 하지?"

"흐윽, 네."

"운령, 구름은 무엇이든 될 수 있잖아."

당소소는 그렇게 말하며 흥미로운 눈으로 자신을 바라보는 천괴에게로 시선을 돌렸다.

"하늘을 담은 푸른 구름도, 지평을 적시는 붉은 노을도, 모두 네가 원하는 대로야."

운령은 당소소의 말에 들썩이던 어깨를 멈추고 그녀를 바라봤다. 여리고 작은 어깨였다. 희고 고운 손엔 굳은살이라곤 없었다. 느껴지는 기운조차 미력해 내공이라곤 찾아볼 수 없었다. 그녀를 둘러싼 소문은 일자무식에 패악질을 일삼는 망나니가 전부였다.

그런 그녀가 구름의 검을 이야기했다. 운령은 떨리는 손을 허리춤으로 가져갔다. 그리고 청운적하검을 익히고 나서 몇 달간 쥐지 못했던 검을 쥐었다. 당소소가 남긴 말에는 묘한 힘이 있었다.

"모두, 내가 원하는 대로….'"

당소소는 천괴 앞에 섰다. 천괴는 자신의 턱을 쓰다듬으며 흥미로운 눈으로 그녀를 바라봤다.

"내가 쾌락에 목을 맸다? 더 이야기해 줬으면 좋겠는걸."

"흐으윽!"

천괴는 묵전의 어깨에 박아놓은 방천극을 뽑았다. 묵전은 신음을 흘리며 핏물이 터져 나오는 상처를 움켜쥐었다. 피가 번들거리는 방천극이 이번엔 당소소의 눈앞에 겨눠졌다. 당소소는 그 예기와 피비린내에 자신도 모르게 한 걸음 뒤로 물러섰다.

"꼬맹이, 사천성에서 넌 제법 유명하다는 건 알고 있겠지?"

"알아."

"큭큭, 맹랑하군. 꼬맹이."

사천당가의 막내딸에 대한 소문은, 정파의 움직임을 예의주시하고 있는 흑림총련의 간부들이라면 모두 알고 있었다. 그야말로 안하무인의 망나니.

하지만 천괴가 실제로 마주한 그녀는 달랐다. 소문의 장막에 숨겨져 호부 밑의 견자인 줄 알았던 그녀. 장막을 들추자 그녀에겐 총기를 보이는 눈과 상황을 주도하는 판단력이 있었다.

천괴는 방천극을 비틀어 그녀의 어깨 위에 올렸다. 하얀 칼날이 그녀의 가는 목에 드리워졌다. 얼굴에 어리는 공포심. 하지만 그녀의 눈엔 확고한 신념이 어려 있었다. 천괴는 내심 놀라움을 감출 수 없었다.

'시체가 즐비한 이 상황…. 내 살기를 여과 없이 받는 지금, 무공을 모르는 처자가 저런 태연한 표정을 짓는다? 과연, 독천의 명성에 걸맞은 딸이야.'

'이 무서움은 통제할 수 있어, 이 무력감도 통제할 수 있어…. 난 죽지 않아. 죽는다면 난, 미래에 쌍검무쌍의 주인공 손에 죽을 거야. 여기서는 절대 죽지 않아.'

당소소는 당장이라도 주저앉고 싶은 마음을 추슬렀다. 그리고 온 힘을 다해 천괴를 마주했다.

'이 공포는, 과거에서 온 것이 아닌 오로지 지금의 나에게서 비롯된 것. …통제할 수 있어.'

"당신의 인생은 불우했어. 그리고 불우할 거야."

"지금 상황을 이해하지 못하나 보군. 내 손가락에 조금이라도 힘을 가하면, 꼬맹이, 네 목은 땅에 떨어진다고."

찰칵!

방천극이 움직이는 소리가 들리고 그녀의 얼굴이 비칠 정도로 날이 선 방천극의 칼날이 조금 더 가까워졌다. 당소소는 칼날을 슬쩍 내려다봤다. 오금이 저렸다. 하지만 주저앉는 건 그녀의 이성이 허락하지 않았다. 다시 천괴를 보며 입을 열었다.

"하지만 죽이지 않잖아. 그렇지? 당신은 내가 입에 담았던 천리가 궁금하잖아."

"…맹랑한 줄만 알았더니, 요망하기도 하였나."

당소소는 손을 들어 방천극의 칼날을 밀어냈다. 그녀의 손짓에 방천극이 순순히 밀려났다.

"그래. 목에 칼을 겨눈 상태라면 긴장해서 입을 열지 못할 수도 있겠지. 너라면 아니겠지만…. 어디, 한번 읊어보아라."

천괴를 자극하는 것은 단순한 호기심이었다. 이미 머릿속에서는 별게 아닐 거란 생각이 팽배했다. 기만이라면 사지를 잘라 흑림총련의 두령에게 던져주고, 아니라면 그것으로 본전이라는 생각. 그의 신경은 당소소의 붉은 입술에 쏠려 있었다.

드디어 당소소의 입이 열렸다.

"천괴 담룡. 북방의 군부에서 흘러들어온 퇴역군인 출신."

"조사를 꽤 했나 보군? 하긴, 사천당가의 녹풍대라면 사천성의 모든 정보를 꿰고 있을 법해."

"부당한 명령을 내리는 상관의 명령에 따라 출전하다 전우를 모두 잃고, 상관에게 욕설과 폭력을 행사하여 하극상을 벌인 것이 표면적인 퇴역의 이유."

"그래. 그 상관을 패고 난 퇴역군인이 되었다. 근데, 그것이 무슨…."

"그 전우들, 실은 당신이 죽였잖아?"

여유롭게 웃고 있던 천괴가 미소를 잃었다. 당소소의 말이 이어졌다.

"비극적으로 부모님을 잃고, 밥을 빌어먹는 유년 시절을 보내고, 하루라도 맞지 않는 날이 없었고 그래서 살기 위해 군부에 투신…."

"그래…."

"군부에서도 몸이 약한 당신은 억압된 자들이 분노를 표출하는 대상이 되었어. 그리고 괴롭힘을 당하던 끝에 난생처음 전우를 죽였겠지."

"그래, 맞아…. 아직도 기억나. 배를 찢기고, 내장이 흘러나오는 상황에서 믿을 수 없다는 듯 날 바라보던 두 눈동자."

천괴의 입꼬리가 내려갔다가 반개하던 눈을 부릅뜨며 당소소를 바라봤다. 당소소는 그 눈빛에 잠시 숨을 멈췄다.

"생명이라는 거대한 불씨가, 절대 그럴 리 없다고 믿는 것에 의해 꺼져 가는 그 광경…. 눈이 멀 정도였어, 꼬맹아."

"…후우."

"그래서 난 잠깐 그 아름다움에 미쳐서 동료들을 모두 죽였다. 하지만 그 끝에 찾아온 것은 지독한 허무뿐. 열을 죽이고 백을 죽여도, 그 아름다운 순간이 영원할 순 없었다."

당소소는 그가 덤덤히 털어놓는 말에 정신이 오염되는 듯한 착각이 들었다. 잔인하고 반인륜적인 행각을 마치 숨 쉬듯 아무렇지 않은 행동인양 털어놓는 천괴. 그의 행적을 모두 알곤 있었지만, 그의 말이 계속될수록 관자놀이가 시큰거렸다.

"그 행동이 계속될수록 난 혼자가 되었고, 당연하게도 동료를 죽인다는 극상의 쾌락은 누릴 수 없었다. 관에게 쫓기고, 정파의 협객들에게 쫓겨난 이곳 사천성까지 왔어."

"…흑림총련의 두령이 당신에게 욕망을 충족시켜 줄 동료를 주겠다고 제안했지."

"크흣!"

혐오가 묻어나는 당소소의 말에 천괴는 말없이 웃으며 당소소를 바라봤다. 그 누구에게도 말한 적 없던 비밀을 그녀가 알고 있다. 그녀에 대한 궁금증이 더욱 커졌다. 그리고 살심 또한.

'사천교류회의 후기지수들을 살려서 데려오라는 두령의 권고. 사파의 입지를 늘리기 위해서라는 목적을 이해도 했고, 받아도 들였다. 하지만…, 처음으로 그의 말을 어기고 싶어지는걸.'

천괴의 살의가 당소소의 몸을 훑었다. 당소소는 헛바람을 들이켜며 온몸의 근육에 힘을 주었다. 힘겹게 움직이던 입술도 그 끈적한 살의에 말을 잊었다.

하지만 이대로 말을 멈추면 그는 객석에서 일어날 것이다. 그리고 내려놓았던 폭력을 움켜쥐고 한편의 극을 마친 그녀의 숨통을 끊으려 들 것이다. 당소소는 힘겹게 입을 열었다.

"그래서 당신은, 사람을 속이기 위해 천리라는 말을 입에 달고 살게 돼. 그럴듯한 말로 사람을 속이고, 뒤에서 사람을 해치는 쾌락을 즐기기 위해서."

"똑똑해. 아주 똑똑해. 그런데 그 똑똑한 머리로 내 비밀을 나불거리면 이르게 될 천리를 이해하지 못했나?"

"날 죽일 수 있어?"

당소소의 물음에 방천극이 주저 없이 움직이며 그녀의 심장을 찢기 위해 움직였다. 심장에 당도하기 직전, 그녀의 말이 천괴의 귀에 먼저 닿았다.

"내 말이 기억나지 않나 보네. 나도 천리를 좀 볼 줄 안다고."

"무슨 뜻이지?"

방천극은 당소소의 가슴 앞에서 멈췄다. 당소소는 공포에 젖은 숨을 뱉었다. 그리고 천괴의 물음에 답했다.

"네 죽음에 관해서도 말해줄 수 있다는 뜻이지. 그래도 정말 날 죽일 수 있어?"

"크핫, 정말이지 요망하기 짝이 없는 꼬맹이군! 좋아. 내가 맞이할 천리에 대해 말해보아라. 말하지 않는다면 넌 죽을 것이다."

"좋아. 그건 어렵지 않지."

당소소는 그의 최후를 떠올렸다. 그리고 그가 겪을 최후에 대해 가감 없이 말해주었다.

"넌, 여기서 죽을 거야."

방천극이 튕겨 나갔다.

푸른 도복이 물결친다. 새하얀 검신은 구름처럼 자유로이 허공을 유영하며 마침내 천괴를 향해 겨눠진다.

풍운세風雲勢.

하늘의 구름처럼 잡힐 듯 잡히지 않고 흘러 흘러 마침내 그 끝에 이르는, 청운적하검의 기수식. 부드러움과 강함이 교차하며 천지를 휘돌고 만물에 부딪혀갈 흐름의 예고.

그것은 검으로 표하는 청성의 예禮.

운령은 눈물 자국이 있는 얼굴을 들어 천괴를 바라봤다. 그리고 당소소의 말을 되뇌었다.

"하늘을 담은 푸른 구름도, 지평을 적시는 붉은 노을도, 모두 내가 원하는 대로."

바람이 불었다. 검은 흐른다. 안녕을 묻는 기수식도 그 바람을 따라 푸른 구름으로 흐른다.

카득!

철이 맞물리는 소리가 들려오며, 방천극과 낡은 고검이 제 몸을 부딪친다.

"맹랑한 꼬맹이가!"

"난 구름이야. 무엇이라도 될 수 있는, 하얗고 거대한 구름…!"

청성의 제일가는 검이 드디어 오랜 녹을 털어내고 그 시린 아름다움을 보였다.

당소소는 자신의 앞을 막아서는 운령을 바라봤다. 운령은 그런 그녀를 슬쩍 돌아보며 외쳤다.

"가요, 언니!"

당소소는 고개를 끄덕이며 서둘러 몸을 움직였다. 그녀의 시선이 주변을 훑었다. 천괴와 학귀의 난입, 그들에게 달려들어 죽어간 많은 사람들. 그리고 바깥에선 흑림총련의 정예와의 전투. 상황은 그렇게 좋진 않았다.

하지만 그럭저럭 당소소의 의도대로 흘러가고 있었다. 흑풍대를 보내 더 큰 피해를 막았고, 대피시킬 수 있는 자들을 최대한 대피시켰으며, 쌍검무쌍의 지식으로 시간을 끌어 운령이 정신을 가다듬고 검을 뽑을 시간을 벌었다. 그리고 그 시간이 당소소의 목숨을 구했다.

'최악은 아니야. 최악은….'

당소소는 그렇게 생각하며 바닥에 쓰러져 있는 시체를 바라봤다. 물론 최악은 아니었다. 하지만 최선도 아니었다.

'집중하자.'

당소소는 눈을 질끈 감았다. 이런 잡념은 당지천의 가르침에 어긋났다. 잡다한 것을 잊은 채로, 오직 더 나은 이야기를 만들겠다는 생각만 해야 했다. 당소소는 다시 눈을 뜨고 피를 너무 흘려 창백해진 묵전에게 다가갔다.

"흐윽, 으윽…!"

"움직일 수 있어?"

"…너, 왜 나를…?"

고통스러운 얼굴로 의문을 표시하는 묵전. 당소소는 쓸모없는 질문에 답하기보다 피가 흐르는 그의 어깨를 어떻게 지혈해야 할지를 고민하고 있었다. 주변을 둘러봐도 마땅한 천 같은 것은 없었다. 당소소는 혀를 차며 소매에 숨겨둔 비수를 꺼내들었다.

찌익!

그녀는 비수로 소매를 찢어 지혈을 할 천을 만들고 그의 어깨에 강하게 동여맸다. 묵전이 고통스러워하는 소리를 내며 당소소를 거칠게 밀어냈다.

"으, 으윽!"

"좀 참아, 씨발아."

당소소는 인상을 쓰며 욕을 뱉고 다소 거친 손길로 매듭을 맸다. 그리고 자리에서 일어나 주저앉아 울고 있는 묵이현을 바라봤다. 당소소는 둘이 이 싸움에 도움이 되지 않는다고 판단했다.

그녀는 자리에서 일어나려는 묵전을 보며 말했다.

"너희 둘은 여기서 나가."

"으윽…. 날 왜 구해준 거지?"

묵전은 자리에서 일어나 당소소를 바라봤다. 당소소는 뺨에 튄 피를 쓱 문지르며 말했다.

"너네 예뻐서 구해준 거 아니니까, 빨리 네 동생 데리고 꺼져."

"……."

그는 더 이상 이야기하지 않았다. 비척거리는 걸음으로 묵이현과 함께 대강당을 빠져나갔다. 그런 그들을 학귀가 놓치지 않았다. 진명을 쫓아다니던 학귀는 발걸음을 멈추고 묵가장의 남매를 바라봤다.

"안 돼. 생살을 더 찔러야 해."

"어이, 거지영감. 안 쫓아오고 뭐해? 이 선배의 발놀림을 따라잡지 못하겠어? 이래서 기수가 딸리는 애들은…."

"큭큭! 아가야, 그런 같잖은 도발로 내 즐거움을 막아설 순 없단다."

진명은 비 오듯 땀을 흘리며 힘겨운 목소리로 학귀를 도발했다. 하지만 학귀는 진명의 도발을 웃어넘기며 발걸음을 틀었다. 진명은 인상을 쓰며 고개를 떨궜다.

"하, 씨발…."

진명은 자신의 주제를 잘 알고 있었다. 학귀 번중은 자신이 사파에 몸

담았을 때부터 살업으로 이름을 날리던 고수였다. 절정에 이르지 못한 자신의 무예로 부딪혔다간 반드시 죽는다는 것쯤은 몸으로 깨닫고 있었다.

그가 살인으로 단련해나간 무술은 이미 일가를 이룰 수준이었으니까. 그가 아직 죽지 않은 것은 단혼사로부터 그가 몸담고 있는 경지의 편린을 잠시 느껴서일 뿐이라는 것 또한 알고 있었다.

스릉!

진명의 허리춤에서 단검이 뽑혀 나왔다.

"이제 땀을 좀 뺐으니, 맞짱이나 한번 뜰까? 후배야."

하지만 그에겐 계약을 맺은 주군이 생겼고 그녀는 자신을 믿고 있었다. 그렇다면 그녀가 하고자 하는 바를 따르는 것도 자신의 주제였다.

진명은 학귀를 향해 걸음을 옮겼다. 학귀는 묵이현과 묵전을 향해 가던 걸음을 멈추고 진명을 돌아봤다. 학귀의 왼손에 쥐여진 살점 묻은 꼬챙이가 점점 그의 가슴께로 올라갔다. 진명의 시선은 부지런히 움직이고 있는 묵가장의 남매들에게로 향했다.

'대충 저 남매가 빠져나가는 데 걸리는 시간이 일 각.'

"진명, 안 돼!"

주군의 외침이 들려왔다. 진명은 그 목소리에 미소를 지었다. 그리고 나지막이 말했다.

"저 좆밥 아닙니다, 아가씨."

등을 굽혀 자세를 낮춘다. 좁은 보폭은 오른발을 내밀어 좀 더 키운다. 하중이 단단해지며 전신에 탄탄함이 깃든다. 앞으로 내민 양손은 조그마한 타원을 그리며 위아래로 움직임을 보였다. 그 움직임은 어디로 뻗어갈지 모르는 가변성과 뻗어나가는 행동에 힘을 실어준다.

진명의 자세를 보며 학귀의 꼬챙이에 검기가 어린다. 살점이 쪼그라들고 혈기가 증발하며 핏빛의 증기를 뿜었다. 그 으스스한 광경은 그의 별호처럼 잔학한 마귀같은 모양새였다. 학귀는 불만족스런 얼굴로 말했다.

"질긴 고기는 질색인데…."

"그 이빨 다 뽑아줄 테니까 아가리 닫고 오셔."

진명은 학귀의 성질을 긁으며 단전을 두드렸다. 미약하고 탁한 기운. 하지만 충분했다. 단전을 벗어난 내공은 진명의 전신을 데우며 단검을 쥔 오른손으로 향했다. 그런 진명에게 느릿한 걸음으로 다가오는 학귀.

츠륵!

선수는 진명이었다. 위아래로 흔드는 반탄력을 받으며 허공에 휘두르는 단검. 학귀가 걸음을 멈췄다. 그 찰나의 호흡을 타고 진명의 발걸음이 학귀의 안쪽을 파고들었다. 허리는 더욱 낮게, 보폭은 더욱 크게. 손에 머물러 있던 그의 진기가 곧장 양발로 향했다.

스륵!

학귀의 꼬챙이는 진명의 머리가 있던 부위를 공격했다. 하지만 진명은 이미 자세를 낮춘 상태. 그 빈틈을 진명은 놓치지 않았다. 진명의 시야는 바닥을 훑었다. 깨진 그릇 조각들이 그의 눈에 들어오고 빈 손으로 그 유리조각을 집었다.

"이 쥐새끼가! 곱게 고기가 되어라!"

자신의 한 수가 허공을 갈랐다는 데에서 오는 분노. 사파의 무인들이 가지는 특징이었다. 그리고 진명은 이런 변수를 즐겼다. 바닥에 잔뜩 몸을 눕힌 진명을 향해 마구잡이로 찔러오는 핏빛의 검기. 진명은 눕혔던 몸을 펼치며 왼쪽으로 튕겨져 나갔다.

금빛의 잉어가 몸을 비틀어 천 개의 물결을 헤쳐 넘는다는 금리도천파金鯉到千波의 한 수. 잔뜩 밀려온 검기는 애꿎은 바닥만 벌집으로 만들었을 뿐이다. 하지만 그는 절정의 고수였다. 꼬챙이는 몸을 비틀어 곧장 진명의 몸을 추적했다.

진명의 왼손이 움직인다.

팟!

사기조각이 가루가 되어 터져 나가는 소리. 꼬챙이의 진로를 막았다. 진명은 한 바퀴 공중제비를 돌며 옆으로 안착했다. 잔뜩 낮아진 자세. 진기는 아직 다리의 혈도에 머물러 있었다. 그 의외의 한 수가 벌어준 반 보. 진명은 보폭을 당겨 짧은 걸음으로 학귀에게 다가섰다.

학귀는 온전한 자세를 다시 갖춘 뒤 숨을 뱉고 외쳤다.

"이리저리 도망가는 게, 영락없는 쥐새끼구나! 헌데, 다 피할 순 없었나 보지?"

"후욱, 후욱! 긁힌 상처로 유세를 떨긴….."

진명은 참았던 숨을 뱉었다. 뇌는 지끈거리고, 몸은 비명을 토했다. 몸의 모든 요소 하나하나가 그에게 숨결을 내놓으라 부르짖고 있었다. 진명은 크게 숨을 들이켰다. 그리고 자신의 종아리를 내려다보며 검기에 스친 상처를 바라봤다. 예리한 검이 베고 지나간 듯 길고 깊은 자상이 나 있었다.

'씨발, 단혼사 영감이 두들겨 패며 알려준 금리도천파가 아니었으면…!'

진명은 아찔해져가는 정신을 부여잡았다. 아직도 단검의 영역은 짧고 적에게 멀었으며, 꼬챙이의 영역은 길고 자신에게 가까웠다. 이대로는 접근조차 하지 못한다. 학귀가 마구잡이로 찔러오는 것 같은 저 꼬챙이엔, 진로를 틀어막고 혈류량이 많은 급소를 노리는 잔학한 묘리가 담겨 있었다.

'내외의 조화가 완전하지 않은 놈치고 꽤 한다만, 이제 슬슬 지루해지는걸.'

학귀는 초조해하는 진명을 보며 미소를 지었다. 그리고 왼손에 쥐고 있던 꼬챙이를 허공에 던지며 왼발로 진각을 밟았다. 몸을 타고 흐르는 반

탄력. 허리를 반바퀴 돌리며 그 힘을 온전히 전달하고, 단전으로 용솟음치는 힘은 내공을 받아 더욱 폭발적으로 솟아오른다.

내공과 몸이 상체를 타고 흐른다. 비정상적으로 발달된 활배근은 그 우악스런 내공과 힘을 성공적으로 오른손에 전달한다. 오른손은 거칠게 뻗어진다. 허공을 유영하던 꼬챙이는 어느새 뻗어가는 오른손에 쥐여져 있었다.

'일점홍—點紅!'

"진명!"

그 일격은 당소소의 비명을 꿰뚫었다. 공간을 꿰뚫었다. 그리고, 마땅히 걸려야 할 시간마저 꿰뚫고 진명의 생각보다 반 호흡 먼저 도달했다. 채 몸을 다 빼지 못한 진명은 회피를 포기하고 왼쪽 어깨를 비틀어 학귀의 일점홍을 몸으로 받았다.

"크흑!"

비틀어 받은 어깨가 꿰뚫리고 주저앉는 진명. 본래는 상체가 박살이 나도 이상하지 않은 학귀의 절초였다. 바깥쪽으로 몸을 비틀어 힘을 흘려내 꿰뚫리는 시간을 지연시키고, 그 시간 동안 내공을 어깨 쪽으로 모아 검기가 혈맥을 찢는 것을 막아낸 것.

하지만 훌륭한 임기응변에도 불구하고 이미 진명의 왼쪽 팔은 이 전투에서 쓸 수 없게 되었다. 내공은 바닥을 보였으며 학귀의 검기가 진명의 기혈을 진탕시켜 놓았다.

"훗, 넌 이제 천천히 찢어주지. 그럼….."

학귀는 축 늘어진 진명의 팔을 보며 누런 이를 드러내며 웃었다. 그리고 서둘러 묵가장의 남매를 찾았다. 고통 속에 신음하던 진명은 그를 향해 미소를 지어주었다.

"병신…!"

"……."

학귀의 표정이 처음으로 일그러졌다. 절정에도 이르지 못한 자에게 받은 수모에 격한 분노가 몸을 감싼다. 꼬챙이엔 검기가 감긴다. 그리고 진명을 바라본다. 진명은 학귀의 반응을 눈여겨보며 은밀하게 오른손을 뒤로 가져갔다. 허리 뒤편을 더듬는 손에는 단혼사가 어울리겠다며 쥐여준 암기 하나가 잡혀 있었다.

'와라. 거지새끼야. 아가리에 암기 하나를 떠먹여주지.'

진명에게 다가가는 학귀. 진명은 숨을 고르며 암기를 던질 준비를 했다. 학귀는 그의 이상한 낌새를 눈치채고 발걸음을 멈췄다. 아쉽게도 학귀는 절정의 고수였고, 감정을 효율적으로 다스릴 줄 아는 자였다.

'놈은 움직이지 못한다. 굳이 내가 다가가 마무리를 지을 필요 또한 없지. 당가의 개자식들은 언제나 위험하니까. 천천히 죽여야 해. 자신이 가진 모든 독을 토해내게 한 뒤에.'

학귀의 꼬챙이에 맺혀 있는 검기가 사그라졌다. 진명을 바라보던 그의 시선은 바닥에 누워 정신을 차리지 못하고 있는 백서희에게로 향했다.

'두령이 반드시 산 채로 잡아오라던 년이 저년이군. 백능상단의 딸이자 아미파의 후기지수….'

"이런, 씨발놈아! 어디 가는 거야!"

"흐흐!"

다급한 진명의 외침에 학귀가 웃었다. 그의 예상이 맞아떨어진 것에 대한 만족의 웃음이었다. 당가의 무인은 죽어가는 와중에도 비수를 던지는 이들이다. 제대로 죽이려면 스스로 독을 뱉게 만들어야 했다.

학귀는 분노하는 진명을 무시하고 백서희를 향해 움직였다. 당소소 또한 그 광경을 바라보고 있었다. 일촉즉발의 순간이었다. 그녀가 죽을지도 모른다는 생각에 공포감에 붙잡혀 있던 당소소의 발이 움직였다. 학귀의 발걸음이 백서희 앞에서 멈춰 섰다.

'그런데…, 맛있어 보이네.'

학귀는 다시 왼손으로 꼬챙이를 고쳐 잡으며 백서희의 얼굴과 몸을 확인했다.

"어떻게 살려서 오라는 말은 안했잖아? 살아 있기만 하면 되겠지."

"…뭐야."

백서희는 멍한 정신으로 자신에게 다가온 학귀를 올려다봤다. 학귀는 그녀가 정신을 차리든 말든 마구잡이로 자란 자신의 수염을 쓰다듬으며 백서희의 몸을 가늠했다.

어딜 찔러야 살고, 어딜 찔러야 죽을 것인가. 어느 부위를 찔러야 더 쫄깃한 손맛이 있을 것인가. 어느 부위가 더 고통스럽고, 또 어느 부위가 더 큰 쾌락을 줄 것인가. 대충 견적을 낸 뒤 학귀는 고개를 끄덕였다.

"잘 먹겠습니다."

"뭐야. 뭐야? 뭐야…!"

백서희는 충격에 빠진 채 자신을 찔러오는 꼬챙이를 보며 점점 정신이 말똥해졌다. 그녀를 향해 다가가던 당소소의 걸음이 이내 달음박질로 바뀌었다. 그녀를 관통하려는 꼬챙이를 보며 당소소는 생각했다.

'난 죽지 않아. 그러니 내 몸으로 막으면 살릴 수 있어.'

하지만 이내 가슴이 쿵쾅거리며 부정적인 감정이, 몸을 옭죄는 공포가 그녀의 생각을 팽창시켰다.

'하지만 죽지만 않을 뿐 불구는 될 수 있잖아? 그 고통은, 어떻게 감당하지? 천괴와 학귀의 태도를 보면 우리를 죽일 생각은 없어 보이는데, 그냥 놔둬도 되지 않을까? 내가 굳이 백서희를 살릴 필요가 있을까?'

거대하게 부풀어오른 생각. 당소소의 동공이 좁아졌다.

꼬챙이가 거의 백서희의 눈에 닿으려는 순간 가래 끓는 웃음소리를 내며 학귀가 흥분이 엉킨 말을 뱉었다.

"클클, 별미는 아껴두면 안 되는 법이지."

"하지 마, 하지 마…! 이 악적, 제발 꺼져…!"

백서희의 가녀린 외침. 그 목소리에 당소소의 팽창했던 생각은 결국 하나의 점으로 수렴했다.

'백서희 넌, 살아가야 할 사람이야.'

그리고 꼬챙이가 살점을 꿰뚫었다. 백서희는 몸을 움찔거리며 찾아올 고통에 몸을 움찔거렸다. 하지만 고통은 찾아오지 않았다. 그런 그녀의 뺨으로 흐르는 뜨거운 액체. 백서희가 눈을 떠 자신의 뺨을 쓸었다. 그리고 손을 내려다봤다. 피였다. 눈을 올려 자기 봄에 그늘을 만들고 있는 사람을 확인했다.

"당소소…!"

당소소가 내민 팔이 백서희에게 도달하려던 학귀의 꼬챙이에 대신 꿰뚫려 있었다. 작열감, 고통, 절망감, 공포. 한 점으로 뭉개두었던 그 모든 감정이 고통을 타고 흘렀다.

"흐윽…!"

육체의 고통에, 그리고 이성을 찢어발기는 정신의 고통에 당소소는 눈물을 흘렸다. 하지만 잔뜩 상처 입은 이성은 아직 그녀의 몸을 떠나지 않았다. 당소소는 이성에 기대어 백서희를 돌아보며 고통에 일그러진 미소를 지어주었다.

"미친년…! 어디다 정신을 놓고 다니는 거야…."

가슴 한 구석에 남겨둔, 응어리를 토해내며.

"왜, 그런…?"

"흥, 가만히만 있었어도 어련히 알아서 예뻐해 줬을 텐데."

학귀가 당소소의 상완에서 꼬챙이를 빼들었다. 그는 자신의 손을 슬쩍 들여다보며 고개를 끄덕였다. 나쁘지 않은 감촉. 여태껏 자신이 찔러왔던 살결들과는 상당한 차이가 있었다. 학귀의 눈이 반짝였다. 당소소는 꼬챙이가 꿰뚫고 간 상처 부위를 움켜쥐며 신음소리를 흘렸다.

"아윽…!"

"그렇게 원한다면야, 순번을 바꿔줄 순 있지."

학귀가 만족스러운 웃음을 지으며 꼬챙이를 다시 들었다. 백서희는 숨을 들이켰다. 배는 찢어질 듯 아팠고, 복호검법이 한번에 파훼된 것은 제정신을 차릴 수 없는 일이었다. 거기에 자신이 이 혈사를 일으켰다는 적의 선언까지. 또다시 정신이 혼미해졌다.

'조견오온개공照見五蘊皆空, 도일체고액度一切苦厄…!'

백서희는 정신을 잃지 않기 위해 무의식적으로 사문에서 배운 불문佛文을 외웠다. 모든 것이 비어있음을 인지하고, 온갖 괴로움을 견뎌낸다는 경전 문구.

혼란했던 심신이 맑아졌다. 생기가 돌아오는 눈으로 찔러오는 꼬챙이를 확인했다.

콰직!

학귀의 꼬챙이가 애꿎은 바닥을 찔렀다. 그의 표정이 급변했다. 그리고 저 멀리 도망가 몸을 추스르고 있는 백서희를 바라봤다. 그대로 쫓아가려는 찰나 그의 앞에 깨진 그릇 하나가 나뒹굴었다. 학귀가 시선을 돌리자 진명이 천천히 자리에서 일어나고 있었다.

"어이, 거지새끼. 싸움이 끝나지도 않았는데 어딜 도망가?"

"…허."

"그리고 각오해두는 게 좋을 거야. 아가씨의 핏값은 좀 세거든. 후배야."

진명의 말에 학귀는 같잖다는 듯 침을 뱉으며 진명에게 걸어왔다.

'기회는 한 번. 그 한 번으로, 저 새끼를 전투 불능으로 만들어야 한다.'

진명은 자신의 오른손을 흘끔 바라봤다. 당가의 암기. 소문으로만 무성했지 실제로 사용하게 될 줄은 진명 자신도 상상하지 못했던. 내구력은 물론이고 다양한 기능과 확실한 살상력에 부르는 게 값일 정도였다. 물론 그 값을 다 준대도 팔 것도 아니었지만.

'이런 고급품은, 사파에 있을 땐 엄두도 내지 못하던 건데…. 뭐, 얼마든 던지겠다만.'

투척은 평소의 싸움 방식으로 충분히 숙달하고 있었다. 살기 위해 흙을 뿌리고 돌을 던지고 몸에 튄 피를 받아 뿌리고. 인식을 속이고 적의 의표를 찌르는 행위는 사파에서 살아남기 위해 매일 하던 행동이었다. 진명은 비수를 고쳐 쥐었다.

"절정에도 이르지 못한 버러지가!"

학귀는 분노하며 점점 속도를 내 진명에게 달려들었다. 감정의 통제는 더는 필요하지 않았다. 독을 뱉든, 가시를 뱉든 자신의 무력으로 무마시키겠다는 생각이었다. 그의 돌격 속도가 진명이 머릿속으로 그어둔 임계점을 돌파했다.

피슛!

진명의 손에서 비수가 날아갔다. 단검보다 작고, 코등이가 없는 모양새. 회전하며 날아가는 비수는 학귀의 심장을 노리고 쇄도해갔다. 학귀는 그 모든 것을 예측한 터였다. 검기를 두른 꼬챙이가 비수를 간단히 튕겨냈다.

"푸핫, 이런 장난질을…. 읏!"

꼬챙이에 튕겨 나간 비수가 철침 하나를 토해내며 반으로 갈렸다. 철침은 본래 노리던 학귀의 심장을 향해 그대로 날아갔다. 비수 하나라는 것에 대한 방심과 자신의 경지를 믿은 오만. 그것이 학귀의 인지를 방해했다.

"제길!"

그리고 마침내 인지했을 땐 이미 철침이 가슴 부근에 도달한 후였다. 학귀가 할 수 있는 일이라곤 내공을 한데 모아 철침을 튕겨내는 것뿐. 겨우 튕겨나간 철침은 궤도를 바꿔 하늘로 비스듬히 치솟았다.

뿌득!

무언가 터져 나가는 소리가 들려왔다. 학귀가 눈을 부여잡고 괴성을 지르고 있었다.

"으아아악! 제길! 이런 씨발…! 아아악!"

학귀의 오른쪽 눈이 철침에 터져 나갔다. 진명은 자신의 손과 학귀를 번갈아 보면서 웃었다.

"당가의 암기, 당가의 암기하더니…. 성능 확실하구만."

진명이 백서희를 바라봤다. 기왕이면 위태위태한 자신의 아가씨를 데리고 도망가줬으면 하는 바람을 담아.

'그럼…. 시간은 벌었겠다. 빨리 데리고 나가라. 백서희.'

백서희는 눈물을 흘리며 몸을 떨고 있는 당소소를 바라봤다.

"흐윽, 으으윽…."

"너, 왜 날 감싼 거야. 무공도 모르는 애가."

백서희는 그렇게 말하며 서둘러 주변을 둘러봤다.

당소소의 상처는 겉보기엔 작아 보여도 더러운 꼬챙이가 꿰뚫고 지나간 탓에 그저 무턱대고 지혈하고 동여맸다간 더 큰 문제가 발생할 수도 있었다. 백서희는 그런 상처는 술 같은 것으로 소독하고 나서 지혈해야 한다는 사문의 가르침을 떠올렸다.

백서희는 땅바닥을 굴러다니는 술병 하나를 들고 당소소가 쥐고 있던 비수를 뺏어 들고 자신의 소매를 잘라내려고 했다. 그때 당소소의 기어가는 한마디가 들려왔다.

"내 걸로…. 내걸로, 으읏…. 해…."

"뭐?"

"내 옷은…. 이제 못쓰니까. 한번 찢어서 괜찮아…."

백서희는 잠시 당소소를 바라봤다. 그리고 자신을 지켜주고, 이제는 울고 있는 당소소가 과거의 망나니 당소소가 맞나 과거를 떠올렸다.

'가증스러운 년이! 여긴 당문이에요. 그 못난 얼굴을 보이지 말고 조용히 있었으면 좋겠어요.'

'칫, 무공을 좀 익혔다고 잘난 체하긴!'

'그, 그런 별 것 아닌 사치품으로 내 기를 꺾을 수 있을 거라곤 생각하지 마!'

'…약은 확실히 탔겠지? 저년이 이걸 먹으면 다시는 공식 석상에 나올 수 없는 추태를….'

백서희는 혼란스러워진 고개를 저었다. 제자 복이 없던 아미파에서 수십 년 만에 나타난 후기지수에 관한 관심을 참지 못하던 당소소. 그리고 대신 공격을 맞아주며 다른 사람의 옷 따위를 걱정하는 당소소.

백서희는 얼른 자신의 소매를 찢어 술에 적시며 생각했다.

'같은 얼굴을 한 쌍둥이라는 가능성이 더 크겠어.'

뜬금없이 찾아와 사과했던 그녀. 당연히 백서희는 용서해 줄 생각이 없었다. 작년 사천교류회 이후에도 종종 자신을 괴롭혔던 그녀를 쉽게 용서하기엔 자존심이 허락하지 않았다. 불가의 가르침을 받고 있다지만 자신은 부처가 될 자신이 없었다. 그렇기에 속가제자의 삶을 선택하기도 했고.

생각에 빠진 백서희에게 당소소가 통증을 무릅쓰고 말했다.

"네, 네…."

"응?"

"네 탓이 아니야…."

백서희는 당소소가 하는 말에 자신도 모르게 큰소리를 냈다.

"무슨 소리야? 저 사파의 악당들이 온 것은 다 내 탓…!"

"저들은, 원래 여기 올 생각이었던 거야…. 백능상단의, 으윽…. 일은 명분을 만들기 위한 수단이고…. 후기지수들을 납치해, 사파의 힘을 회복해보겠다는…. 그런 생각이겠지. 윽!"

당소소는 겨우 말을 뱉고 고통에 몸을 떨며 몸을 움츠렸다. 백서희는 정신을 차리고 황급히 그녀의 상처를 천으로 닦았다.

"아아악!"

"참아. 이대로 묶어서 지혈하면 위험해."

"으그윽. 흐윽…. 씨, 발…. 소설에선, 칼침 맞아도…. 윽! 잘만 싸우던데…!"

당소소는 욕설을 뱉으며 가쁜 숨을 몰아쉬었다. 머릿속이 혼탁했다. 무엇이 자신의 감정이고, 무엇이 정상적인 생각인지 알 수가 없을 정도로. 상처를 술로 닦아내고 지혈하는 과정에서 퍼져 나오는 고통이 그 뒤엉킴을 더욱 가속시켰다.

"야, 백서희…."

"…말 너무 많이 하지 마. 지금 너, 위험하니까."

"씨, 팔…. 누가 주역 아니랄까 봐 존나 똑똑한 거 봐…."

"씨발, 존나…?"

"후우. 천괴 담룡은 원래 거짓말로 사람을 속여. 천리니 뭐니 하면서…. 그러니 이곳을 습격하려고 했던 건, 다시 말하지만 원래 계획했던 거야. 너무 자책하지 마."

"그래도, 내 책임을 피할 순 없어. 내가 그들을 도발했어. 그리고…. 천괴에게 한 수로 패퇴했어. 넌 무공을 몰라. 그렇기에 할 수 있는 말이야."

"참, 넌 상단의 따님 주제에 거짓말에 약했지. 순진한 애였어. 정신도 여렸고."

당소소는 파리해진 안색으로 백서희를 바라봤다. 마치 자신을 잘 알고 있는 듯한 발언. 백서희는 당소소를 바라봤다.

"그래서 천괴에게 약했던 거고. 그래서 날 더 용서할 수 없었겠구나."

"그런…."

"미안해. 그건 진심이었겠지만 지금은 진심이 아니야. 이건 믿어도 괜찮아…."

당소소는 초췌한 웃음을 던졌다. 그리고 눈을 감으며 긴 숨을 뱉었다. 백서희는 화들짝 놀라 그녀의 몸을 부둥켜안았다. 숨결은 살아 있었다. 하지만 불규칙적이었다. 맥박은 뛰고 있었다. 하지만 미약했다. 당소소는 옅은 목소리로 자신을 끌어안고 있는 백서희에게 속삭였다.

"아미의 신검은, 난폭한 바람으로 호랑이를 무릎 꿇리다…. 높고, 정심하게…. 더욱 거칠게…. 그러면, 더는 상대에게 속지 않을 거야…. 그 검술로, 학귀를 막아. 학귀라면, 막을 수 있어."

"당소소…?"

"난 별 것 아닌 존재지만…. 넌, 아니잖아…?"

"안돼…!"

당소소의 말은 더 이어지지 못했다. 백서희는 좀 더 강하게 그녀의 몸을 움켜쥐었다. 그녀가 사라질 것 같은 아련한 감각. 다행히도 아직 숨결과 맥박은 느껴졌다. 백서희는 당소소를 조심스럽게 바닥에 눕혔다. 그리고 바닥에 떨어져 있는 장검을 쥐었다. 그리고 눈을 치켜들며 아직도 한 눈을 잃은 충격에 괴성을 지르고 있는 학귀를 바라봤다.

'당소소, 넌 대체 무슨 생각인 거야?'

자신의 존재를 부정당하는 것 같던 악의. 지금도 백서희 안에서 다 이해되지 못했다. 갑작스레 태도가 바뀐 당소소는 악의에 대해 사과해왔다.

당연하게도 받아들일 수 없었다. 그러자 그녀는 온몸을 던져 자신을 구해 줬다. 이젠 어떻게 그녀를 대해야 할지 혼란스러웠다. 백서희가 혼란스러 워하자 이번엔 그녀가 웃으며 백서희 탓이 아니라 말해온다.

우웅!

검이 울었다. 백서희는 이 소리를 좋아했다. 세상사는 복잡했고 사람들 의 마음도 복잡했다. 상인의 길은 자신과는 맞지 않았다. 일정한 규칙 아 래 딱 맞아떨어지는 길이 아니었으니까.

그런 그녀 앞에 나타난 아미파의 검.

그 검은 복잡한 마음을 모두 잊게 해주었다. 검술에는 또렷한 길이 있 었고, 자신에겐 그 길을 걸을 수 있는 튼튼한 다리가 있었다. 오직 그 길 을 오르기만 하면 될 뿐인 과정이 백서희에겐 썩 마음에 들었다.

그런 그녀에게 복잡한 길 하나가 더 드리워졌다.

"그래. 넌, 달라졌구나. 사실만을 말하고 있어."

그 울음 소리를 따라 검엔 다시 금빛의 서광이 드리웠다. 금빛의 검기 는 백서희의 수많은 감정을 녹여냈다. 분노, 죄책, 당황, 혼란. 그리고 두 줌의 감정을 남겼다. 연민과 후회.

"좀 더 빨리 네 사과를 받아줄걸 그랬어. 용서는, 아직 모르겠지만."

백서희는 미풍객잔에서 서럽게 울고 있던 당소소의 뒷모습을 기억했 다. 그땐 자신을 속이기 위해 혼신의 연기를 하고 있다고 생각했다. 아니 었다. 당소소는 진심으로 자신에게 독설을 듣고 고통스러워하고 있었다.

"아니, 하나 거짓말한 것이 있구나."

백서희는 검을 양손으로 쥔 뒤 위로 치켜세웠다. 강당의 바닥이 진동했 다. 난데없는, 난폭한 바람이 불어왔다. 마치 이곳이 아미파의 험준한 산 봉우리인양 광풍이 불었고 장엄한 기운처럼 깔리는 기파[氣波]는 학귀의 몸을 움찔거리게 했다.

"윽!"

"넌, 나보다 대단한 사람이야."

백서희의 말이 끝나고 검이 아래로 떨어졌다. 복호검법 제 일식, 금정풍뢰金頂風雷.

세차게 뻗어나간 검기는 학귀의 몸을 찢으며 날아갔다. 학귀는 버둥거리는 손을 가슴에 모으고 서둘러 기파를 퍼뜨려 몸을 막았다. 하지만 상체에 긴 상흔이 생기는 것을 막아낼 수는 없었다.

"이 빌어먹을 년놈들이…!"

"후우."

백서희는 정신을 가다듬었다. 그러자 진명이 옆에서 말을 걸어왔다.

"이봐, 뭐하는 짓이야. 어서 소소 아가씨를 데리고…!"

"사천쌍괴 진명. 맞아?"

"맞긴 한데…."

"본산의 사매가 네 얼굴을 보고 도망갔다는 말은 들었어. 당소소도 참 괴상한 부하를 들였구나."

"아니, 그거 내가 아니라 내 동생…!"

콱!

둘의 대화는 더 이어지지 못했다. 분노에 이성을 잃은 학귀가 전신에서 붉은 기파를 뿜어대고 있었다. 그의 분노가 어린 일점홍. 다행스럽게도 한쪽 눈을 잃은 상태라 정상적인 공격은 아니었다. 백서희와 진명은 힘겹게 몸을 날려 그 일격을 피했다.

"읏!"

백서희는 배에서 느껴지는 아릿한 고통에 인상을 찡그렸다. 하지만 한 줄의 불문을 읽으며 정신을 집중했다.

"…모지 사바하."

"그러니까 내 동생 얼굴이 흉악하게 생겨서…."

"이 개자식들, 살결을 하나하나 남김없이 찢어주지!"

진명의 말을 끊으며 내달려오는 학귀. 백서희는 내공을 일으키며 학귀를 향해 내달려갔다.

"사천의 정파를 건드린 것을, 후회하게 해주마!"

"크흐훗! 사지 멀쩡하게 끌려갈 생각은 버리도록!"

진명은 제자리에 서서 억울하다는 듯 외쳤다.

"아니 씨발, 그러니까 내 동생이…!"

쾅!

백서희의 금빛 검기와 학귀의 핏빛 검기가 부딪히며 굉음을 터뜨렸다. 아쉽게도 진명의 항변은 그 굉음에 묻혀 들리지 않았다.

* * *

당웅은 굉음이 들려오는 청검각을 돌아봤다. 진명에게 맡긴 아가씨에 대한 걱정이 마음 한편에서 뭉실 솟아올랐다. 그런 당웅의 시선을 잡아당기는 흑림영의 웃음소리들.

"크하핫! 더 내놓아라, 더!"

"비단옷들을 입은 걸 보니 형편이 좋아보이는구나. 씨벌것들!"

"두령께서 나머지는 다 죽이라고 하신다! 가증스러운 정파새끼들을 모두 도륙내버려!"

목제다리를 건너려는 피난민들을 향해 흑림영의 무인들이 달려들었다. 정유와 정휘가 그들 앞을 막아서며 풍랑천검식을 펼쳤다. 참격의 물결이 퍼져 나가며 그들의 진격을 막아섰다. 하지만 배를 점거한 자들이 정유와 정휘에게 활을 겨누고 있었다. 당웅이 손을 들어 수신호를 보냈다.

"흑풍대!"

당웅의 손은 저 멀리 어둠 속에서 활을 겨눈 흑림영의 무인들을 향했다. 먼 거리였고, 어둠에 몸을 숨겨 불확실한 표적. 흑풍대에겐 손쉬운 대상이었다.

"윽!"

"크흑!"

흑풍대가 던진 비수는 신음마저 죽이며 적을 꿰뚫었다. 당웅의 수신호가 바뀌었다. 흑풍대의 일원들은 제각기 손에 장갑을 끼고 청검각에 상륙하려는 이들에게 달려들었다.

정유는 주위를 둘러보며 상황을 파악했다. 사파의 무인들에게 둘러싸인 상황. 적도 정예였지만, 전투에 나서는 이들도 요인을 호위하기 위해 차출된 자들. 오랫동안 싸운다면 적들을 소탕하는 것은 가능할 것이다.

'하지만, 그래선 안 돼.'

당소소가 강조하던 말이 떠올랐다. 천괴와 학귀는 자신들의 상대가 아니라던 말. 충격에서 벗어나고 나서야 그들의 무위를 실감할 수 있었다. 적진 한복판에 떨어져서도 여유롭게 웃고, 각 문파에서 차출된 호위들을 가지고 놀던 자들. 그녀의 말대로 문파에서 내로라하는 고수들이 필요한 시점이었다. 그들을 불러오기 위해선 우선 이 교착 상태에서 벗어나야 했다.

'…당 소저가 그 틈바구니에서 살아남을지는, 생각하지 않기로 해야겠군.'

정유는 머릿속에 떠오르는 당소소의 얼굴을 지웠다. 그리고 청성의 도사들에게 시선을 던졌다. 그들은 상륙해오는 적들을 향해 화려한 검무를 선보였다.

'청성…. 정교함은 있다만, 꿰뚫기엔 힘이 부족해. 제대로 된 본산의 제

자들이 아니야. 애물단지인 운령 소저에게 그리 많은 인원을 투자하긴 싫었겠지.'

정유의 시선은 목제다리로 향했다. 그곳에서 백능상단의 상인들과 무인들이 밀려드는 흑림영을 어렵사리 막아내고 있었다. 하지만 그조차 역부족이라 청랑검문의 남은 제자들이 그곳으로 들러붙고 있었다.

'아미는 사실상 백능상단의 무인들과 속가제자들뿐이라 큰 기대를 하긴 어렵다.'

정유의 눈은 당웅에게로 향했다. 그가 지휘하는 흑풍대는 적재적소에서 상대의 저격을 끊어주고, 위험인자들은 중독시키거나 암살. 그가 이 전장을 조율하고 있었다.

'이런 상황이 만들어진 것은 당문이 당소소 소저를 보낸다고 공문을 보내왔기 때문. 문파에서도 당 소저의 위치에 맞는 인원과 호위들을 보내왔겠지. 그저 적당히 구색을 갖춘 청성파와 백서희 소저의 무력을 믿고 상인들과 그 상인들의 호위만을 데려온 아미파⋯. 결국 제대로 된 호위를 데려온 것은, 무공을 모르는 당 소저를 호위하는 당문밖에 없다.'

정유는 당웅에게 다가가 그를 덮쳐오는 도끼를 쳐내고 다시 당웅을 바라봤다. 당웅은 뭘 보냐는 듯 고까운 눈으로 그 시선을 마주해줬다.

"흑풍대 대장이신지요?"

"맞⋯, 아니. 아니다."

"그럼?"

"⋯지금은 부장인 거로 하지."

정유는 고개를 끄덕이며 밀려오는 흑림영의 무인들에게 시선을 던졌다.

"이대로 아무런 대책 없이 저것들을 놔뒀다간, 정말로 위험할 겁니다. 성함이?"

"당웅."

팍!

당웅은 통성명을 하는 동안에도 비수를 꺼내 청성의 도사를 덮치려던 흑림영에게 던졌다. 바로 뒤에서 쿵 소리를 내며 쓰러지는 무인을 보고 화들짝 놀라는 청성의 도사. 정유는 그에 질세라 물에 푹 젖은 채 상륙해 오는 두 명의 흑림영에게 검을 휘둘렀다.

"컥!"

"그래서, 뭘 하자고 날 찾아온 거지? 사람 죽이는 것을 경쟁하자 찾아온 것은 아닐 테고."

당웅의 손이 움직였다. 백능상단의 상인을 향해 큼지막한 도를 휘두르는 산적 하나가 쓰러졌다.

"당소소 소저의 부탁입니다. 최대한 빨리 포위망을 뚫고, 각 문파에 이 변고를 전해야 한다고!"

"…아가씨가."

당웅은 정유의 말에 휘파람을 불었다. 전장에 흩어져 있던 흑풍대가 곧장 당웅 곁으로 모였다. 당웅은 정유를 돌아보며 말했다.

"그래서, 날 부른 데에는 이유가 있겠지?"

정유는 고개를 끄덕이며 인원이 밀집해 있는 목제다리 부근을 가리켰다.

"제가 저길 돌파할 겁니다. 그럼 추격하지 못하게 독무를 깔아주십쇼."

"…네가?"

당웅은 정유의 손목을 바라봤다. 그리고 전선을 지휘하고 있는 정휘를 바라봤다.

"지휘를 네가 하고, 문주 님이 직접 가시는 편이 더 효율적이지 않나? 자네 손목도 정상이 아닌 듯싶은데."

"…지휘는 저희 아버지가 맡는 것이 옳을 겁니다. 전 지휘를 잘하지 못해요. 그렇기에 그편이 효율적입니다. 목숨을 걸고 돌파한다면 이후엔 손목이 부러지든 잘려나가든 신경 쓸 필요는 없겠지요. 무엇보다…, 당소소 소저가 부탁한 일이니."

정유가 당웅을 바라보며 말했다. 당웅은 잠시 생각에 잠겼다. 그리 긴 시간은 아니었다. 당웅은 생각을 마치고 입을 열었다.

"독은 얼마나 남았지?"

"암기만을 소비했을 뿐, 독은 사용하지 않았습니다. 이런 혼전에선 아군도 당할 것을 저어하여…."

"좋은 판단이다."

당웅은 흑풍대 대원의 대답을 듣고 정유를 바라봤다. 정유는 고개를 끄덕이며 목제다리를 틀어막고 사람들을 지휘하고 있는 정휘에게 다가갔다.

"아버지."

"왜 그러느냐."

"뚫고 가야겠습니다. 길을 좀 비켜주십시오."

정휘는 정유의 눈을 잠시 바라봤다. 그러곤 큰소리로 외쳤다.

"백능상단, 뒤로 물러서시오!"

그러자 목제다리를 틀어막고 있던 백능상단의 인원들이 뒤로 물러섰다. 정유는 그들이 물러서는 사이 청검각 외곽에 묶여 있는 말 한 필을 데려와 달래고 있었다.

"착하지, 풍랑. 금방 지나갈 테니, 조금만 참으려무나. 그렇게 긴 여행은 아닐 거야. 그래도 좀 힘든 여정일 텐데, 괜찮겠니? 우리 풍랑이 착하지. 그래. 약간 따가울 수도 있으니, 몸에 상처 안 나게 조심하고. 그래 그래. 끝나면 내가 맛있는 여물을 먹여주마. 그 여물이 뭐냐면…."

"푸륵!"

풍랑이라 불린 말은 투레질을 하더니 정유에게서 시선을 돌리고 귀를 움찔거렸다. 명백히 잔소리를 듣기 싫다는 신호. 정휘는 그런 아들을 보며 픽 웃더니 짧게 한마디를 했다.

"가라."

"예, 아버지. 지휘는 맡기겠습니다."

서로 이유는 묻지 않았다. 정유는 말에 훌쩍 올라타고 당웅을 바라봤다. 당웅은 고개를 끄덕이며 허리춤을 뒤적여 죽통을 꺼내 들었다.

"상대가 밀집해 있다. 그리고 살상 여부를 신경 쓸 필요가 없다. 다시 말해 제압하기 위한 마비독은 불필요하다는 거다. 그렇다면 혈관독이 옳겠지. 피가 멎지 않으며, 주변으로 쉬이 퍼질 수 있다."

"예."

"자, 당가의 무서움을 보여 줄 시간이다."

흑풍대 대원들이 저마다 하나씩 죽통을 쥐었다. 흑풍대가 움직이기 시작했다. 동시에 정유가 풍랑에 박차를 가하며 내달리기 시작했다. 정유가 목제다리로 내달려오자 흑림영의 무인들이 제각기 무기를 들고 그의 진로를 가로막았다.

"저 새끼 잡…. 컥!"

"어딜 빠져나…! 윽!"

정유의 길을 막으며 외치는 이들의 입에 박히는 암기. 정유는 숨을 들이켜며 단전을 두드렸다. 내공의 물결이 온몸으로 퍼져 갔다. 한 줄기의 바람, 그리고 두 줄기의 파도. 풍랑천식검과 짝을 이루는, 천류만파공千流萬派功. 그 장황한 흐름이 그의 손길에 어렸다.

"츱!"

숨을 짧게 뱉었다. 검을 쥔 오른손을 어깨 뒤로 크게 젖히고 그대로 내리쳤다. 말 위라는 변위가 가지는 힘에 천류만파공의 힘, 그리고 풍랑천식검의 초식이 더해지며 길을 막는 수많은 무기를 튕겨냈다.

풍덩!

충격을 버티지 못하고 나가떨어지는 적들. 하지만 길은 멀었다. 풍랑은 투레질을 한번 하고 더욱 빨리 쏘아져 나갔다.

다시 길을 막는 무리들. 정유는 검을 고쳐 잡고 다시 내공을 끌어올렸다. 바람과 파도가 그의 손에 어렸다. 그리고 곧장 내리쳤던 검을 올려치며 장애물들을 찢어버렸다.

"놈!"

정유가 채 다음 초식을 끌어오기 전에 눈치를 챈 적들이 풍랑에게 칼을 휘둘러오기 시작했다. 자잘하게 생기는 상처들. 풍랑 또한 고통에 찬 울음 소리를 내면서도 달려 나갔다. 다시 팔을 끌어올리며 초식을 장전. 그때였다.

"으윽…! 피가, 피가…!"

"허억, 허억!"

길을 막던 이들이 피를 토하며 쓰러졌다. 토해낸 피를 뒤집어쓴 이도 또 피를 토하며 쓰러졌다. 정유는 쾌재를 부르며 풍랑에 박차를 가했다. 풍랑은 길게 울며 주춤했던 발걸음을 움직이기 시작했다.

"씨발, 당가의 독…!"

"우웨에엑!"

마치 물결이 갈리듯 길을 내어주는 적들. 그리고 종국엔 목제다리를 건너기 위해 인원이 몰려있는 입구에 도달했다.

정유는 풍랑의 고삐를 틀어쥐었다. 풍랑의 달음박질이 멈췄다. 그리고 흑풍대의 독 또한 멎었다. 정유는 미간을 찡그렸다. 그러나 고개를 저으며 불쾌한 감정을 털어냈다.

'실망하긴. 독이 이 정도 거리까지 도달한 것만 해도 저자들의 독공이

얼마나 절륜한지 알 수 있는 것이다. 나머지는 나에게 달렸어.'

정유는 자신을 타이르고 검을 고쳐 쥐었다. 족히 수십 명은 되어 보이는 인원들. 간간이 보이는 정예들만이 아닌, 그저 산에서 통행세를 걷는 산적들까지 몰려온 듯했다. 정유는 눈을 깜빡이며 그들을 바라봤다.

'휩쓰는 것으론 안 된다.'

검을 머리 위로 들었다. 바람이 된 내공이 불어왔다. 첫 초식인 풍의 초식이었다.

'몰아치는 것으로도 역시 안 된다.'

단전을 두드렸다. 내공이 파도처럼 밀려왔다. 두 번째 초식인 랑의 초식이었다.

'한 번이 안 된다면, 백 번을 휩쓸고 천 번을 몰아쳐야 한다.'

정유는 눈을 감았다. 내부를 관조했다. 자신에게 달려오는 모든 적을 인식하고, 안에서 멀어지는 모든 감각을 부여잡았다. 단 한 순간이라도 의식이 끊긴다면 성공할 수 없는 것이었다.

무수히 휩쓸어, 적을 몰아치고야 마는 세 번째 초식, 천千.

"가자, 풍랑."

"히힝!"

박차는 가하지 않았다. 하지만 풍랑은 부름에 응해 적을 향해 몸을 던졌다. 복근이 당겨졌다. 수없이 물결치는 내공도 단전으로부터 퍼져 나왔다. 갈빗대를 타고, 활배근을 타고, 승모근에 이르러 그 거력을 상완에 때려 부었다.

'천!'

들어 올린 검을 내리쳤다. 한 명의 산적이 피를 뿌리며 허공을 날았다.

내리친 검을 사선으로 올려쳤다. 또 하나.

횡으로 벴다. 뛰어올라 풍랑을 노리던 산적의 손목이 주인을 잃었다.

종, 횡, 횡, 참!

끝없이 이어지는 참격의 파문에 산적들의 무리는 속수무책으로 밀려 나갔다. 그를 지켜보던 흑림영의 인물이 고함을 질러댔다.

"맞서 싸워! 도망가지 마!"

"씨, 씨발!"

"니미, 저걸 어떻게 상대해!"

"이런 씨발, 맞서 싸우…!"

그의 말은 더는 이어지지 못했다. 사선으로 내리그은 정유의 검이 그의 주둥이에 틀어박혔기 때문이다. 풍랑의 무게까지 담긴 그 검은 이빨을 짓뭉개며 그의 뺨을 길게 찢었다.

"크륵!"

풍랑은 그들을 쏜살같이 지나가며 이내 그들의 시야에서 사라졌다.

"컥, 커억!"

정유는 온몸이 찢어지는 듯한 고통을 느끼며 앞으로 고꾸라졌다. 손목은 이미 맛이 간 듯했다. 무리하게 세 번째 초식을 사용한 반동. 혈맥은 퉁퉁 부어올랐고, 과도한 움직임에 근육 대부분이 손상을 입었다. 하지만 아랫입술을 깨물어 정신을 부여잡고 고삐를 움켜쥐었다.

'무공을 모르는 처자가 목숨을 걸고 싸우고 있다. 이 파랑검객 정유가 먼저 쓰러지다니, 무슨 망발인가!'

"푸릉!"

정유의 다짐에 대답하듯, 풍랑이 투레질했다. 그들의 모습은 이내 청랑 호에서 모습을 감췄다.

＊ ＊ ＊

"…정말 어처구니없군. 진짜로 뚫을 줄이야."

"그게 내 아들이오."

정휘가 자랑스럽게 웃었다. 정유의 목숨을 건 돌파 덕에 전장에 소요가 찾아왔다. 그러자 당웅의 시선이 청검각으로 향했다. 정휘는 고개를 끄덕이며 말했다.

"귀엽고 순진한 규수인데, 호위하는 자의 처지로서 당연히 걱정될 테지."

"…무슨 소릴."

"가 봐도 좋네. 이 성도는 내 선에서 마무리 지을 수 있네."

정휘는 당웅을 바라보며 다시 웃었다. 당웅은 심기가 불편한 듯 인상을 썼지만 굳이 부정은 하지 않았다. 당웅은 휘파람을 불어 흑풍대를 모았다.

"아가씨를 데려온다."

"옛."

흑풍대가 전장에서 모습을 감췄다. 정휘는 몸을 돌려 아군을 통솔했다.

"이대로 굳게 막으시오!"

방진을 갖추는 사천교류회의 인원들. 하지만 전장의 공백기는 흑림총련의 무인들에게도 기회였다. 그 어수선한 틈을 타 흑림영이 청검각으로 몸을 날렸다.

당웅과 흑풍대가 다급한 걸음으로 청검각 안쪽으로 향했다. 드문드문 시체가 보이자 불안감이 커졌지만 흑풍대는 훈련받은 당가의 무인들이었다. 독한 마음으로 대강당 입구에 도착했다.

"……."

눈앞에 펼쳐진 광경은 참혹했다. 천괴를 상대로 혈투를 벌이고 있는 운령과 피를 뿌리며 학귀에게 몰아세워지고 있는 백서희, 진명이 보였다.

그리고 또 한 명.

"…아가씨."

곤히 누워 있는 당소소. 당웅은 믿을 수 없는 심정으로 숨을 멈추고 천천히 그녀에게 다가갔다. 떨리는 손으로 당소소의 손목을 쥐었다. 미약하지만 맥박이 있었다. 당웅은 그제야 숨을 쉬며 흑풍대에게 엄호하라 명했다. 그리고 원망의 눈빛으로 진명을 바라봤다.

'이놈….'

하지만 이내 눈을 감았다. 어쩔 수 없는 일이었다. 목숨을 잃지 않은 것만으로도 진명의 무공이 썩 괜찮다는 뜻이었다. 몸 곳곳에 입은 흉터로 보아 얼마나 당소소의 명을 충실히 이행했는지도 알 수 있었다. 그는 최선을 다했다. 당웅은 당소소를 들어올렸다.

"……."

가벼웠다. 숨결이 곧 꺼질 듯 기색이 엄엄했다. 피가 튄 고운 얼굴은 시체라도 되는 양 창백했다. 열흘 동안 납치되어 몸도 제대로 가누지 못하던 사람이 사천교류회에서 그 많은 악의를 다 받아내고, 또 닥쳐온 긴급상황에도 정확한 대처를 한 것이다.

당웅은 죄책감으로 짓이겨지는 가슴을 애써 억누르고, 고개를 들어 흑풍대를 바라봤다. 흑풍대는 당웅이 움직일 수 있도록 엄호 중이었다. 그때 그들을 방해하는 일단의 무리가 나타났다.

"씨발놈들, 독을 풀어?"

"비열한 새끼들! 곱게 가진 못할 것이다!"

찢겨진 천장에서 흑림영 무리가 쏟아졌다. 수는 스무 명. 당웅은 깊은 한숨을 내쉬었다. 옆에 있는 흑풍대원에게 고갯짓을 하자 그가 당소소를 대신 받아들었다. 당웅은 손가락으로 허리춤을 훑었다. 남은 암기는 세 자루. 비수와 비도, 그리고 철사. 충분했다.

"비열이라…. 과연 제 몸을 지키기 위해 독과 암기를 쓰는 쪽이 비열할까, 남을 죽이고 자신의 동료에게만 아픔을 느끼는 쪽이 비열할까?"

"…놈!"

"큭큭!"

당웅은 제대로 된 대답을 하지 못하는 흑림영의 무인을 비웃으며, 장갑을 낀 손으로 철사를 쥐었다. 서로의 시선이 마주치고, 서로를 향해 내달리려는 찰나. 천괴와 운령이 뒤엉키며 그들의 앞을 막아섰다.

콰직!

바닥을 나뒹구는 운령. 운령은 왼팔로 바닥을 찍으며 그 반동으로 몸을 회선시켜 기상했다. 그런 그녀를 반으로 쪼개기 위해 짓이겨오는 방천극. 운령은 한 손으로 검신을 받치고 내리찍는 방천극을 막아섰다.

"으윽…!"

"꼬맹이치고 제법이구나. 허초와 실초를 꽤 구분할 줄 알아. 아미의 멍청이는 못하던 건데 말이야."

"조용히 햇!"

신경질적으로 부르짖는 운령. 그리고 힘겹게 방천극을 흘려냈다. 천괴는 방천극이 미끄러져도 그저 웃음을 머금은 채 물처럼 흐느적거리며 빈틈없는 자세를 만들어냈다. 운령은 한걸음 물러서며 숨을 골랐다.

"후우…!"

이기지 못한다. 그건 알고 있다. 천괴가 운령의 사부나 사형의 경지에 이르렀음을, 합을 겨루면 겨룰수록 운령은 절절히 느끼고 있었다. 여인의 몸, 채 단련이 끝나지 않은 외공, 반면에 뛰어난 무재 덕에 지원을 받아 비정상적으로 비대해진 내공. 이렇게 내외의 조화가 맞지 않은 상태에선 절정에 이른 천괴를 이길 수 없다. 운령은 당소소가 남긴 말을 되뇌었다.

"나는, 구름…."

천괴는 운령의 지친 기색을 확인하곤 넌지시 제안을 건넸다.

"어린 도사야. 우린 너희를 그렇게 막 대할 생각이 없단다. 그저 잠깐 흑림총련에 몸을 위탁하는 것뿐이야."

"…지금 죽어 있는 자들은, 막 대할 생각이었나 보지?"

"후후. 쓸모도 없는 자들을, 살려둘 필요는 없지 않겠느냐?"

운령의 볼살이 떨렸다. 한 합만에 그의 회유는 패퇴했다. 운령은 무릎을 살짝 굽히고 왼손을 앞으로 뻗었다. 그리고 왼손 손등에 칼을 얹었다. 장법과 검술을 주력으로 사용하는, 청성의 독특한 기수식이었다.

'경勁의 활용을 좀 더 예리하게…!'

외공은 부족하다. 내공은 차고 넘친다. 그렇다면 이 간극을 어떻게 메꿀 것인가. 그 해답은 발경發勁에 있었다. 총기 어린 운령의 육체는 발경의 요체를 완전히 깨닫고 있었다. 발 구름, 팔의 변위에서 내공의 발휘 등 모든 행동에서 비롯되는 모든 힘을 가장 효율적인 방식으로 다루는 것, 그것이 경勁. 그 힘을 낭비 없이 발출하는 것이 발發.

발경이란 곧, 효율적인 동작으로 얻어낸 힘을 한 줌의 낭비 없이 활용하는 무예였다. 침추경, 십자경, 전사경, 암경…. 이들은 단지 발출의 방식에 따라 임의로 붙여진 이름일 뿐.

쿵!

운령은 진각을 밟으며 힘을 끌어올렸다.

자세는 양손으로 검을 잡아 뺨에 붙이는 청운적하검의 풍운세. 마보의 자세를 취한 다리. 진각이 온몸에 고루 그 힘을 뿌린다. 팔, 어깨, 허리, 다리, 발. 모든 것이 축을 이뤄 십자十字의 축이 완성되었다. 이것이 각 축에 걸리는 반동을 받아 반대편으로 넘기는 십자경十字勁.

뜬 구름이 바람에 밀려 움직이듯 표홀한 발걸음이 밀려온다. 청성의 보법, 부운약표浮雲躍飄. 발걸음은 진동을 낳는다. 그 진동은 힘이 된다. 그 힘은 세로로 서 있는 축으로 전달된다. 세로로 서 있는 축은 허리를 축으로 비틀린다. 나선의 강선이 되어 힘을 더욱 강력하게 만드는 전사경纏絲勁의 형태를 취한다.

치직!

전사경을 담은 힘은 끓어오르는 내공을 타고 심장 부근의 거궐혈巨闕穴로 흐른다. 거기서 세로로의 축 전환. 거궐혈을 중심으로 전사경은 세로의 축으로 들어선다. 걸음을 멈춘다. 목표는 방천극을 찔러오는 천괴.

"푸핫! 터무니없는 재능이군!"

천괴는 축복받았다고밖에 볼 수 없는 운령의 무예를 한눈에 파악했다. 발경의 체득, 또 그 요체를 완벽히 이해하는 것은 열일곱의 나이로는 거의 불가능한 일이었다. 절정에 이른 자신조차 무의식적으로 사용하는 것이 고작이었으니까.

천괴는 고개를 저으며 그녀와 자신의 거리를 가늠했다. 칼의 길이가 대략 이 척尺 칠 촌寸. 자신의 방천극은 칠 척尺. 단순 계산만으로도 세 배의 차이가 나는 거리였다. 천괴에겐 그 차이를 초식의 차이로 벌릴 만한 기량이 있었다.

'한번 찔러볼까.'

천괴의 생각과 함께 출수가 시작됐다.

농풍천극弄風天戟, 일 식 안침풍岸侵風. 한줌의 바람이 언덕을 침노한다. 방천극의 창끝이 운령의 이마를 찔러간다. 그리고 그 끝이 비틀리며 전사경纏絲勁의 묘리를 담는다.

'적하세赤霞勢!'

안침풍을 맞닥뜨린 운령은 곧장 풍운세를 풀어헤쳤다. 십자의 축은 변함이 없고 검을 쥔 손이 양손에서 오른손 하나로 옮겨간다. 십자로 교차하는 양손. 그녀의 몸이 사선으로 기운다. 마치 당장이라도 넘어질 모양새. 교차한 양손을 비집고, 눈을 찔러오는 정교하고 강력한 초식. 운령은 왼손의 모든 마디를 반으로 접었다.

따앙!

무게 중심을 옮겨 힘을 쌓는다는, 이것이 침추경沈墜勁의 묘리를 담은 운령의 일장. 청성의 무인이 보았다면 자신의 생애에 보았던 가장 완벽한 최심장摧心掌이라 외칠 만큼 깔끔한 일격이었다. 하지만 그 일격은 창날을 튕겨내는 정도에 만족해야 했다.

쉬이익!

경과 경이 부딪혀 무위無爲. 운령의 부운약표는 구름과 같이 움직이며 적하세의 불안정한 자세는 몸에 자리 잡은 축을 옆으로 움직여 해결했다. 줄어든 거리는 삼 척. 천괴는 슬쩍 웃으며 창대를 좌우로 원을 그렸다.

'이건, 힘이 담겨 있지 않아. 묘리도 초식도 없어. 허초야.'

저벅.

천괴가 내미는 허초에 운령은 속지 않았다. 무의 본질을 꿰뚫는 눈. 천괴가 가장 껄끄러워 하는 상대였다. 일 척이 또 줄어들어 남은 거리는 삼 척. 천괴가 고개를 저으며 웃었다.

"허초가 아니란다, 꼬마도사야."

이어지는 동작이 탄력을 받는다. 좌우로 휘돌린 창대는, 내공을 구체화시킨 창기槍氣를 뿌리며 운령의 머리를 쪼개갔다. 농풍천극 이 식, 월천락月天落. 운령이 허초라 생각했던 그 움직임은 그녀를 끌어들여 초식을 준비해가는 과정이었던 것이다.

'청운세靑雲勢…!'

난폭하게 기운을 몰아가던 그녀의 몸은 모든 힘을 빼고 뼈가 없는 것마냥 부드럽게 흘러간다. 직선으로 박아 넣었던 축을, 관절을 조금씩 비틀어 유연하게 만든다. 전사경의 기운이 절로 깃들고, 힘과 힘을 부드럽게 이어주는 화경化勁의 묘리가 그녀의 몸 안에 꿈틀거린다.

굳게 쥔 손아귀는 느슨하게 풀고, 한 손은 양손으로 바꿔 잡는다. 굳게 땅을 지탱하던 다리도 사선으로 틀어 느슨하게. 곧게 세운 허리는 약간 구부정하게. 그리고 머리를 짓이겨오는 월천락에 맞춰 내공을 일으킨다. 그녀의 몸이 이해하고 있는 힘의 법칙에 내공이 화답한다. 우윳빛의 검기가 그녀의 고검에 깃들었다.

내리찍는 방천극과 받아치는 고검이 마주친다. 검기와 검기가 명멸하며 서로 공명하고 증발한다. 무기와 무기가 맞부딪힌다. 내리찍는 우악스런 방천극은 흘러내리는 고검을 점점 짓눌러간다.

키이잉!

철판을 긁는 소리가 들려오고, 달은 푸른 하늘을 찢으며 지상으로 떨어져간다. 푸른 도복 한 조각이 피와 함께 허공에 부대낀다.

"허윽!"

청운세는 파훼되었다. 운령은 한쪽 무릎을 꿇고 월천락에 갈려나간 자신의 고검을 바라봤다. 그리고 진탕이 된 몸속에서 역류하는 핏덩이를 뱉었다.

"케윽…!"

"참, 아까운 아이로다. 조금만 더 사문이 관심을 두었다면, 무릎 꿇는 쪽은 나였을 텐데. 뭐, 어쩔 수 없지. 말했잖느냐? 하늘의 뜻은 거역할 수 없다고. 꼬마도사인 자네가 더 잘 알고 있겠지만."

"후우…."

천괴는 한 손으로 방천극을 들어 운령의 발목을 향해 휘둘러갔다. 그 광경을 바라보며 운령은 어지러운 머리를 가로저었다.

'비로소 내 검을 인정하고, 비로소 나의 검을 휘두를 수 있게 되었는데…!'

떨리는 손으로 이가 빠진 검을 쥐었다. 그때 그녀의 뺨을 스치는 철사한 줄기. 내공이 담긴 철사는 방천극의 궤도를 비틀고 갈가리 찢겨져 나가며 그 용도를 다했다. 바닥에 처박힌 방천극을 회수하며 천괴의 시선이 당웅을 훑었다. 당웅은 허리춤에서 비도 하나를 꺼내 오른손에 쥐었다.

"일어설 수 있겠나?"

"네. 적을 죽일 수도 있어요."

"도가에 몸담은 처자가 입에 담을 말은 아니군."

당웅은 길게 숨을 내뱉으며 마음을 다스렸다. 그리고 운령을 향해 말했다.

"버텨라. 버티면 지원군이 온다. 지금 정유가 포위망을 뚫었다."

"전 죽일 수 있다니까요."

운령은 떨리는 목소리로 당웅에게 말했다. 문득 들려오는 학귀의 부르짖음. 운령이 시선을 돌려 백서희의 상태를 확인했다.

"으으윽! 이 빌어먹을 년이, 얌전히 이 잔학첨에 꿰여라!"

"너야말로. 아미의 신검 아래 무릎을 꿇어!"

백서희는 위엄 서린 말을 뱉으며 검기를 일으켰다. 들어 올린 검을 내리치는 우직하고 단조로운 짓누름. 하지만 그곳엔 신묘한 불가의 검도가 깃들어 있었다.

초식의 실체를 비운다. 거짓된 것을 비우고, 진실된 것조차 비운다. 그렇기에 한줄기 남아 있는 웅혼한 바람이었다.

복호검법, 이 식 풍종적멸風從寂滅. 금색 서광이 주변의 공기를 부여잡는다. 내리깔리는 위압은 아미의 신공인 불혼패엽공佛魂貝葉功을 받아 피를 뿌려대는 학귀의 사지를 결박해갔다.

"베여라!"

풍종적멸이 그어지고, 공기를 그러쥐었던 위압은 그 손을 놓는다. 일진광풍一陣狂風이 몰아친다. 자욱하게 이는 흙먼지. 그 사이로 진명은 눈을 좁히며 바닥에 떨어진 유리 조각을 던졌다.

팟!

유리 조각이 가루가 되는 소리. 진명은 고개를 저으며 말했다.

"씨발놈, 존나 질겨요."

"크흣, 크흣! 내가 내외의 조화도 이루지 못한 버러지들에게 죽을 거라 생각하나?"

학귀는 기괴한 웃음을 짓곤 풍종적멸을 받아내느라 우그러진 꼬챙이를 내던진다. 그리고 목을 꺾으며 기를 일으켰다. 전신에서 피어나는 혈기. 그의 절기인 잔학혈령술殘虐血令術이 그의 몸을 불사르고 있었다.

백서희는 그 모습에 시름하며 말했다.

"정말로, 잔학한 귀신과도 같은 악적…!"

학귀는 그 말에 누런 이를 보이며 웃었다.

* * *

"으음….."

당소소가 눈을 떴다. 검은 천장과 어딘지 모르게 개운한 몸. 당소소는 자신의 몸을 확인했다.

채 가시지 않은 고문의 피로도 없다. 오른쪽 팔을 훑었다. 꼬챙이가 남긴 관통상도, 고통도 없다. 당소소는 몸을 일으켰다. 그리고 앞에 놓인 하얀색 장막을 바라봤다.

"뭐야, 씨발."

나지막이 뱉는 욕설. 목소리가 울려 퍼졌다. 이질적인 감각이었다. 당소소는 손을 들어 뺨을 꼬집었다. 어떤 고통도 느껴지지 않았다. 그제서야 당소소는 자신이 지금 자각몽을 꾸고 있다는 것을 인지했다.

"살다 살다 별 이상한 일을 다 겪네. 아니, 애초에 책의 악역에 깃들었는데 이 정도를 이상하다고 생각하면 안 될 것 같고….""

당소소는 장막 앞에 놓인 푹신한 의자를 바라봤다. 주변을 둘러봐도 다른 요소는 없었다. 그녀는 볼을 긁으며 의자에 앉는 것을 살짝 주저하다, 고갤 저으며 의자에 앉았다.

철컥!

무언가 장전되는 소리에 당소소는 뒤를 돌아봤다. 뒤에서 영사기가 빛을 쏘고 있었다. 당소소의 눈이 좁아졌다. 고개를 다시 돌리자 마치 텅 빈 영화관처럼 주변에 많은 의자가 놓여 있었다.

"내 돈 주고 영화관을 가본 적은 없는데."

당소소는 의자 팔걸이에 손을 올리고, 왼쪽 손으로 턱을 괴었다. 영화관은 김수환의 삶에서 딱 한 번 가본 적 있었다. 사장이 이리저리 핑계를 대며 월급을 미뤄댈 때였다. 너무 배가 고파서 빵과 음료수라도 먹으려고 헌혈을 했을 때였다. 김수환의 피를 받아간 사람이 음식과 함께 영화 예매권을 한 장 줬다.

"후우…."

당소소는 한숨을 쉬었다. 썩 좋은 기억은 아니었다. 영화는 사랑 이야기였다. 대학을 다니던 두 남녀가 사랑을 하고, 우여곡절 끝에 헤어지다 다시 만난다는 별 시답잖은 내용이었다. 영화는 지루했지만 배우들의 얼굴은 그럭저럭 봐줄 만했다. 문제는 그 다음이었다.

영화가 끝나고 영화관을 밝히는 불이 켜지면 영화에 몰입했던 사람들은 자리에서 일어나 일상으로 돌아간다. 왁자함은 잠시, 고요가 찾아온다. 김수환만 자리에 남아 하얀색 글씨로 올라가는 출연진과 제작진의 이름들을 바라본다. 영화 안에 들어가 이야기를 꾸미던 그들도 결국 이야기가 끝나면 일상과 가정으로 돌아갈 터였다.

'아.'

김수환은 짧은 감탄사를 내뱉었다. 자신은 돌아갈 일상과 가정이 없었다.

김수환은 뭐라 형용할 수 없는 마음이 되었다. 터뜨릴 수도 없는 감정이 가슴에 맴돌아, 직원이 나가달라는 말을 하기 전까지 김수환은 계속 자리에 앉아 있었다.

그 후로 헌혈을 한 뒤 영화 예매권은 받지 않았다.

"…자각몽에서 깨려면 어떻게 해야 하지?"

당소소는 과거를 흐리며 영사기에서 쏜 빛을 출력하고 있는 하얀 장막을 바라본다. 빛은 아직 아무것도 그려내지 않는다. 오른쪽 손가락은 지루함을 느끼는지 팔걸이를 두드린다.

삑!

기계음이 들리고 빛은 명멸한다.

몇 차례 깜빡임이 지나간 후 영상이 출력되기 시작했다. 영상의 내용은 사천당가 이야기였다.

"당청?"

빛은 당청과 당진천의 대담을 그려내고 있었다. 음성은 머릿속에서 직접 들려왔다.

— 죽어주십시오.

— 소소는 어찌했느냐?

— 죽어주신다면, 지금처럼 아무것도 모르는 채 살게 하겠습니다.

가주실에서 당청과 당진천이 대화를 나누고 있었다. 당진천은 당청이 자기 앞에 놓은 노리개와 독약을 바라봤다. 무림맹에 가서 당소소에게 사줬던 노리개였다. 그리고 오묘한 색을 띠고 있는 독약.

— 칠혼독입니다. 소소를 통해 실험은 끝냈고, 그 정도 먹으면 반드시 죽을 겁니다. 이걸 마시고 아버지가 죽는다면 당문의 칠대극독은 이제 팔대극독이 될 테지요.

— 내가 널 죽인다면….

— 소소와 회 역시 죽겠지요. 그리고 혁이 곧장 무림맹으로 달려가 독천이 미쳐서 자식들을 다 죽였다고 소문을 퍼뜨릴 겁니다.

— 믿을 자는 있고?

— 당문이 눈엣가시인 자가 어디 한둘입니까?

당청의 말에 당진천은 아들의 얼굴을 바라봤다. 그리고 고개를 저으며 칠혼독을 집어들었다. 화면을 보던 당소소는 괸 턱을 풀었다. 당소소의 안색이 바뀌었다.

"씨발, 뭐야."

당진천이 칠혼독을 마셨다. 평온한 표정을 지으며 당청을 바라보는 당진천. 당청은 고개를 까딱이며 인사를 하고 가주실을 빠져나갔다. 당진천은 천장을 바라보며 착잡한 표정을 지었다. 그리고 굳게 다문 입가를 비집고 피가 흐르며 그가 조용히 눈을 감았다.

"……!"

당소소는 자리에서 일어나 화면을 노려봤다. 그리고 영상을 비추는 영사기를 바라봤다. 일어나지 않은 일이었다. 하지만 기분이 너무 불쾌했다. 당소소는 출력되는 영상을 끄려고 영사기로 달려갔다. 하지만 아무리 달려도 영사기에 가까워지지 않았다.

"허억, 허억…!"

머릿속을 비집고 들어오는 불쾌한 영상 때문에 숨이 제대로 쉬어지질 않았다. 당소소는 고개를 돌렸다. 영사기는 무심하게 명멸하다 또 다른 영상을 내보냈다. 진명과 당소소의 모습이었다.

— 이 씨발년이!

— 으윽….

진명이 자랑하는 무공으로 당소소의 머리채를 휘어잡으며 고개를 젖혔다. 당소소는 눈물을 흘리며 그를 바라봤다.

— 잘못했어요, 제발 때리지 마세요! 제발, 제발 너무 아파요…!

— 뭘 잘못했는데?

— 그냥, 그냥 다. 제가 살아있는 게 잘못했어요! 제가 숨 쉬고 있는 게 잘못했어요…!

짜악!

간절한 애원에도 진명은 무심하게 당소소의 뺨을 갈겼다. 그녀의 얼굴이 크게 젖혀지고 다리가 풀리며 주저앉았다.

흐윽, 으윽.

— 너같은 더러운 년 때문에 내 동생이 죽었어. 너 때문에 내가 이딴 곳에서…! 더러운 놈의 핏줄인 더러운 년!

진명이 주먹을 들었다. 주먹이 확대되고, 주먹이 휘둘러지는 모습이 보이다가 화면은 암전됐다. 당소소는 머리가 아파왔다. 눈을 감으며 입가를 매만졌다.

"이건, 내가 움직이지 않았을 때의 미래. 일어난 미래는 아니야…."

진명과 자신의 영상을 보고 나서야 비로소 그녀는 이 영상의 의미를 깨달았다. 영상은 바로 쌍검무쌍의 뒷이야기였다. 당소소의 몸에 김수환이 아니라 그대로 당소소가 있었다면 벌어졌을 일들이었다. 그녀의 이성은 그것을 이해하고 있었다. 그리고 다행이라는 생각을 하고 있었다.

하지만 감정은 그러지 못했다. 슬프고, 아팠다.

영사기가 다시 돌기 시작했다. 이번엔 사천교류회였다. 평화로운 연회 자리엔 당소소 대신 당청이 앉아 있었다. 그에게 다가오는 청랑검문의 제

자. 제자는 음식을 내려놓으며 귀띔했다.

— 진명으로부터의 전언입니다. 흑림총련의 천괴, 학귀가 곧 사천교류회를 습격할 겁니다.

— 그래. 알겠다.

제자는 고개를 꾸벅 숙이며 뒤돌아 사라졌다. 당청은 눈썹을 한차례 긁고 자리에서 일어섰다. 그를 붙잡는 정유.

— 어허, 어디 가십니까? 슬픔은 기쁨으로 덮어야 한다고, 당 형의 기분을 달래주기 위해 내 유명한 숙수와 좋은 술을 가져왔건만! 이름을 들으면 당 형조차 놀랄 만한 인물인데, 이대로 가실 거요? 거기에 노주노교는 어렵게 구한 특곡등급의 술….

— 신경 써줘서 고맙네, 정유. 하지만 몸이 좋지 않아서….

당청은 목례로 정유의 말을 잘라냈다. 그리고 장포를 매만지며 주변을 둘러봤다. 영사기 빛이 한차례 명멸하더니, 당청의 시야로 주변을 훑었다. 청성파의 운령이 눈에 들어왔다.

— 사형과 왔다더니, 그는 보이지 않는군.

당청의 생각이 음성처럼 흘러들어왔다. 시선이 옮겨졌다. 백서희와 묵가장의 남매. 백서희는 연회를 따분해하며 먼 호수를 바라보고 있다. 묵가장의 남매는 사람들과 이야기를 나누며 친교를 다지는 데 여념이 없다.

— 그럼, 실례하겠네.

— 몸조리 잘하십쇼, 당 형!

— 자네도 조심하게.

시선이 깜빡였다. 화면이 전환되어 당청과 정유를 비췄다. 당청은 정유의 어깨를 두드리며 청검각의 대강당을 떠났다.

찌직, 찌직!

당청이 강당을 떠나자, 얼마 지나지 않아 현실에서 겪었던 것처럼 나무

판자가 찢기는 소리가 들리며 천장이 무너졌다. 그리고 천괴와 학귀가 등장해 무자비한 살육을 벌이기 시작했다. 퇴로는 흑림영의 무인들이 차단한 상태였다.

— 오너라, 악적!

백서희가 천괴에게 달려들었다. 주변의 상황을 살피던 정휘가 정유의 어깨를 부여잡으며 말했다.

— 유, 피해라!

— 하지만, 아버지는…!

— 네가 저 산적들을 뚫으며 사람들을 지휘해!

정휘는 그렇게 외치며 백서희를 구타하고 있던 천괴에게 달려들었다. 정유는 이빨을 깨물었다. 미간을 좁히며 고개를 돌렸다. 그리고 혼란 상태의 인원들을 지휘하며 흑림영의 무인들에게 검을 휘둘렀다. 운령은 주변을 두리번거리며 자신의 사형을 찾았다.

— 운류 사형, 어디 있어요…?

애처로운 운령의 목소리에, 곧 운류의 모습이 보였다. 꼬챙이가 마구 찌르고 지나간 듯, 온몸이 구멍투성이인 시체 하나. 시체는 화검공자 운류의 얼굴을 하고 있었다. 운령은 자리에 주저앉아 그의 얼굴을 훑었다.

— …사형.

— 클클! 얌전히 있으면, 그 반반한 사내놈처럼은 만들지 않으마.

학귀가 그녀에게 다가왔다. 피투성이인 얼굴로 운령을 내려다보았다. 운령은 그를 올려다봤다. 자신보다 훨씬 강했던 사형이, 이런 형편없는 몰골을 하고 있었다. 저항은, 할 수 없었다. 학귀는 고개를 떨어뜨리며 체념해버린 운령을 지나 바닥에 누워 있는 백서희에게 도달했다.

— 고년, 찌를 맞나게 생겼군. 두령의 명도 있으니, 보이지 않는 곳만 찌르고 지혈하면 되겠지?

그는 피에 젖은 꼬챙이를 들어 그녀의 육질을 꼼꼼하게 살폈다. 그리고 손목을 한차례 찔렀다.

— 으으윽!

— 쉬잇. 조용히 울어라. 그럼 후유증은 없게 해주마.

— 아아악!

— 에헤이, 조용히 울라니까.

꼬챙이가 뽑히고 다시 종아리에 찍혔다. 백서희는 고통에 찬 비명을 내질렀다. 눈물에 젖은 백서희의 두 눈엔 방천극에 꿰여 있는 정휘의 수급이 보였다.

— 아버지!

정유의 고함 소리와 함께 장면이 끝났다.

당소소는 자리에 털썩 주저앉았다. 그리고 팔걸이를 움켜쥐었다. 막지 못한다면 저렇게 되리란 예고. 몸을 휘감는 불쾌감에 당소소는 정신을 차릴 수 없었다.

"빌어먹을…!"

최선은 다했다. 하지만 상황이 크게 바뀌지 않았다는 것을 당소소 자신도 알고 있었다. 천괴와 학귀는 강했다. 지금 상황의 운령과 백서희가 이길 만한 상대가 아니었다. 안쪽의 승패가 정해진다면, 아직은 목숨이 붙어 있는 정휘도 곧 죽을 것이다. 그리고 이야기는 원래 그래야 했을 곳으로 향할 것이다.

당소소는 무력감에 몸서리쳤다. 이야기 뒤에 흐르는 암류는 너무나도 거친 물결이었다. 무공을 익히지 못한 자신의 손으로 바꾸기엔 너무나도 벅찼다.

— 독심이 무엇이냐?

그녀의 머릿속에 박히는 음성. 당소소는 화면을 바라봤다. 아무런 영상도 나오지 않았다. 자리에서 일어나 주변을 둘러봤다. 아무도 없었다. 의자조차 없었다. 그녀가 앉았던 의자까지 사라졌다. 멀리 있던 하얀 장막이 그녀에게 다가왔다. 당소소는 입술을 달싹였다.

"잡다한 것을 잊고 하나에 집중하는 것."

— 너에게 그 하나는 무엇이냐?

"……."

당소소는 그 음성에 답하지 않았다. 다만 눈앞에 드리운 장막을 젖힐 뿐이었다.

* * *

당소소는 눈을 떴다. 멍처럼 새겨진 피로가 온몸을 짓눌렀다. 오른팔은 정신을 찢어댈 정도의 고통으로 욱신거렸다. 당소소는 자신을 안고 있는 흑풍대의 무인을 바라봤다.

"내려주세요."

"아가씨! 정신을 차리셨습니까?"

흑풍대의 관심이 당소소에게 쏟아졌다. 내려줄 생각이 없어보였다. 당소소가 얼굴을 붉히며 말했다.

"내려주세요, 쪽팔리니까."

"아, 예."

당소소는 재빨리 상황을 파악했다. 천괴를 막고 있는 운령과 당웅. 하지만 패색이 짙어보였다. 시선을 돌려 학귀를 바라봤다. 백서희와 진명이 피투성이가 된 채 핏빛 기운을 두른 학귀에게서 도망치고 있었다.

이대로라면 자각몽의 이야기대로 흘러갈 것이다.

"아가씨는 어서 피신하시죠. 여기는 흑풍대가 맡겠습니다."

"이름이 어떻게 되시나요?"

당소소는 자신을 안고 있던 흑풍대원의 이름을 물었다. 그는 멋쩍은 미소를 지으며 답했다.

"당씨 성을 받진 못했습니다. 저는 장춘일이라고 합니다."

"춘일이라고 부를게요."

"예, 아가씨."

춘일은 낯선 당소소의 모습에 머리를 긁적였다. 그녀는 무례가 취미였다. 당소소에게 모욕을 당하지 않은 흑풍대원들이 없을 정도였으니까. 그녀의 공손한 모습이 그에겐 상당히 낯설었다.

"춘일은 독공 좀 쳐요?"

"예?"

"좀 치냐고."

당소소의 물음에 춘일은 고개를 끄덕였다.

"예, 뭐…. 흑풍대의 평균 정돈 합니다. 여기 있는 흑풍대원들도 아마 저보다 뛰어나면 뛰어났지, 떨어지진 않을 거구요."

"그럼 저랑 일 하나 같이 해야겠어요."

당소소는 찢겨진 소매 안에서 빈 죽통 하나를 꺼냈다.

당소소는 빈 죽통을 집었다. 오른팔을 움직여봤다. 숨조차 쉴 수 없을 정도의 격통이 찾아왔다. 당소소는 팔을 움켜쥐며 주저앉았다.

"으윽…."

"아가씨!"

흑풍대가 당소소에게 달려들었다. 당소소는 왼팔을 들어 괜찮다는 신호를 보냈다. 하지만 괜찮지 않았다.

머릿속은 이성과 감정을 구분하기 힘들 정도로 엉켜 있었고, 고통은 열을 토해냈다. 그녀의 시선으로 보는 세상은, 그 고통과 열기에 녹아내리는 듯이 보였다. 쏟아낸 피는 고문의 피로와 합쳐져 일어서지도 못할 정도의 현기증을 일으켰다.

결국 그녀의 감정은 고통을 참아내지 못하고 눈물로 터져 나왔다.

"흐윽, 흑…."

"…그만 두시지요. 무공이 없는 몸으로, 이 정도도 열심히 하신 겁니다. 그 누구도 아가씨를 책망할 사람은 없습니다. 저희조차 저 전장에 발들일 엄두를 못 내고 있습니다."

춘일이 당소소에게 다가와 위로를 건넸다. 당소소는 표출된 감정을 틈타 정신을 부여잡았다. 약간만 움직여도 이 정도의 고통이라면 더 이상의 움직임은 불가능에 가까웠다. 심지어 고통에는 통제할 수 없는 본신의 감정까지 딸려오고 있었다.

'진통제가 필요해.'

그녀는 전생에서 강도 높은 노동 후 입에 달고 살았던 약을 떠올렸다. 약의 성분이 신경을 마비시키는 독 같은 성분이라는 설명도 떠올렸다. 당소소는 춘일을 돌아봤다. 그녀의 눈에 절박한 열망이 깃들어 있었다.

"마비독, 있나요?"

"예? 남아 있긴 합니다만…."

"마비독에 약간만 중독된다면, 전 움직일 수 있나요?"

"……."

춘일은 그녀의 말에 만류하려는 말조차 잊었다. 눈물을 흘리며 자신을 바라보는 그녀에겐 어떤 광기마저 느껴졌다. 춘일이 답변을 망설이는 사이, 재차 번지는 고통에 당소소는 눈을 찡그리며 아랫입술을 깨물었다.

"흐윽…."

"예. 양을 조절한다면, 마취 역할을 할 순 있습니다. 하지만 위험…."

"지금 위험하지 않은 사람이 어디 있겠어요. 지원군이 오기 전까지, 조금이라도 시간을 벌어야 해요."

당소소는 어서 마비독을 가져오라 고갯짓했다. 춘일은 이빨을 꽉 깨물었다. 당청의 묵인 하에 가문에서 고립되어가던 그녀에게 이런 짐을 맡기는 것이 옳은지, 아니면 당장이라도 쓰러질 것 같은 그녀를 강제로 피신시키는 것이 옳은지. 그는 선택하지 못했다.

괴로운 선택에 몸부림치는 춘일에게, 당소소는 일그러진 미소를 지었다. 그리고 타이르는 듯한 말투로 그에게 선택을 강요했다.

"독술사는 지독해야 해. 춘일. 독천이신 아버지가 그렇게 말했어."

"무엇을 하시려는 건진 알겠습니다. 그렇다면 제가 대신하는 것이 낫지 않겠습니까?"

"춘일은 아직 교활하지 않네. 나는 독천의 딸이자 사천당가의 아가씨야. 흑풍대의 일개 대원에게 칠대극독을 넘겨줄 만큼, 당가가 그렇게 무른 곳은 아니잖아? 내가 해야 해."

"…알겠습니다."

당소소가 던진 말에 춘일은 비로소 선택을 했다. 독술사는 교활하고 지독해야 한다. 당가의 무인이라면 모두 가슴에 새긴 격언이다.

"죄송합니다, 아가씨…."

춘일은 죄책감에서 눈을 돌렸다. 그리고 교활하게도 마비독이 담긴 죽통을 꺼냈다. 지독하게도 지친 그녀의 상처 부위에 투명한 액체 한 방울을 떨어뜨렸다.

"하아…."

당소소는 긴 한숨을 뱉었다. 고통이 느껴지지 않았다. 코끝에 찌릿한 감각이 맴돌고, 사지는 살덩이가 붙어 있다는 정도의 감각만 느껴진다. 인지가 무뎌진다. 인지가 무뎌지니, 몸 안을 휘도는 감정도 무뎌진다. 당소소는 재차 오른팔을 움직였다. 고통은 느껴지지 않았다.

그 모든 것이 무뎌지는 순간에도 이성만큼은 또렷했다.

'독공은 기본적으로 심리 싸움이다.'

당진천의 가르침이 그녀의 머리에 스민다. 당소소는 천장을 바라봤다. 달이 구름에 숨었다. 천장에 걸린 등불은 금방이라도 떨어질 듯, 전투의 여파에 휩쓸려 이리저리 흔들리고 있었다. 당소소의 입술이 달싹였다.

"불이 꺼져도, 적을 중독시킬 수 있나요?"

"당가의 흑풍대는 빛보다 어둠과 더 친합니다."

흑풍대 대원 하나가 물음에 답했다.

당소소는 또 다른 가르침을 떠올린다.

'야, 무형지독이 뭐냐?'

'무공 이름 아닐까요? 일단 먹는 것은 아닌 것 같은데. 아닌가? 먹는 건가?'

당소소의 얼굴이 일그러진다. 고개를 저으며 생각을 털어내고 다른 가르침을 떠올린다.

'거짓말을 하는 데 있어서 많은 것이 필요하지만, 가장 필요한 것이 뭐라고 생각하세요?'

'…개연성?'

'혼이 담긴 언변!'

당소소는 머릿속에 스미는 하연의 가르침을 삼킨다. 그리고 주변을 둘러봤다.

'독공에선, 언변으로 부를 만한 것이 무얼까.'

당소소가 진명을 바라봤다. 다리에 생긴 자상 때문에 격렬하게 움직이진 못했다. 하지만 바닥에 떨어진 사기 조각과 단검을 위협적으로 휘두르는 행동을 통해, 타고난 내공량으로 학귀와 맞서는 백서희를 성공적으로 보조하고 있었다. 심지어 당웅과 운령에게 간간히 도움을 주기까지.

그는 흐름을 읽고 전장을 통제하고 있었다.

머리에 스민 두 가르침이 그녀에게 답했다.

'상황을 통제하는 것. 수많은 선택지 중에 단 하나의 행동을 강요하는 것. 그것이 심리이고, 독공의 언변.'

당소소의 머릿속에 쌍괴파의 수많은 무인들 중 단 열 명을 잡아 제압한 단혼사의 모습이 떠올랐다. 상황을 통제한다는 건 그런 것이다. 당소소는 생각을 마치고 춘일에게 물었다.

"무형지독의 독효에 대해 좀 아나요?"

"예. 신경을 마비시키고, 전신을 괴사시키는 극독이죠."

"비슷한 효과를 낼 수 있는 독은?"

"아가씨의 상처에 발랐던 신경독 계통의 마비독을 극한까지 제련한다면…."

춘일의 대답에 모든 가르침과 그녀가 체득한 정보가 한 곳으로 맺어졌다. 당소소는 앞으로 걸어 나가며 말했다.

"제가 천괴와 학귀에게 다가가면 암기로 모든 등불을 잘라주세요."

"예."

"그리고 어둠을 틈타 제 손짓에 맞춰 마비독을 사용해 주세요."

당소소는 부들거리는 팔을 진정시켰다. 그리고 빈 죽통의 마개를 열었다. 그녀의 발걸음은 천괴와 학귀를 향했다.

"아미의 게으른 망아지가 미친 듯이 날뛰기에 영락없이 죽은 줄 알았거늘, 독천의 딸이라 그 목숨도 꽤 질기구나!"

천괴는 당소소의 생환을 확인하자 방천극으로 운령을 당웅 쪽으로 튕겨냈다. 당웅은 공격을 멈추고 운령을 받았다. 곧 뒤로 물러서 천괴의 공격을 피할 준비를 했다. 하지만 후속 공격은 오지 않았다. 고개를 돌리자 우아한 걸음으로 전장을 거니는 당소소가 보였다. 당웅은 다급하게 외쳤다.

"아가씨, 어서 피하십쇼!"

당웅의 외침이 들리지 않는지 그녀는 전장 한복판에서 멈춰 섰다. 그리고 빙긋 웃으며 고개를 숙였다. 떨리는 팔을 감추고 절도 있는 자세로 포권을 했다.

"새삼스럽지만, 인사드리지요. 사천당가의 자손이자 독천의 여식, 당소소입니다."

전장의 모든 시선이 쏠렸다. 그녀가 포권을 풀자 하늘로 쏘아진 비수가 등불을 잘라낸다. 당소소에게 달려들던 천괴가, 그 비수에 보법을 거두고 방천극을 들어 올려 방어 자세를 취했다.

팟, 파앗!

등불이 떨어지고 주변이 암전한다. 흑풍대가 흩어졌다. 학귀와 전투를 벌이던 백서희와 진명도 어둠을 틈타 조금 멀리 떨어졌다. 천장에 걸린 등불은 바닥에 붙은 불꽃이 되어 그 미약한 빛들을 뿌린다. 그 빛들은 당소소를 비추고 있었다.

그녀가 고개를 들었다. 창백한 얼굴에는 표정이 없었다. 하지만 고통을 막고 감각을 막아도 증상은 있었기 때문인지, 그녀의 귀에서 환청이 들려왔다.

— 너에게 그 하나란 무엇이냐?

당소소는 환청을 무시하며 한걸음 앞으로 나아갔다. 전장의 모든 시선이 오로지 그녀에게 향해 있었다.

그녀가 죽통을 쥔 오른팔을 가볍게 휘둘렀다.

"커읔!"

"그르르륵!"

혼란스러워하는 흑림영의 무인 세 명이 거품을 물고 쓰러진다. 죽통을 가볍게 털자, 네 명의 산적이 쓰러진다. 공포에 휩싸인 흑림영의 무인들.

당소소는 마지막으로 한차례, 죽통을 퍼올렸다.

"빌어먹을 년!"

방향은, 천괴와 학귀. 그녀의 움직임에 천괴가 왼팔로 코와 입을 막으며 뒷걸음질 쳤다. 그녀는 그 광경을 보며 고개를 쳐들고 요염하게 웃었다. 당웅은 그 광경을 보며 숨을 멈췄다.

기억은 없을 것이다. 하지만 사라진 기억에서 비롯된 갖은 모욕을 감내했을 것이다. 몸은 당장 쓰러지라 고함을 치고 있을 것이다. 하지만 단 하나의 생각으로 그녀는 버티고 서 있을 것이다. 당웅은 허탈하게 웃었다.

'…저 아가씨는, 정말 너무하는군.'

두 달 간의 긴 잠에서 깨어난 망나니 아가씨는, 어리석고 착해빠진 폭군이 되어 있었다.

그 수많은 악의에도, 당웅에게 용서하지 않을 권리 따윈 허락하지 않겠다는 듯 손을 내밀었다. 그 손으로 미움을 쏟아내는 교류회의 인원들을 구했다. 묵가장의 남매를 구했다. 그리고 목숨을 걸어서 천괴와 학귀를 상대하고 있었다.

산적들조차 속아 넘어가지 않은 엉터리 무형지독으로.

그녀는 미워하고 싶어도 미워할 수 없는 당가의 고귀한 아가씨였다.

'그때 산적들이 왜 두려워하지 않았는지, 이젠 난 알고 있어.'

처음 휘두른 무형지독은 심리를 이용하지 못했다. 혼이 담긴 언변이 없었다.

'자포자기로 휘두른 무형지독의 어설픈 성공도 알아.'

두 번째로 휘두른 무형지독. 그곳엔 상황의 통제가 없었다.

당소소가 학귀를 바라본다. 학귀는 자신의 몸을 벅벅 긁어대며 이를 갈아댔다.

"이, 이 비열한 년! 너, 너 무슨 독을 푼 거야! 무슨 독을 풀었어!"

치가 떨리는 분노에도, 학귀는 움직일 수 없었다. 상황은 그녀의 통제 아래 있었다. 당소소는 쌍검무쌍의 기억을 훑었다.

천괴는 적을 속이는 데 능하다. 하지만 그런 만큼 매사에 조심스럽다. 학귀는 뛰어난 감각을 가지고 있다. 하지만 그런 만큼 자신의 몸에 생긴 이상에 민감하다.

그들은 그것 때문에 당진천에게 제압되었고, 주인공으로부터 죽음을 맞이했다.

당소소는 그 지식을 확실히 깨우치고 있었다. 그래서 독을 뿌리며 상황을 통제했다. 당소소의 무형지독에 중독된 분위기는 천괴를 뒷걸음질 치게 했다. 중독된 분위기에 증폭된 미약한 신경독이 학귀를 미치게 만들었다.

— 너에게 그 하나는 무엇이냐?

또다시 환청.

'열이 불러오는 착각인가?'

당소소는 환청을 덜어내기 위해 고개를 저어본다.

— 너에게 그 하나는 무엇이냐?

하지만 끝내 답변을 요구하려는 듯 집요하다.

보챔에 못 이긴 그녀는 나지막하게 읊조렸다.

"이야기의 그늘에 신음하는 모든 이에게 행복을."

환청이 멎는다. 물음의 정체는, 당소소가 당소소에게 묻는 각오였다.

비명과 쇳소리만 가득하던 주위는 눈이라도 내린 듯 고요해졌다. 그곳에서 당소소는 김수환이 느꼈던 고독을 느꼈다.

'이야기의 큰 흐름은 따라가려고 했어. 하지만…. 다른 이들의 행복을 바라는 나의 욕망 때문에 이야기를 바꿔도 되는 걸까? 이야기가 변질되는 것은 아닐까? 이야기가 뒤틀려 더 많은 사람이 고통에 신음하게 되는

것은 아닐까?'

당소소는 끓어오르는 의문에 고개를 저었다. 그녀의 의문에 답해줄 이는 없을 것이다. 그녀의 고독을 달래줄 이도 없을 것이다.

누구 하나 이해해줄 수 없는, 홀로 가야 하는 먼 길에서 고독과 의문만이 그녀의 벗일 것이다.

"……."

당소소는 죽통을 뻗은 채 침묵하고 있었다.

백서희가 당소소를 바라봤다. 상처 입은 몸을 겨우 가누고 있는 그녀의 애처로운 모습에서, 백서희는 어떤 편린을 읽었다. 무인이기 이전에 되어야 하는 것. 무공을 깨우치기 이전에 깨우쳐야 할 그 어떤 것.

의로움에 목숨을 걸고, 마땅히 그래야 할 도리에 인생을 바치는 것.

사람들이 협俠이라 말하는 그 편린을.

'모두, 날 보고 있어.'

당웅의 체념, 백서희의 경외. 천괴의 경계, 학귀의 분노. 수많은 생각이 뒤엉킨 시선이 모두 그녀에게 향했다. 당소소는 그 모든 시선을 받으며 한걸음 나아갔다. 나름의 답을 내린 당소소의 입술이 달싹였다.

"이것은, 무형지독."

학사의 목소리가 그녀의 머리에 떠올랐다. 하나를 알려주면 하나를 알 수 있을 것이라는 말. 그의 말처럼 하나의 가르침은 뿌리가 된다. 이윽고 하나의 깨달음으로, 하나의 꽃잎으로 영글었다.

"색, 향, 형태 모두 존재하지 않아."

이어지는 그녀의 말. 하나의 가르침, 하나의 깨달음. 또 하나의 가르침, 또 하나의 깨달음. 그 모든 배움이 꽃잎이 되어, 마침내 꽃은 피어난다.

"너희는 이미 중독됐어."

홀로 가는 먼 길. 눈처럼 쌓인 고난과 살을 에는 의문들. 그녀는 그 길에 오른다. 그녀는 평생을 뒤를 돌아보며 고뇌할 것이라는 것을 이미 알고 있다. 그럼에도, 걷는다.

"해독제가 필요해?"

당소소의 말이 맺힌다. 적은 웃지 못한다. 그렇기에 그녀의 얼굴에 미소가 피었다. 이야기의 그늘에서 고통받고, 신음하고, 망가지는 그 모든 이들에게 행복을 주겠다는 한 조각의 지독한 마음이 핀다.

미움과 폭력이 쌓인 고요한 설중에, 한 송이의 꽃이 피었다.

2권에서 계속

일러스트 박성완

일편독심을 구매해주서서 감사합니다.
저는 지금 제 그림을 여러분께 보여드릴수 있다는 생각에
하루하루 즐거운 나날을 보내고 있습니다.
이런 멋지고 기쁜 기회를 얻을 수 있게 도와주신 천사같은 작가님과
느낌이있는책 출판사, 노벨피아 여러분, 그리고 독자님들께 정말 감사드립니다.
항상 행복하고 즐거운 하루 보내세요!

일편독심 1

초판 1쇄 인쇄일 ∣ 2023년 8월 1일   초판 1쇄 발행일 ∣ 2023년 8월 11일

지은이	∣ 천사같은
일러스트레이터	∣ 박성완
캘리	∣ 이현정
펴낸이	∣ 강창용
책임기획	∣ 강동균
책임편집	∣ 신선숙
디자인	∣ 가혜순

펴낸곳	∣ 도서출판 씨큐브
출판등록	∣ 1998년 5월 16일 제10-1588
주소	∣ 경기도 고양시 일산동구 중앙로 1233(현대타운빌) 302호
전화	∣ (代)031-932-7474
팩스	∣ 031-932-5962
이메일	∣ feelbooks@naver.com

ISBN 979-11-6195-211-6 13810

씨큐브는 느낌이있는책의 장르, 웹툰 분야 브랜드입니다.